中共河北省委党史研究室重点图书

寻找弓仲韬

高宏然◎著

中国言实出版社

图书在版编目（CIP）数据

寻找弓仲韬 / 高宏然著. -- 北京：中国言实出版
社，2025. 6. -- ISBN 978-7-5171-5115-9

Ⅰ. I25

中国国家版本馆CIP数据核字第2025AT9371号

寻找弓仲韬

责任编辑：王战星
责任校对：邱　耿

出版发行：中国言实出版社
　　　　　地　　址：北京市朝阳区北苑路180号加利大厦5号楼105室
　　　　　邮　　编：100101
　　　　　编辑部：北京市海淀区花园北路35号院9号楼302室
　　　　　邮　　编：100083
　　　　　电　　话：010-64924853（总编室）　010-64924716（发行部）
　　　　　网　　址：www.zgyscbs.cn　　电子邮箱：zgyscbs@263.net

经　　销：新华书店
印　　刷：北京鑫益晖印刷有限公司
版　　次：2025年7月第1版　　2025年7月第1次印刷
规　　格：710毫米×1000毫米　　1/16　　19.75印张
字　　数：284千字

定　　价：68.00元
书　　号：ISBN 978-7-5171-5115-9

弓仲韬晚年照

本书编审委员会

序 言

河北是革命的土地、英雄的土地，是"新中国从这里走来"的土地。在这片热土上，中国共产主义运动先驱李大钊是一个光辉的名字，弓仲韬在李大钊的直接引领指导下创建中共安平县台城特别支部的故事同样家喻户晓。2024年9月29日，《中国共产党编年史》（新民主主义革命时期）经党中央批准出版发行，在1923年卷中专列了中共台城特支条目，记述了弓仲韬的革命活动。

历史是最好的教科书，对共产党人来说，中国革命历史是最好的营养剂。河北党史工作者多年来一直致力于李大钊和北方农村党组织建设研究，每每都会被弓仲韬创建中共台城特支的动人事迹所感染。如果说，中国共产党书写了中华民族几千年历史上最恢宏的史诗，那么弓仲韬创建中共台城特支的艰辛历程和革命精神的薪火相传，就是这首壮美史诗中的动人篇章。他是当之无愧的革命先驱，在冀中农村点燃革命星火，开创了党把支部建在农村基层的先河；他为信仰奋斗终生，为革命散尽家财，最后倾家荡产、双目失明、家破人亡，却信念如初、无怨无悔；他对党忠贞、满门英烈，有开创之功，却无欲无求，在生命最后一刻把全部积蓄交了党费，展现了共产党人心有大我、无私奉献的高尚情操。中共河北省委党史研究室策划的长篇纪实作品《寻找弓仲韬》，通过翔实的史料挖掘、严谨的考证梳理，还原了弓仲韬平凡而伟大的一生，深刻诠释了他崇高的精神品格，让我们得以窥见革命前辈在黑暗中探寻光明的坚定身影，感受到伟大建党精神的强大力量。

崇尚英雄才会产生英雄，争做英雄才能英雄辈出。希望大家通过阅读这本书，都能熟知弓仲韬的名字，铭记那段在滹沱河畔点燃星火的峥嵘岁月，从他可歌可泣的事迹中体悟用纯粹信仰锻造的精神脊梁、以博大胸怀铸就的使命担当、靠坚定意志守望的初心本色，从中凝聚起奋进新征程、建功新时代的强大动能，让红色基因绽放新的时代光芒！

本书编审委员会

2025 年 6 月

目　录

引 言

2025 年的春天到了，放眼望去，莺歌燕舞，桃红李白，一派欣欣向荣。令我想起一年前的这个时候，一样的春光明媚，美景如斯，我却无暇欣赏，因为已经开始了"寻找弓仲韬"的漫漫征程。

2024 年初，为了深挖和宣传中共第一个农村支部台城特支的创建者弓仲韬的事迹，弘扬伟大建党精神，中共河北省委党史研究室决定组织创作一部长篇纪实作品，并由刘笑乙主任策划、指导。我受邀成为作者，既感到荣耀，又深感责任重大。

从 2017 年 5 月，我第一次走进安平县台城村，走进中共第一个农村支部纪念馆，就被弓仲韬历经磨难而初心不改的伟大精神所感动。那年采访回来后，我撰写的通讯报道在河北《共产党员》杂志上发表，同年 6 月，该文章被人民日报社主办的《人民周刊》第 12 期以《星火燎原照亮前路》为题转发。

自 2024 年开启"寻找弓仲韬"的征程后，我几乎走遍了弓仲韬学习、工作和生活过的地方，实地走访和电话采访弓仲韬后人、与弓仲韬有关的老党员、烈士后人、党史专家等百余人，先后到北京、天津、哈尔滨、西安、银川、石家庄、保定、唐山、衡水等地寻找线索，购买史料书籍 60 多本，写了 7 万多字的采访日志。整整一年时间，我的业余时间几乎都奉献给了这部作品。

从生活优渥的大少爷到家破人亡的"弓瞎子"，弓仲韬用自己坎坷悲壮的一生诠释了信仰的力量。他在李大钊指导下建立的台城特支，开启了中共在农村建党的漫漫征途，在中共建党史上具有里程碑意义。河北省委党史研究室刘笑乙主任用 32 个字评价他的一生：信仰纯粹、对党忠贞，心系苍生、胸怀大义，舍生忘死、不懈奋斗，历经万难、不改初心。

然而，就是这样一位参与和见证过党史上很多重要事件、为党的事业作出重要贡献和牺牲的革命前辈，其名字却长期埋没在岁月深处。回望弓仲韬的一生，波澜壮阔，却落寞而终，这固然是命运多舛、造化弄人，但其中又何尝不蕴含着一名共产党员的铮铮铁骨、赤胆忠心！也恰因为他生前"事了拂衣去，深藏功与名"，留下太多悬念和空白，让今天的追寻之旅变得格外艰难。

在"寻找弓仲韬"的过程中，因权威史料非常少，我曾一度陷入困顿，看不清前进的方向，但并没有停下脚步，一直在寻访，一直在查阅，一直在写寻访日志和读书笔记。直到有一天，我忽然发现，这些日积月累的寻访笔记已达到了 7 万字，那一刻，我突然意识到，我已经用脚、用心突破了前进道路上的壁垒，找到弓仲韬和他的精神高地不再遥不可及。

在寻访过程中，也曾遭遇冷落猜疑。因为我一般都在双休日、节假日外出采访，就有个别"见多识广"的"大聪明"据此推断，我肯定不是"公家"派来的，并反复查验身份。

当然，在寻访之路上遇到更多的还是被理解和信任的暖心事。在哈尔滨，弓仲韬外孙女田晓虹、外孙子田卫平早早就在家中等候，翻出所有老照片供我参考。弓蕴武的外孙卢晓，在采访前我们就沟通过十几次，弓仲韬三个堂妹的很多资料都是他提供的。我到北京后，为了方便我采访，他专门到山区县的一家养老院把老母亲（弓蕴武女儿姚雅光）接到市区的住处，还驱车带我和他母亲来到王桂芳老人（弓诚女儿）家中，前后跟着忙活了一整天。还有张根生、于权伸、严镜波、陆治国、侯玉田、张政民、焦守健、于时雨等革命前辈的后人，以及衡水市委、安平县委、中共第一个农村支部纪念馆都为本书提供了素材帮助。

初稿写完后，刘笑乙主任首先审读，并召集阎丽、袁文彬两位副主任及胡振江、王林芳、武春霞三位处长进行研讨。党史专家、中共河北省委党史研究室原副主任宋学民两次审读书稿，就书中涉及的党史资料、重要史实进行严格把关。没有各级领导、专家及众多被采访者的支持和帮助，不可能有这部书稿的诞生，在此一并表示感谢。

从事新闻工作 20 余年，采访过的人物不计其数，而这一次的寻访之旅，最为艰苦，也最为难忘。为了赶时间，我曾乘坐过跨零点的"红眼"航班，曾在凌晨两点推着行李箱独行在异乡街头，曾在荒烟蔓草的原野，一次次找寻战斗遗址，辨认那些有名或无名的墓碑……

风尘仆仆中，也曾困惑迷茫、心力交瘁，正是弓仲韬等革命先辈的感人故事、伟大精神激励我不畏艰辛、勇敢前行。

2024 年 11 月 13 日，就在这部书稿即将收尾的时候，中共河北省委党史研究室主办的"河北党史"微信公众号发布了这样一则消息："日前，经党中央批准，中央党史和文献研究院编著，迄今为止内容最丰富、体量最庞大的一部编年体党史基本著作《中国共产党编年史》（新民主主义革命时期）在全国公开出版发行。该书 1923 年卷专列了中共安平县台城特别支部条目，记述了弓仲韬和中共台城特支的革命活动。这在经党中央批准出版的党史基本著作中尚属首次……"

这无疑是个令人振奋的消息。刹那间，我陡增了写好这部书稿的信心和底气。虽然这一路走来，困难重重，但此刻，我更相信，人生没有白走的路，每一步都算数，每一个点灯熬油的夜晚，都值得。

我深知自己水平有限，纵是呕心沥血，亦会有不少瑕疵，唯愿这部凝聚着很多人心血的作品能带给您一些启迪和感动。

第一章　风云激荡一九一九

　　100多年前的古城保定，集聚过一批怀揣梦想、立志改良社会、振兴中华的热血青年。分设在保定育德中学和高阳县布里村的留法工艺预备班，吸引了全国各地的青年才俊慕名而至，其中就包括刘少奇、蔡和森、李维汉、李富春等人。古城记住了一个个光辉的名字，也遗忘了一些名不见经传的人……

一、育德中学及留法预备班

　　1919年3月中旬，古城保定迎来了一位中等身材、穿着黑色毛呢大衣、头戴黑色礼帽、手提皮箱的青年男子。他下了火车，直奔位于金台驿街35号的育德中学而去。

　　此人叫弓钤，字仲韬，直隶省安平县台城村人，因为家境殷实，父母开明，弓仲韬和他的两个弟弟都进入新式学堂读书。弓仲韬在天津北洋法政学校毕业后，几经辗转，留在北京当了一名小学教员。他此次专程从北京赶到保定，是为了到育德中学看望弟弟弓叔耕。

　　说起这育德中学，可谓大名鼎鼎。清光绪三十二年（公元1906年），同盟会河北支部主盟人陈幼云联络13名同志在讷公祠小学校址上建育德中学，使其成为河北同盟会的总机关。辛亥革命前夕，革命党人以此为基地，吸收各界富有革命思想的进步分子加入同盟会，积极开展反对清王朝的活动。保定育德中学致力于培养具有高尚品德、体魄健壮、科学文化知识丰富扎实、全面发展的人才，其宗旨是实现"教育救国"，是一所闻名遐迩的私立名校，素有"文南开、理育德"之美誉。

1916 年王国光接任校长后，做了一件载入史册的大事，那就是建立了留法预备班。王国光主张教育变革，倡导"教育与生产劳动相结合"，在教学内容上增添了实用手工，以锻炼学生的实践能力。学生在育德课外工厂做工，不但生产自己所需的丁字尺、三角板等教具，还为高阳一带制造织布梭。

育德中学这种教学模式，与教育家李石曾、蔡元培等人提倡的勤工俭学思想不谋而合。1917 年，李石曾专程从北京到育德中学参观，在学校礼堂做了《留法勤工俭学之利益及其可能》的讲演，向学生们宣传勤工俭学的好处与办法，育德学生大为震动，很多人当即要求出国深造。李石曾劝道："要先预备，学法文、学铁工，预备一年再去。"李石曾的演讲也打动了王国光校长。作为同盟会同志、同乡和挚友，两人一拍即合，决定在育德中学设立"留法高等工艺预备班"。

第一次世界大战后，随着苏俄政权的建立，马克思主义在欧洲受到更广泛的关注。恰在此时，中国掀起了赴法勤工俭学运动。1917 年初，蔡元培等成立了北京华法教育会和留法勤工俭学会。

弓仲韬此次专程赶到保定，除了看望弟弟，还有一件事，就是想实地看看这个留法工艺预备班。他早就耳闻这里藏龙卧虎，执教的先生中不乏名家大师，求学者亦多是来自全国各地的有志青年。

所以他到了育德中学，先打听留法工艺预备班。在学生的指引下，他来到学校饭厅外西北角的一所平房前，这里就是供学生们实习的育德铁工厂。在这个简易工厂里，可以学木工、金工、翻砂、锻工等，还可以做丁字尺、三角板、卡钳、旋床等实用工具。

隔着窗子，弓仲韬看到一位戴着眼镜、穿着棉袍的年轻教员正在给学生讲解："气缸盖是发动机的重要组成部分，它不仅要承受高温高压的气体作用，还要具备足够的刚度和强度，以保证发动机的正常运行。所以气缸盖的材料选择和结构设计对于发动机的性能和可靠性至关重要……"

而在另一间平房内，堆着很多木料以及锯子、刨子等工具，几个年轻学子正在学做木工，旁边有老师傅指点，手把手地教。

眼前的这些场景，令弓仲韬感到惊奇，他自认为是有一些见识的，但像这种边教外语和文化知识、边教劳动技能和手艺的学校，他还是第一次见到。

弓仲韬在车间外面转了一圈后，从大褂兜里掏出怀表看了一眼，已经快到中午了，他不敢多耽搁，匆匆离开这里，直奔弟弟的教室而去。

隔着老远，他就看到弟弟弓叔耕从中学第九班的教室内走出来。

"大哥！"弓叔耕高兴地跑过来，上前一把拉住弓仲韬的胳膊。"你怎么今天有空过来？我还以为毕业典礼时你才会来呢！"

"我有事正好路过保定，就过来看看你，还有几个月就毕业了，你有什么打算吗？"弓仲韬问。

"我还没想好呢。"弓叔耕回答。

"你们育德中学的留法预备班现在可是风生水起，你考虑过去法国留学吗？"弓仲韬接着问。

"考虑过，但赴法留学也不是那么容易的事，我想毕业后还是先找份工作。"弓叔耕答。

"先别着急工作，我建议你报名留法预备班吧，你本身对机械感兴趣，去国外能开阔视野，增长见识，最重要的，还能学到先进的科学技术，回国后能发挥大作用！"弓仲韬说。

"可是法国那么远，爹娘能同意吗？"

"爹娘那你不用担心，我去做工作……"

兄弟俩在校园的树荫下走着、说着，迎面碰上弓叔耕的几个同学，其中一个叫张麟阁的，弓仲韬认识，他是安平县敬思村人，与弓家所在的台城村相邻，两家平时亦多有往来。

"仲韬哥，您来了！"张麟阁热情地打着招呼。

"麟阁，好久不见！"弓仲韬笑着问候道。

张麟阁家在当地也是富裕户，在那个年代，能在知名的私立育德中学上学可不是件容易的事，得家里能拿出钱，而且父母要思想开通，愿意送孩子进新式学校。

"仲韬哥、叔耕，这都快中午了，咱们一块儿去望湖春吧，我请客！"张麟阁热情地说。

"谢谢麟阁！望湖春的包子好吃啊，不过我跟叔耕还有点事，就不过去了，你替我多吃点！"弓仲韬说。

"也行！那我回来时给你们捎点儿包子，再来个马家老鸡铺的烧鸡！"

张麟阁的快言快语、热情好客令弓仲韬心头一热，这些年他在外地上学、工作，远离家乡亲友，每每听到乡音都倍感亲切。要不是这次时间太紧，一会儿还得赶回北京，真想和这个小老乡好好聚聚，喝上几杯。

目送张麟阁他们几个同学走远了，弓仲韬才言归正传，接着对弓叔耕说："我在北京就听李大钊先生提起过，刚才又实地看了看，很务实，真是不错，你就报这个留法预备班吧！"

弓仲韬的话让弓叔耕心动了，从小他就崇拜大哥，崇拜他读书多、学问大、见识广，大哥让他做的事，肯定错不了。不过他也提了个建议，想跟大哥一起上留法预备班，然后明年他们一块儿去法国。

弓仲韬拍了拍弟弟的肩膀，说："去法国，我也考虑过，不过眼下去不了，我还有更重要的事情要做，你先去吧，我过两年看看情况再说。"

"重要的事情？哦，我知道了，不会又是因为李大钊先生吧？当初你从北洋法政学校毕业后，爹让你回家掌事，你本来答应了，干得也挺好，可后来听说李大钊先生从日本留学回来去了北大，你不顾爹娘和嫂子劝阻，也非得到北京去！"

"你呀，可不能两耳不闻窗外事，一心只读圣贤书啊！我让你多读些李大钊先生和陈独秀先生的文章，你读了吗？你要认真读了，也会敬佩他们的学识和思想的！"

弓仲韬说着，从背包里拿出一些杂志和报纸。

"我给你带来几本《每周评论》和《新青年》，还有《晨报》，上面就有他们的文章，你要好好读一读！"

"大哥，这些书和杂志学校也有。不是我不关心政治，这些年我也跟风地研究过这个主义、那个主义，可是又有什么用呢？现在局势这么乱，我还是相信实业救国，这也是我喜欢机械的一个原因。我相信总有一天，我们中国人生产出的机械产品，能赶上甚至超过西方国家，不再让外国人小看我们、欺负我们！"

"叔耕，你说的也不无道理，做利国利民、自己也喜欢的事，肯定是好事，哥不反对，不过，我还是建议你多读一些李大钊先生的书……"

当弓氏兄弟俩正在推心置腹地探讨人生方向、家国命运的时候，同在育德中学的校园内，留法预备班第二班的几个湖南籍学生正在展开热烈讨论，其中一人拿着一张《晨报》正慷慨激昂地朗读，所读文章正是李大钊新近发表的文章《现代青年活动的方向》——

青年呵！你们临开始活动以前，应该定定方向。譬如航海远行的人，必先定个目的地，中途的指针，总是指着这个方向走，才能有达到那目的地的一天。……固然在黑暗的里面，潜藏着许多恶魔毒菌，但是防疫的医生，虽有被传染的危险，也是不能不在恶疫中奋斗。青年呵！只要把你的心放在坦白清明的境界，尽管拿你的光明去照激大千的黑暗，就是有时因于魔境，或竟作了牺牲，也必有良好的效果，发生出来。只要你的光明永不灭绝，世间的黑暗，终有灭绝的一天。努力呵！猛进呵！我们亲爱的青年！

这篇激情澎湃的文章，点燃了莘莘学子的热情，他们一起振臂高呼："努力呵！猛进呵！我们亲爱的青年！"

这高亢激昂的声音引来了更多同学，也吸引了弓仲韬的目光，激荡起他心中蕴藏已久的壮志豪情。

育德中学旧址（拍摄于 2024 年 9 月 22 日）

1919 年 9 月，弓叔耕听从大哥弓仲韬的建议，继续留在育德中学读留法高等工艺预备班。

弓叔耕所在的第三班一共 60 人，上午上 4 小时课，学法语等课程，下午做 4 小时工。教他们机械学的是从香港大学机械工程系毕业刚一年、日后成为清华大学副校长的著名机械学家刘仙洲。

在弓叔耕的同班同学中，人才济济，其中有一位来自湖南的学生叫刘士奇，不仅聪慧、成绩好，而且有思想、有正义感，是弓叔耕最佩服的人。

他当然不会想到，这位叫"刘士奇"的同窗好友，日后会成为中华人民共和国主席——刘少奇，他在育德中学留法预备班时的名字叫"刘士奇"。

《百年名校育德中学》封面

留法高等工艺预备班第三班计六十三人

民国九年（1920年）6月毕业

蒋魁曜	杜朴	宋鹤年	王恒心	刘文彦	谢振中	张毅
崔宗仲	李泽堂	胡士廉	冯俊麒	弓馆	赵麟	钱乃徵
赵宗振	阎伟	李秉芳	敖华耀	刘荣荃	武肃	鲍冠儒
戴占魁	徐丽春	孙昌越	卢宗藻	张进辅	马心同	杨宗良
郑家修	周宗镯	史宗鲁	张见超	胡兰馨	翟薪传	郭庆云
陈绍贤	张玺	刘洪典	谷国藩	王庆曾	董维堃	王朝凤
刘其昌	钱家鼎	钱启福	王道宣	刘宝树	白金传	王毓秀
刘士奇	张瑾元	王衍绘	张汝鉴	卜胃华	郭梦吉	张传锷
戴仲虎	刘良佐	张德刚	黄培焕	张大元	赵雁来	李廷钊

《百年名校育德中学》中记载的留法高等工艺预备班第三班同学录

中央文献出版社 1996 年 9 月出版的《刘少奇年谱》记载："这时国内正掀起一股留法勤工俭学的热潮，刘少奇也产生了留法的念头。于是，他找到华法教育会负责人李石曾等，联系入留法预备班学习。（1919 年，编者注）9月，刘少奇到保定育德中学的留法高等工艺预备班第三班学习，学制一年，半工半读，主要学习法文、机械学和木工、钳工、锻工、翻砂等技术。"

弓仲韬之弟弓叔耕在育德中学的求学经历，除了育德中学的学生名录及后人讲述，没有其他史料记载，作为刘少奇的同班同学，他所学功课和技术等内容应该与《刘少奇年谱》中记录的差不多。

然而，从育德中学留法预备班毕业后，同学们并没有都如愿以偿来到法国。

1920 年，弓叔耕按照原定计划，在上海顺利登上了奔赴法兰西的邮轮。据弓叔耕的孙女弓云讲，到法国后，这些新生要先进行登记，当时给弓叔耕登记的叫邓希贤，即邓小平。

1920 年，弓叔耕远赴法国前夕，与大哥弓仲韬约定，三年后两人在法国相聚，可是，三年后，弓仲韬没有踏上赴法的邮轮，而是经李大钊介绍加入了中国共产党，并受李大钊派遣回到故乡办平民夜校、发展农民党员、建立农村党组织。

在 100 多年后的今天回望历史，想到当年弓仲韬多次来到育德中学，与弟弟和留法预备班的青年学子在校园或古莲池探讨人生理想时，当他无数次来到北大红楼图书馆，向李大钊先生请教革命真理时，当他站在五四运动的游行队伍中，高呼口号、挥撒传单时，也许与那些熠熠生辉的革命先辈有过交集，他们曾在一起针砭时弊、交流思想、共同战斗，一起以青春热血为民族未来而奋斗。

在北岳文艺出版社2019年出版的《王林日记》中，有这样一段记载："十五年（即1926年——作者注）夏季，弓浦（弓仲韬长女，在北平温泉中学入团）回村成立C·Y妇女部，发展姊妹团，又成立儿童团。"

经查证，北平温泉中学还有一个名字，叫"中法大学附属中学"，中法大学的前身是为培训赴法勤工俭学人员而开办的"法文预科学校"，创办人是李石曾。

弓仲韬送大女儿去北京上学这个事，在台城村早期党员弓润于1984年1月写的一份回忆材料中也提到过，"1923年春天，我们小学毕业了……我和弓睿在深县高小上了两年，弓浦没有上完就随其父亲到北京去了。"

可见当年弓仲韬不仅送弟弟赴法留学，也有意培养大女儿弓浦去法国留学。遗憾的是，后来弓浦在参加学生运动时身负重伤，很早就牺牲了。

关于弓仲韬和赴法勤工俭学的渊源，也许有一天，随着更多线索的发现，会有越来越多的真相浮出水面。一如这张旅欧中国少年共产党临时代表大会的照片。

1923年2月17日至19日，旅欧中国少年共产党临时代表大会在法国巴黎召开。图为临时代表大会后参会人员合影，前排左八为陈延年，左九为严瑞升

采访严镜波的女儿陈银芝时，她说，20世纪90年代的一天，我母亲无意中看到这张照片，惊讶地发现，照片上陈延年旁边的那个人，竟是自己的亲哥哥严瑞升（严一林）！一张小小的照片，成为那段波澜壮阔的留法勤工俭学运动的见证，严瑞升在留法期间就加入少年共产党这事，鲜为人知，这张照片无疑成为一份重要的历史证据。

在走访中，我还看到严瑞升外孙严彤在2013年11月28日写的一份材料，里面讲述了当年严瑞升赴法勤工俭学及入党的经过。在文章的最后一段，严彤深情地写道："小时候，我经常听到他用月琴弹奏《歌唱祖国》，用俄语高唱《国际歌》，充满感情，悦耳动听。"

关于严瑞升的这段往事，鲜为人知，权威史料上亦难觅其名。这大概就是追寻的意义吧——不仅仅是追寻一个人，而是追寻一段历史，一种精神，并在追寻中挖掘出那些深埋在岁月深处的真实过往。

二、轰轰烈烈的五四运动

1919年，发生了一件对中国近代史产生深远影响的大事——五四运动，中国共产主义运动的先驱李大钊参与领导了这场运动。

时年1月，第一次世界大战战胜国在法国巴黎召开"和平会议"，中国作为第一次世界大战战胜国参加了会议。中国代表在会上提出废除外国在中国的势力范围、撤退外国在中国的军队和取消"二十一条"等正义要求，但会议不顾中国也是战胜国之一，拒绝了中国代表提出的合理要求，竟然决定将德国在中国山东的特权转让给日本。

消息传到国内，北京学生群情激愤，学生、工商业者、教育界和许多爱国团体纷纷通电，斥责日本的无理行径，要求中国政府坚持国家主权。在这种情况下，中国代表提交了关于山东问题的说帖，要求归还中国在山东的德租界和胶济铁路主权，以及要求废除"二十一条"等不平等条约。但结果，北洋政府屈服于帝国主义的压力，居然准备在《协约国和参战各国对德和约》上签字。最终，英、美、法、日、意等国不顾中国民众呼声，在4

月 30 日还是签订了《协约国和参战各国对德和约》，即《凡尔赛和约》，仍然将德国在山东的权益转送日本。在巴黎和会中，中国政府的外交失败，直接引发了中国人民的强烈不满，从而引发了五四运动。

5 月 4 日当天，在天安门广场浩浩荡荡的游行队伍中，就有弓仲韬的身影。这个平时温文尔雅的青年此时与大学生们一起振臂高呼"外争主权、内除国贼""取消二十一条""还我青岛"等口号，在天安门前抛下雪片般的"五四宣言"传单，传单上的文字慷慨激昂，振聋发聩："呜呼国民！我最亲爱最敬佩有血性之同胞！我等含冤受辱，忍痛被垢于日本人之密约危条，以及朝夕祈祷之山东问题，青岛归还问题，今日已由五国共管，降而为中日直接交涉之提议矣。噩耗传来，天暗无色。……山东亡，是中国亡矣。我同胞处此大地，有此山河，岂能目睹此强暴之欺凌我，压迫我，奴隶我，牛马我，而不作万死一生之呼救乎？！"

五四运动既是一次爱国的政治运动，又是一次文化运动，同时还是一次空前的思想解放运动。它极大地提高了中国人民的思想觉悟，哺育了一大批杰出的人才。他们高举爱国主义的旗帜，走上了为民主、科学而斗争的道路，其中就包括弓仲韬。

此时的弓仲韬，仅仅是一名进步的爱国青年，空有一腔报国热情，却对前途充满迷茫，不知道该如何做才能挽救和改变这个民族。

三、一些故事开始启程

在风云激荡的 1919 年，还有一些故事开始启程。

在当时来说，这些故事并无特别之处，但站在今天回头凝望，却发现每个故事都是充满悬念的种子，它们在乱世尘埃中萌芽成长，在时代的滚滚洪流中壮阔前行。这些故事的主人公，看似彼此毫无关联，但其实有个共同特点，就是都与弓仲韬及他所创建的早期农村党组织有着千丝万缕、或远或近的关系。

1919 年，在河南省镇平县七里庄一户姓彭的普通农民家里，一个叫宝兴的 9 岁男孩，终于如愿走进私塾课堂，开始正式有了自己的学名"彭修教"。彭修教上面有一个哥哥，下面有两个弟弟。虽然彭家经济条件并不算宽裕，但彭修教和大哥彭修道一样都酷爱读书，且天资聪颖，加之他们的祖父就是私塾先生，有了这便利条件，哥儿俩都先后上了本村的私塾，因成绩都很优异，颇得先生赞赏，夸他们哥儿俩"前途不可限量"。

1919 年，在广西天河（今属罗城仫佬族自治县），一个叫韦家惠的壮族少年刚满 13 岁。出身贫寒的他每天给地主放羊，食不果腹，动辄还挨打。他习惯了在山野间奔跑，习惯了受伤、被打骂，习惯了祖祖辈辈都不得不承受的苦难生活。直到有一天，一个姓秦的先生来到这里，教他识字，启蒙他的思想。在进步人士秦先生引导和帮助下，他立下了反对剥削和压迫、立志复兴国家的宏图伟愿。

1919 年，山东峄县（今徐州市邳州市）邢楼镇一个可怜的孤儿常保胜刚满 8 岁，他的父母给地主家当长工，生活艰难。在常保胜两岁时，父母不幸相继去世，年幼的他由本族的一个姐姐抚养。这年，他跟随这个姐姐搬到枣庄生活，小小年纪的他已经开始给人放牛放羊，挣钱谋生了。

1919 年，辽东省东辽县（今吉林省东辽县）建安镇香泉村，一个叫于泉伸的少年 15 岁了，高小毕业后，因为家庭困难，无力升学，只得在家务农。每天挥汗如雨的田间劳作，强健了他的筋骨，晒黑了他的脸庞。农闲时，他就想方设法借书看。晚上为了省灯油，家里早早就熄灯了，他就跑到院子里，借着月光看书。这天，母亲半夜起来看他还在外面看书，心疼地说："儿啊，咋还不睡？你这么爱读书，还是去学堂接着读吧！"于泉伸简直不敢相信自己的耳朵，高兴得差点蹦起来！

1919 年，直隶省保定道饶阳西段村（今河北省饶阳县西段村），一个叫严瑞仙的女孩刚满 5 岁。西段村位于滹沱河畔，因为家中几亩贫瘠的沙地经常歉收，父亲承接了爷爷贩卖裹腿带子的行当，就是从外村买回编好的裹腿带子，让家中的闺女们编上穗儿，再拿到饶阳去卖，勉强能维持生计。据说严瑞仙出生时，长得十分俊气，大眼睛，高鼻梁，小脸儿红扑扑的，那时农村的女孩一般没大名，还是父亲说，这闺女长得跟仙女似的，就叫个瑞仙吧！于是她有了大名。可是这个"小仙女"却并没有给家中带来什么福气。几年后，随着她两个弟弟相继夭折，爹娘备受打击，为此严瑞仙被算命先生说是"命硬"，让这个热情开朗的女孩心头蒙上一层阴影。命运的改变，是从她上小学开始的……

■ 追寻的足迹：拜访育德中学

2024 年 9 月 22 日，周日，我来到距离保定火车站不足 200 米的育德中学旧址，现在是留法勤工俭学运动纪念馆，整体建筑风格为清末民初时期砖木结构的四合院形式，占地面积 2400 平方米，建筑面积 1100 平方米。

留法勤工俭学运动纪念馆内景

走进"留法勤工俭学运动纪念馆"，循着时光年轮的旧痕，我看到了那些载入史册、熠熠生辉的名字，也在老旧的毕业生名册中，发现了一些被岁月尘埃掩盖的、也曾见证过那段历史却鲜为人知的人。

那天留法勤工俭学运动纪念馆内人较少，与我前后脚进入的，还有两位女士，我隐约听到她俩谈话，好像是说家里老人曾有过留法经历，遂上前跟她俩打招呼，并简单作了自我介绍，希望她们能把老人的留法故事跟我说说。面对我这个陌生人的主动搭话，她俩起初有点戒备，但很快就被我的真诚打动了，说回去问问老人，具体情况她们也不太清楚，临走前其中一人加了我微信。

我正在纪念馆内参观，忽然听到身后有人在介绍展牌内容，我以为是讲解员，回头一看，是个20多岁的年轻女孩儿，她手里拿着一个讲稿正在练习讲解。我又跟她聊了会儿，她说自己姓汪，是传媒学院播音主持专业毕业的，看到这里正招讲解员，想试试，已经报名了，这是她提前到展厅练习练习。她还主动领我参观完了余下的展厅，因为有我这个忠诚观众的中途参与，她的讲解"预演"更真实，有时我就展牌上的照片咨询她，她也都能解答，可见是下了一番功夫。

保定是留法勤工俭学运动的主要策源地，其主要倡导者、组织者李石曾是保定高阳人，保定育德中学是率先设立留法预备班的学校之一。翻看《育德中学史料专集》这本书，看到一个熟悉的名字"弓镕"，即弓仲韬的弟弟弓叔耕，在中学部和留法预备班的学生名录中都发现了弓镕的名字，说明他是先在育德中学上的中学，又直接进入该校的留法预备班。育德中学、留法预备班，这里面涉及多少党史上的重要人物啊！经多方了解，弓仲韬与弟弟弓叔耕感情深厚，曾多次去育德中学看望上学的弟弟。弓叔耕之子弓惠霆在1965年写的一份自传材料中，有这样的讲述："余自幼丧母，在济南无人照顾，父亲只得把我送回河北老家（安平县台城村），由祖母、祖父、姑母、姐姐抚养。"这里的姑母指的是弓仲韬的妹妹弓惠瞻，姐姐指的是弓仲韬的女儿弓乃如。

我曾电话采访弓叔耕的另一个儿子弓惠霖，他是四川省人民艺术剧院教授，从事嗓音医学60余年，是我国嗓音内科综合治疗的开拓者和推进者之一，曾多次随团参加艺术嗓音国际会议。据弓惠霖回忆，弓叔耕在抗日战争全面爆发后，从法国回到国内，从事兵工制造，用所学之长报效国家。抗战胜利后，他离开兵工厂，任民生公司造船厂厂长。新中国成立后，在重庆一家纱厂工作。当年弓仲韬被女儿弓乃如接到哈尔滨居住，弓叔耕一直很惦念大哥，刚办了退休手续就千里迢迢赶到哈尔滨，陪伴大哥弓仲韬半年之久，可见手足之情深。

我之所以对育德中学特别关注，不仅翻遍了保定市政协文史资料委员会编纂的那本《育德中学史料专集》，反复查看了里面的各届学生名单，而且实地走访旧址，有一点蛛丝马迹也不放过，甚至见缝插针地向陌生人请教，皆因这所学校不仅是弓仲韬弟弟上学的地方，而且是保定最早建立党组织的所在地，从育德中学走出去的不少党员，如王耀郁、张鹤亭等，都与弓仲韬有过交集。弓仲韬本人没有留下一张失明前的照片，甚至过去的权威史料中鲜见其名，怎样克服这些困难，从历史的长河中打捞出有关他的真实信息？事实证明，从他身边的人或与他有关联的早期党员入手，是一种笨拙却有效的方法。

第二章　追随李大钊先生

　　一个人，在他人生的重要关口作出的选择，决定了人生走向，也决定了未来的命运。对于弓仲韬来说，他的人生故事，他所有的苦难与荣光，都起源于他年轻时作的一个选择——1911年，弓仲韬离开滹沱河畔的故乡台城村，来到天津求学，并考上了北洋法政专门学校（前身为北洋法政学堂），在这里，他结识了影响他一生的重要人物：李大钊。

中共第一个农村支部纪念馆内的李大钊（右）和弓仲韬握手雕像

一、滹沱河畔的名门望族——弓氏家族

安平县地处京津冀腹地，在今雄安新区正南方向 50 公里，自汉高祖时置县，迄今已有 2200 余年，安平县人文历史厚重，李百药、崔护等文化名人均出自此。县城多古迹，最为著名的当数圣姑庙，坐落于四五米高的青砖台基之上，台基最前侧的钟鼓楼左右对称，是典型的中国传统寺庙的布局。相传圣姑庙是汉光武帝修建，乃方圆百里最大的庙宇建筑。据康熙二十六年（1687 年）《安平县志》记载，"每逢清明佳节，桑妇更夫，虽千百之遥，致香火者如织"。相传圣姑字女君，安平县会沃村人氏，以其"吮疮救父""智救汉光武帝刘秀"等义行善举被传颂为忠孝双全的女圣人，所以安平又有"孝德之乡"的美誉。

弓家是安平县的名门望族，弓仲韬祖父弓汝恒（1842—1914）是同治庚午科副榜举人。清末时安平县隶属于直隶省深州，所以弓汝恒又有"深州宿儒"之说，世称"书隐先生"。弓汝恒是桐城宗师吴汝纶的开山弟子，一生著述颇丰，在晚期桐城学派群体中以研究训诂学见长。弓汝恒治家有道，待客有礼，深得吴汝纶赏识，赞叹其能够"政行于家"。弓家鼎盛时，拥有土地 4000 多亩，大的四合院八套，内外装修讲究，日常吃穿排场，常年雇佣的管家、长工、仆役等数十人。

弓汝恒育有二子，弓均和弓堪。弓均共有五子，分别是弓剑（少亡）、弓铃（弓仲韬）、弓钟（少亡）、弓镏（弓叔耕）和弓鍊（弓季耘）。因长子弓剑少亡，弓仲韬便成了"大少爷"。弓堪无子嗣，依照当时农村的惯例，弓仲韬就被过继给了叔叔弓堪为子。《书隐先生墓志铭》记载，弓汝恒"配赵孺人，子均，光绪甲午副贡生；堪，早卒。孙铃、镏、鍊。曾孙潮。"

弓仲韬的生父弓均，字次崔（？—1924），也是吴汝纶主讲莲池书院时的门人，是光绪二十年副榜举人。从这些记载可以看出，弓家几代都注重教育，多学有所成，是典型的书香世家。

到弓仲韬父亲这代时，因战乱和洪灾等破坏，家境已大不如前，有田地 300 多亩，房子 40 多间，牛、驴、马共 7 只，除佃户外，还有雇工 8 人，在当地依然属于很有威望的大户之家。

弓仲韬自幼聪慧好学，饱读诗书。七八岁的时候，私塾里的孩子们刚会念《三字经》，他已经开始挑灯夜读《汉书》了。

一个大雪飘飞的冬日，他翻开《汉书》中的《苏武传》，读到匈奴单于派卫律劝降苏武，苏武无视名利诱惑，宁死不降那段，心灵受到触动，"屈节辱命，虽生何面目以归汉？""廪食不至，掘野鼠去草实而食之。仗汉节牧羊，卧起操持，节旄尽落"，这些字句深深打动了他，让他小小年纪就知道了"气节"这两个字的深意：苏武杖节牧羊十九载，守的就是民族气节；而气节，是比生命更重要的东西……

自 1840 年鸦片战争以后，由于西方列强的入侵，中国逐渐成为半殖民地半封建社会。弓仲韬出生和成长的年代，正值清王朝腐朽没落，内忧外患，中华民族陷入空前危机。虽然弓仲韬生活优渥，但他不满足于当个悠闲的富家大少爷，他要建功立业，报效国家，实现更大的人生价值。可是面对内乱频仍、政局动荡的现状，他空有鸿鹄之志，内心的无奈和困惑经常令他陷入无法言说的苦闷之中。

1911 年的春天，滹沱河泛着青铜色的波光，两岸的芦苇才抽出新叶，便在风中簌簌抖落绒毛。弓家大院的青砖照壁蒙着层柳絮，像落了场轻柔的雪。弓仲韬推开书房的雕花木窗，一阵清风扑面而来，同时传过来的还有一则消息：天津北洋法政专门学校正在招生。他当即决定报考这所法政学校。他打听过，不同于他以前就读的以儒学为主的旧式私塾，这是一所以"讲法求治"为学科的新式学校。于是，时年 19 岁、已有妻儿的弓仲韬毅然离开家乡到天津求学。

二、"筑声剑影"聚英才

北洋法政专门学校位于天津新开河北岸，与河北新车站（今天津北站）隔河相望，是直隶总督袁世凯推行"新政"时创建的几所高等学府之一，也是中国最早的官办法政学校，最初叫北洋法政学堂，创建于 1906 年，1907 年 8 月开始招生，9 月 2 日正式上课。最初学堂设专门科，仿效日本明治维新时期的法律学校规制，学制 6 年（预科 3 年，本科 3 年），本科分法律、政治两系，另设职、绅两班，职班为司法科，绅班为行政科，学制一年半。1909 年，北洋法政学堂更名为北洋法政专门学校。该校以法律、政治为主课，另设英语、日语、历史和写作等课程，成为培养法政人才的专门学校。

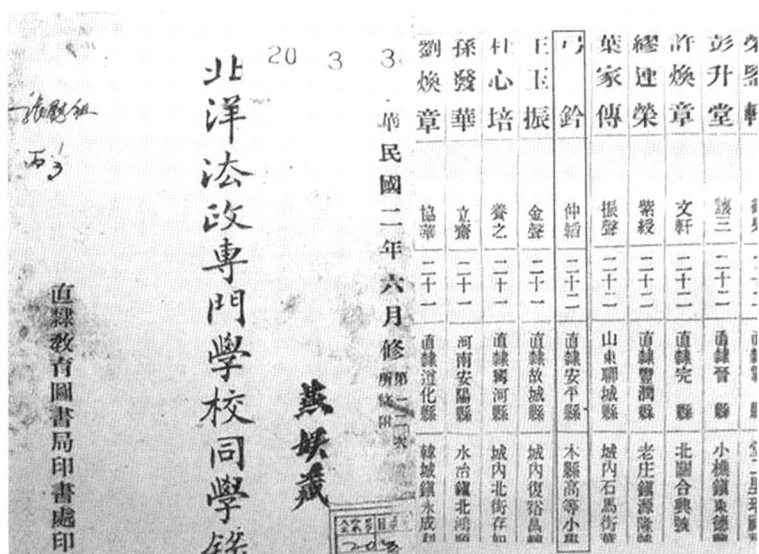

载有弓仲韬名字的《北洋法政专门学校同学录》

北洋法政专门学校在近代教育史上的出现，比起其他门类的学校，有着更为丰富而深刻的社会内容与时代烙印。它不仅是教育制度变革的产物，也是政治制度与社会制度变革某一侧面的折光掠影。因此，从它刚建立开始，师生们就深受新思潮的影响，思想活跃。

1907 年夏，直隶省乐亭县的李大钊考入北洋法政学堂，成为这所新设学校的首批学生之一。李大钊，原名李耆年，字寿昌，在北洋法政求学期间改为李大钊，字守常。钊，刀也；大钊，大刀也。他要大刀阔斧地改造旧世界。在此求学时期，李大钊经常参加政治活动，主持编译书籍，创办刊物，发表过很多政论诗文。当时，中国处于辛亥革命前后，时刻感受时局变化的李大钊积极投身探求救国救民真理的革命实践。

1911 年，即李大钊就读北洋法政的第四年，弓仲韬进入该校。因为弓仲韬特别喜欢读李大钊的文章，积极参与李大钊组织的演讲会、讨论会等活动，加之也是直隶省人，渐渐地，两人就熟识起来。

在北洋法政有位教员叫白雅雨，江苏南通人，1905 年加入中国同盟会，受命在天津成立红十字会、共和会等，也是李大钊在北洋法政的恩师。白雅雨渊博的知识、鲜明的爱国思想，深深地影响着年轻的李大钊。两人亦师亦友、志气相投，经常在一起促膝谈心。白雅雨的谆谆教导，在李大钊心坎里播下了革命的火种，对李大钊的成长有着重要影响。1911 年 10 月 10 日，武昌起义爆发，震动全国。白雅雨认为，京、津是"清室之根本"，因此，极力主张组织发动京、津起义，以达到推翻清政府之目的。他以组织红十字会的名义，聚众演说，宣传革命道理。11 月，白雅雨在法租界的生昌酒楼与李大钊、凌钺等人建立了天津共和会，首批会员有 20 余人，白雅雨被公推为会长，负责领导工作。12 月 14 日，他又以同盟会代表身份，在天津英租界召集天津的其他革命团体，成立"北方革命协会"，以"崇奉孙中山三民主义，增进革命力量，发动武装起义"为宗旨。同年 12 月 31 日，白雅雨送走妻儿，只身前往滦州参加起义。临行前，他对战友说："我来天津 3 年多，孜孜以求的、与诸位冒险奔波的，就是革命。如当今不加倍努力，就将付诸东流。此时，只有破釜沉舟、'背水一战'之路可走。成则国人所求，败则以身殉国，亦可无愧于生平！"

白雅雨率领 20 余人的敢死队攻入滦州州衙，顺利接管了各项税款、文书。继而电告各国驻华公使、领事，宣布滦州独立。白雅雨、王金铭、施从云策划成立北方革命军军政府，任北方革命军参谋长，以进攻京津为目标，直捣清朝老巢。可是，由于叛徒出卖，起义军在向天津进攻途中，遭清军阻击，白雅雨在古冶被捕。

1912 年 1 月的一个晚上，风雪交加，北风呼啸，在北洋法政的礼堂内，弓仲韬和同学们忧心忡忡地等待着白先生的消息。忽然，李大钊拿着一张报纸走了进来，声音低沉沙哑地说："白先生……就义了！"

弓仲韬大惊，他接过报纸，一行触目惊心的文字映入眼帘：

白雅雨拒不下跪，双腿被刽子手砍断，仍高呼"共和万岁"！

头颅悬于滦州城门……

读至此，弓仲韬心如刀绞，泪水夺眶而出。

"炸了滦州衙门！用先生教的火药方子！"一名同学拍案而起，怒不可遏地大声喊道。

李大钊环顾同学们，仰天长叹一声，道："你当先生的血只为换几声响雷？他要的是炸掉四万万人心中的辫子！"

窗外的风雪声骤烈，吹得窗棂哐啷作响。那晚，李大钊回到自己的宿舍，难以抑制心中的悲愤，挥毫泼墨，奋笔写下"筑声剑影楼"几个大字。

那日，弓仲韬去找李大钊，看到门上新悬挂的五字牌匾，不禁感叹道："荆轲刺秦，高渐离以筑击乐相送。筑声激越，剑影凛冽，方是吾辈气魄！"

自李大钊将学斋命名为"筑声剑影楼"，这方寸斗室便成为弓仲韬等热血青年们的"磨剑炉"，在这里，他们开始"磨思想之剑，铸雷霆之声"！在纪念白雅雨大会上，弓仲韬带头发言："白先生在临终遗诗中言'身同草木朽，魂随日月旋'，他的魂，定会在吾辈身上坚定地活下去！"

在天津北洋法政专门学校的求学经历，为弓仲韬的生活开了一扇窗，让他重拾信心，开始对国家、对社会、对人生有了更深层次的思考。

1912年，李大钊和弓仲韬同时参加了由本校同学组织的北洋法政学会。该学会以研究法政学术为宗旨，努力传播爱国进步思想，不仅编译书籍，还出版杂志《言治》。李大钊是该学会编辑部部长之一。

据1913年5月1日出版的《言治》月刊第二期所载《北洋法政学会会员名单》统计，北洋法政学会第一年入会者计有李钊（李大钊）、弓钤（弓仲韬）等169人，第二年入会者计有93人。"第一年入会"当指1912年入会；"第二年入会"当指1913年入会。据1913年4月15日《内务部批（第二百七十一号）》所载，官方承认该会，予以立案，北洋法政专门学校校长张恩绶兼任北洋法政学会会长。

在此期间，李大钊以笔作刀枪，先后发表《大哀篇》《论民权之旁落》等诗文数十篇，积极投身爱国运动，参与社会变革实践，在弓仲韬等北洋法政学会会员中产生了很大影响。

1913 年 7 月，李大钊从北洋法政专门学校毕业，当年东渡日本，留学早稻田大学。之后他历经反袁、新文化及五四运动淬火磨炼，逐渐成长为著名学者和坚定的马克思主义者。作为北洋法政专门学校第一届毕业生，李大钊在 1923 年参加母校 18 周年校庆纪念会演讲中曾说过这样的话："那时中国北部政治运动，首推天津，天津以北洋法政学校为中心，所以我校在政治运动史上很是重要。"

正是在北洋法政的那段学习经历，受白雅雨、李大钊影响的弓仲韬开始审视自己的人生之路，思考国家民族的未来，逐渐成长为有血性、有抱负、有担当的热血青年。他和北洋法政学会的学子们真心求学，实意做事，立志为改造国家、改造社会、改造自身做一番事业。这也是他后来追随李大钊、义无反顾地走上革命道路的最初动因。

北洋法政学会会员名单[5]

丁宗峰	丁桂年	弓 铃[6]	于树棋[7]	王 宣	王 惕
王 恺	王允中	王成章	王汝湘	王佐廷	王作霖
王明华	文含瑛	王春山	王柄存	王德钧	王联仕[8]
王宝桂	王宝雄	田 解	白见五[9]	史步麟	尼鼎云
朱 霈	朱秉颐	朱应柱	吴 杰	李 钊[10]	汪 瀛
李之藩	李心恒	何守经	李茂桐	李春荣	李振甲
李振忠	李纯树	李培真	李培藩	李逢玺	沈莫澜
李华春	李瑞锡	何福赐	李维祺	李维翰	李 晋

---

[5] 原载 1913 年 5 月 1 日《言治》月刊第 2 期。据原件整理校对。经与北京李大钊研究会编《李大钊史事综录（1889—1927）》（北京大学出版社 1989 年版）第 45—46 页所载此名单对照校勘可知，《李大钊史事综录（1889—1927）》所载误植情形较多。这些会员中，民初成为律师、法官、检察官、议员、教员者较多，担任县知事等荐任官、委任官者也不在少数，有的还投身军界。对这些人物资料的搜集和考证，实非一日之功。以下仅对一小部分人物的生平脉络进行了梳理。

[6] 应为弓铃，即弓仲韬。《言治》月刊第 2 期所载有误。

[7] 应为于树祺。《言治》月刊第 2 期所载有误。

[8] 即王联士。

[9] 即白坚武。

[10] 即李大钊。

北洋法政学会会员名单（出自崔志勇主编的《李大钊与北洋法政专门学堂》）

■ 追寻的足迹：探究出生日期和上学谜团

2024 年 5 月 18 日，我到安平县搜集有关弓仲韬的资料时，偶然看到"弓氏家族"微信公众号上有一篇文章《弓汝恒生平述略》，发布于 2023 年 3 月 27 日，转发自《安庆师范大学学报》，作者田卫冰、安扬。文中有这样一句话，"弓汝恒生弓均、弓堪，弓均子弓钤（1892—1964）"。这句话令我陷入困惑，因为我之前看到的所有书籍、资料及和媒体文章均记载弓仲韬的出生日期是 1886 年。1886 年与 1892 年，这两个说法究竟是哪个更准确呢？遂向中共第一个农村支部纪念馆原馆长王彦芹询问。她很快回复，并给我发来了即将在《党史博采》上发表的、由曹晓慧和袁献敏撰写的《关于弓仲韬年龄的考究》一文，文中更倾向于弓仲韬是 1892 年生人的观点。

第一个重要证据是弓仲韬在天津求学时登记的同学录。弓仲韬 1911 年至 1913 年就读于天津北洋法政专门学校中学三班。在 1913 年由校长张恩绶编纂的《北洋法政专门学校同学录》中，中学三班部分登记有"弓钤，字仲韬，二十二岁，直隶安平人，联系地点为本县高等小学"。据此关键信息推算，弓仲韬应为 1892 年生人。

还有，弓仲韬两个弟弟的年龄，也能从侧面证明弓仲韬为 1892 年生人的说法更有说服力。从两位弟弟的后人得知，弓叔耕生于 1899 年，弓季耘生于 1905 年。若按弓仲韬为 1886 年生人，则与两个弟弟年龄分别相差 13 岁和 19 岁，年龄差略大；若按弓仲韬为 1892 年生人，与两个弟弟年龄差分别为 7 岁和 13 岁，则较为合乎逻辑和常理。弓仲韬受李大钊派遣回乡开展工作后，发展的第一个农民党员是弓凤洲。弓凤洲曾在弓仲韬开办的夜校学习，也在弓仲韬家做过短工。弓仲韬见他天资聪颖、踏实肯干，便将他确定为发展对象。据弓凤洲在其自传中回忆，弓仲韬与他是乡亲兼师生的关系。弓凤洲是 1905 年生人，弓仲韬若按 1892 年生人，与弓凤洲相差 13 岁，年龄差较小，依照常理，更容易谈得来，进而跟随弓仲韬走上革命道路；若按 1886 年生人，与弓凤洲相差 19 岁，年龄差距较大，在过去基本就是两代人，那么就少不了有代沟和价值观差异，二人志同道合的可能性就小了。

这篇关于弓仲韬出生年份的考证文章，从原来普遍认为的 1886 年，变成了 1892 年，整整相差了 6 年！这是个令人惊诧的发现，过去的人们有周岁虚岁之说，有阴历阳历的算法，但无论怎么算，都不应该差出 6 岁。

因此，对于弓仲韬的出生日期，本书采用 1892 年的说法。

还有一个困扰我很久的问题：弓仲韬是否在北京上过大学？在弓乃如最后的一份自述材料中，有弓仲韬于 1916 年考上北京法政专门学校（北京法政大学）的说法，而在以前弓乃如的讲述只提到弓仲韬曾在天津北洋法政学堂（专门学校）上过学。对此，我曾多方咨询，据河北省委党史研究室的王林芳处长介绍，在 2023 年中共第一个农村支部纪念馆进行改陈提升时，有关党史专家及纪念馆的同志专门对这个问题进行过调研讨论，并派人寻找过弓仲韬的学籍档案，但只发现了天津北洋法政专门学校有弓仲韬学籍信息，而在北京却没有，结合弓乃如档案中的其他信息，基本确定弓仲韬没在北京上过大学。所以改陈提升后的纪念馆展牌上去掉了这句话。

在此次寻找弓仲韬的过程中，我对他是否在北京上过大学也进行了调研走访，甚至狠下了一番功夫，与北京民国期间有法政专业的几所大学，包括沿袭或整合成不同校名的都联系过，而且专门来到位于北京的国家档案馆查询，遗憾的是，没有找到任何线索。在调研中我还发现，在 1916 年，并没有"北京法政专门学校"或"北京法政大学"的校名。只查到"北京法政专门学校是专注于法律和政治学科的教育。它成立于 1923 年，并在同年升格为北京法政大学。不幸的是，这所大学在 1927 年撤销。"

其实我是赞同王林芳处长他们的调研结果的，只是有个问题一直困扰着我：安平县确实是有人坚持说，弓仲韬生前曾亲口说过，他上过北京法政大学（学校），假如真如此，那就又说不通了。

后来我反复琢磨这事，是不是有这种可能，就是"北洋法政"和"北京法政"这两个校名只有一字之差，当年弓乃如档案中记录的有误，把北洋法政说成了北京法政？

就这个问题我坚持不懈地继续查询，某天我忽然在网上搜到一篇张绍祖于 2003 年写的《中国最早的法政学校》一文，受里面内容启发，我又有了新思路。

张绍祖1961年毕业于天津师范学校，曾任天津市政协文史委员、天津市河西区政协文化文史委员会副主任、天津市教育学会理事等职。长期从事天津地方史研究，重点研究教育史、电影史、名人名楼。编著有《津门校史百汇》《近代天津教育图志》等。

在文中，他明确说到，当年的北洋法政专门学校，几经合并、改名、调整，最后有一部分归入北京政法学院。相关原文如下：

中国最早的法政学校是天津北洋法政学堂。1906年夏，直隶总督袁世凯指令创办，委任黎渊为监督。校址在河北新开河堤头村河坝下（今河北区志成道，武警部队驻地）。校舍为二层砖木结构，校门用拱券，上具栏杆柱式女儿墙。同年12月30日启用学堂钤记，定为校庆日。

1907年9月2日正式上课。第一期招职绅两班，职班为司法科，绅班为行政科，为简易速成性质，学制一年；第二期仿日本维新初年法律学校之制，设立专门科，学制六年（预备科三年，正科三年），招生200名，分政治与法律两门。1909年设别科，三年毕业，并添设中学，五年毕业。1911年，改称北洋法政专门学校。1914年6月，直隶省当局决定将保定法政专门学校、天津高等商业专门学校并入该校，改称直隶公立法政专门学校，设法律、政治、商业3科。1919年，附设甲种商业讲习科。1928年8月，改称河北省立法政专门学校。

1929年4月奉北平大学区令改组成立河北省立法商学院，院长吴家驹。设大学部及专门部两部分。大学部设法律、政治、经济、商学4系，系主任依次为杨云竹、高崇焕、杨亦周、施念远，学制四年。专门部设法律、政治经济、商学3系。还附设高级中学部（主任苏汝贤）、高初两级商科职业班及中等商业科。此时开始招收女生。1937年2月，因该院师生积极参加抗日运动，学院被当局武力封闭，强行解散。1947年，该院前院长杨亦周、系主任施念远在广大毕业生支持下，几经周折，于同年秋在原校址复校。招收法商两系一年生，顾德铭为院长。1952年院校调整时，该校商两系分别并入北京政法学院和天津南开大学。

也就是说，当年弓仲韬跟女儿和家乡人可能确实说过他毕业于北京法政，但他说的那个北京法政（政法），很可能指的就是其前身北洋法政专门学校。这也就能解释为什么在弓乃如早年的档案中，说其父弓仲韬毕业于北洋法政专门学校，而到她晚年却又说父亲上过北京的法政大学了。

■ 追寻的足迹：在天津新开河畔的怀想

2024年8月24日，周六，我专程赶到天津，寻找北洋法政学堂旧址。

我之前查询的旧址位置在天津市河北区志成道33号，可是导航到那里后，却是个地铁站。跟多位路人打听，均无人知晓。我又到地铁站内向客服咨询，一位工作人员打了一通电话后，告诉我地址在新开河附近，离地铁站口有800米，并在纸上给我写下了乘坐的地铁线以及在哪儿换线、在哪儿下车等详细信息。还好不算太远，我倒了一次地铁，坐了五六站就到了。我拿着这张纸条，先找到新开河，然后顺着河岸边寻找。天很热，我背着装有笔记本电脑和书籍、资料的背包在大太阳底下走，汗水很快湿透了衣衫。在新开桥桥头的树下，看到几个老人正在下象棋，我心想年龄大的没准儿知道，结果七八位老人全都摇头。无奈之下，我一边四处张望着寻找，一边给朱树长打电话咨询——朱树长是天津市的一名退休教授，多年研究红色历史文化，是位非常可亲可敬的耄耋老人。在等待回复的时候，我抬头看见新开河的北面有一座绿色军营，正琢磨着那个位置很像资料上画的旧址位置，此时，收到朱树长的回复，印证了我的猜测，旧址果然就是新开河北面的武警天津某部队驻地。我马不停蹄地赶了过去。

在大门口，我跟执勤的武警战士确认了这里正是北洋法政学堂旧址，但只看到墙上的一组北洋法政学堂的黑白照片，并没有看到其他遗迹。

100多年前，天津北洋法政学堂可是一所闻名退迩、出了很多名人大家的著名学府，它在中国革命史、中国教育史上都曾留下浓墨重彩的一笔，一直到今天还有很多专家学者在关注和研究它，通过对它的不断挖掘和研究，进而更深入地了解李大钊、弓仲韬等党史人物。这也是我为什么冒着酷暑、几经周折也一定要找到旧址的原因。

虽然有点遗憾，但亦不无收获，因为我终究还是找到了旧址，亲身感受到了他们当年走过的路、过过的桥、吹过的风，以及至今还在流淌的、从未改过名字的新开河。

徜徉在杨柳依依、鲜花绽放的河边，仿佛看到了中国革命先驱李大钊的身影，就是在这里，他和弓仲韬等法政学会的同学们一起指点江山、激扬文字，结下深厚的革命情谊……

位于天津市河北区的新开河（拍摄于 2024 年 8 月 24 日）

第三章　成立台城特支

1923年初春的安平县，滹沱河水已经解冻，黑褐色的沙滩却还未苏醒，看不到一点生机。然而，在这片广袤的土地上，正孕育着勃勃生机。已经是中国共产党党员的弓仲韬，奉李大钊之命返回家乡。在弓仲韬的带领下，中共台城特别支部呼之欲出，迸发出惊人的力量。

一、受李大钊影响走上革命道路

弓仲韬从北洋法政毕业后，按照父母的要求，回到故乡台城村。但他并不满足于当一个养尊处优的大少爷，在当了几年乡村教师后，当得知李大钊从日本回国、在北大工作的消息后，他毅然辞别父母家人来到北京，在距离北大红楼很近的一所小学当了教员。他之所以作出这个重要选择，目的是非常明确的，那就是为了追随李大钊先生，为了寻求革命真理。

弓仲韬一生都深受李大钊的影响，这种影响是日积月累、润物无声的，尤其是在北京期间，他不仅深受李大钊革命思想的影响，更是为其高尚人格所折服和感动。

1920年3月，李大钊在北京大学发起成立马克思学说研究会。10月，在李大钊的发起下，北京共产党小组（11月改称中国共产党北京支部）建立。

在北京李大钊故居馆藏中，有一页颜色略黄的薪水表，上面记载着李大钊担任北大图书馆主任时的薪水是每月 120 块银圆。1920 年 7 月 8 日，李大钊被北大评议会评为教授兼图书馆主任，此后他的收入可以达到 180 块银圆。由于李大钊在校外还兼任着朝阳大学、女子师范大学、师范大学、中国大学等高等院校的教授职务，加上稿费，每个月收入可多达 300 块银圆。

在那个 2 块银圆买 50 斤面粉、400 块银圆就可以买下一处四合院的年代，李大钊的收入可谓十分丰厚。然而，他和家人却是常年身居陋室、粗茶淡饭，一身布袍补了又补。他身处教授之位，却从未购置过一个属于自己的家。

1916 年，李大钊从日本弃学归国后，先后在北京居住生活近十年，北京可以称为李大钊的第二故乡。这十年中，李大钊先后租住过八处住所，而且大多住在西城。一来他为了节省坐车开支而步行上下班，居住地大多距工作地较近。二来当时西城租房价格与东城相比较为便宜。

在《李大钊北京十年》（中央编译出版社 2010 年出版，王洁主编）一书中，讲了这样几件事：

李大钊在此居住期间，家中常有党内同志及青年友人开会、做客，有时时间久了，他便留同志们在家吃饭，有时还亲自做饭招待，一如他平日的饮食。友人们每每提起李大钊，总说他居室简陋，食不兼味，服饰简单，与人和善诚恳。上班时，如若中午不回家吃饭，李大钊便自备面饼、窝头搭配咸菜，这种营养价值不高的饮食习惯令他的学生不解又担忧。

一次，当这位素日勤恳辛劳的教授又拿出寡淡的午饭时，学生张尔岩劝说他要注意健康。李大钊欣慰学生的关切，却也直言道："美味佳肴人皆追求，我何尝不企享用？你想没想到，时下国难当头，有许多同胞食不果腹，衣不遮体，面对这种局面，怎能只因个人享受，不思劳苦大众疾苦呢？"李大钊的清贫，于衣着是冬一絮衣、夏一布衫，于饮食是粗茶淡饭仅为果腹，于居住是不讲排场不置家产。而他的富有，不是丰厚月薪带来的锦衣玉食，而是博大的胸怀和关心群众疾苦的真情。

有一年冬天，一位革命青年受组织委派将要到远方工作，临行前他来到李大钊家中向先生道别。李大钊见他身着单衣，便怜惜地说："这样怎么能过冬？"说罢转身便去里屋和夫人商量，想把原本给儿子李葆华做的新棉衣送给他。赵纫兰为人厚道，从来都对丈夫工作非常支持，但这次她却犹豫了："葆华的旧棉衣早就破得不能再穿了，这件新棉衣还没上身呢！"李大钊见状有些急了："人家马上就要去远方工作了，没有棉衣怎么行？快拿出来吧！"于是，这件新棉衣穿在了这位革命青年身上，而他们的儿子李葆华依旧穿着那件破棉衣过了那个冬天。

一位名叫曹靖华的北大俄文系旁听生，曾因交不起学费向李大钊寻求帮助。李大钊立刻给北大会计科写了一张条子，从自己薪金中预支一部分给曹靖华解决学费问题。李大钊还对曹靖华说："解决了学资问题后，你还有什么困难，可以来找我。"

李大钊就是这样，不断地教育和资助着一位又一位的革命青年与学生。他把自己优渥的薪水奉献给他人和革命事业，而把艰苦朴素的生活留给自己和家人。

"光明磊落之人格，自有真实简朴之生活。"李大钊将这句话贯彻在自己的一言一行中，对待党的事业，他更是将毕生精力都奉献其中。

正是受李大钊坚定的革命信仰和无私奉献、两袖清风的高尚人格影响，弓仲韬义无反顾地投入革命的滚滚洪流中。在以后漫长的风雨岁月中，即使环境再残酷、道路再艰难，哪怕经历了痛失父母妻儿、自己也双目失明的多重打击下，他始终信仰坚定，不改初心。

1921年中国共产党成立后，李大钊代表党中央指导北方地区党的工作。在李大钊的启发和引导下，弓仲韬认真学习研究马列主义，经常抽时间到天桥附近了解民情，向工人群众宣传马列主义和革命思想。

通过一段时间的观察和考验，李大钊认为弓仲韬不仅有思想、有抱负，而且有能力、有担当，充满革命的热情，遂发展他正式加入了中国共产党。

党史资料记载，从 1921 年中国共产党成立到 1927 年大革命失败前，中共没有规定入党誓词，也没有把入党誓词作为发展党员的必经程序。加入中共组织，没有固定和统一的誓词，只要承认党的纲领，并有一人介绍，经过审查即可入党，主要是通过表决心等方式，表达自己对加入共产党的志愿。

从 1923 年春正式加入中国共产党，弓仲韬便开始走上了职业革命者的道路。

此时，共产党领导的学生运动和工人运动此起彼伏。1921 年 8 月，公开做职工运动的总机关——中国劳动组合书记部成立。从 1922 年 1 月到 1923 年 2 月，掀起了中国工人运动的第一次高潮。在持续 13 个月的时间里，全国发生大小罢工 100 余次，参加人数达到了 30 万以上。其中，京汉铁路工人大罢工上演了最为壮烈的一幕。

1923 年 2 月 7 日，在吴佩孚的命令下，湖北督军萧耀南借口调解工潮，诱骗工会代表到江岸工会会所"谈判"。工会代表在去工会办事处途中，遭到反动军队的枪击。赤手空拳的工人纠察队当场被打死 30 多人、打伤 200 多人，造成了震惊中外的二七惨案。

京汉铁路工人大罢工是中国共产党领导的第一次工人运动高潮的顶点。它进一步显示了中国工人阶级的力量，扩大了中国共产党在全国人民中的影响，沉重打击了北洋军阀政府和帝国主义势力，但共产党和工人队伍也付出了惨痛的代价。在残酷的斗争中，中国共产党深刻地认识到：中国革命的敌人异常强大，单靠无产阶级赤手空拳，匹马单枪，是不能战胜强敌的，必须建立广泛的统一战线。

二七惨案发生后，各地的工会组织除广东、湖南外都遭封闭，全国工人运动暂时转入了低潮。

正是在这样的大背景下，同年 4 月，李大钊决定委派一个信仰坚定、不怕吃苦、有能力又有魄力的党员，去农村建立党组织，传播马克思主义，团结和发动更广泛的农民参与到革命队伍中来。

李大钊选定的这个人，就是弓仲韬。

二、苦难深重的"孝德之乡"

在祸国殃民的军阀统治下，安平人民不得平安，饱受欺凌和压榨。历任县知事倚仗各系军阀的势力，凭借手中的权力，与地主豪绅等反动势力串通一气，鱼肉人民。地主豪绅则助纣为虐，勾结官府，横行乡里。县公署是地主阶级统治人民的全县最高机关，下设警察局、警察所，村设村正、村副，地主豪绅设民团。这些机关既是反动政府的政权支柱，也是地主豪绅欺压劳动人民的工具。

劳动人民政治上受压迫，经济上受剥削。地主阶级对农民的压榨和剥削手段极端毒辣和残酷，如出租土地"八顶十"（八亩顶十亩）、"四六分"（地六劳四）、"上交租"（先交一部分租）等。佃户辛劳一年，所得无几，每年还要给地主做各种无偿的劳役。向地主借贷要春借秋还，借一还三，"驴打滚""现扣利""出门利"……农民借下这些债，就等于欠下了还不清的阎王债，常常被逼得以田地、房产抵债，甚至卖儿卖女。

"法如虎，税如刀，高利贷压折穷人的腰""节好过，年好过，日子难过；出有门，进有门，择借无门！"这些广为流传的民间俗语，从一个侧面反映了剥削阶级对贫苦百姓的压榨。

随着阶级分化日趋严重，贫雇农的生活更加艰难，土地等生产资料越来越集中在地主豪绅手里。全县地主富农占农村人口不到10%，却占有近80%的土地。而占农村人口90%以上的劳动人民，仅占有全部土地的20%多。

地方政府横征暴敛，苛捐杂税层出不穷，更加重了劳动人民的负担。反动当局为了弥补财政开支不足，充塞自己的腰包，向人民敲诈勒索兵款、战费，巧立各种名目，以摊派等形式，把"地契税""屠宰税""督察捐""民团捐"等30多种捐税，强加在劳动人民头上。逢遇战时，便以武力抢粮抓丁，甚至预征几十年、上百年以后的钱粮，逼得农民典田当物，卖儿卖女，苦不堪言。

买办资产阶级充当帝国主义的奴才和帮凶，大肆推销洋货，低价收购农产品。加上滹沱河十年九患，一到雨季，河水长驱直下，全县一片汪洋。捐税、战祸、天灾，逼得劳动人民倾家荡产，生活无着，妻离子散，流落异乡。

一首流传很广的《逃荒歌》，真实反映了当时农村的惨状。歌中唱道："滹沱河，水滔滔，逃荒的人们好心焦；老的老，少的少，无亲无友无着落！"

三、返乡办平民夜校

1923年4月的一天，在安平县台城村的土路上，一辆花轱辘马车停在了路边。从箱套内下来一个穿黑色马褂、戴毛呢礼帽的男子，他就是刚从北京返回家乡的弓仲韬。

离弓家大院还有200米，他就提前下了车，因为迎面走来几个衣衫褴褛、面黄肌瘦的人。走在最后面的两个人他认识，是本村的弓春台和他的儿子弓深造。

此时，虽已立春，但寒风依然刺骨，滹沱河上还有细碎的冰凌涌动。弓春台父子都穿着破旧单薄的衣裳，满脸愁容，而弓深造好像刚哭过，冻得通红的小脸上挂着泪痕。

弓仲韬迎上前去，热情地打着招呼："春台大哥，你们这是要去哪儿？"

见到弓仲韬，弓春台有点儿意外，多年前他曾多次受过弓仲韬的接济，自从弓仲韬去外地上学后，他们就很少见面了，此时此刻，在这种情境下遇到恩人，弓春台又惊又喜、百感交集，他答道："大少爷，您回来了？俺们……唉！闯关东去！"

身旁的弓深造仿佛见到了救星，一把抓住弓仲韬的袖口，带着哭腔央求道："俺不想去闯关东！俺还要找弟弟呢！弓先生，您救救俺一家吧！"

弓仲韬放下行李，一把搂住弓深造，关切地问："二锅怎么了？"

弓深造哽咽着回答："俺爹、俺爹把二锅给卖了！"说完，他蹲在地上放声大哭起来。

弓春台的眉头皱得更紧了，头也埋得更低了，儿子的话显然让他受了刺激，一时间他羞愧不已，痛苦不堪，只得长叹一声，无奈地说："嗨！年景不好，打下的粮食刨去给东家交租子，就不剩什么了。年前他爷爷又病了，没钱请郎中，很快就没了，发送老人又欠下一屁股债，我也是实在没法子呀，二锅还小，不记事，到了别人家，没准能过得好点……听说关东那儿地多人少，只要不惜力，就能活下去。我寻思这也是条路吧，看看咱们台城有4户人家都闯了关东呢！"

闻听此言，弓仲韬心中又急又气，同样身为人父的他，最见不得这卖儿卖女的人间惨剧，而此刻，看着眼前这对穷困窘迫的父子俩，他将指责的话咽进肚里，诚挚地劝说道："关东路远，又是酷寒之地，您的腿脚能受得了吗？还是别走了。我这次回来，想在村里办平民夜校，正好需要一个帮忙的校工，管吃管住，还有工钱，您看可以吗？"

弓春台闻听，脑子一时没反应过来，他正不知该怎么回答，弓仲韬又接着说道："你们留下来，弓深造才可以上学呀。"

弓深造闻听，腾地一下从地上跳了起来，兴奋地喊道："上学？太好了！爹！俺要上学！"

弓春台瞪了儿子一眼，斥责道："这孩子，咋这么不懂事！咱家穷得叮当响，哪有钱上学呀！"

弓仲韬急忙接过话茬："春台哥，您放心吧，咱们台城村的平民夜校不收学费！"

"大少爷，您说的是真的？""是真的！"弓仲韬的话音刚落，弓深造接着大声说道："爹！我要上学！我要跟弓先生学认字！"

看着弓仲韬真诚的眼神，听着儿子急切的声音，弓春台百感交集，他激动地说："大少爷，您真是我们的恩人啊！为了孩子，不走了！"

看到弓春台改了主意，弓仲韬长舒口气。此时此刻，他迫不及待地想见到自己的父母妻儿，他已经快一年没回家了。

此时的弓家客厅，弓仲韬父母正在喝茶聊天。

弓仲韬妻子端着一盘茶点走进来，她清秀俊雅，举止端庄，一看就是个大家闺秀。她把点心端到公婆面前，毕恭毕敬地说："爹、娘，这是我新做的芝麻酥饼和茯苓山药糕，您二老尝尝，看合不合口味？"

弓父拿起一块糕点尝了尝，满意地点点头。弓母也直夸味道不错。

"老大媳妇，你每天忙里忙外地辛苦了，不过也别光顾着我们，韬儿快一年没回家了，你也该去看看他了。"弓父说。

"是啊，早该去看看。"弓母附和道。对这个贤淑懂事的好媳妇，老两口是一百个满意。

闻听此言，儿媳自然心中欢喜，她语气轻柔谦恭地说："好的，那我明天就去趟北京，正好我娘家的绸缎庄在西花市大街又开了家分店，我哥想让仲韬帮着打点，我过去也好和他当面商议下。"

弓父点点头说："嗯，西花市大街那可是有名的繁华之地，你娘家哥哥在那开店，生意一定错不了。韬儿以后总要挑起弓家的担子，让他先到那学学，练练手，总归是好事。"

弓母附和道："是啊，他在学校当教员，能有什么前途，又累又不挣钱，不如到生意场上锤炼锤炼。老大媳妇，你也别着急回来，多陪陪他，孩子有我们照看着。"

"谢谢爹！谢谢娘！还有件事跟二老请示，昨天我父母捎话来，说他们在北京又置办了两处大宅子，想让咱们全家都搬过去住，说那边生意好做，孩子们也能上新式学堂。"

听儿媳这么说，老两口互相对视了一下，弓父说："我们老俩就算了，安平虽小，也是故土难离，何况地里的庄稼、马尾罗的生意都离不开人。你就安心去吧，替我谢谢你父母，事事都替弓家着想。"

弓父话音刚落，弓仲韬就拎着箱子走了进来，屋内的三人全都愣住了。弓母又惊又喜，急忙从椅子上站起来，说："韬儿回来了，怎么也没提前捎个信儿？"

弓父却有点疑惑地打量着儿子，知子莫如父，这不年不节也没到暑假呢，儿子突然回来，是有什么事吧？

弓仲韬答道："爹、娘，我已经辞了北京的工作，这次回来，就不走了！"

这句话让妻子惊讶万分，其父母面面相觑，更是一脸懵懂。

妻子从弓仲韬手中接过行李，低声说："我大哥还等着你去北京打理绸缎庄的生意呢，咱孩子上的新式学堂他都给联系好了。"

弓仲韬却说："我不是做生意的材料，别再耽误了大哥店里的买卖。孩子也不必非去北京上学，我这次回来，就是要开夜校，办新式学堂！"

弓父闻之，面色沉下来，质问道："办新式学堂？亏你想得出，在咱们村，能舍得花钱送孩子进学堂的，能有几个？"

弓仲韬说："爹，您放心吧，我心里有数。"

"我可提醒你啊，现在是多事之秋，你可别给我惹出什么麻烦来！"弓父正色道。

弓母却喜笑颜开地说："回来就好啊，一家人在一起比啥都强！老正——"

厨子老正一溜小跑地进来："太太有什么吩咐？"

弓母说："你马上去趟保定，买点大少爷爱吃的白运章包子、马家烧鸡，还有义春楼的驴肉、大慈阁的糕点，都挑着买几样！"

老正答了一声"好嘞"，出屋去办事了。

这时，弓仲韬的大女儿弓浦、二女儿弓乃如跑了进来。

"爹！您可想死我们了！"弓乃如扑过来，激动地说。

"爹也想你们呀！"弓仲韬微笑着，弯腰从皮箱里拿出几本杂志。

"爹！这次又给我们带什么好书了？"弓浦凑过来一看，惊喜地喊道："《东方杂志》！《新青年》！太棒了！"

弓浦带着妹妹在旁边翻看着杂志，全家人脸上都洋溢着笑容，只有弓父眉头紧皱，似有心事。

此时，弓家的厨房内，几个厨子和帮佣正手脚不停地忙碌着。有杀鸡宰鹅的，有收拾鱼虾的，有泡发海参、山货的，还有炖大肉、炸四喜丸子的……

弓母来到厨房，一边仔细检查一边问："准备得怎么样了？"

"没问题，都是按照太太的吩咐准备的，十荤八素，外加每人一份佛跳墙。"

弓母满意地点点头，面露喜色。

那是一顿特别丰盛的晚餐，弓家大院内洋溢着轻松愉悦的气氛，每个人的脸上都挂满笑容。

那天全家人在一起其乐融融、和谐美好的画面，一直铭刻在弓仲韬的脑海中。在以后漫长而残酷的岁月里，尤其是先后经历了大女儿牺牲、儿子夭折、妻子客死他乡、自己也双目失明后，弓仲韬无数次地回忆起那顿丰盛的晚餐和孩子们的笑脸。那温馨美好的画面慰藉着他千疮百孔的心灵，也让他对家人充满了深深的愧疚。

四、成立农村党支部

弓仲韬奉命返乡的第一个晚上，尽管奔波劳累了一天，但他毫无睡意，满脑子都是下一步如何开展工作的事，遂披衣来到庭院独自散步。一轮弯月挂在中天，淡淡的月光洒在刚冒芽的香椿树上。一个月前，也是这样一个有着淡淡月光的夜晚，他应李大钊先生之邀来到北大红楼。刚走进办公室，就见先生眉头紧锁，右手拳重重地砸在桌子上。

弓仲韬吃一惊，"您这是——"

"太令人气愤了！就在前天，湖北督军萧耀南在吴佩孚的命令下，借口调解工潮，诱骗工会代表到江岸工会会所谈判，工会代表在去工会办事处途中，遭到军队枪击，赤手空拳的工人纠察队当场被打死30多人、打伤200多人！我党领导的京汉铁路大罢工，极大唤醒了民众的觉悟，打击了帝国主义势力和军阀统治，但是，付出的代价也是惨痛的！这两天我一直在反思，血的事实告诉我们，要推翻反动的军阀统治，单靠工人阶级的孤军奋战是不行的，必须发动广大的农民阶级，联合一切可以联合的力量！"李大钊语气沉重地说。

"先生所言极是，最近北京城里的形势也愈发紧张，我们的很多聚会点都被查封了，街上到处都是便衣特务。"弓仲韬说。

"所以，仲韬，这正是我今天找你过来的目的。针对目前的严峻形势，我想交给你一项重要任务。"李大钊看着弓仲韬，目光如炬。

弓仲韬郑重地说:"我已经是共产党员了,先生,您就下命令吧!"

李大钊说:"好,最近你把北京的工作交接一下,下个月就回你的老家安平县。"

弓仲韬闻听有些不解,问:"回老家安平?"

李大钊点点头说:"对,我自幼生长在农村,耳闻目睹农民遭受官府、地主的压迫剥削,境遇悲惨,广大农民身上蕴藏着巨大的革命力量。中国浩大的农民群众,尤其是贫雇农,以及小资产阶级知识分子是党要发展和依靠的对象,如果能够组织起来,参加国民革命,那中国革命的成功就不远了。目前我党的势力还很单薄,你回农村老家,可以利用人熟地熟的优势,发展党员,壮大我们党在农村的组织,领导和团结广大农民开展反帝反封建斗争!"

"好!"弓仲韬使劲地点点头。

李大钊又叮嘱道:"不过,你要做好充分的思想准备,农村不比城市,农民也不比工人、学生,他们大多不识字,思想也比较保守,在农村开展革命工作一定会遇到很多意想不到的困难,你有信心吗?"

"有!我老家的农民虽然贫穷落后,思想保守,也没文化,但他们大多勤劳善良,也渴望改变命运。"弓仲韬回答。

"好,回老家后,你可以先办识字班和平民夜校,并把夜校作为活动场所,发动民众,宣传革命道理,并从中发现积极分子,进而发展农民党员,建立农村的党组织。"李大钊进一步叮嘱。

"请先生放心,保证完成任务!"弓仲韬认真地说。

"最近北京城里不太平,你早点回去吧,路上多加小心。"李大钊不放心地说。

"好,您也早点回家吧!"弓仲韬说完,转身欲走,李大钊却又突然叫住了他,神情复杂凝重:"仲韬,你父母身体还好?"

弓仲韬答:"谢谢先生关心,都挺好的。"

李大钊又说:"你家在当地是名门望族,家大业大,现在你跟贫雇农站在一边,替穷人说话,与地主、恶霸和反动资本家作对,肯定会承受巨大压力,甚至会触及自己家族的利益,你,真的没问题吗?"

看到李大钊这么关心自己，弓仲韬有点动情地说："先生，您还是堂堂的北大教授呢，收入丰厚，原本可以过舒适体面的生活，可您却把大多数工资拿出来资助革命和贫困学生，自己家徒四壁，平时连黄包车都舍不得坐，和您比起来，我承受这点压力又算得了什么？"

李大钊放心地点点头，说："此次回乡，千斤重担压在你一人身上，万万多加小心，有什么困难随时找我。"

"先生，我记得您曾经说过，干革命就要舍得出家财，豁得出性命。您放心，我就是豁出身家性命，也要完成任务！"弓仲韬说。

想到那晚李大钊先生的殷殷嘱托以及自己的承诺，弓仲韬陡然增添了信心和勇气。这时，雇工弓凤洲背着一筐草走了过来，打断了弓仲韬的回忆。

弓凤洲好奇地问："大少爷，这么晚了您怎么还不睡？"

弓仲韬答："哦，晚饭吃多了，出来走走。凤洲，你怎么这么晚还干活？"

弓凤洲答："喂完马就睡，大少爷没听过那句话吗，马无夜草不肥！"

弓仲韬叹了口气，说："马肥了，你却瘦了！"

弓凤洲说："给东家干活，就得尽心尽力，再说大少爷对我们下人这么好。"

因为弓凤洲一向踏实肯干，人品又好，弓仲韬对他很是信任，就顺势说："过几天平民夜校开学，你去吧。"

弓凤洲挠挠头说："夜校？就是学堂呗？不去不去不去！我不爱学，也没钱上。"

弓仲韬笑了，说："上夜校不要钱。"

弓凤洲说："那也不去，要说种庄稼、喂马，甚至打把式卖艺我都行，上学，还是算了吧！"

弓仲韬说："你呀，我走了这几年，你不仅没进步，反而是罐儿养王八——越养越抽抽呢。堂堂男子汉，活着不能只为了眼前的一口吃食，要放眼天下，有自己的人生追求。"

弓凤洲却说："天下我没见过，只说咱台城村，去年外出逃荒的就有20

来户，卖儿卖女的有 4 户，我知道大少爷心肠好，经常帮助穷人，可你一个人也帮不过来呀！"

弓仲韬因势利导，说："所以凤洲，你得帮我，我们一起做这件大事，同时发动更多的人来做，让穷人不再挨冻受饿，卖儿卖女，大家都能过上不愁吃喝、平等有尊严的好日子！"

弓仲韬真诚的一番话，让弓凤洲有点动心了："要真有那么一天，那敢情太好了！可是我能做啥呢？"

"带头去夜校上课，同时发动其他贫雇农、长短工们也去听课！"弓仲韬上前一把抓住弓凤洲的胳膊，鼓励地摇动几下。

弓凤洲点点头，说："行！我听大少爷的！哎呀，光顾着说话了，我得赶紧去喂马了！"

弓凤洲刚走，弓仲韬妻子走了过来，将一件长袍披在弓仲韬肩上，柔声说道：

"当家的，你怎么还在外面？累了一天了，回屋早点歇吧。"

看着眼前温柔贤淑的妻子，弓仲韬想说什么，但犹豫了一下，又咽了回去。

月光下，丈夫欲言又止的细微表情被妻子捕捉到了。

"当家的，你是有什么事吧？"

听到妻子关心的询问，凝视着她秋水一般的眼睛，弓仲韬不再犹豫，他心里清楚，没有人比眼前这个女人更理解他、也更值得他信任。

"有个事想跟你商量。平民夜校开课后，你能过去帮忙吗？"他看着她的眼睛，微笑着、故作轻松地说。

妻子愣住了："可是我能帮啥忙？"

弓仲韬说："你过来帮着煮粥吧。"

妻子瞪大双眼，难以置信地问："什么？你不会是让我在学堂门口卖粥吧？"

看到妻子吃惊的样子，弓仲韬笑了，说："那不能，刚才不是说了吗，是煮粥，你只管煮就行。"

毕竟是相知相爱多年的伴侣，妻子刹那间就明白了他的心思，说："你教他们认字就罢了，还要管饭吗？"

"咱村的情况你是了解的，去年又赶上灾年，乡亲们的日子都不好过，总不能叫大家饿着肚子来上课吧？"弓仲韬说。

"你这么做，爹知道不？"妻子有点担忧地问。

"先把夜校开起来，回头我再找机会跟爹慢慢解释。"弓仲韬回答。

妻子轻叹一声说："唉！你呀！先回屋吧，夜这么凉……"

春天的滹沱河畔，冰雪已经融化，草木尚未发芽，放眼望去，水面波澜不惊，偶尔会有几只水鸟扑棱棱飞过，让静谧沉闷的水面瞬间有了生机。

1923年4月的一天晚上，在滹沱河南岸、台城村弓仲韬家的一处厢房内，房顶上挂着一盏汽灯，几排简易的桌椅板凳上，坐着30多个衣衫褴褛的农民，每个人手里捧着个瓷碗，正在稀里呼噜地喝粥。

弓仲韬的妻子站在外面墙的锅灶前等着收拾。喝完粥的农民陆续将饭碗放回到盆里。

喝粥的声音、碗筷碰撞的声音，在教室内外混合成一种滑稽的交响乐。正是这充满烟火气的声响、画面，一下子就拉近了弓仲韬和贫苦农民的心。

看大家吃得差不多了，弓仲韬走上讲台，大声说：

"父老乡亲们，从今天起，咱们平民夜校就算正式开课了！"

话音未落，弓成山突然推门进来，气喘吁吁地嚷道：

"大少爷，我来晚了！"

弓仲韬说："我再说一遍，以后谁也不许叫大少爷，叫我仲韬或先生都行。"

弓成山故意调侃道："那个弓先生，我还没吃饭呢，还有粥不？"

众人爆笑起来。

弓妻忍俊不禁，用勺子刮了刮锅底，凑了半碗粥递了过来。弓成山接过饭碗，狼吞虎咽，两口就喝光了，因为着急，呛咳了好几声，教室里又是一阵笑声。

弓仲韬大声说："好，安静了！今天我们学的第一个字，是人。"

他取出粉笔在黑板上写了一个大大的"人"字，接着说："这个人字写起来很简单，看明白却并不容易。有句老话你们肯定都听过，叫'民以食为天'，还有一句话：'人生天地间，庄农最为先。'啥意思呢？就是无论是谁，都得吃饭，所以粮食就是人的'天'，而粮食是哪儿来的呢？当然是咱们农民种的。所以说，掌握农时，种好庄稼，是天地间最最紧要的事情！"

弓成山站起来说："理儿是这么个理儿，可要我说呀，这天地间，数农民最低贱、最不值钱！"

紧接着，其他人也开始交头接耳，议论纷纷。

"是啊！最累最穷的永远都是咱庄稼人！"

"这年头，只要是有钱，兔子王八都大三辈儿！"

台上，弓仲韬继续讲着："你们有没有想过，为什么有的人四体不勤，五谷不分，却享尽荣华富贵；而有的人累死累活，却食不果腹，衣不蔽体？"

"都是命呗！人的命，天注定！"

"是啊！生死有命，富贵在天！"

大家你一言我一语地回答。

弓仲韬环视教室一周，继续说道：

"不！人生来是平等的，我们人人都有一双眼，一张嘴，都有手有脚，没有人天生就是老爷，也没有人天生就是奴才。我泱泱中华，是5000多年的文明古国，有着悠久的历史，灿烂的文化，就连我们这个小小的安平，就出现过以孝德享誉天下的郝女圣姑，还有崔护、李百药等历史名人。而如今，军阀与外国列强相互勾结，内忧外患，民不聊生，农民不仅要承受官府名目繁多的苛捐杂税，还要受地主老爷的盘剥压榨！多少年来，我们农民为了过上好日子，跪天、跪地、跪神、跪佛、跪圣贤、跪祖宗，跪得腰都直不起来了，可还是免不了要国破家亡！乡亲们，我们只有先站起来，挺起腰杆做人，才能强起来，进而联起手来改变这个不平等的社会，过上有尊严的人的生活！"

教室内鸦雀无声，大家认真听着，思索着。第一堂夜校课结束后，人陆续散去，教室内只剩弓仲韬、弓凤洲和弓成山在收拾。

弓凤洲认真地问："仲韬哥，您说的改变这个社会，就是革命的意思吗？像孙中山大总统推翻大清朝那样？"

弓仲韬答："辛亥革命虽然推翻了清王朝，可是政权落到了军阀手里，军阀与帝国主义相互勾结，祸国殃民，老百姓依然摆脱不了受苦受难的命运！所以，只有天下的受苦人团结起来，打倒剥削人民的反动军阀、地主、资本家，穷人才能真正翻身得解放！"

弓凤洲又问："可是天下这么大，穷人这么多，怎么团结起来？"

"群羊走路看头羊，干革命也一样，我们需要一个带头的组织，一个服务工农大众、为穷人谋幸福的组织，那就是中国共产党！"弓仲韬压低声音说。

"中国共产党？"弓凤洲重复道。

"对，我相信李大钊先生说的那句话，试看将来的环球，必是赤旗的世界！"弓仲韬握紧拳头，语气坚定地说。

旁边的弓成山接过话问："大少爷，穷人闹革命我能理解，可是你又是为啥？你就不怕弓老爷和族亲长辈说你大逆不道？"

弓仲韬答："没什么可怕的！为了我们的国家，为了劳苦大众，从我加入中国共产党的那天起，就做好了牺牲一切的准备！"

弓仲韬铿锵有力的一番话，深深打动了弓凤洲和弓成山。

"仲韬哥，也算我一个吧，我也要加入中国共产党！"

"那也算我一个！"

在平民夜校的教室内，弓仲韬、弓凤洲、弓成山三人伸出手掌，紧紧握在一起。

3个月后，即1923年8月，在李大钊的直接指导下，经中共北京区委批准，在冀中腹地的安平县台城村诞生了中国最早的农村党支部。因当时尚未建立省委、县委，所以命名为台城特别支部，直属北京区党委领导，弓仲韬任支部书记。

冀中平原上的中共台城特别支部虽然只有3名党员，却有着非同寻常的意义。根据中共北京区委的指示，刚刚成立的台城特支明确了两大主要任务：一是带领农民开展各种对敌斗争；二是继续壮大党的队伍。

受弓仲韬的影响，当年曾上过平民夜校的农民，很多都走上了革命道路，甚至献出了宝贵的生命。仅台城村牺牲的革命烈士就有50多人。据台城村的弓大栓生前回忆，全民族抗战爆发后，他们8个上过平民夜校的穷学生先后都参了军，有3个在战场上牺牲了。他们分别是：弓乃纯，一二〇师战士，1939年参军不久牺牲在河间；弓秋恒，抗二团侦察排长，1945年牺牲在郑州市；刘秋本，三纵八旅排长，1948年牺牲在密云县古北口镇。

■ 追寻的足迹：在北京西花市大街

2024年8月3日，周六。我在北京采访完弓仲韬的几位亲属后，还有点时间，就赶到崇文门外的西花市大街——当年弓仲韬岳父家开绸缎庄的地方。这条街2022年入选"首都功能核心区传统地名保护名录"（街巷胡同类第一批）。

据说西花市大街在早先是一条十分热闹的商业街，因明清时大街上有不少经营绢花、鲜花及绫绢布料的作坊而得名。新中国成立后绢花作坊合营成立了北京绢花厂，厂址就在这条街附近的上三条胡同。不仅如此，这条街上还有不少老字号经营着百货、照相、中药材及餐饮等，甚至还有一间专门算卦的铺子，叫"张东海算命馆"，就坐落在花市火神庙的右侧，20世纪50年代破除迷信时被取缔。

在西花市大街上，有一家非常有名的布店，叫"协成生布店"。今天，如果我们在搜索引擎上查询，会看到这样一段话：协成生布店，位于崇文门外西花市大街，是由河北饶阳人李姓出资8000银圆，于民国初年开办的。当时有职工20多人，后增至近百人。最初主要经营装粮食的口袋、被套和马褡子（放在马背上用来装东西的布口袋）及土白布等商品。后来，发展成为花素布匹、洋布土布、丝织绸缎等商品齐全的有名的大布店……协成生经营有方，货色齐全，质量上等。既有河北高阳的白布、市布、标布、双葛丝，山东昌邑的蓝白布、塞子布和大庄布，北京的爱国布，湖南和江西的夏布等，还有日本和欧洲各国进口的花素洋布。既有苏州、杭州的丝绸纱罗，还有进口的呢绒等洋货。

那么，这个李姓大老板是谁呢？经多方考证，此人正是弓仲韬妻子的爷爷李第莱。

今天的西花市大街依然热闹，有炫目时尚的现代商厦，也有古朴典雅、雕梁画栋的老字号店铺，两种穿越时空的风格在这条老街上碰撞、混搭，别有一番韵味。沿着西花市大街的路口往东走，五六分钟到达一个小的十字路口，发现还有东花市大街、南花市大街、北花市大街，可见百年前的花市大街确是以"花"闻名的繁盛之地。只是我走遍了西花市大街，仔细搜寻，也没看到一家绸缎庄。忽然在路的北侧，看到有着几百年历史的火神庙还在，仔细看外墙上的文字介绍，从中发现一些端倪：

> 花市火神庙，始建于明隆庆二年（1568 年），清乾隆四十一年（1776 年）重修，为神木厂悟元观下院，供奉火德真君。自明代始，每月逢四之日均为庙会，以售绫绢、纸、鲜花为主，该庙中轴线建有山门、大殿、后殿等，两侧建有附属建筑。大殿为勾连搭形式，正脊正面为六条龙，配葵花、菊花等纹饰，背面为六只凤，亦配有花卉纹饰。整个建筑具有较高的艺术价值。

看来，过去的西花市大街，果然是有经营绫罗绸缎、丝帛锦绢的传统，那么，弓仲韬岳父家在此开绸缎庄的说法，也就合情合理了。正所谓"纸上得来终觉浅，绝知此事要躬行"。

走在熙熙攘攘的西花市大街上，想象着当年弓仲韬的岳父家在此开绸缎庄的热闹场景，心中五味杂陈。那时，弓仲韬一定是他岳父一家最信任、最欣赏的人，否则，饶阳县大官厅村最富有、最会做生意的李家，怎么会想到要将这寸土寸金的京城旺铺让他这个女婿接管呢？只是令岳父万万没想到的是，这个他最看好的女婿竟谢绝了自己的一番好意，他放着大把的银子不赚、放着荣华富贵的前程不要，而是选择了一条充满艰险、布满荆棘的坎坷之路：返回故乡台城村，办夜校开启民智，建立农村党组织，播撒革命火种……

第四章　台城星火在冀中燎原

在那个星火初燃的年代，一句"成为组织的人"，令她铭记终生。也许，每个普通人的骨头里，都埋着一颗火种，一旦理想被点燃，便能够烧穿黑暗。从李大钊到弓仲韬再到严镜波，薪火相传的，是矢志不渝的理想信念，以及民族脊梁上那生生不息的精神图腾。他们活着，是一盏灯；走了，留下一片星河。

一、安平县最早的中共党员李锡九

其实，弓仲韬并不是安平县第一个中国共产党党员。1922年，李大钊已经发展了一名安平籍人士加入了中国共产党，他就是大名鼎鼎的李锡九。

李锡九

　　李锡九是安平县任庄村人，生于 1872 年。原名李永声，曾起字"立三"，后因与湖南李立三同名，故登报声明，易名"李锡九"。

　　李锡九自幼酷爱读书，善于思考，有正义感，对当时腐败的政府极度不满，有志于改造社会，振兴国家。他不满足于中国的旧式传统教育，渴望学习新知识。1905 年赴日本留学，结识孙中山先生，同年加入了孙中山创建的中国同盟会。

　　1907 年李锡九回国后，在直隶巡警学堂任职。他广泛传播孙中山的民族、民主、民生主义思想，积极发展同盟会会员进行反清活动。1911 年 10 月，为支援武昌起义，他在北方奔走呼号，组织声援。1912 年中华民国成立以后，李锡九当选为中华民国众议院议员。在国会中，他坚决反对窃国大盗袁世凯和仇视革命的冯国璋。在袁世凯解散国会、篡改约法、大肆捕杀革命党人时，李锡九不畏艰险，矢志不移，继续与封建复辟势力进行斗争。

　　1917 年，李锡九赴广州，和孙中山等共商革命大计。为了推翻皖系军阀段祺瑞的北洋政府，打倒假共和、建立真共和、维护《临时约法》，李锡九积极参加了威震一时的护法运动，担任了非常国会护法委员。

　　俄国十月革命后，马列主义传入中国，李锡九开始研究马克思主义，学习十月革命经验，由一个激进的民主主义者开始向共产主义者转变。

　　1922 年，国会在北平复会，李锡九离穗北上。不久，在北京结识了中国共产党的主要创始人之一李大钊，并由李大钊介绍加入了中国共产党。他仍保留国民党籍，以国民党党员的面目出现，秘密开展共产党的工作。

　　1923 年，曹锟为当选总统，在天津成立了专为其筹集贿选经费的特务机构，答应投他一票的议员，每人可得 5000 银圆。因李锡九在议会影响甚大，曹锟便想用 2 万银圆的高价收买他，遭到李锡九严词拒绝。李锡九还在《晨报》上刊登启事，声明拒绝参加贿选，并揭发曹锟扣留国会经费、非法贿买两院议员的无耻行径，痛斥"猪仔议员"趋炎附势的卑鄙行为。

　　在 1984 年河北人民出版社出版的《河北文史资料选辑·第十三辑》中，有一篇韩子木的儿子韩经武写的文章。韩子木是李锡九在饶阳发展的最早的共产党员，两人是同志又是挚友。据韩经武回忆，当时李锡九经常去他家，差不多每次都给他带点食物。在韩经武的这篇《忆李锡九》中，有这样一段生动的描述："李锡九老伯义愤填膺，当场拒绝了这宗政治交易，对这种卑鄙肮脏的行为，进行了毫不调和的斗争。当然，接受曹锟贿款的不乏其人。其中一个就是保定育德中学学监张继武。他接受了贿款，不以为耻，反以为荣，并大肆宣扬。一次，他在李老伯（李锡九）哥哥李俊声家恬不知耻地说：两个字5000块钱，真便宜！"

同年10月10日，曹锟通过贿选当上总统。李锡九愤而回乡。在李大钊的指导和支持下，他回到故乡安平县任庄村开展农民斗争，发展共产党员。

1923年，他在任庄村带领农民拆毁旧庙，自筹资金建校舍，购置了黑板、桌椅板凳、灯油炭火等用具，创办了农民夜校和女校，并以此作为宣传马列主义、组织革命斗争的阵地。

同时，李锡九发动进步知识分子李洛擎、李子逊、李纪元等担任教员。他们边教农民文化知识，边宣传革命道理，宣讲的内容多取自于《社会科学概论》《莫斯科印象记》《苏俄考察记》《北京晨报》等宣传新文化、传播马列主义的书籍和报刊。

为丰富学员的文化生活，同时以寓教于乐的方式进行革命宣传，夜校还组织过别开生面的音乐会。为了动员贫苦农民参与学习，李锡九首先让自家的长工和女儿带头入校，并给贫苦学员一定的生活补助。很快，夜校学生就达40多人，女校学生30多人。

后来，因工作需要李锡九离开家乡后，仍十分关心两校情况，每年秋季总要给家里和村里写信，询问"收成如何"，并嘱咐："如收成不好，可用我家的粮食周济贫苦农民，也可把我的地卖掉，供两校费用，无论如何也要把两校办好。"

在李锡九的关心、支持下，两校后来有二三十人加入了中国共产党，不少人成了党的外围组织中的骨干，为第一、二次国内革命战争和抗日战争培养输送了骨干力量。

李子寿在回忆文章《我所知道的李锡九》中说："李锡九是我的族伯，他和我的一家关系非常密切，我的大哥李子逊，还有我父亲李振廷，都是在他的影响下先后走上革命道路的。……李锡九入党后，除在平津两地进行革命活动外，还积极指导和组织河北其他一些地方的斗争。在故乡安平及饶阳一带，他积极发展党组织，先后发展了饶阳的韩子木、安平的李少楼（我的堂叔）为共产党员，以后的饶阳、安平两县的首届中共县委会，便是由韩子木、李少楼及弓仲韬等人组建的。这期间，我大哥李子逊在他的影响下进步很快。当时锡九大伯为革命奔波，行踪不定，他每从外地回来，大哥便去找他。我那时已十多岁，大哥有时也带着我一道去大伯家。他家藏书很多，并备有不少革命的进步书刊。锡九大伯引导我大哥读书、学习，讲解革命道理。1924 年，经他介绍大哥加入了共产党。"

解放战争时期，李锡九作为傅作义的秘密使者前往西柏坡，同党中央商谈北平和平解放事宜。1949 年出席中国人民政治协商会议第一届全体会议。新中国成立后历任中央人民政府委员会委员、民革中央委员、河北省人民政府副主席等。1952 年 3 月 10 日在北京逝世。

二、中共安平县委成立前后

随着李锡九、弓仲韬分别回到安平县开办夜校、宣传革命思想，尤其是台城特支的建立，点燃了冀中农村革命的星星之火。

在李大钊的关怀指导下，刚成立不久的台城特支及时研究分析地方社会状况，决定在工农群众和知识分子中同时开展党的工作，并做了具体分工。弓仲韬负责在知识分子中活动，弓凤洲负责在农民中活动。到 1923 年底，台城村的弓振明、弓结流、弓偶气等人也加入了中国共产党。

1924 年初，李锡九介绍李少楼、李振庭和李汉辉加入中国共产党。李少楼在安平颇有名望，是北关高小的校长。随后，李少楼又介绍北关高小的李春耀、张述增加入了中国共产党。

1924 年 2 月中旬，在上级党组织的帮助联络下，弓仲韬与李少楼秘密取得联系。自此，李大钊在安平播下的两颗火种——任庄的李锡九和台城的弓仲韬，开始有了交集，两股革命力量汇集到了一起。

1924 年 3 月的一天，弓仲韬又来到北关高小李少楼的住处，商讨在进步青年中发展党员的事宜，他俩不约而同地都想到了一个人：敬思村的青年教师张麟阁。张麟阁是弓仲韬弟弟弓叔耕在育德中学时的同学，他出身地主家庭，但思想进步，向往革命，当时已经是安平县教育界的知名人士。于是，经弓仲韬和李少楼的介绍，张麟阁加入了中国共产党。张麟阁又先后发展了本村农民阮大楞、李更加入了中国共产党。1924 年 6 月，敬思村党支部成立，张麟阁担任党支部书记。

此时，安平县已有台城村、北关高小、敬思村三个党支部，有党员 14 名。至 1924 年 8 月，全县党员达到 20 人。在此基础上，为加强对全县党组织的统一领导，弓仲韬根据李大钊的指示，组织台城村、敬思村、北关高小三个党支部，各派代表于 1924 年 8 月 15 日，在敬思村张麟阁家中召开了安平县第一次党代会，建立了河北省第一个中共县委——中共安平县委，直属中共北京区委领导。出席会议的有弓仲韬、弓凤洲、张麟阁、李少楼、李春耀等 9 名代表，会议选举弓仲韬任县委书记，张麟阁任组织委员、李少楼任宣传委员，并明确了今后的工作任务：发展党的组织，壮大革命力量，启发群众觉悟，领导群众进行反帝反封建斗争。为方便工作，县委机关驻台城村弓仲韬家中。

县委成立后，台城特支改名为台城党支部，党支部书记由弓凤洲担任。1924 年以后，安平县在平、津、保大中学校的学生有不少人加入中国共产党，其中有李庆麟、李幸增、李纪元、张焕池、孟庆章、张志良、弓浦等。他们在假期回到家乡，发展党员。

到 1925 年 11 月，北黄城村的王荣耀、唐贝村的张志宏等也加入了中国共产党；台城村的弓濯之、建赵庄的赵魁昌等加入了社会主义青年团。

在县委的领导下，薛各庄村的李霞远在本村办起了农民夜校，组织了"老人互助会""禁赌会"等群众组织。不久，任庄、彪塚、齐侯疃、唐贝、北黄城、石干、赵庄等村也先后建起了农民协会，马店、齐侯疃等村建起了农民夜校，野营、北王宋等许多村庄成立了"老人互助会""戒烟戒酒会""戒赌会"，还有"哥八会""抗债团"等群众组织。

这一时期创办的平民夜校，是安平党组织领导各村农民，以"平教会"的名义作为公开合法的形式，建立起来的业余教育组织。夜校的学生大多是贫雇农，教员多是共产党员或进步知识分子。党利用这一组织形式向广大贫雇农宣传革命道理，教授文化知识，提高贫雇农的思想觉悟，增强反帝反封建的意识。

台城、任庄等村的平民夜校办得尤为出色，学员多达四五十人。弓仲韬在这些学员中物色、培养积极分子，发展党员，其中很多人成长为革命骨干。

正如弓仲韬的堂妹弓彤轩在自述中所说："在小学我是儿童团员，高小是青年团员，初中就成为共产党员了。"

任庄村的李子逊与台城村的弓润同为早期党员，两人在开展革命活动中相知相爱，结为革命伉俪。弓润与弓仲韬大女儿弓浦是好友，两人曾一起在女校上学，听弓仲韬讲革命道理，一起加入中国共产党，并于1926年与弓睿、弓淑惠等四名女党员组成了安平县第一个中共妇女支部。李子逊后来参加"五卅运动"，组建保定学生非常委员会，发展壮大了我党在蠡县、高阳的抗日组织。1938年入延安抗大学习并任教员；1942年在河北饶阳反日军大"扫荡"突围时壮烈牺牲，年仅37岁。

据河北省高级人民法院离休干部张义军老人回忆，她的父亲张瑞起就是经弓仲韬介绍入党的早期党员，在弓仲韬开办平民夜校过程中，有点文化基础的张瑞起积极协助弓仲韬起草"农民千字文"等学习资料，深得弓仲韬信任，一些重要文件、资料等都交给他保管。后来又是经弓仲韬撮合，张瑞起娶了弓氏家族中上过私塾有文化的弓方兴为妻。

张义军说，她曾多次听母亲弓方兴讲过，过去家中有夹壁墙和地道，当年弓仲韬召集党员在她家开会时，曾在地道里躲过敌人好几次抓捕。她说，父亲张瑞起受弓仲韬影响很大，曾担任过北候町村党支部书记，为发展农村党组织、带领群众开展革命斗争殚精竭虑。张瑞起没有儿子，只有张义军这一个独生女。在成长过程中，张义军深受弓仲韬、张瑞起等身边长辈的影响，从小就好学上进，树立了远大革命理想。1950年10月抗美援朝战争爆发后，为了保家卫国，年仅16岁的张义军毅然报名参军，得到父亲张瑞起的大力支持。后来张义军成为新中国成立后第一批人民检察官（时称人民检察员）。

三、安饶联合县委、安饶深中心县委的建立

1925年9月的一个晚上,一个英俊儒雅的男青年来到台城村弓仲韬家,他就是中共保定支部特派员张鹤亭,奉上级命令来此传达贯彻中国共产党第四次全国代表大会决议精神,并指导安平、饶阳一带党的工作。根据上级指示,把中共安平县委与饶阳县党组织合组为中共安饶联合县委,负责安平、饶阳两县党的工作,弓仲韬任书记,王春辉、韩子木、刘金玉、张鹤亭、张来欣、李少楼任委员,联合县委机关设在弓仲韬家中,联合县委隶属中共保定支部。中共保定地委成立后,改属保定地委。

弓润在《安平县党的早期活动回忆片段》中有这样一段讲述:

> 1925年9月,我和弓浦被弓仲韬和张鹤亭(汀)介绍一起加入了中国共产党。入党仪式是在弓仲韬家小北屋举行的……还宣布党的保密纪律,党的机密不能与任何人讲,就是砍头也不能讲。弓仲韬带我们唱了《国际歌》,为了防止外人知道,窗子上蒙了一条被子。

联合县委建立后,党的领导进一步加强,党团组织迅速扩大,工作更加活跃,来往于弓仲韬家的党团员越来越多。联合县委在弓仲韬家前院成立了台城女子小学。其学生大多是党员亲属,有安平县的弓乃如、刘金兰、弓淑惠、弓蕊、安菊,饶阳县的韩惠波、韩秀巧、严镜波、阳芳、严玉环、罗梅君等近20人。教员由张鹤亭、弓浦、弓惠瞻担任。办学不仅是为了教授文化知识和革命道理,传播马列主义,培养后备力量,也是为了掩护党的县委机关。办学的一切费用由弓仲韬负责。

1926年4月,深泽县建立党组织后,为了进一步推动工农革命运动高潮的到来,保定地委决定,成立安(平)饶(阳)深(泽)三县中心县委,中心县委书记仍由弓仲韬担任。

1926 年 8 月的一天，饶阳、深泽两县的党组织负责人来到弓仲韬家中，参加由保定地委特派员张鹤亭主持的三县中心县委成立会议。原定出席会议的每县两个人，加上张鹤亭共 7 个人，安平县有弓仲韬、弓浦，饶阳县有王春辉、张来欣，深泽县原确定王子益、许卜五两人，因许卜五临时去广州参加农民运动讲习所的培训，所以只来了王子益一个人。

会议由张鹤亭主持召开，他传达了保定地委领导的指示：成立中心县委，将安平县的好经验好做法推广到其他两县，让革命的火种在三县一并燃烧。

会上，三县代表选举弓仲韬为中心县委书记、王春辉为组织委员、王子益为宣传委员、张来欣为农运委员、张鹤亭为青年委员、弓浦为妇女委员。中心县委机关设在弓仲韬家中。

安饶深中心县委的成立，使得革命力量更加强大。弓仲韬和保定地委特派员兼青年委员张鹤亭负责处理各项大事，根据上级指示制定发展党员、组织民众开展斗争的方案，各个委员们各负其责，农民运动、妇女运动、青年工作都有了专人具体抓。王春辉在饶阳县、王子益在深泽县组织开展工作，他们经常来安平县台城村请示汇报。中心县委将三个县的革命斗争紧紧连在一起，在弓仲韬的精心运筹和委员们的积极努力下，三县的革命斗争逐渐拓宽深入，党组织的发展更加迅猛。

由于县委机关设在弓仲韬家，往来于此的人日渐增多，为隐蔽起见，弓仲韬斥资 500 元建起了毛巾厂。在毛巾厂上班的、往来谈生意的，基本都是农会成员和党员。毛巾厂的设备、原料则是来自饶阳县大官厅村。因为弓仲韬的岳丈家是那儿的，家里有纺织工厂，北京、天津也都有销售门店。

为了发展党的事业，弓仲韬不仅自己卖地散财，还捎带着岳丈家搭了不少钱。因为他的心思不在毛巾厂，更不善于做生意，这个"冒牌"的毛巾厂基本上是入不敷出。为此，弓仲韬没少挨父亲的斥责，有的家族长辈甚至说他是"败家子"。

从弓仲韬在台城村建立中共第一个农村支部开始，不到 4 年时间，革命的星火就沿着滹沱河畔在冀中大地散播开来。

1926年春，安平县任庄村先后建立党、团支部，党支部书记由李幸增担任，团支部书记由李静庭担任。同时，台城村的弓润由弓仲韬、张鹤亭介绍加入中国共产党，弓浦由团员转为党员，弓淑惠、弓蕊、弓林香、弓河等加入共青团，建立了台城女团支部，支部书记由弓乃如担任。之后又发展弓沔、安菊等为团员。

1926年夏，毕改、马庆足加入共青团，弓淑惠、弓蕊由团员转为党员，建立了台城女党支部，简称"台城女支"，支部书记由弓浦担任。弓浦到北京读书后，由弓润担任支部书记。同年，台城列宁小学的学生多数发展为共青团员。薛各庄村的李霞远在上海入党后，回乡开展党的工作，进行党的宣传，发展党的组织。

1927年，安平县彪塚村建立了党支部，支部书记由张老杰担任。县立女子小学建立了团支部，新发展的党团员有北侯疃村的齐亚南，任庄村的李练达，西侯疃村的翟纪鑫，大寨村的翟韵锋，北关高小的刘其恒、徐庆彬、杨九经（杨光）等人。到1927年底，安平县有台城、任庄、彪塚、齐侯疃、敬思、北关高小和台城女支等7个党支部；台城、任庄、徐召赵庄、北关高小和县立女子小学5个团支部，党团员共100多人。

弓乃如在1940年7月26日党校学习时写的自传中提道：

> 我7岁入村立女子小学（1925年），9岁因病休学半年（1927年），10岁入我父亲办的家庭小学（注：即列宁小学），同年加入共青团（1928年因为这学校是当时县党委的机关），是团县委组织的，7人一组，中心工作是团结儿童争取学生，经常活动，以星期日作为竞赛日，各小学进行唱歌、讲故事以及各种游戏，在这一天我们院子里真成了儿童世界，这是我最快乐的时候，家庭社会对我没有任何的约束限制，同时也可以说是给我播下革命种子的时代，从这时起我认识了革命导师马恩（相片），从这时起我知道了世界上有压迫者与被压迫者，同时我会唱了《国际歌》，记住了开会，开训练班，压迫斗争等词语，而且（因为）我警惕性更高，做了他们开会的哨兵……

四、难忘台城女子小学

2011 年底，在北京协和医院的病房内，严镜波静静地躺在病床上。

透过宽大的玻璃窗，她看到冬日柔和的阳光下，有几只麻雀在挂着积雪的大树上来回跳跃、盘旋，那么地俏皮可爱，像极了童年时的自己。那时在弓仲韬家，也是在这么粗的大树下，她和小伙伴们一起读书认字、嬉戏玩耍，度过了人生中最纯真美好的一段时光。那些可亲可敬的人——弓仲韬、弓惠瞻、弓浦、张鹤亭、弓润、弓乃如等老师和同学，改变了她的人生命运，他们的名字、音容笑貌，深深镌刻在她的脑海里，正是在弓仲韬办的台城女子小学，她受到了最初的革命启蒙教育。在以后漫长的人生旅程中，她经常想起当时那些温暖的画面，一直到风烛残年，当她的生命之光即将熄灭的时候，她忘记了很多事情，唯独对自己在弓仲韬家入团时的情景，依然记忆深刻，从未忘记，永难忘记！

而此刻，这位在抗战时期与日伪军真刀真枪拼杀过的女县委书记，新中国成立后曾任保定地委副书记、省政协副主席的革命老人，终于卸下铠甲，不再手握双枪、横刀立马，不再四处奔波。在这个北方的严寒季节，她老迈羸弱的身躯已经无法站立，不得不躺在雪白的病床上，那是一种英雄暮年的无奈和悲壮。

窗外的鸟儿唤起严镜波尘封的记忆，她又想起了那些引领她走上革命道路的老师，那些与她并肩作战、出生入死的战友……日思夜想、魂牵梦萦的人啊，你们都去了哪里？真想回到冀中大平原，再看一看那一眼望不到头的青纱帐，再听一听滹沱河畔那熟悉的乡音，再坐在弓家大院的那棵老树下，听党课、学文化……

"今天感觉怎么样？"医护人员的一句话，将她从记忆的时空中拉了回来。此时，手术的准备工作已经开始了。外科医生谢勇走进病房，怕她年事已高，耳聋听不清楚，谢医生在一张纸上写下"手术、不手术"五个大字，让她再次确认。

她颤颤巍巍伸出右手，在"手术"两个字上指了指。

时间一分一秒地过去了，当主刀医生、护士全部到位，马上要把严镜波推向手术台时，她突然紧紧拽着床栏杆，大声说："不行！我还不能手术！"

在场的亲友、医护人员皆大惊，忙问她为什么。

她强撑着虚弱的身体，说："组织上还没来人，再等一等，等一等，我要见到组织的人！"她坚定而认真地说。

原来她自知手术风险很大，担心下不了手术台，所以一定要在手术前见到"组织的人"——自从1927年，她在台城女子小学加入社会主义青年团，继而又加入中国共产党，成为"组织的人"，这4个字就在她心里扎下了根，无论是血雨腥风的战争年代，还是建设社会主义的和平时期，无论是担任县委书记还是省级领导，她时刻不忘自己的党员身份，即使在生命垂危的关键时刻，依然执念于自己是"组织的人"。

此情此景，令在场的人无不动容！

很快，时任中共河北省委老干部局局长张增良、省政协处长张兆明先后赶来。看到组织上来人了，她才放心地进了手术室。

手术后，严镜波在ICU病房苏醒过来，看到床头贴着一张纸条，上面是外孙女陈星写的一段话："姥姥，您的组织就在门外陪伴着您，付志方主席（时任河北省政协主席）派人看您来了，盼望您快些好起来！"

看到这段暖心的文字，严镜波的眼角湿润了，刚刚闯过鬼门关的她，仿佛一下子有了精神，平添了战胜病魔的力量。

手术后两年，即2014年初，严镜波在北京逝世，享年99岁。

在此尤其感谢革命前辈严镜波，她临终前半年以口述的形式，让女儿陈银芝把自己一生的风雨历程，尤其是早期参加革命以及在战争年代的难忘经历都记录下来，为后人提供了很多真实感人的故事。正是通过这位革命前辈的回忆录《我的一百年》，我们才知道弓仲韬当年在家中办女子小学的具体细节，如弓家大院的环境是怎样的，学生们日常的吃穿住行又是怎样的，弓仲韬、弓浦、弓乃如还有小学教师、地下党员张鹤亭等的相貌、性格是怎样的……

1927 年 2 月，严镜波和姐姐瑞秀、侄女玉文卷好被窝，带上简单的衣物，坐着大车来到安平县台城村的弓家大院，院子中间有两棵高大的香椿树，树枝伸展着几乎覆盖了半个院子。

根据严镜波回忆录中的讲述，她走进院子遇到的第一个人，就是弓仲韬。

"哦，又来新生了！"一个中年男子从院子里迎了出来，"来来，把行李放到里院，都给你们安排好了。"他热情地打着招呼，伸手接过瑞秀手里拎着的花布包袱。

"大叔！"瑞秀有礼貌地打着招呼。"乃如，带姐姐们把行李放在北屋去。"中年男子随手把包袱递给跟在身后的胖乎乎的小姑娘——乃如。乃如从中年男子手中接过包袱，大方地说："姐！我带你们去！"

"这是段村那姐儿俩吧？"随着声音，一个 20 多岁的小伙子从西屋迎了出来，"我是这儿的老师。"他主动自我介绍。只见他中溜儿个，脸庞白白净净的，年轻英俊，一看就是个读书人，眉宇间还透着几分英气。

这时乃如朝北屋喊："姐，快来帮忙，又来姐姐了！"一个文静的姑娘边答应边迎了出来，从瑞秀手里接过那卷铺盖。乃如个子矮，拖着大包袱迈进门槛，险些摔倒。

"这是我姐姐弓浦，咱们的数学老师。"乃如放下包袱，喘着粗气介绍着，"刚才接你们的是我爸爸，他叫弓仲韬，是校长；我姑姑弓惠瞻是语文教员。"她口齿伶俐地说。

她的亲切热情令"我"一下子消除了陌生感，不一会儿大家就都熟识了。

这里的学生都是附近村子党员的子弟，如那两个长得相似的是韩子木（慕）的女儿韩秀巧和韩惠波，还有党员刘金玉的妹妹刘玉兰等。弓仲韬家院子虽说还算宽敞，做了中心县委机关，一下子添了这么多人，住得满满当当。外院两间西屋里间住着张鹤亭，外间是学生们的教室。里院三间正房，腾出来做了学生宿舍。

"吃饭喽！"赵来水倚着门框乐呵呵地招呼着学生们。

赵来水也是饶阳的，与严镜波家住一个村。

听到喊吃饭，她拉起姐姐就往外跑，而弓家姐妹则规规矩矩地端坐在桌旁，等小姐妹们陆续站起身来，走到香椿树下临时搭起的饭桌旁，她们才过来。此时赵来水已经做好了一大笸箩棒子面饼子，桌上放着咸菜和面酱。

"姐，俺最爱吃大葱蘸酱了。"严镜波笑嘻嘻地对姐姐说。早晨只喝了一碗棒子面粥，在大车上颠簸了一个上午，早已饥肠辘辘了。

"来水，你一个老爷们儿，做的贴饼子还挺香啊！"张鹤亭夸奖着。

"嘿嘿，俺爹当过厨子，俺学了几招。粗茶淡饭显不出手艺，等以后有了条件，俺给大伙露一手。"赵来水憨厚地笑着说。

"来水哥，咱住对门，以后俺去你家吃你做的菜。"接着话茬，严镜波说。

"没出息！"二姐狠狠地捅了她一下。

"成，等革命成功了，俺好好做一桌菜，请大家尝尝俺的手艺。"赵来水说。

一顿饭的工夫，大家已经都熟悉了。

学校开始讲课了，第一课是张鹤亭的党课。

"同志们！咱们的学校是中心县委机关，你们每个人是学生，也是掩护机关的同志。今天，我介绍你们加入共产党。从今天开始，年满18岁的同学都是共产党员，你们几个不满18岁的同学都参加青年团组织，以后满了18岁了再转成共产党员……"

教室内响起一片掌声。张鹤亭抬手往下按了按，做了个请安静的手势。

"你们还小，就这么高兴。入党不仅是为了自己的信仰，入党更意味着献身和牺牲。"教室里立刻静了下来。

那一夜，严镜波在土炕上翻来覆去，怎么也睡不着。沉浸在"终于成了组织的人"的兴奋中，冥冥之中也掺杂着要干大事的紧张和神圣。

正是从这时候开始，严镜波开始接受革命启蒙教育，成为"组织的人"，为以后她成长为冀中平原上第一位女县委书记奠定了坚实的思想基础。

■ 追寻的足迹：从馆陈墙到烈士墓

2024年6月17日，已经快深夜12点了，我在翻阅资料时，忽然看到"张鹤亭"三个字，心里怦然一动，脑海中浮现出2023年夏天在中共第一个农村支部纪念馆的一幕。

那是在台城特支百年纪念活动前夕，时任中共河北省委党史研究室副主任宋学民、处长王林芳和我专程赶赴安平县台城村，到纪念馆观看了改陈提升后的展牌内容。参观过程中，我听一位参与馆陈提升的同志说，"我们一直想找张鹤亭的信息，但始终没找到，也不知他后来怎么样，去了哪里。"

恰好当时我手机里刚下载了一小段张鹤亭生平事迹，遂转发给她。不过这也仅仅是很少的一点信息。那天在纪念馆听到的这句话提醒了我，对于张鹤亭这样一位与弓仲韬关系极为密切的重要人物，我们确实知之甚少。在弓仲韬奉命回乡建立农村党组织、开展早期革命活动的过程中，张鹤亭是个频繁出现的重要人物，他是曾与弓仲韬并肩作战的早期党员，在弓仲韬办的台城女子小学当教员期间，正是他给学生们上党课，进行革命启蒙教育，其坚毅的性格、俊朗的外表，给严镜波等学生留下了深刻印象。

在严镜波的回忆录中，有这样一段话："张鹤亭低着头从大门走进院子，他穿着一件灰布长衫，走起路来用手撩起下摆，总保持着来去匆匆的步伐。有时他也穿一件粗布对襟衣服，一副农民打扮，像从田地里走回家门的庄稼汉。他对外身份是小学教员，在我们面前，张鹤亭是启蒙老师：他不仅写得一手娟秀的毛笔字，讲起话总来让人觉得他肚子里装着那么渊博的学问，特别是讲党课时那种严肃认真的神情，让我打心眼里佩服。"

自从那天从安平县回来后，我再查询史料时，就格外留意张鹤亭的信息。因为有资料显示他曾于1921年考入保定育德中学，我再次找出保定市政协文史资料委员会编的那本《百年名校育德中学》，按照当时学制4年算，他应该在1925年毕业，可是我在这年的毕业生名录中反复查找，始终没找到。

那晚，我再次翻开《百年名校育德中学》这本书，不仅在1925年的毕业生名录中找，把相近的1924年和1926年甚至1927年的毕业生名录都查了一遍，依然没有发现张鹤亭的名字。我又翻找其他资料，看张鹤亭是否还有别的名字，发现除了"张鹤亭"就是"张鹤汀"，再没发现其他名字。此时，已是后半夜两点了，我还是不甘心，干脆把育德中学所有的毕业生名录都查看一遍，每个班的每个学生名字都不放过，在一页又一页密密麻麻的人名中仔细查找，盯得眼睛都疼了，终于，终于！在初级第五班的名单上，赫然出现了"张鹤汀"三个字！

那一瞬间，我激动得差点儿泪目，心说，张鹤亭啊张鹤亭，你让我找得好苦！

因为这个班的毕业生名单没有标注年月，所以我以前一直按年份找，就没注意到这个班。我之所以费劲巴拉、乐此不疲地也要找到他的名字，一是为了核实他在育德中学上学这则信息的真伪，二也是为了让书中的这个人物更加真实、具体。还有一点，我想看看他的同班同学中是否有党史上的重要人物，或我熟悉的早期党员，万一找不到张鹤亭更详细的信息，可以从这些"知名"同学的相关史料、日记或回忆录中，查找他的蛛丝马迹——在《王林日记》和《孙犁文集》中，不是就有包括弓仲韬在内的很多早期党员的记录吗？

次日，我又在一本《迁西英烈》中查到了张鹤亭的生平履历和牺牲经过。

张鹤亭（汀），字平洲，1907年出生于迁安县白沟村（今属迁西县旧城乡）的一个封建地主家庭。张鹤亭自幼在家乡读私塾，后到本县罗家屯高小读书；1921年暑期考入四年制的保定私立育德中学。在就读期间，他接受了共产主义思想，加入了中国共产党，并曾担任党支部书记。1925年，他参加了"五卅"反帝运动。反动军阀占据校院后，大肆抓捕进步学生和共产党人。张鹤亭于混乱中穿上厨师外套跳墙逃出学校，潜回老家白沟村暂避风险。

同年10月，张鹤亭与保定党组织取得联系，以保属特委特派员的身份被派往安平县平台村，负责开展我党在安平、饶阳、蠡县一带的地下工作。

冬季，他与共产党员弓仲韬等一道工作，在保属特委领导下，把中共安平县委和饶阳县党组织合并为安饶联合县委，弓仲韬为书记，张鹤亭为县委委员。在他和同志们的努力下，党组织得以迅速发展壮大。当时，为掩护中心县委机关，张鹤亭自任教员，与县委书记弓仲韬等共同创办了"列宁小学"（对外称私立女子小学）。1926 年，张鹤亭参与领导了安平小学教员增薪斗争，还在很多村庄成立了农民协会。1927 年春，张鹤亭以保属特委特派员身份组织召集安平、饶阳、深泽三县党组织负责人开会，传达特委决定，成立了三县联合县委，张鹤亭兼任中心县委青年委员。会上，他传达了党的第四次全国代表大会决议，次日，又主持成立共青团安（平）饶（阳）深（泽）联合县委，张鹤亭兼任书记。1927 年"四一二"反革命政变发生后，中心县委改组，张鹤亭改任中心县委书记。由于白色恐怖日益加剧，中心县委机关受到威胁，遂秘密转移到深泽县五河町村。此后全国大革命处于低潮，环境极其险恶，但由于县委的领导，深泽县党组织仍发展到七个党支部，五个团支部，党团员多达百余名。

1929 年春，张鹤亭奉调去顺直省委，在秘书处任文印科长。省委秘书处是秘密机关，张鹤亭工作尽心尽力，较好地完成了省委交给的秘密刻印任务。

20 世纪 30 年代初，张鹤亭辗转回乡，后与党组织失去联系，直到抗战初期。当时，中共迁安县党组织在长河沿岸的前韩庄诞生。由于党组织处于极其秘密状态，党内同志无横向联系，张鹤亭未能与本地党组织接上关系，而陷于失群孤雁般的苦闷忧郁之中。

七七事变前后，冀热边特委和迁安县委在长城沿线积极开展抗日民族统一战线政策的宣传活动，发展"华北人民武装自卫会冀东分会"组织，创建秘密抗日武装，为发动冀热边敌后抗日游击战争准备条件。此间，冀东党组织领导人李运昌多次来到白沟村与张鹤亭见面，张鹤亭热情接待了这位 1929 年曾在省委工作过的老同事，在小客房里谈至深夜而无倦意。从此张鹤亭与冀东地方党组织取得了联系。

1938 年 7 月，冀东爆发了 20 万人参加的抗日大暴动，地处暴动中心区域的张鹤亭家乡迁安县西部风起云涌，呈现一派摧枯拉朽之势，各界群众团聚在抗日大旗之下。张鹤亭深深被如火如荼的暴动形势所振奋。当年秋后，抗日联军西进受挫，日伪反扑冀东，加剧了血腥统治。1940年2月，迁遵兴联合县政府成立，白沟一带属该联合县的滦河东区，并建立了区抗日政权和报国会组织。在此前后，受张鹤亭的影响和推动，他大哥张鹤鸣秘密入党，化名"镇东"，曾担任村支部书记，后成为脱产的联村干部。

1942年初，包括白沟在内的滦河以东长城内外广大地区从迁遵兴联合县析出，正式成立迁（安）青（龙）平（泉）联合县。当时干部奇缺，尤其需要像张鹤亭这样文化素质高、工作能力较强的知识分子。于是，党组织动员他脱产工作，张鹤亭欣然同意。为遮敌耳目，保护家属，他们还演了一出"戏"。

张鹤亭脱产不久，他的侄子张揆文（化名张一）和他的妹妹张晓东也相继参加抗日工作。张揆文正式脱产在迁青平联合县财政科任干事，张晓东在地方做妇救会和教育助理工作。在艰苦的抗战年代，参加抗日工作就意味着家破人亡，流血牺牲。张鹤亭及其兄妹侄四人参加抗日的革命之家，所面临的处境可想而知。

1942年4月至6月，日伪推行了第四次"治安强化"运动，又于9月至12月推行了第五次"治安强化"运动。敌人派大批伪治安军驻滦河两岸，在兴城、旧城、大寨等20多个重镇和交通要道安设据点，构筑堡垒，开挖沟壕，同时以高压手段逼迫各村成立反共伙会（联庄会）。其中旧城、荆子峪等村伙会组织，由于汉奸操纵，已成敌人"以华治华"的工具。他们倚仗日伪势力，多次到白沟搜捕抗日人员，威胁抗日家属。

是年春末夏初的一天，伪治安军和伙会突然到张家抓人，张鹤亭的妻子携带两个孩子跳墙逃跑，张鹤鸣的妻子带孩子早已远去大河山娘家躲避，敌人再次扑空。为发泄对抗日人员的仇恨，敌人遂将其家宅焚毁，五间正房在熊熊大火中化为灰烬。从此，张鹤亭、张鹤鸣的家属有家难归，衣食无着，吃尽颠沛流离之苦。

1943年1月20日，农历腊月十五，张鹤亭等县政府机关工作人员随刘全民县长一行21人从长城口里转到长城外，在小前坡峪黑小于沟（今属宽城县）住下，拟于这里召开迁青平联合县政府工作会议，总结1942年工作之后，对 1943 年工作进行具体部署。次日晨，与会干部突然遭到 300 余名敌伪军包围。因敌众我寡，张鹤亭和刘县长等共 18 人壮烈牺牲，张鹤亭时年仅 35 岁。

同年春，张鹤鸣被驻旧城据点的日伪军包围在大董沟村（碾子峪西），突围时滑倒在冰上，被敌人的刺刀穿透两肋，英勇牺牲。

我在"中华英烈网"上寻找张鹤亭、张鹤鸣两兄弟，却没有搜到。又专门到"迁西烈士"那一栏寻找，发现有张贺庭、张贺明的名字，音同字不同，而且他们的籍贯和牺牲地与张鹤亭、张鹤鸣兄弟俩一样，由此可判断，迁西烈士名录中的"张贺庭、张贺明"，就是我要寻找的"张鹤亭、张鹤鸣"。

后来我曾在华北军区烈士陵园内看到过"张鹤鸣"的墓碑，但碑文上的籍贯写的是与迁西紧邻的滦县。

在我翻遍《百年名校育德中学》寻找张鹤亭的过程中，还有些意外的发现，比如第三十二班、民国十五年（1926 年）六月毕业的许庆昌，就是后来参加武汉农民讲习所的许卜五——我是在王子益的一份回忆资料中看到许卜五的别名叫许庆昌的。还有第三十班的李清瀚、第三十一班的高克谦，都是有记载的早期党员，年纪轻轻就壮烈牺牲了。

因为过去的人往往有多个名字，尤其从事革命工作的，往往多次改名，所以，按照一个名字去查历史资料，非常艰难。在走访过程中，因重名造成的困惑还有好几次。比如弓凤书。因为弓乃如档案中有弓浦在民国大学上学的记录，而在民国大学的旧档案中，并没有找到弓浦的名字，却有弓凤书的名字，为此就有人猜测弓凤书就是弓浦。后我历时半年时间终于找到弓诚档案，才确认弓凤书是弓诚的别名，但弓诚的生平履历中并没有她在民国大学上学的记录，据此可大致推断，民国大学学籍登记表中的那个弓凤书，既非弓浦，也非弓诚，应该只是碰巧重名而已。

再比如张麟阁。打开"中华英烈网"的"河北省衡水市烈士"一栏，可看到这样一段烈士简介：张麟阁，男，河北省衡水市深州市人，1908 年生人，1937 年参加革命，生前服役部队是河北省委，曾任干部，于 1938 年牺牲。

据了解，烈士张麟阁在十几岁时到天津学徒，1925 年参加东北陆军李景林部队。次年2月，李景林部与国民军在沧州、马厂间作战，张麟阁任副营长，带兵驻连镇。是年加入中国共产党。他经常向士兵进行共产主义宣传，为此遭受鞭笞。遂脱离军队，进天津义顺和成衣铺，以此为掩护继续开展革命工作。1929年初，中共顺直省委派张麟阁回深县开展工作。当年8月，发展院头村3名青年入党。10月，建立深县第一个中共党支部——院头党支部。张麟阁还发动院头、大流等村农民组织穷人会，抗捐抗税，与土豪劣绅进行斗争。11月，张麟阁被捕。面对严刑拷打，他毫不屈服，被以"共产嫌疑犯"罪名押在第三监狱。在狱中，他继续指导家乡农民同封建势力斗争。民国十九年五月刑满出狱后，他拖着虚弱的身体担任了中共保属特委军委书记，还经常抽空回家乡继续开展党的工作。1931年9月13日，大流村建立党支部。1932年高蠡暴动前夕，张麟阁回深县组织了30来人的暴动队前往支援。后因暴动失败，暴动队半路返回。为争取土匪，张麟阁曾只身闯入虎穴开展工作。为革命筹集经费，他变卖房基1处、房子5间，家中土地几乎全部卖光。1936年张麟阁被捕，牺牲于保定。

在与深州相邻的安平县，还有另一个张麟阁。他是与弓仲韬交往密切的早期党员，1924年8月，就是在敬思村张麟阁家中召开了安平县党的代表会议，出席会议的三个支部代表共9人，建立了河北省第一个中共县委安平县委，弓仲韬任书记，张麟阁任组织委员，李少楼任宣传委员。遗憾的是，曾与弓仲韬并肩作战、为发展早期党组织做出重要贡献的张麟阁，在抗战期间沦为可耻的叛徒。《中国共产党安平历史》第一卷的第四章《艰苦卓绝的五一反"扫荡"斗争》中，有这样一段文字：

　　五一大"扫荡"开始后，日军一方面用武力搜捕屠杀抗日干部和战士，用"三光"政策逼迫人民屈服；另一方面大搞反动宣传，妄图从思想上瓦解人民群众的斗志。从1942年11月开始嚣张至极的日军多次召开伪乡长大会和开办小学教师训练班，大肆造谣宣传"八路军被消灭了""大东亚共荣"等，同时还张贴布告，捉拿县、区干部大搞诱降，张麟阁、马文献等民族败类先后投降日军，叛变了革命。县委根据这一情况，针锋相对地进行了斗争，一是反投降、反自首，揭露日军的阴谋，宣传抗日必胜，进一步坚定党员、干部和群众的胜利信心。二是整顿组织，积极开展武装斗争，开展锄奸活动，镇压汉奸、敌特分子，粉碎日军的诱降阴谋。

历经几十年上百年的岁月沧桑，人名、地名的变更和不确定，以及重名等现象的存在，为这次寻访之旅增加了很多难度。

■ 追寻的足迹："老齐"与书信箱

在中共第一个农村支部纪念馆内，有一件珍贵的文物，是弓仲韬生前使用过的一个书信箱，上面刻有弓仲韬的名字。

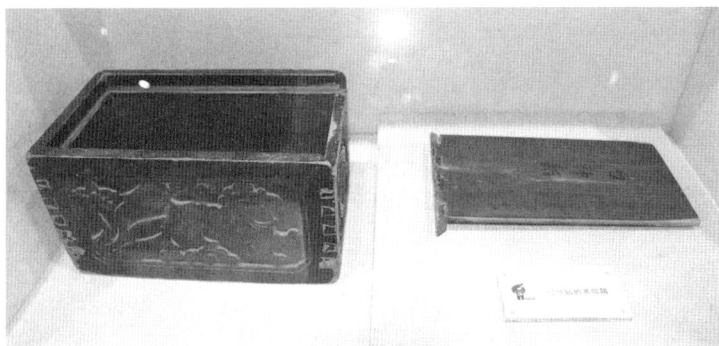

弓仲韬的书信箱

听纪念馆原馆长王彦芹说，这件文物是一个叫老齐的深州人发现的，这是个江湖奇人，爱好收藏，经历颇丰。要到老齐的联系方式后，我和他加上了微信。可是留言咨询他几个问题，他一直不回复；打电话，也不接。过了好几天，我收到他发来的一张照片，照片上是一张纸，纸上写着5个字："我都不知道。"嘿，我心说这是啥操作？果然是个"奇人"！

好在时间不长，老齐就给我打来电话，原来他不会在手机上打字。

老齐说："2016年我去敬思村收老家具时，在村西头遇到一个七八十岁的老太太，她问我，家里有破盒子你收吗？我说，先看看吧。老太太就拿出了这个桐木书信箱。我当时看了下，挺旧的，品相一般，但能看出来有年头了，就当普通老物件收了。回家才发现盒子盖的里面有弓仲韬三个字，我就问我一个朋友张士杰，他跟纪念馆的王彦芹熟。张士杰说，现在纪念馆正在征集文物，这个他们肯定需要。然后王彦芹就找到了我，看到写有弓仲韬名字的书信箱，她很高兴，就这么，这个书信箱就被收到了纪念馆。"

那天，老齐还说，纪念馆中那几份很珍贵的抗战时期的《冀中导报》，也是他最先从民间收集来的。也是在 2016 年左右，他听闻有个村民家在拆迁老房子时，发现墙壁夹层中藏着几张旧报纸，喜欢老物件的他就跑过去看，原来是一些《冀中导报》，其中有一份是 1941 年 12 月 31 日的报纸，头版刊登的是黄敬的新年贺词《迎接 1942 年》。一打听，原来这家的老人在抗战时期曾担任过武委会主任，所以才会藏有这种报纸。

想到上次他听王彦芹说，纪念馆现在特别缺少抗战时期的文物，他就给王彦芹打电话说了此事，可是电话里他语误，将《冀中导报》说成了《晋察冀日报》。等了半天看王彦芹没过来，他以为纪念馆不需要，就又打电话催问，说《冀中导报》你们还要吗？不要的话，我给别人了。电话那头，王彦芹兴奋地说："你说啥？《冀中导报》？不是《晋察冀日报》吗？""是《冀中导报》，有 1941 年的。"王彦芹急忙赶了过来，将这些珍贵的旧报纸收入了纪念馆，据说抗战时期的《冀中导报》全省也没几张。

可见老齐虽是"江湖中人"，亦懂得红色文物的重要。挖掘红色文化，需要这些有见识、有能力、又有责任感的人。

因为这个书信箱的存在，让遥远而模糊的弓仲韬变得真实起来。字如其人，也许，能从这几个字中看出一些弓仲韬的性格特点。为此我把书信箱的照片发给河北省文旅研究院的书画家张彦斌老师。不一会儿，他回复道："弓仲韬"三字，结构严谨，用笔坚毅肯定，字形端正中又不失洒脱，笔画间既有欧体的特征，又有颜柳的凛然风骨，反映出弓仲韬对书法传统法帖有较深入的临习，而字迹整体流露出的书卷之气，正是其深厚文化素养的自然呈现。听了张彦斌老师专业而独到的评价，我有一种茅塞顿开的感觉，因为史料缺乏，可参考的信息少之又少，我一直想不出弓仲韬的性格特点，但我知道，他是李大钊的追随者，也是和李大钊一样博览群书的文化人，更是以李大钊为榜样的坚定的革命者，他对党的赤胆忠心、对理想信念的执着坚守，对发展农村党组织和培养人才所作的巨大贡献，以及为革命事业倾家荡产、家破人亡的巨大牺牲，不正是张彦斌老师所说的凛然风骨和书卷之气吗?!

第五章　滹沱河畔的革命斗争

县委领导的一系列农村革命斗争，让贫苦农民看到了希望，而领头人弓仲韬却被族人逐出家谱。风云起，志愈坚……

一、增资罢市斗争

党的四大后，北京区委提出开展农民运动的任务，并派出特派员到各地开展工作，组织农民运动，河北农村的反帝反封建斗争开始活跃。1925年12月，共产党员张隐韬在泊镇建立津南农民自卫军，而后，自卫军挥师东进，占南皮，进庆云，发展到1200余人，在盐山、沧县、南皮一带活动。这是党在北方领导的第一支农民武装，后被反动军队绞杀，但其辉煌的历史影响不可磨灭。

冀中平原上的安平、饶阳、深泽、深县等广大农村地区，由弓仲韬、李锡九等早期党员点燃的革命星火迅速燎原，各地党组织发展迅速，带领农民发起了一系列的革命斗争。

在当时的广大农村地区，地主阶级长期剥削农民，如滹沱河沿线的安平、饶阳等县，长工们一年辛苦劳作，累死累活年薪最多只有30元，大多数农民靠这微薄的收入难以养家糊口。1924年临近秋收时节，安平县党组织决定趁秋季地主大批用人之际，发动长工进行增资斗争，县委书记弓仲韬提议，增资斗争要有组织、有计划进行，斗争的起点就选在台城村。

这天，在滹沱河畔的高粱地里，弓仲韬正在给弓凤洲、弓成山等党员开会。

弓仲韬："秋收大忙时节马上到了，我们借此机会发动农民，搞一次声势浩大的雇工增资行动。通过斗争，让地主普遍提高雇工的工钱。"

弓凤洲："斗争？怎么个斗法？"

弓成山："像李五爷这样的财主，平时吝啬得要死，多给雇工一个铜板，就好比剔他的肋骨。"

弓仲韬："我们不能单打独斗，要全体贫雇农团结起来，不提高工钱，谁都不出工。这个需要咱们提前做工作，我先让我家的老正提出涨工钱，再让他在长工中宣传鼓动，以怠工、辞职、说理等多种形式同地主斗争！"

弓凤洲："这法子倒是可以，老正跟咱们一条心，他能配合好。只是你爹娘要是知道这事是你挑唆的，估计得气够呛。"

弓成山："是啊，这事你得想周全。"

弓仲韬："开展农民斗争，这是响应上级的指示精神，从我家'开刀'，是为了更好地发动贫雇农，否则没有说服力，我们共产党员没有个人私利，这点付出是我应该做的，以后我会跟爹娘解释清楚的……"

此时，在弓家客厅内，弓均正坐在八仙桌旁喝茶，面露愁容。

弓仲韬妻子领着儿子小秃进来。

小秃扑到爷爷面前，脆声喊着："爷爷！"

弓父当即眉头舒展，喜笑颜开，他弯腰将可爱的孙儿抱起来，放到膝盖上。

弓父："秃儿啊，我的乖孙孙！"

仲韬妻："爹，您可慢着点儿，小秃现在可沉着呢。"

弓父："哎！看到我大孙子呀，我这心情才好点！来，秃儿，爷爷给你个好东西。

弓父从身后拿出一个彩色风车递给孙子，小秃开心地跳下来，跑到外面玩去了。

仲韬妻正欲跟出去，却被公爹叫住了。

弓父："老大媳妇，仲韬的事儿你真不知道？"

仲韬妻："爹，您指的是——"

弓父："你们真当我是老糊涂了？他搭粥棚救济灾民我不说啥，毕竟是积德行善的事，可他竟然开起了免费的平民夜校，还卖了家里的20亩良田——仗着在外面读了几年书，他还真把自己当圣人啦？！老大媳妇，不是我说你，你怎么任由他这么胡闹！你知道吗，他那个平民夜校已经引起官府注意了，李五爷的侄子李豹子，刚到县警察局当局长，正想着新官上任点把火呢，他昨天来咱家敲打我呢，说上峰有令，谨防赤化分子煽动民意，违令者严惩不贷！"

仲韬妻："爹，仲韬是老实人，他不至于吧？"

弓父："不至于？他太至于了！整天和那些长工雇农在一起，讲什么人人平等，惹恼了官府和族亲长辈，以后咱家还能有好日子过吗？更何况现在年景不好，咱们弓家的境况已大不如从前，他再这么胡闹，祖宗留下的这点家业早晚被他败光！"

仲韬妻："爹，您别生气，回头我说说他。"

弓父："这一大早的他又干啥去了？你赶紧去把他给我找回来，今天必须得说道说道！"

仲韬妻："爹，您别生气，我马上去找他。"

看公爹不悦，仲韬妻不敢再说什么，急忙退下。

其实，这只是儿媳安慰公爹的话，每天与丈夫朝夕相处，她怎么会不知道他在干啥、想啥，她只是不愿多打听。她相信丈夫的为人，他选择的道路是不会错的。

转眼秋收将至，地里满是已经熟透的高粱、玉米等农作物。几个弓家族亲长辈以及李五爷在田头看着地里的庄稼，一脸愁容。

李五爷："往年到了秋收，雇农们不用说就排着队过来找活干了，今年却谁也不动，这些泥腿子葫芦里到底卖的什么药？！"

旁边的几个弓氏家族的老人也跟着叹气道："说得是呢！农时可不等人呐！要是再没人秋收，损失可就大了！"

李五爷："哼！事出反常必有妖，这些泥腿子平时连大气都不敢出，今天竟然敢跟老爷作对，必定是有人挑唆，小心有人窝里横，革老子的命，造自家的反！"

"五爷，您这是话里有话呀，难道……"

李五爷："哼！弓均迂腐，又护短，你们作为弓家的长辈，可不能任由忤逆之徒祸乱门庭，殃及你我呀！"

"假如真是弓家有人带头闹事，那我就召集族亲长辈，开祠堂，家法伺候！哎，五爷，您这是要去哪儿？"

李五爷："我去外村找人！"

旁边的管家凑过来，低声耳语："五爷，我早就派人去找了，不行啊，不涨工钱，都不出工！"

李五爷气急败坏地跺着脚："这是真造反了！……"

台城村的贫苦农民，第一次向反动派和地主阶级发出抗争的呐喊，并在党的领导下最终取得胜利。长工工资由每年30元增加到40元。

台城长工增资斗争胜利后，斗争的浪潮很快波及黄城、敬思、任庄等有党员的村庄。到1925年底，长工的增资斗争形成了全县的群众运动，并且都获得了胜利。

县委为进一步改善雇农长工的生活待遇，提高雇农地位，又发动雇农向地主提出每年过节（春节、端午节、中秋节）要放假并给点儿过节费，因忙不放假的除给过节费外发双倍工资。此外，长工除年薪外，每年给两匹土布、两双布鞋，以补生活之不足。由于这些要求符合广大雇农利益，又合情合理，受到广大农民的热烈拥护。大家纷纷加入斗争行列，斗争迅速蔓延到全县。经过两三个月的斗争，雇农最终取得了胜利。

1925年麦收时，县委又领导了短工的罢市增资斗争。地主剥削农民，除雇佣长工外，每逢夏秋农活儿繁忙季节，还要临时雇短工，一些没地或少地的农民这时便去打短工。于是，一些地主多的大村镇便日渐有了短工市，每到农忙季节，便有贫苦农民前去"上市"。短工的工资也很低，每集（5天）才0.7元。

为确保斗争取得成效，党组织进行了周密的安排，决定首先在台城村、敬思村等有党组织的地方开展，然后以此为中心，向附近村庄乃至全县发展。台城村由支部书记弓凤洲负责领导，敬思村由张麟阁负责组织。各支部把党员分为三个部分：一部分党员带领积极分子，分别到台城、黄城、满正、大良、河漕等村的短工市场进行鼓动宣传，提出"不增资、不下地"的口号；一部分由有斗争经验的党员组成，深入各短工市场，在地主被迫答应增资的情况下，相机出面调停，保证斗争有理、有利、有节地开展；还有部分由家有土地、有雇工的党员组成，在短工提出要求时，雇工的党员首先答应增资，以便突破缺口迅速打开局面。

经过斗争，地主、富农怕耽误农时，只好答应短工们的要求。这场斗争很快在全县蓬勃开展起来，并取得了胜利。短工工资由原来的每集（五天）0.7 元增到 1 元以上，有的增到 2 元左右。

在弓仲韬的领导下，安平县又相继开展了贫雇农的抗捐税、反割头税、看青割穗等运动。

而弓仲韬则因带头与地主、富农作对，殃及家族利益，得罪了封建宗亲头领，被逐出家谱，不再承认他是弓氏子孙。对此弓仲韬倒不在乎，只是心疼父母，因为自己的"叛逆"行为，让老人在宗亲面前遭到孤立，老两口为此大病一场。曾经欢声笑语、亲友满堂的弓家大院一时门可罗雀，冷冷清清。

而弓仲韬承受着巨大压力，继续夙兴夜寐为党工作。

二、小学教员增薪斗争

党组织领导贫苦农民进行的增资罢市斗争，在全县 200 多名小学教员中产生了强烈反响，他们要求政治自由、提高社会地位和经济待遇的呼声越来越强烈。于是，安饶深中心县委决定：以小学教员中的党员和党的积极分子为骨干，成立一个群众组织——小学教员联合会，把全县小学教员组织起来，团结到党的周围，发动小学教员进行增资斗争。

为了保证斗争有组织地进行，县委派张麟阁领导这场斗争，由共产党员李子逊和进步教师阎子元起草《小学教员联合会章程（草案）》，并具体负责联合会的组织和筹建工作。

经过半年多的组织串联，于 1926 年 7 月 7 日，趁安平庙会之机，组织

100 多名小学教员在城内高级小学召开了小学教员联合会成立大会，通过了《小学教员联合会简章》；选举王席征、李光甲、阎子元、乔式模、崔兰亭、刘宗甫、张国发等 7 人为教联会常务委员，王席征为主席；并通过了立即向县政府教育局要求增资的决议。

大会闭幕后，以王席征、阎子元等 7 名委员为代表，以小学教员联合会的名义到县政府教育局提出增资要求并进行交涉，提出"如不答应增资，全县教员即行罢课"。

慑于全县小学教员组织起来的力量，县政府答应将小学教师的年薪增加 40 元，由原来的 80 元、90 元、100 元，增至 120 元、130 元、140 元。这次增资斗争的胜利，极大地鼓舞了全县小学教员，没有入会的纷纷要求入会。

小学教员的革命斗争情绪越来越高，斗争也越来越活跃。共产党员李洪振、乔式模、乔志亭等和暑假回家的平、津、保的进步学生一起编排揭露国民党反动派叛变革命、投降帝国主义的讽刺话剧《打倒投机分子》《夫妻对话》《假革命真叛变》等节目，在安平县"天足会"成立庆祝大会上进行了演出。其中有这样一个场面：

　　一个身穿礼服的国民党官员，胸前挂着一个牌子，上写"革命尚未成功，同志仍需努力"，背过一段冠冕堂皇的台词之后，一回身，背上画着个大乌龟，上写"贪污腐化，祸国殃民"。

这些节目将有些国民党恶棍包揽诉讼、敲诈民财、为非作歹的丑态活现于舞台上，使反动派原形毕露。台下群众无不拍手称快。反动当局垂头丧气，恨得咬牙切齿，却故作不知，甚至连面都不敢露。

接下来，县委又组织发动了第二次小学教员的增资斗争。由李洪振、阎子元、刘宗甫等在城内公立小学召开会议，向全县教师进行阶级斗争教育。教师们深刻认识到自己在政治上受压迫、生活上无保障，产生了强烈的增资要求，一致通过了要求增资的请愿书，并递交到国民党县党部。然后，组织发动全体集训的 200 多名教师整队游行示威，最后聚集于县政府大门口，高呼口号，要求增加工资，改善生活待遇，并纷纷表示"不达目的决不罢休"。

大家推选李洪振、阎子元、刘宗甫、崔兰亭、乔式模、王席征、张国发7人为代表，与国民党县长交涉，迫使县长张树楷答应"教师有言论自由，年薪由原来的120元、130元、140元，分别增到150元、160元和180元"，从而获得了第二次增资斗争的胜利。

自此，全县小学教师更加紧密地团结在党的周围，成为反帝反封建的重要力量。

三、弓润和弓浦组织"天足会"

弓润于1903年出生于安平县台城村，弓仲韬是她本家叔父，两家仅一墙之隔，从小她跟弓仲韬的大女儿弓浦关系要好。1925年，弓润经弓仲韬介绍加入中国共产党，其丈夫李子逊是任庄村的早期党员，在抗日战争中英勇牺牲。李锡九是她的本家伯父；李振庭是她的公公。

弓润于1993年8月10日去世，终年90岁。在中共河北省委党史研究室编纂的《铭记——弓仲韬与中共第一个农村支部资料汇编与研究》一书中，收录着一份1984年1月弓润的口述材料《安平县党的早期活动片段》，记录了当年她入党的经过，以及与弓浦等姐妹开展各种革命活动的情况：

我1903年出生于一个封建家庭，祖父早死，祖母不允许女孩子上学识字。五四运动冲破中国的封建枷锁，当时在北京上学的弓仲韬把五四运动的新思想带回了家乡，我和他女儿弓浦以及弓睿是好朋友，常在一起玩，他就向我们讲识字的重要性，讲妇女求解放的道理。我清楚地记得他跟我说，要求解放就得上学识字，不识字100年也解放不了。当时我已17岁，弓浦、弓睿都比我小……我们在本村女校上了3年，寒暑假期间，我们经常聚集在弓仲韬家里听他讲革命道理，讲外边的见闻和文化知识，他实际是我的革命启蒙老师。

弓润小学毕业了，又是弓仲韬几次到她家说服其祖母和父亲，并亲自把她和弓浦、弓睿一起送到了深县上高小，女孩子跑出去几十里到外县上高小，在台城村是第一份，在整个安平县也不多见。

1925 年 9 月，弓润和弓浦经弓仲韬、张鹤亭介绍一起加入了中国共产党。入党仪式是在弓仲韬家小北屋举行的，张鹤亭带她们向党旗宣誓，还宣布党的保密纪律，弓仲韬带她们唱了《国际歌》。

弓润和弓浦入党后，帮助县委做些工作，其中最突出的印象是处理密写信件和保存党内文件，当时信件都以私人名义写，而且大多是以她们同学的名义寄给她们，发收信地点也是多处，以减少别人的注意。在信的边缝用药水写上上级指示，弓润和弓浦负责处理这些信件，并报告弓仲韬。

1926 年夏，弓润和弓浦在村里组织妇女解放协会和天足会，前者包括全体妇女，后者主要是解放青少年女子、反对缠足。她们在村里查"天足"，反对虐待妇女，宣传妇女求解放的道理。其行为受到村里一些封建顽固派的非议，甚至有人到弓润家去告状，说这么个 20 多岁的大姑娘，到处疯跑不成体统，坏了门风，商量着把她嫁出去，最好嫁得远远的。经过他们一番张罗，果真给弓润找好了婆家，还正式下了婚书。在弓润的口述材料中，有这样一段话："我坚决不同意，去找弓仲韬商量，在他的策划下，我大闹了一场，他又从中说情，这次包办婚姻才退了，这件事本身也冲击了封建势力，在村里造成不小的影响。"

1926 年，小学教师 300 多人到县里集训学习，名义是提高教师水平，实际上是党在教师中组织的一次活动，学习结束后还进行了考试，弓润也取得了正式小学教师的文凭。学习期间组织了要求增薪的活动，取得了胜利。增薪后小学教师薪俸每月 8 元、9 元、10 元（现大洋）。弓润在村里小学一边教书，一边做妇女工作和弓仲韬委托办的工作，一直干了两年。两年里，在弓仲韬的领导下，全县的妇女解放运动发展很快，各村妇协与天足会大部分都建立了。当时天足会人很少，弓润会写，又会刻蜡版，主要留在县里帮助工作，实际上传单大都是张鹤亭写好后交弓浦或其他人转给她的，其中有《告全县妇女同胞书》等，提出男女平等，妇女不再围着锅台转，让妇女学习文化，反对买卖妇女和虐待妇女等。查天足搞了3个月，高潮过后其他人都陆续回村了，弓润被留在了天足会继续做妇女工作。在弓润的自述材料中，这样写道：

> 我去天足会之前，党组织就告诉我，既要干好工作，又不能暴露身份。为了减少敌人注意，外边人尽量少与我接头，以后接头是建设局的韩振坤，他没有暴露身份，又都是县里人，敌人不会怀疑。第一次接头前他先给我取了一封信，邀我到大庙见面，署名是表妹振坤。见面，才知道是个男同志。他比我小两岁，人很活跃，以后大部分联系都是通过他，不久，张美荣得了重病退了职，我当了天足会主任，以后又当了妇协主任，天足会主任改由张敬帆当。在党的领导下，同国民党展开了多次斗争。

关于弓润和弓浦组织的天足会，《安平县志》这样记载："民国十五年（1926年）夏，台城村女子党支部书记弓浦与弓润一起领导成立了县第一个妇女组织——台城天足会，主任弓润，会员30多人。民国十七年（1928年），该组织终止活动。"

《中国共产党安平历史》记载："1924年8月15日，中共安平县委成立后，随着全县党组织的不断发展壮大，各种群众组织在党的领导下，也迅速建立、巩固、发展起来。1926年夏，台城女子党支部针对妇女的特点，在本村建起了党的外围组织天足会。共产党员弓浦、弓润等是天足会核心成员。她们走家串户宣传裹足的危害、小脚的痛苦，揭露封建制度对妇女身心摧残，提出'妇女要解放，首先要放足'的口号。她们的活动在全村广大妇女中引起了强烈反响，不少人扯下裹脚布，参加了天足会，会员由不到10人很快发展到30多人。台城天足会成立后，县委派崔玉田成立安平县天足会，号召全县广大妇女剪发放足，要求党团员凡结了婚的要劝妻子剪发放足，并发动学生串联宣传。采取与生产结合、与本身痛苦结合、与反封建结合的方法，普遍宣传放足的好处和裹足的痛苦。广大妇女和劳动人民积极拥护，许多村庄先后建起了天足会。"

四、"三一八"惨案

1926年春节到了。大年三十晚上，弓家张灯结彩，好不热闹，北方人过春节有"三十晚上坐一宿"的习俗，就是不睡觉，干什么呢？聊天、玩牌、放烟花、吃零食，或自编自导自演家庭联欢会，不拘一格，想干啥就干啥，总之，这是一年中全家人最齐全、最放松、最"奢侈"的时刻，要一直闹到后半夜，再开始准备大年初一的饺子。

院子里，弓仲韬的两个女儿弓浦、弓乃如，还有弓玉柴家的三个女儿弓诚、弓蕴武、弓彤轩正在兴高采烈地放着烟花。

弓仲韬走进院子时，正赶上一束璀璨的粉红色烟花在夜中绽放，看着女孩们一张张灿烂的笑脸，他露出欣慰的笑容。

发现父亲回来了，弓浦高兴地跑上前去，一手抓住弓仲韬的胳膊，一手指着天空兴奋地说："爹，快看！桃花满天红！"

弓仲韬被这绚丽多姿的烟花震撼了，好奇地问："今年的烟花与往年不一样啊，你刚才说什么？桃花满天红？"

弓浦得意地说："对呀！这是吴家最新研制的烟花，我给它起名叫'桃花满天红！'"

弓仲韬赞许地说："嗯，我喜欢，让我想起咱们博陵诗人崔护的那首著名的桃花诗。"

这时，弓乃如和弓诚她们几个姐妹也凑过来，一块大声吟诵道："去年今日此门中，人面桃花相映红，人面不知何处去，桃花依旧笑春风！"

说完，大家一起鼓起掌来，随即，更多的烟花在夜空中绽放，漆黑的夜幕上铺满耀眼的璀璨花束，又快速地零落消散……

待大家都玩尽兴后散去，院落安静时，弓仲韬把弓浦叫到一旁，说："小浦，有个好消息，我给你报的北京温泉中学的通知来了，过了年，你就可以去北京上学了！"

弓浦闻听高兴地说："温泉中学？就是那个大名鼎鼎的中法大学附属中学？"

弓仲韬说："对，你到北京后，爹对你只有一个要求，你胃不好，记着按时吃饭，爹等你平安回来。"

弓浦使劲地点点头，脸上洋溢着青春的热情。

夜色深沉，父女俩还在畅谈着，信心满满地规划着下一步的学习和工作。

春节刚过，弓浦如愿来到北京温泉中学读书，如饥似渴地学习文化知识。然而，树欲静而风不止，彼时的中国，总是受到外国列强欺凌，纷争不断。1926年初，奉系军阀进兵关内，军舰驶向天津大沽口。冯玉祥的国民军封锁大沽口，不准船只驶入。

3月12日，日本军舰掩护两艘奉舰驶向大沽口，炮轰国民军，国民军奋起还击。第二天，日本公使向当时执政的段祺瑞政府提出抗议，称中国政府违背《辛丑条约》。北平、天津人民举行集会，督促政府抗议外国侵略。

3月16日，日本帝国主义纠结英国、美国、法国、意大利、荷兰、比利时、西班牙等国公使，向北洋政府发出最后通牒，要求国民军撤去大沽口防御设施，否则，"决采取必要之手段"。同时，八国在大沽海面集结了20多艘奉舰，对北洋政府实行武力威胁。

日本联合英美等八国公使的所谓"最后通牒"激起中国人民极大愤慨。3月16日，在北京的国共两党要人开会，徐谦以国民党执行委员会代表的身份同李大钊领导的中国共产党北方区委决定：17日，组织各学校和群众团体在天安门集会。集会组织者率领群众冲向国务院，国民军卫兵关门进行阻拦，导致双方发生口角，相持五六个小时，人群方才散去。

3月18日上午10时，国民党北京执行部、北京市党部、中共北方区委、北京市委、北京总工会、学生联合会、北京反帝大联盟、广州代表团等60多个团体与80多所学校共5000多人在天安门举行大会。

在广场北面临时搭建的主席台上，悬挂着孙中山先生的遗像和"革命尚未成功，同志仍须努力"条幅。台前横幅上写着"北京各界坚决反对八国最后通牒示威大会"。中共北方区委领导李大钊、赵世炎、陈乔年参加了大会，大会主席、中俄大学校长徐谦发表了慷慨激昂的讲话，揭露帝国主义的侵略罪行和段祺瑞政府 17 日对请愿群众的不当处理。大会议决：通电全国一致反对八国通牒，驱逐八国公使，废除一切不平等条约，撤退外国军舰；电告国民军为反对帝国主义侵略而战。大会一共通过了八条决议。

大会结束后，李大钊带领群众开始游行请愿，在执政府门前遭段祺瑞卫队的屠杀，死 47 人，伤 199 人。次日，执政府下令查封国民党市党部和中俄大学，通缉李大钊、徐谦等人。

3 月 23 日，北京各界人士聚集在北京大学操场，举行万人公祭大会。北大代校长蒋梦麟在会上沉痛地说："我任校长，使人家子弟，社会国家之人才，同学之朋友，如此牺牲，而又无法避免与挽救，此心诚不知如何悲痛！"说到这里潸然泪下，全场亦都是哭泣之声。

死难者中，众所周知的有北京女子师范大学学生刘和珍，鲁迅曾专门为其写了一篇悼念文章《记念刘和珍君》。鲜为人知的是，在"三一八"惨案受伤的学生中，也有弓仲韬的女儿弓浦。

后弓浦回家养伤，身体状况大不如前，但她依然积极协助父亲开展革命工作，发动群众进行各种反封建斗争。

"三一八"惨案后，更猛烈的暴风雨来了。

■ 追寻的足迹：徘徊在滹沱河畔

为了解弓仲韬的生平事迹，我曾多次来到安平、饶阳等县采访，在滹沱河边驻足、流连，每每心潮起伏、思绪万千。因为目前能看到的弓仲韬照片，只有他晚年双目失明后的，他年轻时意气风发的样子，也许隐藏在某个角落，尚未被发现，这不能不说是个遗憾。

湍流不息的滹沱河水，以及岸边高大的白杨、婀娜的绿柳、沧桑的老槐，也许见过当年的那个他吧？那个发动"长工增资斗争"、率先拿自己家"开刀"的果敢青年，那个为革命事业倾家荡产、历经磨难而无怨无悔的真正的共产党员，一定也在滹沱河畔徘徊过吧？

　　那段时间，我一直在思考一个问题：最初的时候，是什么力量让弓仲韬这样一个富家子弟宁愿抛家舍业也要走上革命道路？从台城特支书记，到县委书记、安饶联合县委书记、安饶深中心县委书记，伴随着职位和权力的提升，他非但没有为自己和家人谋一点利益，反而搭上了家里的很多钱——办夜校启迪民智、开粥棚接济穷人、建毛巾厂掩护党委机关，这些都需要持续往里投钱，平时的宣传发动、走访调研、组织活动、开展革命斗争等，又是一大笔开支，为了筹集革命经费，他不惜卖掉自家的20亩良田……

　　这是信仰的力量，亦是李大钊先生的精神风骨在他身上的延续。

　　由弓仲韬，不禁又联想到另一名早期党员：他坐拥"鸦飞不过的田产"，却一把火烧毁自家田契；他开办农民运动讲习所，领导建立了中国第一个红色苏维埃政权——海陆丰苏维埃政府……他就是中国共产党早期领导人之一、杰出的中国农民运动领袖彭湃。

　　金一南将军在接受《中国纪检监察》杂志记者采访时，曾说过这样一段话："中国共产党的信仰到底是什么，一些人有借口，说共产主义是虚无缥缈、抓不着的，所以说这个信仰是站不住的。我说中国共产党人的信仰是最实在的！实就实在他要靠老老实实地'为人民服务'来体现。正如习近平总书记讲的，人民对美好生活的向往，就是我们的奋斗目标。如何奋斗呢？就是北京中南海新华门永远不变的五个字：为人民服务。这也是中国共产党全部理论的结晶。如果偏离了这条，我们就失去了根本。那些为自己服务、为家族服务的，还能叫共产党员吗？"

　　谈到早期革命者的入党动机时，金一南将军说："在当年入党有什么好处啊？没有好处，全是风险。提着脑袋干革命，入党就意味着把生命交给了党。国防大学一位新中国成立前入党的老党员曾经跟我们讲，1947年的一天，他被负责发展党员的同志叫到城墙根底下问道：怕不怕死？他的回答就两个字：不怕。那名同志说：好，你现在就是一名中国共产党党员。"

　　在追寻弓仲韬的过程中，我在很多早期革命者身上都看到了信仰的力量，如弓凤洲、弓浦、弓乃如、弓诚、弓蕴武、弓彤轩以及常德善、林铁、姚凤林、王子益、张根生、李杏阁、刘秋华、王仁庆、张政民、刘胜彩等等，数不胜数。这些革命前辈的英雄事迹、奉献精神，令我不禁想起金一南将军在《为什么是中国》一书中那段振聋发聩的话："我们今天认识历史，如果拿现在共产党内那些腐败分子、马屁分子去和当年的共产党人联想、类比，可能永远无法明白为什么共产党能够获得大多数人民的拥护，为什么能够靠那样一支弱小的力量最终夺取全国政权。"

第六章　家破人亡终无悔

　　滹沱河的水，年年泛滥，年年枯涸。河畔的芦苇，青了又黄，黄了又青。弓家大院的灯火，却一盏接一盏地灭了——在短短五年内，弓仲韬失去了六位亲人……

一、李大钊壮烈牺牲

　　1927年4月12日，蒋介石在上海发动反革命政变。到15日，上海工人300多人被杀，500多人被捕，5000多人失踪，伤者不计其数。随后，江苏、浙江、安徽、广东、广西等省相继以"清党"为名，大规模捕杀共产党员和革命群众。仅广东一地，被杀害的就达2000多人，其中就包括萧楚女、熊雄等著名英烈。与此同时，北方奉系军阀张作霖也大肆捕杀共产党员和革命群众。

　　在四一二反革命政变前，国共尚处于合作时期，安平、饶阳、深泽三县有些共产党员还能以国民党党员的身份出现。政变发生后，国民党反动派背叛孙中山，破坏国共合作，屠杀共产党人，白色恐怖笼罩全国。

　　严镜波在回忆录中这样写道：

　　4月的一天，张鹤亭急匆匆从外面回来，随手关上院门，弓仲韬招呼大家集中到前院的教室。"中山舰事件发生了，国共合作分裂……蒋介石公开反共，在上海发动了反革命政变，大肆拘捕、杀害共产党员和工人群众！"张鹤亭紧咬着牙齿，绷紧了两腮的肌肉，紧紧握着的拳头重重砸在桌面上。……在白色恐怖笼罩下，不时传来党组织遭到破坏、共产党员被捕或壮烈牺牲的消息，中心县委机关的党团员们随时准备流血牺牲。

一天，弓仲韬正在家中与几个党员商议下一步的工作，弓凤洲手里拿着一张报纸气喘吁吁地跑了进来，将报纸递给弓仲韬，急切地说："出大事了！"

弓仲韬接过报纸，一行触目惊心的文字映入眼帘："军法会审昨日开庭，判决党人20名死刑，一律在看守所绞决，李大钊首登绞刑台。"

未及念完，弓仲韬已是泪流满面！

他强忍悲痛对在场的党员们说："李大钊先生不幸罹难，天地同悲，日月变色，吾辈将秉承先生遗志，坚持斗争，不怕牺牲，为实现共产主义而奋斗！先生生前节俭，大部分工资都用于革命事业和资助贫苦学生，凤洲，明天你和我去趟北京，看望师母，并送点儿生活用品和银圆，聊表心意。"

弓凤洲眼含泪水点了点头。

严镜波在她的回忆录中，讲到李大钊牺牲时，有这样一段话：

> 之前听到大哥严瑞升（严一林）和台城女子小学老师张鹤亭一次次讲到牺牲，还未经历过生死考验、年仅13岁的我并不觉得害怕，只觉得为革命牺牲光荣。李大钊同志的牺牲，让我真正感到了斗争的残酷。当时教室里沉闷了很久，师生们都流下了眼泪。义愤中的张鹤亭突然提高嗓音，坚定地说："同志们，不要难过，为革命牺牲光荣！我们每个人都可能被捕、牺牲，被捕后就是被杀头也不能泄露党的机密，泄密就是叛党，怕死就不要入党！"看着张鹤亭严厉的目光，我懂得了牺牲的真正含义，也更加真切地认识到革命斗争的严峻。

在《中国共产党河北历史资料文库口述资料》第一卷中，有一篇韩经武的回忆文章《河北建党活动片段》，里面记载了李大钊牺牲后广大党员群众悲愤的心情：

> 1927 年，我父亲韩子木第一次出狱后隐蔽到安平县台城村。在省委领导下，这时饶（阳）安（平）深（泽）中心县委在台城成立。……（后）我父亲带着我与团委书记张鹤亭转移到深泽县河疃村王鹤增（即王子益——作者注）家。恰在这时，发生了四二八惨案——张作霖绞杀了李大钊。

> 消息传来，饶（阳）安（平）深（泽）三县党员共 20 来人，在河疃村高小教员、县委的员工王鹤增家一个闲院的北屋里召开了李大钊烈士追悼会。会上，县委委员、我的父亲韩子木宣读悼词，声泪俱下。

> 我一生只见过我父亲两次掉泪，第一次是我 5 岁上，我祖母死了以后；第二次就是他念这个悼词的时候。

二、党组织遭到严重破坏

1927 年夏，闫怀骋改组联合县委，建立中心县委。此时革命形势处于低潮，党组织活动更加隐蔽，工作以发展党团组织、保存力量为主。

1928 年国民党统治北方后，深泽、安平、饶阳各县相继建立的国民党县党部对中共地方组织大肆破坏。弓仲韬遭到军阀政权与国民党当局的多次搜捕，中心县委机关转移到王子益家。

1929 年，上级调张鹤亭离开中心县委工作。同年，国民党破坏群众组织、解散夜校、搜查农会和捕捉共产党人等活动日益频繁。国共两党斗争更趋尖锐。在这种情况下，上级决定撤销中心县委，分设安平、饶阳、深泽县委。

1930 年春，国民党政府在全县张贴通缉令，捉拿弓仲韬。通缉令上写着："缉拿共产党首领弓仲韬。查弓仲韬为共产党派遣来安平之首领，妖言惑众，宣传赤化，于城乡间聚众犯科滋事，乡民池鱼受害，不胜其扰，今特奉上峰指示缉拿，望各方志士协助捕获叛亡。有窝藏者，知情不报者，一律同罪。"

在《弓乃如自传》中，有这样一段话："由于我父亲在大革命时，公开领导了本县的革命工作，因此，只要国民党有一次反动行为，首先就是我家遭殃，民国十八年（1929年）我家春秋两次被大搜查，……民国二十年（1931年）我17岁，考入简师的第二年暑假，有弓润的丈夫李子逊找我谈，希望我振作起来恢复团的小组，当时我很兴奋，立即答应。"

为使党的工作不受损失，弓仲韬委托弓濯之负责召开安平县党员代表大会。参加会议的有弓彤轩、弓诚等人。会议主要研究改选县委和布置县委工作。弓濯之转达了弓仲韬的意见，大家表示同意，由李洪振、韩振坤等同志负责党的工作，但一致要求遇有重大问题，由李洪振商请弓仲韬同意。

这年安平县的齐疃、崔疃、任庄、女师等支部都有发展。女师还组织了外围组织姐妹团，计15人，新发展的党员有：崔孟贝、孙武、弓东站、张林川、葛玫湘、王兰馥。

1931年后，李洪振在宅后寺村小学任教，经与弓仲韬等研究，县委暂设置在该校，并在宅后寺村发展了党、团员，建立了支部。

1931年9月，日本发动九一八事变，挑起侵华战争，并于4个多月的时间里占领中国东北广大地区。九一八事变后，全国人民掀起了抗日救亡热潮，而国民党反动派却顽固坚持"攘外必先安内"的政策，在南方加紧"围剿"红色根据地，在北方进一步加大对共产党人的镇压，加上受到"左"倾错误的影响，党的活动遇到极大困难，发展党团工作一度处于停滞状态。

1931年这一年中，中共河北省委就遭到3次大的破坏。1933年，遭到连续破坏。1933年秋至1934年春，保属特委因叛徒出卖连续遭到五次破坏。

1933年春，国民党中央军事委员会在保定设立行营。它是专门镇压共产党人革命活动的特务机构，保定形势更加恶化。6月，保属特委书记刘铁牛、特委委员李洪振被捕并被解往武汉杀害。河北省委又派贝仲选任特委书记，陆治国、范克明等为特委委员。鉴于保定的白色恐怖严重，特委转移到安平、深县一带开展工作，并派巡视员到各地视察工作，发展组织。因为安平县是共产党人开展活动较早的地方，党的基层组织比较多，革命形势发展得好，群众基础好，因此选择了安平作为保属特委的办公地。

保属特委书记贝仲选初到安平时，住在安平县边上的陈屯窑厂。这里窑工较多，容易隐蔽，并且都是穷苦人，容易开展工作。然而，由于范克明的叛变，安平党组织和保属特委受到极大破坏。1933年秋，范克明不顾革命正值低潮、国民党反动政府大肆抓捕共产党的严峻形势，违犯组织纪律，擅自回家结婚，不慎暴露，被捕后丧失气节，叛变投敌，致使保属机关和保南各县党组织遭到严重破坏。因为范克明经常在安平、饶阳、深县等地活动，熟悉各村党员及活动情况，他叛变后向反动当局供出了党员名单和地下活动情况，并带领敌人到处抓捕共产党员。

当时深县有8个党支部、50名党员，身为直接上级的范克明对深县的家底了如指掌。他带领国民党保卫团疯狂抓人，深县几个党支部均遭破坏，有十几名党员被捕。县委工作中断，县委书记张敬在束鹿县（今辛集市）旧城村建立地下交通站，还先后在支李庄、丁家庵小学隐蔽作战，其间秘密发展吴健民（吴振铎）、孟继光（孟繁国）等人为党员。因是主要缉捕对象，张敬又被迫转移到平山县从事地下工作。韩复光、侯玉田等先期党员也背井离乡，秘密转战他地。深县周边县的党组织和保属特委也同样遭到毁灭性破坏。

马金生生前回忆，20世纪30年代初期，国民党反动派大肆屠杀共产党人。当时的安平县委机关遭到严重破坏，很多县级领导被抓，有的暂时躲避。时任安平县区委书记、四县中心团县委书记、宣传委员的马金生，因为与弓仲韬来往密切，且弓仲韬小女儿、县女子师范党支部书记弓乃如在马金生家乡的野营村教书，秘密配合马金生开展党的活动、组织革命斗争，早就被国民党盯上了，多次遭受追捕。

在《弓乃如自传》中，有一段文字记录了白色恐怖时期，弓乃如和父亲弓仲韬在被反动派通缉、全家生活陷入困顿的情况下，依然想方设法联系组织并坚持地下工作的情况：

民国二十二年（1933年）秋，由本县野营村马金生找我谈（也没有什么介绍信），我渴望很久的共产党来找我，当时很高兴，所以他叫我做什么我就做什么，组织关系就算恢复了，继续了党的生活。

是年9月，由马金生介绍一个姓樊的据说是省的巡视员，当时都叫他小樊（即小范，有范克明、范克敏等多个名字——作者注），他的名字我始终不知道，当时党的指示是叫我们在学校发动斗争，开小组会时，马金生和小樊都参加了……

在1933年毕业的时候发动全校性的大斗争。首先是要求职业；第二步，即是增薪问题。……这个斗争是胜利了，结果也达到目的了（斗争过程及方式不写了）这个斗争从始至终有3个多月，而我自己在这次斗争中大出风头。这一时期因为全县只有我一个行动较自由的女同志，因此又附带着做了农村妇女工作，参加过本县任家庄、黄城村的妇女小组会（马金生介绍）。这使我在精神上在行动上都特别积极。

民国二十三年旧历十二月中，马金生派人告诉我小樊叛变了，让我马上离开学校（当时我在马金生那当教员），我当时立即让校长送我回家（离我家20几里），到家马金生在我家等我，由于几次的经验，我们估计这次一定又要搜查我家，于是当夜我们就跑到黄城一个同志家里，白天藏起来，夜间参加他们小组会，不断传来某人被捕的消息……

旧历十二月二十三日夜我和马金生踏半尺深的雪离开了黄城，走了一天也没找到栖身的居所，半夜里又偷偷地回到我家，然而已经搜查一次的家里又哪里敢住呢，天不亮用车子把我送到饶阳县大官厅我外祖家，刚住了几天又传来消息，通缉令下了，这里也不是安全地带，于是我又连夜跑到离城较远的一个小村里（是我父亲的外祖母家），过了旧年，到民国二十四年（1935年），这个案件是放松了，我在这个村里一直住到了3月。

在《中共安平县党史大事记》（1987 年 12 月由中共安平县委党史办公室编）中，有这样一段记载："1934 年冬，因逯连仲被捕叛变，男子简易（师范）团支部被破坏，张振芬、刘顺安等被捕。张振芬被送到天津第三监狱，在狱中仍不屈不挠，坚持斗争。为了躲避敌人抓捕，面目较红的党员阎子元、马金生、弓乃如、崔子儒、翟纪鑫等在党的指示下相继离开安平外避。"

张振芬被捕后，先被关押在安平县，面对敌人的严刑拷打，面无惧色，拒不投降。他的 3 名同学买通狱警来看望他。他说，自己已经抱定了必死的决心。同时叮嘱同学，他宿舍藏着一个小箱子，里面有书信、文件，务必帮他销毁。同学回去后，找到了那个小箱子，在箱内的一个笔记本中，张振芬写着这样一段话："我这个穷学生，为什么辈辈穷，有了×××，前途才光明。"为了不暴露自己的真实身份，他用 ×××代替"共产党"三个字。后来，张振芬由安平县被押解到天津监狱，七七事变时，犯人们砸了监狱，张振芬趁乱逃了出来，想办法找到曾在一起蹲过监狱的冀中七分区组织部长，才重新接上组织关系——这段往事是当年去狱中看望张振芬的一个同学亲口讲述的，原文载于 1990 年法律出版社出版的《新中国反腐败第一大案》一书中提到，张振芬即张子善。这个经过战争洗礼、曾在残暴的敌人面前宁死不屈的革命功臣，却在和平年代迷失自我，在金钱物欲面前背弃了自己的信仰，沦为可耻的贪腐分子，发人深省，教训深刻，此为后话。

三、弓仲韬痛失六位亲人

弓仲韬曾有过五个孩子，依次是大女儿弓浦、大儿子弓潮、二女儿弓乃如、二儿子弓涛（小名小秀）、小儿子弓泗。而活下来的只有弓乃如。

1930 年夏，弓仲韬的大女儿弓浦考上了北平的民国大学，对此弓仲韬又喜又忧。喜的是，女儿聪明好学，志向高远，如今终于如愿以偿，即将踏进高等学府，要知道，在当时的北方农村，能考上大学的女子，差不多相当于凤毛麟角了，他怎能不为有这么优秀的女儿而高兴？！忧的是，北平正处于国民党白色恐怖的高压态势下，身为中共党员的弓浦必然会面临更大的危险和挑战。还有一点也让他放心不下，那就是女儿的身体状况，因为在"三一八惨案"中受过伤，弓浦的体质大不如前，他担心紧张的学习和工作会让女儿旧疾复发。

自从弓仲韬鼓励弟弟弓叔耕去法国留学后，也曾有意让大女儿弓浦去法国留学。可是因为弓浦受伤，以及日益复杂严酷的革命形势，弓浦还是留在了国内，除了身体原因，还有就是离家近些，可以多做些工作，能助父亲一臂之力。这些年弓浦在父亲的影响下，投身革命洪流，已经成长为一名勇敢坚强的战士。

女儿的选择令弓仲韬很是欣慰。只是他万万没有想到，正因为这次的选择，竟让他永远地失去了女儿！

1931 年 9 月 18 日，日本帝国主义发动了震惊中外的九一八事变。

九一八事变后，中日民族矛盾逐渐上升为主要矛盾，中国国内阶级关系发生重大变动，抗日救亡运动在全国迅速兴起。在抗日救亡运动中，青年学生最为活跃。九一八事变后的第二天，北平学生就组织了抗日宣传队。9 月 22 日，天津学生组成救国联合会，呼吁"停止内战，一致抗日"。平津学生还组织南下示威团，赴南京向国民党政府请愿。

当时在天津女师读书的严镜波亲历了那场请愿示威运动。她在回忆录中这样写道：

> 游行队伍边走边高呼抗日口号，参加的人越来越多。走到火车站，那里已经聚集了四个学校的二三百名学生，女师的学生就有三四十人。扶轮中学是铁路子弟学校，学生们的抗日热情得到了铁路职工的支持。原准备卧轨拦车的学生们顺利进站上了火车。

> 车厢里塞满了学生，我挤在学生中间，手里还抱着准备早上上课的课本和上车前发的两个馒头。……我接过姐姐怀抱的宣传品，从窗户里递给站台上的乘客。

> 南京之行将遇到什么情况，组织已经做了最坏的准备。在妹妹面前，二姐显出了成熟和镇定，伏在我耳边小声说："三妹，咱们

这是到南京向国民政府请愿，学潮很可能被政府镇压。你跟在姐后边不要走远，随时做好准备。"我兴奋的心情一下子沉了下来，手上的传单抱得更紧了。每到一站，车上的学生们就从窗口伸出头去，挥舞着手中的小旗，宣传请愿学生的主张。站台上的旅客们站在车厢外听着学生们宣传，有人和学生握手表示支持，有的随着学生高喊要求出兵抗日的口号。火车走了一天多，一路上学生们的嗓子都喊哑了。

……学生们的行动惊动了南京政府，蒋介石被迫答应在黄埔军校礼堂接见请愿学生。……声色俱厉的训斥并没有吓垮学生，既然蒋介石答应出兵，学生们觉得取得初步胜利。第二天，学生们长途跋涉，步行去中山陵拜谒孙中山陵墓，沿途散发传单，高喊口号。……请愿学生从中山陵返回火车站，坐上了回天津的火车。从我们这次请愿以后，国民党当局就加强了防范。北京、上海的学生去请愿时，南京车站就架起了机枪。

1931年12月5日，北京大学的300多名学生组成南下示威团，在南京国民政府门前举行示威游行，强烈要求国民党政府对其在抗日方面持续不作为给个说法。恼羞成怒的蒋介石一声令下，一群特务便手持棍棒朝学生们的身上、头上打去，顷刻间，棍棒声、哭喊声、哀鸣声混成一片，路上躺倒一片。这次，有185名学生被捕，30多名学生被打伤。

国民党当局在南京镇压学生请愿团的残暴行为，激起更大的抗议活动。12月17日，平、津、沪等多地学生代表到南京，与当地学生共3万余人联合示威游行，要求政府抗日。游行队伍在珍珠桥附近遭军警镇压，当场被打死30余人，多人受伤。当晚，国民政府又派出大批军警搜捕学生，并武装遣送学生返回原地。"珍珠桥惨案"激起全国人民的愤慨，各地民众掀起反对国民党统治、反对内战、要求抗日的高潮。

正在北平民国大学读书的弓浦在北京参加示威活动中，被反动军警打成重伤，被送回家中没几天就去世了。

大女儿弓浦的牺牲令弓仲韬肝肠寸断。在他的几个儿女中，弓浦是最早知道他从事革命事业的，也是最早跟随他走上革命道路的孩子。她不仅深受父亲影响，有着坚定远大的革命理想，而且聪明智慧，懂事善良，在家中处处发挥着长姐的作用，上孝顺老人，下照顾弟妹，年纪不大就开始为父母分忧解难。

弓乃如与姐姐弓浦感情很深，在1940年她写的一份自述材料中，表达了弓浦牺牲后她悲愤而无奈的心情：

> 1931年，我考入了县立简师，……九一八后，读书会的救国分子组织了救国小组（秘密），与小学教员联合会取得联系，筹备较大的宣传工作，不幸被发觉……不幸的消息送来了，唯一帮助我支持我升学的姐姐死了，从此便决定了我的前途只有住简师，悲观、失望、消极充溢在我的心里，人生的渺茫、社会的污浊、人世的冷酷似乎都是对着我的。因此我当时不愿意见任何一个外人，不愿讲一句不必要的话。但是，另外改造社会、取消压迫又在我脑子里旋转着，我有时兴奋得自己笑起来，似乎一切的敌人都在我面前屈服了，但是……九一八后学生运动不是失败了吗？姐姐不是死在他们手里了吗？你有什么力量来反对他们呢？我又沉默了。

不幸接连降临到弓家。次年，弓仲韬的大儿子和二儿子莫名去世，3年后即1935年，他年仅4岁的小儿子也夭折了；因为国民党特务屡次抄家、恐吓，弓仲韬父母亦双双离去。在短短5年内，弓仲韬就失去了六位亲人！

作为中共台城特别支部和安平县委的创建人，弓仲韬一生对党忠心耿耿。从1923年奉李大钊之命返回台城村办夜校、发展农会、建立党支部、成立安平县委，领导农民与恶霸地主反动势力做斗争，他为革命殚精竭虑，初心不悔。自参加革命以来，弓仲韬一直无所畏惧，哪怕他为办学校变卖家中的良田，被弓家长辈训斥为"败家子儿"；哪怕他多次为穷人放粮，开粥棚周济灾民，鼓动贫雇农减租增薪，得罪了地主阶层，弓氏族亲联合宣布不认他为弓家子孙，死后不许进祠堂；哪怕多年被反动军警通缉，长年颠沛流离，甚至夜宿坟地……也都没有让他有丝毫退却，可是，面对亲人的接连离去，他悲伤痛苦达到极点，那段时间，他听到了自己心碎的声音。

弓乃如

在《弓乃如自传》中，有这样两段悲伤的讲述：

民国十九年以后因为连年死人——民国十九年姐姐死、民国二十年弟弟哥哥死、民国二十四年祖父祖母及小弟弟死，家败人亡，至此已达极点。

……

在这几个月中，我的祖母、母亲内心里在担心痛苦着，一方面受国民党党部及县政府的威胁恐吓，另一方面听着社会人士的非议谩骂，我的60岁的祖母终于气死了，我的母亲怀抱不满四岁的小弟弟病倒床上，当我祖母死后的第三天我趁夜晚返回家哭了一次，触目伤情的惨状刺激了我，种下了我与国民党不共戴天的仇恨……我吊（唁）了祖母以后仍然不能在家住，于是又跑到束鹿县石家庄（我父亲的姨母家）住到旧五月。

民国二十四年（1935年），日本势力深入华北强迫撤退，国民党党部更换县长，我的问题也跟着撤销了。我由束鹿回到家里偷偷住下了。潜居家里大约一年的光景，伤心惨目的庭院使得我有时悲痛得想自杀，有时愤恨得咬牙切齿，想拿起枪刺杀敌人……我看不见光明、摸不着正路，苦闷得神经错乱，每天只有睡和哭。到民国二十四年（1935年）十二月，运动后，旧历十一月中有吴毅民（即吴立人——作者注）拿着李子逊的信来找我，他给我介绍了一二九运动，告诉我哭是没有出路的，一个青年应该起来打倒自己的敌人，在这大风浪中你应该拿出以前的勇气，干！在这种鼓励下我的内心波动得更厉害，我幻想着胜利后自己的情形，计划着应该怎样做，推测吴毅民大约是共产党员，……他指示我去到学校活动，团结和组织学生。旧十二月底，他回北平去了，（与我）保持了通信关系，这时候我深深地感到自己落后了，应该学习，而久闷在我心里的组织关系问题，使我特别焦躁，因此我下决心去北平。经弓惠瞻姑姑介绍到私立北方小学当教员……

2024年12月24日，曾任衡水市广电局局长、衡水市电视台台长的张建军与我聊起弓仲韬，说他以前采访过弓仲韬堂妹弓彤轩，弓彤轩亲口跟他说，当年弓仲韬的儿子小秃是被人毒死的，当时口吐白沫，很快就不行了。那孩子死的时候才七八岁，挺聪明可爱的男孩儿，弓彤轩当年讲到这里的时候，很是可惜心疼，她说弓浦的牺牲和小秃的被害令弓仲韬备受打击，极度伤心。

遭遇了家破人亡的巨大伤痛，弓仲韬迎来人生的至暗时刻，虽然他心中的信仰没变，但是极度的痛苦令他无法静心工作。有一段时间，他把自己关在屋里，不说话也不见人，甚至从不抽烟的他，也开始拿起了烟斗，想在吞云吐雾中得到片刻解脱。

有一天快中午时，妻子过来敲门。

"当家的，你把门开开吧，咱家大门口跪着一个抱着孩子的女人，非要见你，说不见你就不起来，你出去看看吧。"

弓仲韬推开窗子，看到门口果然有个衣衫褴褛的妇女。那女人眼含泪水高声喊着："弓先生，您发发慈悲，救救我们一家吧！"

弓仲韬认出来了，是邻村的雇农黑妮儿，她丈夫去闯关东了，公公早逝，她与寡母婆婆带着一儿一女艰难度日，几年前弓仲韬曾接济过她家。如今，她5岁的女儿生病，昏迷不醒，而家徒四壁的她又拿不出钱来请郎中，情急之下，她想到曾帮助过自己、敢为穷人说话的弓仲韬。

得知事情原委，弓仲韬心里五味杂陈，那一瞬间，他陡然意识到自己肩上的重任，遂披了件衣服，抄起一袋小米就出了家门。

因为救助及时，孩子转危为安。这袋小米，也救了她们老小一家人的命。

弓仲韬把悲痛压在心里，又重新打起精神，继续马不停蹄地为党工作。

四、"白色恐怖"下坚持斗争

20世纪30年代初期，滹沱河连年发大水，庄稼被淹，粮食歉收，广大农民生活极端贫困。为了养家糊口，不少农民便以刮盐土淋烧小盐或贩运小盐维持生计。县城以及黄城、唐贝、油子、武营、段左等村庄是安平县淋烧小盐的主要地区，仅油子一个村，每天产盐就达万斤以上。这些小盐小部分自己食用，大部分则通过贩运小盐的盐民运往安国、深泽、束鹿等地销售。小盐的大量生产和外运，使封建统治者出售的高价官盐滞销。反动政府为了限制农民运烧小盐，成立了盐务缉私队，豢养了一大批盐巡，规定了罚款章程。盐巡们时常结队骑马到各村搜查，见到盐锅、盐具就砸，找到小盐就抢走，见熬盐的人就抓起来罚款。

1930年，中共保属特委根据形势需要，指示各县党组织要维护盐民的利益，发动盐民进行斗争。按照这一指示，安平县委作出决议：淋烧小盐的村庄要组织群众进行联防，不让盐巡糟蹋东西和逮捕人；贩盐的人要成帮搭伙、互相照顾，遇上盐巡就打，不叫盐巡捉住人，不损失东西；加强宣传，让盐民充分认识到，盐巡人少，有枪不敢打人，盐民有几千人，联合起来就能搞好自卫。在党组织的领导下，淋浇贩运小盐的村庄相继建立起了自己的自卫组织——齐心会、运盐队等。周刘庄村组织的齐心会，制定了章程，明确了联络信号等。齐心会规定：以户为单位参加，全村人互相帮助，有事大家挡；盐兵来了不叫他砸锅、抢东西、捉人，若是打起来大家齐动手；盐民受伤全村养活，死了大家出钱买棺材；打伤或打死盐巡后打官司由周老宏出面，费用全村负担；发现盐巡就放两响炮，全村合伙打盐巡；等等。后来，段左、东刘店、寺店等附近五六个村庄也加入齐心会，组成了村村联防。1932 年秋后，东刘店的陈老更在扫盐土时与盐巡打起来，把盐巡狠狠揍了一顿。盐巡逃回安平城里，到盐务缉私队告了一状。盐务缉私队出动 15 个人，荷枪实弹，骑着马来到东刘店来抓人。他们刚到村东不远的地方，村里就响起了两响炮，涌出几十个手持棍棒、镰刀、扁担的人准备与盐巡搏斗。同时周围各村也有手持棍棒的人群向盐巡拥来，盐巡见势不妙，扭转马头灰溜溜地逃跑了。

东黄城与店子头两村组织的运盐队有 50 多人，是北黄城村共产党员李大运、李中兴、祝延年等人在党的领导下，联合东黄城和店子头两村的盐民组成的。盐民们成帮同行，互相照应，共同对付盐巡，保护了盐民的财产和人身安全。一次，运盐队走到安平城东北角，遇到十四五个盐巡挡路。四五十个运盐的盐民立即把盐袋放在一起，留一半人看守，一半人去对付盐巡，把盐巡全部吓跑了。

1933 年冬季，付各庄庙会期间，安平、饶阳、博野、蠡县四县的 50 个盐巡，骑马尾追三辆贩运小盐的车。盐巡进村后，钻进一家茶馆休息。庙会上的群众看到盐巡非常愤怒，成百上千的人拥到茶馆来。盐巡吓得心惊胆战，想跑又跑不出去，只好哀求掌柜找来村长，请求群众放他们回去。在说了很多好话后，群众才放他们走了。

党领导盐民进行反禁烧、禁运小盐的斗争，狠狠地打击了反动统治者的嚣张气焰，保护了盐民的利益，鼓舞了广大农民反抗统治者的勇气，同时团结了群众，扩大了党的影响。

1933 年秋冬之交，保属特委巡视员范克明被捕叛变后，随国民党警特人员在保属特委管辖的安平、饶阳、深泽、深县大肆抓捕共产党员，在这种情况下，安平县委依然坚持地下工作，秘密发展党员，建立党支部，到年底，全县共建党支部 35 个，共有党团员 172 名。

1934 年 1 月，叛徒范克明带侦缉队到安平县台城村抓捕弓仲韬，由于提前已有所准备，敌人抓捕落空。

白色恐怖下，众多党员和革命群众被杀害。1934 年 4 月，针对当时异常残酷的现实，安平县委决定让已经暴露的党员暂时外出躲避。当时的安平县党组织基本处于停滞状态，不再公开活动。

1936 年 1 月，弓仲韬接受吴立人的委派，让女儿弓乃如坚持革命活动，恢复和壮大安平、饶阳、深县等县的党组织。

吴立人，1915 年生，河北行唐县人，1930 年在保定育德中学读书时参加革命。1931 年入党。1932 年参加高蠡暴动，任保属特委反帝同盟委员。1933 年，任保属特委西南地区巡视员。1934 年秋，考入蔡元培创办的华北大学，继续做党的地下组织工作。至 1935 年秋，参加一二·九学生爱国运动，担任北平西安门地区学运负责人。

一二九运动后不久，吴立人持李子逊的介绍信来到安平县，冒着随时被逮捕的危险，开展党的组织建设。

吴立人到安平后，选定弓乃如家为秘密联络点。当时一项非常重要的工作，就是找到与组织失联的党员，并对其身份进行认定。根据上级党组织的指示，吴立人很快与一部分党员取得了联系并发展了新的农村党组织。吴立人当时采取的主要方法有：一是依靠老党员提供线索，按区村范围进行分工，把失去联系的党员寻找出来；二是由当事人将自己失去联系后的表现向党组织陈述，并经其他党员或可靠人员做证，再经组织研究决定是否恢复党员身份。这种方法，既积极又慎重。

这期间，安平台城村党支部得以恢复工作，李国安任书记。支部恢复后采取秘密单线联系方式，弓乃如的活动始终处于极其秘密的状态下，对上只与吴立人单线联系。

两个月后，吴立人奉命去了北平开展地下工作。不久，弓乃如收到了吴立人的来信，随即她告别父母，匆匆赶往北平，住在前门外的万福客栈里，与吴立人接上头。按照吴立人的安排，弓乃如的主要工作是为他收转上级党组织和各地的来信，公开身份是北方小学的国文老师。不久，弓乃如搬到了北方小学居住。每次与吴立人接头，弓乃如都按照严格的规定提前约好，地点选择在公园、商店或舞厅，交付信件后就匆匆离去。

一天，弓乃如按照约定与吴立人接头时，等了好久却不见人影。她悄悄赶往吴立人的住处，也没有找到人，暗中打听，才得知吴立人已经被捕。在这种情况下，根据组织规定，弓乃如马上辞去了北方小学的工作。在客栈里等了几天，仍没有吴立人的消息，也找不到上级党组织，弓乃如无奈先回了安平县，想跟父亲商议下一步的工作。

吴立人被捕后，由于国民党反动当局没有抓住什么实际的把柄，经过打入敌人内部的我地下党员营救，吴立人得以脱身。

回乡后的弓乃如好不容易才找到父亲弓仲韬。为了躲避国民党反动当局的抓捕，弓仲韬平时很少回家，此时的弓家大院一片寂静荒凉。

严镜波去世后，其女儿陈银芝在整理遗物时，看到一份1979年1月10日保定地委组织部审干结论，上写："经审查，严镜波同志于1927年2月在安平县台城村私立小学读书时，由张鹤亭介绍加入共产主义青年团；1929年因党组织遭到破坏，学校结束而失掉关系。1936年2月，直南特委派弓仲韬同志到饶阳县恢复党的组织，弓去后焦守健恢复了关系，焦又为严镜波恢复了关系（转党）。"

曾任保属特委委员的陆治国生前写过一篇回忆文章，真实再现了那个时期我地下党在极其残酷的环境下坚持斗争的故事。

陆治国（中）与侯玉田（左）、马金生（右）合影

陆治国出生于 1910 年 8 月 19 日，是河北省安平县人。因为家乡党组织建得早，1925 年他就加入了中国共产党。白色恐怖时期，国民党对共产党采取"宁可错杀一千，不可放过一个"的政策，迫使我党转入地下。地下党员一旦暴露，情况就会非常严峻，或是党组织遭到破坏，或是党员同志们被追捕，坐监牢，受酷刑，乃至惨遭杀害；期间也有极少数不坚定分子，经不住考验，变节叛党。因此，为了党的生存、发展和胜利，党员，特别是担负领导职务者，往往以公开的职业身份做掩护。可是那时候寻找合适的公开职业，又谈何容易？第一，要考虑到有利于党组织和自身的安全；第二，在行动上要有自由，以便进行党的工作；第三，还得能挣钱，除了养活自己，还要为党筹集活动经费……

自加入中国共产党后，陆治国很少在本乡本土活动，也记不清改过多少名字了。直到新中国成立后，仍有不少老同志叫他"小徐""李老四"等化名。

1933 年至 1935 年，陆治国担任保属特委委员时，因为范克明的叛变，陆治国遭到敌人追捕，不能待在家里，只好跟侯玉田换家住。侯玉田是深县周龙华村人，本姓田，改名侯玉田，因他眼睛大，故绰号"大眼侯"。他们换家，是互以长工身份做掩护，暗中进行党的领导工作。20 世纪 60 年代，"造反派"调查陆治国的家庭成分时，有的群众反映：他家雇过长工、月工、短工，是富农成分。其实所谓的"长工""月工""短工"等，正是当时任保属特委委员、负责党的武装工作的侯玉田及其领导下的武工队员。

在白色恐怖日益加剧，形势日益残酷的情况下，叛徒带领敌人到处搜捕我党党员，不少党员壮烈牺牲。为此，保属特委书记贝仲选成立了一支小小的革命武装"特务队"，刘国生任队长，侯玉田任副队长。他们经常在深县、饶阳、安平、武强等地活动，扩充队员，筹集枪支，打击叛徒，筹划党的活动经费，该特务队后来发展到 80 人。1934 年后，形势更加严峻，侯玉田与上级领导失去联系，独自带着武装队员孤身奋战。这时，保属特委唯一坚持革命、领导党员群众与国民党反动派进行斗争的陆治国得知侯玉田的情况，找到他，两人坚持斗争，流下了冀中最后的革命火种。据侯玉田的外孙女周小林讲，侯玉田是冀中有名的神枪手，他连发三枪，能把名片上 3 个字各个击中，还能让 3 颗子弹都穿过同一个弹孔。跟他最久的警卫员马清河曾回忆，夜间行动时他常骑飞车，遇到沟坎都不用下车，能直接飞过去，遇到后面有敌军追杀，他只凭感觉判断就能反手打枪，百发百中。神枪手"大眼侯"威名远扬，在冀中留下很多传奇故事。

1937 年冬，我党根据情报得知范克明藏在肃宁老家，河北游击军第一路军派刘俊生率部包围范克明藏身之地，最终将其抓获。饶阳党组织负责人焦守健、路铁岭把范克明从肃宁带到饶阳。经审讯后，范克明在饶阳西关被处决。

五、高蠡暴动前后

1930 年 6 月，李立三主持中央工作，由他起草的《新的革命高潮与一省或几省的首先胜利》向下传达后，中共顺直省委立即成立了总行动委员会作为领导暴动的机构，并就河北的革命形势作了分析。省委认为保定党的力量较强，决定在保定建立特委，任命郝清玉为保定特委书记，领导这一地区党组织开展农民斗争，组织红军队伍，建立苏维埃政权。

郝清玉到任后，即研究了完县、博蠡及保定市的情况，按照特委的意见，首先组织了完县五里岗暴动。遵照保属特委的指示，博蠡县委筹备了长短枪 6 只，派共产党员李步田、张鹤九等六人每人带一把枪到完县参加五里岗暴动。时值大雨，支援人员蹚过唐河到达目的地，因暴动改期，李步田等把枪支交给完县县委，返回蠡县。

1930 年 8 月，中共博蠡中心县委书记王志远、县委委员兼团县委书记于澄波去中共保属特委汇报博蠡地区的形势和工作情况，当时党组织和党员数量都有很大提升，党的外围组织也得到大发展，农村普遍建立了农民协会，蠡县基本上被共产党控制。特委书记郝清玉和军委书记张兆丰听了汇报非常满意。郝清玉说："我们要抓住国民党新军阀互相残杀、自顾不暇的时机，集中力量大干一场，要组织搞武装暴动，组织红军和南方一样，推翻旧政府，建立苏维埃政权！"

8月24日，张兆丰来到博野县主持召开了暴动的筹备会议，除了博蠡县委委员，安平、饶阳、深泽县的主要领导也参加了会议。明确了暴动前要做好的三件事：思想发动，组织队伍；筹备武器，训练队伍；准备军需和宣传品。

《中国共产党蠡县地方党史》有这样一段记载："当时安平县有些小炉匠会造'独一撅'（这种枪一次只能装一粒子弹），那里有两名党员是小炉匠，除了他俩制造外，还联系了别的小炉匠帮着造。另外，县委还派了刘亚增、刘树德二人去安平通过弓仲韬同志又造了一些'独一撅'。与此同时，在张兆丰的指导下，还造了一些土手榴弹，通过上级，很快弄到手枪、大枪等各种枪支40多支。"

在一份吴立人的自述材料中，这样写道："我刚考入育德中学一个月后，1930年8月24日晚，在27班的教室里，学校训育员张化鲁老师召集部分学生进行辅导，后来我才知道这些学生是学校的党团员，我是培养对象，张化鲁老师是共产党员，蠡县人。他给我们传达了暴动筹备会议的情况，他讲完后大家踊跃报名，参加暴动，我也报了名。次日，我随同张化鲁老师去蠡县参加了暴动的筹备活动。这次去蠡县是我最初接受的革命教育和锻炼，了解了不少情况。从中结识了安平县的弓仲韬，为我两年后给团特委书记白坚当助手参加高蠡暴动打下了坚实的基础。"

在这份回忆资料中，吴立人说，次日一早，他跟随张化鲁到了蠡县蔺岗村张化鲁的家，张化鲁从家中把一只手提枪交给了蠡县县委。我还同他一起动员本族的长辈，把6支枪交给了县委。在张化鲁的带动和动员下，蠡县有许多共产党员主动凑钱买枪。蠡县财政局长曹承宗（共产党员）拿出了一笔公款给县委买了12支枪。安平县有两名党员是小炉匠，会造"独一撅"。张化鲁让吴立人和刘亚增（共产党员）、刘树德（共产党员）去安平找到弓仲韬。通过弓仲韬让这两名共产党员小炉匠并联系别的小炉匠为暴动制造了20支"独一撅"。与此同时，军委书记张兆丰还指示，在蠡县造一些手榴弹。又通过多方努力，弄到了手枪和大枪40多支。有了武装后，设了四处训练点，博野县南白沙庄的养蜂房和小庄火头村于化成家南院，蠡县蔺岗村张化鲁家、万安村吴蕴家。张兆丰和干部卢子江分别到各点负责训练，教大家如何使用枪械、手榴弹及普通的军事常识。吴立人在蠡县张化鲁家中学习了一天的枪支使用。

当时保属特委要求暴动要城乡结合，重点夺取县城和区域大城市，还提出一个"跟着党暴动"的口号，"一切服从暴动"即成为万众一心的革命指南，当时各县还决定改变隐蔽的斗争方式，组织各县大张旗鼓地公开进行暴动斗争。同时将博蠡中心县委改为行动委员会。此时，中共安平县委根据博蠡中心县委的指示，也将党团县委合并，改组为安平县行动委员会。还要求各县贯彻保属特委指示精神，有条件的都应在本县组织暴动。随着博蠡暴动时间的临近，"行动委员会"动员全县党团员分头到安平城里和子文、角邱、黄城、付名庄等村张贴标语和宣传品。一时间标语和宣传品遍及整个县城的大街小巷，一直贴到县政府和公安局的办公桌上。"限三天内，县长要交印，共产党要进城"的标语贴得到处皆是，吓得县长躲藏起来。但由于各县农民起义力量较为分散，没有经过正规训练，加之组织纪律混乱等问题日益突出。特别是起义缺乏经验，暴动的消息严重泄露，致使敌人对这次起义有了充分的准备，进行了兵力调动和周密部署，形成了敌众我寡的力量对比。

根据中共保属特委的指示，博蠡中心县委确定了发动农民暴动的时间是1930年10月12日午夜12时。省委派保定特委书记郝清玉、军委书记张兆丰等5人，具体帮助指导起义。博蠡中心县委改称的"行动委员会"指挥暴动，暴动预定晚上12点在蠡县县城、大庄头、万安三处同时举行。由于大庄头一处提前行动暴露了意图，暴动被迫中止。这是博蠡中心县委组织的首次武装斗争，也称"博蠡暴动"。

"博蠡暴动"虽然被迫中途流产，但暴动队伍杀了地主豪绅的威风，大长了穷人志气，扩大了党的政治影响。两年后蠡县、博野、高阳一带的广大农民在中共河北省委和保属特委的领导下，掀起了一场震撼华北的反抗国民党反动统治的大规模农民武装暴动，史称"高蠡暴动"。

1932年8月27日，在河北省委军委书记湘农和博蠡中心县委书记宋洛曙领导下，高蠡暴动在蠡县西区宋家庄爆发。暴动队伍收缴地主枪支武装自己，张贴布告宣传十大行动纲领:(一)没收地主、教堂及一切反革命的土地分配给雇农、贫农及少地的中农;(二)没收地主豪绅及一切反革命的粮食、财产,分给雇农、贫农及灾民;(三)废除苛捐杂税;(四)取消一切高利贷;(五)焚烧契约、债据;(六)夺取地主及一切反革命的武装并武装工农;(七)人民有淋硝盐、吃小盐、买卖小盐的自由;(八)取消官盐店及盐巡;(九)增加工资,减少工作时间;(十)建立苏维埃政府和红军。

8月30日,暴动队伍冒雨袭击高阳北辛庄之敌,在地下党员的配合下,不费一枪一弹解决了国民党北辛庄公安分局及保卫团,缴获长短枪40支。当天晚上,湘农主持会议,宣布高蠡地方苏维埃政府成立,湘农、宋洛曙分别任正副主席,并正式成立河北红军游击队第一支队,湘农任支队长。8月31日,游击队员分赴各地发动群众打地主、分盐店,收缴地主武装,大大激发了广大贫苦农民的斗争热情。但游击队遭到驻安国的东北军白凤翔部的"围剿",宋洛曙等47人壮烈牺牲,多人被捕,突出重围的队员在数倍敌人追捕下被打散。声势浩大的高蠡农民暴动至此结束。暴动失败后,反动当局开始大搜捕。保属特委书记黎亚克、高阳县委书记翟树功等相继被杀害,很多革命者被迫离乡背井,远走他乡。而在这片沃土上撒下革命的种子,给后来动员民众进行抗日和解放战争打下了良好的基础。

冀中人民抗日斗争史资料研究会编的《冀中人民抗日斗争文集》第一卷中,有一篇方强写的《八路军在冀中的两年》中有这样一段话:"八路军的北上,在当时群众的心目中真好像一座灯塔,从黑暗中看到光明的到来,其群情激奋的情绪是不可想象的。八路军到冀中后,配合当地的先进分子,特别是在高阳、蠡县,配合有着多年斗争经验的共产党员,为着坚持敌后游击战争,普遍地武装民众,组织民众,广泛发展游击战争,到处打击敌人,消耗敌人,配合全国抗战。"

1946年2月,为纪念高蠡暴动牺牲的烈士,高阳县委、县政府修建了纪念碑和烈士墓。1957年,高阳县又于此地建造了高17米的"高蠡暴动殉难烈士纪念塔";1978年,重新修葺定名为高蠡暴动纪念馆;1981年,烈士墓迁至纪念塔的北面,墓、塔中间修了六角碑亭和水泥栏墙的甬道,将塔、亭、墓连为一体。2005年,在高阳县委、县政府大力倡导下,对高蠡暴动纪念馆进行了大规模修缮,并新建纪念馆一座,有300余件高蠡暴动革命文物陈列其中。

说到高蠡暴动，就不能不提到一位作家的名字：梁斌。

梁斌（1914—1996）是蠡县梁家庄人，其代表作《红旗谱》以高蠡暴动为背景原型，被誉为"一部描绘农民革命斗争的壮丽史诗"，影响了一代又一代人。

1930年，梁斌考入保定第二师范学校，寒假回家参加了反"割头税"的斗争。蠡县农民有过年杀猪的习惯，猪肉一部分自食，一部分卖掉。国民政府巧立名目，杀猪收税，横征暴敛，农民忍无可忍。1931年1月15日，中共博蠡中心县委书记王志远带领200余名农民上街游行示威，开展反"割头税"斗争。愤怒的群众砸了征税所，并到国民党县政府请愿，政府迫于压力免去当年的"割头税"。梁斌后来在《我的自述》中说："这次宏大的群众运动，是我第一次见到世面。"此事成为《红旗谱》的一个素材。

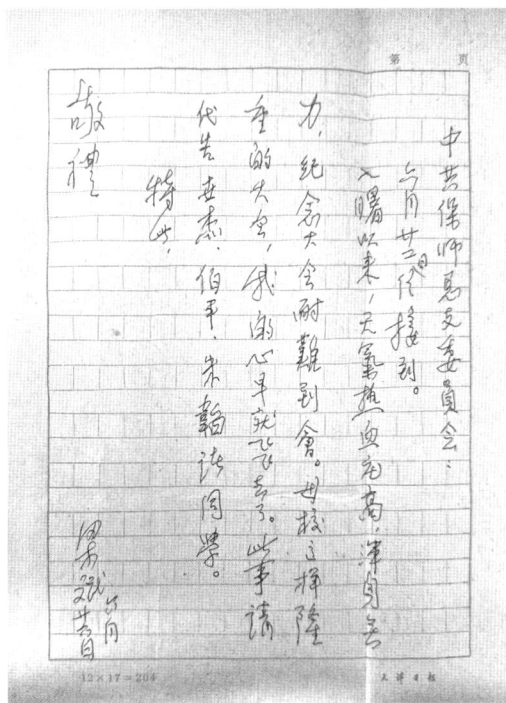

梁斌手迹（保定第二师范学校纪念馆提供）

九一八事变后，保定二师学生在中共保属特委领导下积极进行抗日宣传。1932年4月，国民党教育厅宣布解散二师，因病回家治疗的梁斌按党的指示返校。听到返校的同学被国民党军警包围的消息后，他积极串联同学援助被包围的同学。7月6日，军警向爱国学生开始了血腥镇压，打死学生8名，重伤4名，逮捕50多名，并将4名被捕学生杀害，造成耸人听闻的"七六惨案"。二师护校运动和"七六惨案"对梁斌影响极深，他说："这是我一生难忘的。"

1932年8月，梁斌家乡发生了著名的高蠡暴动。1933年，梁斌到北平参加了"左翼"作家联盟，创作了以高蠡暴动为题材的小说《夜之交流》，这部小说已具有了《红旗谱》的雏形。

1937年春，梁斌回到蠡县，先后任县救国会委员、冀中区新世纪剧社社长、游击大队政委、中共益县县委宣传部长和县委副书记等职。1948年，梁斌南下任襄阳地委宣传部部长兼襄阳日报社社长。1952年，湖北省委书记亲自点将让梁斌调武汉任新武汉日报社社长。无论转战到哪里，波澜壮阔的革命斗争画面始终强烈刺激着梁斌的创作欲望，然而政务缠身，心不宁静，他决心辞去所任职务，用手中的笔记录下那段历史。

1953年，他向组织提出"回到北方去创作"的请求。北京中央文学讲习所所长田间听说梁斌这一想法，希望他能到讲习所工作，并告诉他这是一个闲差。梁斌非常高兴，立刻回信："我同意，请即刻发调令。"由此，梁斌便调任北京中央文学研究所机关书记，但当时许多领导都在讲习所讲课和办培训班，接待事务仍很繁重，梁斌再次提出请辞。他找到华北局组织部任领导的同学陈鹏，陈鹏说，到天津去吧，去当副市长，也可以同时搞创作嘛。梁斌不想做官，只想专心搞创作。见梁斌态度坚决，陈鹏说，去吧！要把"四一二"政变写出来，我们牺牲了多少同志呀！高蠡暴动、二师"七六惨案"，血债累累呀！写上，写上，都写上！说着，动了感情。梁斌说："好！我一定把它写上，如果我写不好这部书，无颜见家乡父老！"

经过三次辞官，梁斌终于如愿以偿，到河北省文联挂了个名，从此在省文联院内的一间小平房里专心致志进行创作。《红旗谱》中的人物，几乎个个都有生活原型，想到那些与自己同生死共患难的同学、战友和农民兄弟，梁斌常常潸然泪下，甚至失声痛哭。1954年末，《红旗谱》草稿终于完成，随后梁斌又用两年多时间修改。1957 年 11 月，33 万字的小说《红旗谱》终于出版了。《红旗谱》一问世就轰动文坛，茅盾将《红旗谱》赞誉为"中国当代文学史上里程碑式的作品"，郭沫若为《红旗谱》题词"红旗高举乾坤赤，生面别开宇宙新"，并题写了书名。《红旗谱》还被改编成同名话剧、京剧、评剧、河北梆子、电影和电视剧，译成多国文字在国外出版。1963 年，《红旗谱》三部曲的第二部《播火记》出版。1983 年，第三部《烽烟图》出版。

其实还有一个与高蠡暴动有关的人，只是因为他后来的结局太不光彩，这段历史也就鲜有人提及了，此人当时的名字叫刘顺山，后来改名刘青山。

刘青山于 1916 年出生于河北省安国县的一个贫苦家庭，他年少时曾在博野县南白沙村当长工；1931 年 6 月加入中国共产党。在《新中国反腐败第一大案》（法律出版社 1990 年出版）一书中，曾参与过高蠡暴动、历任蠡县县委书记、河北省委组织部副部长等职的王夫回忆道："刘青山在这次起义中表现得很勇敢，这是事实。当时的宋洛曙，就是长篇小说《红旗谱》里朱老忠的原型，说过一句话：只要为穷人翻身，阎王爷面前也不悔账。刘青山抄起家伙时，也是这个心劲儿。不干不行啊，穷人已经没有活路了。……当年起义在高阳县北辛庄失败后，战场上留下了 17 具尸体，烈士们有的被割下头颅，有的被砍去四肢，惨不忍睹。敌人为了镇压革命，还要暴尸三日，杀一儆百。革命群众不怕敌人威胁，晚上偷偷把尸体背出来，运到村东的一片高岗上，埋成了一个肉丘坟。（1983 年）这次迁坟，就是把烈士们的骸骨迁到新建的烈士陵园去。墓掘开了，17 具尸骨互相枕藉着，战友们的音容笑貌又在我眼前闪动起来，我哭了。"

据王夫讲，刘青山能够死里逃生，是非常侥幸的，敌人大规模杀人是在蠡县县城。起义失败后的第三天，敌人把被俘的 19 名游击队员押到南关操场上，又把周围四乡的群众轰过来，开始了血腥屠杀，现场惨不忍睹，几把铡刀一字摆开，刽子手的身上、脸上溅满了鲜血……当铡到第 19 个，即年仅 16 岁的刘青山时，因为他长得比实际年龄还要小，看上去顶多是个小学生，敌团副就以为抓错了，便稀里糊涂地放了他。文中王夫说："这个死里逃生的人是谁，我一直搞不清，后来到了 1941 年，我在冀中区党委组织部审查干部时，找到了这个'小学生'，他就是刘青山。……刘青山在抗日战争和解放战争中的表现，的确是很突出的，他有热情，有魄力，拿得起，放得下，这在整个冀中区是有名的。革命胜利后，残酷的生活环境没有了，铁与血的考验没有了，刘青山认为奴隶变成了主人，革命目标已经到头了，因此他拜倒在资产阶级物质享受面前，腐化堕落，伙同张子善贪污盗窃，对人民犯下大罪，终于在'三反''五反'运动中被政府枪决，刘青山、张子善的教训值得我们很好地深思！"

■ 追寻的足迹：在"拼接"史料中的感动与深思

可能是多年从事新闻工作养成的习惯，我格外重视实地采访，愿意记录所见所闻。其实，对于历史人物的挖掘，搜集史料才是更重要的工作，只是涉及弓仲韬的权威史料少之又少，我才不得不挖空心思、多条腿走路。在追寻的过程中，我发现"拼接碎片"的方法不失为一种化繁为简、化难为易的好方法。这种"碎片"，来源于不同时期、不同版本的史料搜集、向权威党史专家请教咨询、采访重点人物的家乡人及亲属后人，甚至还包括在一些党史爱好者的微信群中"撒网"搜集信息——不要小看这些网上活跃的党史爱好者，他们掌握的史料非常丰富，有几位潜心钻研者的故事还非常感人。经过对这些多方搜集来的"碎片"进行比照、拼接，果然发现了很多非常有价值的东西。

比如，弓仲韬是怎样的一个人，其性格特点是什么？因为没有他失明前的照片，我凭想象认为他是外表温和儒雅、内心果敢坚定的革命者。经过多方调研考证，发现除了以上两个特点，其实他还有个特点，就是为人特别耿直，党性原则极强，这部分内容会在后面的讲述中详细展开。

人无完人，在经历人生的大起大落、家破人亡的沉重打击后，弓仲韬一定也有过失落、彷徨和难以言说的苦楚，但有一点，在每一个重要的十字路口，他都做出了信仰坚定、无愧于心的选择。每每听到《苏武牧羊》的那几句唱词："阵阵北风吹，群雁汉关飞，白发娘，依稀归，家破人亦非。青叶已枯矣，往事尽成灰，任海枯石烂，大节不稍亏"，我总是不由地想起弓仲韬。他晚年胡子花白、满脸沧桑的形象，与舞台上的苏武还真有几分神似。

在追寻弓仲韬的过程中，我还发现了很多像他一样历经磨难而初心不改的优秀党员，如张鹤亭、焦守成、焦守健、李洪振、李素英等，他们没能看到五星红旗高高飘扬，就洒尽热血、为国捐躯了。

还有一些人，在革命低谷时叛变革命，如保属特委巡视员范克明，这个叛徒还是很有点名气的，我在很多史料中都看到过他，为此我还专门联系保定红二师纪念馆查询他的信息——他当年在红二师上过学，结果还真查到了，只是当时他不叫范克明。事实上，他曾用过十几个不同的名字。据说他是因为违反组织纪律回老家结婚时被敌人发现而被捕的。结果这个平时能说会道、党性原则不离口的党的干部，被捕后直接吓破胆，把党的秘密交代个底朝天。就是这个为人所不齿的软骨头，给冀中平原的党组织带来巨大损失，有上百名同志被捕或牺牲，党的工作一度全面停止，转为地下……

还有一些人，闯过了战争的枪林弹雨，扛住了敌人的严刑拷打，却没有经受住和平年代糖衣炮弹的侵蚀。

在《中国共产党安平历史》中，看到这样一段话："1934 年冬，因逯连仲被捕叛变，男子简易（师范）团支部被破坏，张振芬、刘顺安等被捕。张振芬被送到天津第三监狱，在狱中仍不屈不挠，坚持斗争。"

我的目光停留在"张振芬"这个名字上，因为我以前从其他资料中发现，张子善的另一个名字就叫"张振芬"。尽人皆知的"刘青山、张子善腐败案"号称是新中国"反腐第一刀"，这个"大名鼎鼎"的张子善，曾在安平简易师范学校上过学。

在法律出版社出版的《新中国反腐败第一大案》一书中，有这样一段描述："九一八事变后，学生纷纷上街游行，宣传抗日救亡，张子善是组织者之一，而且带头卧轨以示抗议。1933 年 10 月，19 岁的张子善在乡村简易师范加入了中国共产党。1934 年张子善因叛徒出卖而被捕，被关押在安平监狱，受尽严刑拷打。后来，张子善由安平解到天津监狱被判 5 年徒刑。"

在狱中，张子善经受住了各种残酷刑罚，没有泄露一句党的机密。谁也想不到，就是这样一位久经考验、宁死不屈的钢铁英雄，最终沦为"巨贪"，亲手葬送了自己的一世英名！

我关注张子善，深挖这些往事，不仅因为我感兴趣，更因为他与弓仲韬、弓乃如、李少楼等早期党员有交集，他加入中国共产党就是在安平简易师范学校上学期间。又经查证《安平县志》等其他资料，发现该校就设在北关高小校园内，这里是安平县早期党员最活跃的地方，也是当时安平县最早成立党支部的学校。北关高小校长李少楼是经李锡九介绍加入的中国共产党，是与弓仲韬一起筹备安平县委的早期重要党员，弓浦等不少党员都与这所学校有交集。弓仲韬的三个堂妹弓诚、弓蕴武、弓彤轩都曾在这所简易师范上过学。

"碎片"拼接到这里，不得不联想，作为当时学生党员中的积极分子，这个在当时还叫"张振芬"的热血青年，与弓仲韬、弓乃如等人熟识吗？一起并肩战斗过吗？这种可能性显然是很大的。因为他最终是以"大贪污犯"的恶名收场，关于他过去辉煌的革命经历被很多史料书籍"简化"或"清零"了，为此我专门打电话给深州老促会的耿彦钦老师，咨询在《深州县志》中是否有张子善或张振芬的记录，答复是没有。可能因为他是县里的耻辱，两次修订县志都没有提及他。我又向耿老师请教了一个具体的问题：为什么张子善是深州尚村人，却不在本地上简易师范，而要跑到安平县上简易师范？她回答：因为张子善所在的尚村与安平县紧邻，甚至一度还归属过安平县，所以他在安平上学也就很正常了。我对这个答案很满意，也就此了解了一些地理知识。

后来我又想办法找到安平县乡村师范校刊编辑委员会编的《紫光》杂志创刊号（1935年1月），竟然发现了署名"张振芬"的一篇文章《对于改革教育的感想》，虽然油印的竖行字看起来有点费劲，但大致内容还是能看清楚的，文中有这样两句话给我留下深刻印象："我们的目的是要改造社会，造福人民，这样才能显出教育的真正神圣！我们要抛弃金钱观念，拿出鞠躬尽瘁、死而后已的精神，去为社会为儿童努力。"

可见那时的张子善确实是少年壮志、正气凛然，还颇有几分才气。

刘青山亦是历经生死考验的早期革命者，在高蠡暴动失败后，他被俘，差点儿命丧敌人的铡刀之下，侥幸生还后，又义无反顾地投入到革命工作中，在抗日战争和解放战争中都有突出表现，作出了重要贡献。可以说，在新中国成立前，纵观刘青山和张子善革命经历，两人都堪称是功劳卓著的大英雄。这两个革命功臣是如何蜕变为腐化分子的？一直到今天，还是有研究的必要——不仅是为了研究历史，更为了警钟长鸣。

在刘、张案的判决书上，1950 年到 1951 年短短一年时间里，刘、张利用职权盗窃机场建筑款、救灾粮、治河款、干部家属救济粮、地方粮及剥削克扣民工工资、骗取银行贷款等共达 171.6272 亿元（人民币旧币，中国人民银行自 1955 年起发行新的人民币，新币 1 元等于旧币 1 万元）。

如今看来，171 万多元的数字并不巨大，但按当时的币制标准和市场物价指数换算，这笔钱可算得上巨款。如果折合成黄金，171 万多元在当时可以购买将近一吨！

当时正值抗美援朝时期，常香玉曾为志愿军捐献了一架米格 -15 战斗机。这架价值 15.27 亿元旧币的战斗机是这位著名豫剧大师拿出多年积蓄，卖掉香玉剧社唯一一辆卡车和自己的房子，带领 59 名演员吃大锅饭、睡地铺，通过 180 多场演出才筹到的，171 万元足可购买米格战斗机 11 架。

原天津地区处于潮白河、海河、永定河、大清河下游，地势低洼，洪涝不断。河北省于 1950 年、1951 年连续采取以工代赈方式，治理这一地区内的河流洪涝。以工代赈是指群众出工治河、国家按工发放粮款补贴。这无疑是国家在财政极其困难的情况下，既治水又给受灾群众以救济的应急之法。然而，刘、张二人却借机建立河工供应站捞钱，不顾百姓死活。为完成刘青山"赚三十个亿"的要求，张子善亲自主持提高粮、油、菜价，使之均高于市价，大肆剥削民工；供应站以坏粮当好粮卖，低价买进，高价卖出，治河民工因食品恶劣，致病、残以致死亡的，据了解不下 10 人。更为恶劣的是，刘、张为图暴利，竟开具天津军区司令部执照，派人冒充军官，到东北盗运当时国家严格限制购销的木材 4000 立方米；擅自挪用修建武清县杨村飞机场专用款，使机场建设陷入窘境。

1952 年 2 月 10 日，星期日，农历正月十五。刘青山、张子善贪污案公审大会在保定市体育场举行。会场涌进了 2 万余名保定当地的干部群众。

公审大会于当日正午 12 时开始。下午 1 时 30 分，河北省人民法院院长宋志毅宣读审判书，刘青山、张子善被押赴刑场，执行枪决。那两声枪响如惊雷，宣布了中国共产党对贪污腐败绝不容忍、毫不姑息的态度，表明了中国共产党保持党性、维护纯洁的决心。

刑场上，两口通体紫红的松木大棺材，格外刺目。根据中央领导的指示：子弹不打脑袋，打后心；敛尸安葬，棺木由公费购置；二犯之亲属不按反革命家属对待；二犯子女由国家抚养成人。

判决刘、张的第二天，《人民日报》在一版显要位置报道了公审大会的消息，而这篇报道的出炉，还发生过一个小插曲。

案发前，刘青山刚出席了世界和平友好理事大会，并当选了常务理事，《人民日报》曾有报道。对于没过多久，又要发表刘青山被处决的消息，报社担心会在国际社会产生不好影响，一位报社领导建议，将刘青山的"青"加三点水，写成"刘清山"，让人以为是两个人。

毛泽东主席不同意："不行！你这个三点水不能加。我们就是要向国内外广泛宣布，我们枪毙的这个刘青山，就是参加国际会议的那个刘青山，是不要水分的刘青山。"

刘青山、张子善贪腐案件的发生和处理，直接推动了全国性"反贪污、反浪费、反官僚主义"斗争的兴起和深入发展，掀起了共和国历史上第一场反腐肃贪风暴。

刘青山、张子善被执行枪决两个月后，《中华人民共和国惩治贪污条例》出台。这是新中国第一部专门惩治贪污腐败的法律条例。刘青山、张子善案件，自此成为教育全党的典型案例。

打开中组部主管、中组部党员教育中心主办的共产党员网，在首页上可看到 2024 年"党纪学习教育"专题，由中央党史和文献研究院专家讲述的"党的纪律建设启示录之刘青山张子善案件"赫然在列。

2025 年 3 月，当这部书稿已经完成，即将交付出版社的时候，恰逢党中央决定在全党开展深入贯彻中央八项规定精神学习教育。习近平总书记强调，党的十八大以来，我们先后开展一系列集中学习教育，一个重要目的就是教育引导全党牢记中国共产党是什么、要干什么这个根本问题，始终保持党同人民的血肉联系……

　　在全面从严治党的今天，我们重新打捞还原那段历史，执古之道，以御今之有。在贪腐数额之巨、性质之劣中理解当年的愤怒；在骄奢淫逸的背后，追根溯源其疯狂滋长的温床。"新中国反腐第一枪"的枪声洞穿70余年的时空，再次发出震慑回响。

第七章　千里寻党路漫漫

与上级党组织失去联系后，"去延安找党"的念头如心头划过的一道闪电，照亮了弓仲韬父女前行的路。无奈道阻且长，西安城的秋风比滹沱河的更锋利。当铺的铜铃第五次响起时，他把妻子身上最后的首饰——祖传的翡翠手镯摘了下来。可是，换来的名贵中药，终究还是抵不过日积月累的陈疾，在萧瑟的晚风中，这个原本是大家闺秀的女人，凄惨地客死他乡。他的天，彻底黑了。

一、奔向革命圣地延安

1937年8月的一天晚上，在台城村的土路上，一辆带席棚的马车疾驰而过，车内坐着的是弓仲韬夫妇、女儿弓乃如及侄子弓惠霆等人，他们每个人都心事重重，面色凝重。

"停一下！"弓仲韬突然喊了一声。

马车停稳后，弓仲韬走下车，在薄雾笼罩的月色中，他沿着路边的一条小径走向丛林深处——那是弓家坟地的方向。在一座新坟前，弓仲韬"扑通"一声跪在地上。

"爹、娘，孩儿不孝——"他哽咽着说完这句，连磕了三个头。

此时一阵风吹过，周围的草木树叶发出窸窸窣窣、哗哗啦啦的声响，如上场的鼓点由弱到强，弓仲韬忍不住悲从中来，他仿佛听到了《秦琼观阵》中那几句悲凉的唱词：

> 人家养儿防备老，您老人家养儿是竹篮打水落了场空，实指望孩儿我做高官光宗耀祖，不料想半路途中遇见险情……磕一个头来我是尽了孝；磕两个头来我是尽了忠……

在这个月黑风高的清冷夜晚，弓仲韬眼含泪水告别故土，踏上去延安寻党的漫漫征程。

预料到此次远离家乡，前路漫漫，吉凶未卜，弓仲韬他们中途在山西榆次下了火车，去看望在火车站工作的三弟弓季耘。

兄弟俩久别重逢，有说不完的知心话。得知弓仲韬一家要去延安，三弟建议，不如跟他去重庆找老二弓叔耕，他在那好歹有点根基，兵荒马乱的，兄弟们互相帮衬着，总好过到人生地不熟的地方闯荡。此时得到讯息的弓叔耕也发来电报，并寄来钱款，让大哥弓仲韬去重庆定居。可是无论兄弟俩怎么劝说，弓仲韬始终不为所动，坚持去延安找党组织。于是弓仲韬一家与弓季耘一家在潼关挥手作别，各奔前程。

至于弓仲韬和女儿为什么要去延安找党，有几个原因。在1940年《弓乃如自传》中，有这样的记载：

> 1937年春，马金生从山西民革给我寄到新的书报，并介绍西北革命情况，这是决定我今天到陕北的因素。
>
> 1937年8月，在我鼓动之下，终于全家迁移。首先便到晋省榆次我三叔家住，后榆次被炸又到潼关二叔家。
>
> 1938年初，他们因职业关系南下（武汉），在三天的家庭会议的斗争中，我和我父母到西安了。

在1943年的一份《弓乃如自传》中，也有同样的记载：

> 我的伯叔祖母要去武汉找他的儿子（我的二叔），我和我父亲愿

意到西安向西北发展，找我难于忘记的共产党。在这样的分歧下，各奔西东，我们一家三口便于 1938 年旧历二月到达了西安。

在 1952 年 12 月弓乃如写的《干部自传书》中，更详细地记录了当时的心路历程：

> 我当时因为失掉了党的领导，思想很混乱。逃走呢？还是在家当着亡国奴呢？和我父亲商量的结果，宁死不当亡国奴，到西北去可能会找到党。……我为什么不去重庆呢？原因有三，一则西安自"双十二事变"以后，有新鲜的政治空气，在这里可以找到党。这是我很早就向往的地方。二则我母亲这时病已痊愈，我可以自由活动。三则重庆是蒋匪天下，我对它有成见，另外，我实在不愿再寄人篱下……

可见当时弓仲韬与女儿弓乃如都向往革命圣地延安，哪怕千里迢迢也要去找党的决心是明晰和坚定的。更何况当时的背景是全面抗战初期，"到延安去"成为进步人士，尤其是热血青年最时髦与自豪的时代口号。丁玲于 1936 年 10 月到达中共中央所在地延安；1937 年发表了长诗《七月的延安》。诗中写道："大伙儿来吧，自己的事，我们自己管。找不到赌场。百事乐业，耕者有田。八小时工作，有各种保险""街衢清洁，植满槐桑；没有乞丐，也没有卖笑的女郎""四方八面来了学生几千，活泼，聪明""七月的延安太好了，青春的心燃烧着"。

延安，原本只是黄土高坡上的一个贫瘠、荒凉的小镇，北宋范仲淹驻守这里时曾留下"塞下秋来风景异，衡阳燕去无留意"的诗句。但是在 80 年前，这里却"成天有从各个方向走过来的青年"。

延安这个远在西北一隅的小镇，尽管物资匮乏，条件艰苦，但依然不妨碍它成为温暖、明朗、坚固和蓬勃向上的圣地，成为青年人梦寐以求的理想所在。当时很多青年是从《外国记者西北印象记》《西行漫记》等书中了解延安的，这里官兵平等、军民平等，一派欣欣向荣。于是，伴着连天烽火，冲破重重险阻，"四方八面来了学生几千，活泼、聪明，全是黄帝的优秀子孙"。1938年至1939年，这股潮流进入高峰，成为当时政治格局下的一大景观。据统计，当时来到延安的学者、艺术家和知识青年大约有6万人，延安一时间成为"天下英豪云集之地"。

数万爱国青年跋山涉水，冲破各种阻力奔赴延安，原因是多种多样的。有学者从抗战初期的形势、中国共产党方针政策及边区建设的成效、左翼文化影响、个人因素等角度做了分析；也有学者从抗日的理想信念力量、党的知识分子政策的吸引、边区生活供给制度的保障、媒体宣传等视角予以探讨。当然最令广大爱国青年憧憬的，还是中国共产党明确提出了"新中国"的宏伟构想。

革命圣地延安吸引了众多知识分子和爱国志士，当时安平县奔赴延安的青年学生、知识分子就有17人。

只是弓仲韬没想到的是，他们奔赴延安的道路会格外曲折艰难。

快到西安的时候，迎面走来两个踉踉跄跄的男子，看那样子有点像喝多的"酒蒙子"，弓仲韬示意妻子、女儿和侄子往路边靠，以免惹麻烦，没想到，那两人仿佛故意的一样，突然撞了过来，直接撞到弓仲韬和弓乃如的身上，还没等他们反应过来，那两人已经快速跑远了。

此时，又饿又渴的几个人来到一家小吃店。

门口迎客的是一位穿戴朴素的中年妇女，她热情招呼着："几位里面请，喜欢吃点什么？"

弓仲韬："一人一碗泡馍吧，每碗再加个蛋。"

"好嘞！"那妇女说着，笑容满面地进了内厨。

很快这个妇女就端出了几碗泡馍，原来这是个夫妻店，老板就是厨师，老板娘就是服务员。

别看店小，泡馍的滋味却不一般，很地道。

弓仲韬吃完开始掏钱，却发现随身的小包袱不见了。

"坏了，肯定是刚才撞我的人偷的。老板，你等下我回去找他们。"

"那你找不回来了，街上要饭的这么多，每天都有人饿死，丢了东西不可能再找回来，就是能找到人，东西也早被调包了，你们就认倒霉吧。"

弓仲韬："可是这饭钱？"

弓妻从头上摘下一根碧玉的簪子，递给老板娘。

"我们身上没钱了，先用这个抵饭钱吧。"

老板娘连忙摆手："这个太贵重了，几碗泡馍可用不了。对了，你们是从哪儿来的？到这儿干啥？"

弓仲韬答："我们是从河北省的安平县过来的，想去投奔亲戚，本想着在这临时落个脚，休息一天再走，没想到遇到了贼人。"

"哦？你们是安平人？那咱们可是有缘啊，早年间我家那口子做过马尾罗生意，曾多次去过安平，跟安平人打过交道，那可是有名的孝德之乡啊，做生意也特别实诚——你看这样行不行，我这后院还有一间盛杂物的柴房，你们要是没有别的住处，就先在我这将就一晚，你们看怎么样？"老板娘热情地说。

弓仲韬："那真太谢谢您了，我们现在身无分文，正愁没住处呢！"

"嗨！啥谢不谢的，出门在外不容易，能帮就帮一把吧。我先生姓李，这周围的人们都叫我李嫂，你们也叫我李嫂吧。"

就这样，弓仲韬一家住进了李嫂家的柴房。本想着还有几件贴身的首饰能换点钱，凑出一些路费，可是现在形势不好，首饰在当铺那压价太狠，值不了几个钱，他们就只能在李嫂家住了下来。弓仲韬帮着劈柴打水，弓妻负责烧水和洗碗。弓乃如则每天上街上打听消息，寻求去延安的路径。

一天，听说丁玲带着工作组在西安公演，弓乃如眼前一亮：丁玲是第一位到延安的女作家，也许自己能通过这次看演出认识丁玲，让她介绍自己去延安。可遗憾的是，她去看了演出，却并没有见到丁玲。尽管困难重重，生活日益捉襟见肘，但是她和父亲弓仲韬一心去延安找党的决心没有丝毫改变。

这段心路历程在弓乃如档案中有详细记载：

> 然而去西北线索还没有，这样一直住了一个多月，我自己非常郁闷，家庭生活又一天天的成问题，我母亲的病因此也一天天厉害起来，我有立即找职业的必要，可是在西安的环境下没有朋友，哪

里有事可做？在西安×所招考教员时，我母亲叫我去考，我和我父亲不同意，因之作罢。后来弓清源介绍我去大水国立中学当职员，我又婉言谢绝了……主要原因是我有信心有勇气找寻自己的出路，找到自己的阵营。其次是当时我母亲有病，不能离开我。再其次家里还有首饰可以典当，维持生活。

到 5 月里，我父亲从街上回来，对我说碰到严宜林（他是大革命时的共产党员，与我父亲同时工作，饶阳人），他说严淑芳（严宜林的妹妹，我小时候同学）在兰州，你可寄信给她，托她介绍职业。于是我立即寄信给他，半月光景接到她的来信并附介绍信一封，介绍到夏家什字妇慰会工作。她告诉我，妇慰会的主要负责人韩钟秀、林立、夏端都是共患难的好朋友，你只要把咱们过去的情形（指入团）对他们讲清即可，从这里我领会了妇慰会是在共产党指挥下的团体，因此我很高兴地拿下介绍信，一直找了一天才赶到夏家什字，到那里韩钟秀不在，我与夏端接洽，于是留在组织部下当干事。

在 6 月初我由妇慰会回家，在街上碰见马金生（即 1934 年安平县党的负责人，与我共同逃亡的）我把他约到我的家里，他介绍了山西牺盟会、决死队的情况，以及女同志参加抗战工作的实事。他鼓励我，不但工作而且应该学习，不然就落到时代后面了。他自己准备到陕北学习，并且向我父亲介绍目前国内国外的情况，这一个大的刺激越发使我兴奋了；不几天又在街上碰见了丁浩川，他是弓润介绍给我的朋友，是弓润在蠡县当教员的同事，是共产党员，1942 年在延安解放日报社，他当时是民先总队部负责人，他告诉我他老婆在延安学习，同时介绍我加入民先队，找西北队部苏展同志。于是我跑到平民坊找到了苏展，填了民先队的表格。后来因为环境关系，为了掩护工作，丁浩川叫我在平民坊住，但是我父亲无论如何不同意，因此作罢，仍然是白天在妇慰会工作，下午回家侍奉母亲。到月底在我的要求下妇慰会介绍我到七贤庄八路军办事处接洽，到陕北中学学习，几年来的愿望可以实现，我很兴奋。

2024 年夏，经与严镜波女儿陈银芝核实，当时在西安帮助弓乃如的严宜林妹妹是严镜波的二姐严瑞秀。严宜林就是严镜波的大哥，即严一林，也叫严瑞升。

在中共河北省委党史研究室编纂的《铭记：弓仲韬与中共第一个农村支部资料汇编与研究》中，收录着弓仲韬侄子弓惠霆的一段讲述："余自幼丧母，在济南无人照顾，父亲只得把我送回河北老家，1937 年 7 月 7 日卢沟桥事变，日军入侵华北，我们离开老家随伯父（弓仲韬）一起到了西安……姐姐弓乃如去了延安，我和祖母、姑母在西安流离失所，几乎沦为乞丐……"

弓乃如经过长途跋涉，终于到达延安。

在弓乃如档案中，有这样一段自述文字："本来他（弓仲韬）把我送来陕北的目的在于叫我找到党以后他也过来。1938 年、1939 年、1940 年他都曾经来信叫我向组织提意见允许他来，然而从未批准。自 1940 年接到他来信就再无消息。"

1937 年下半年到 1938 年上半年，全国的抗日浪潮风起云涌，蒋介石表面上共同抗日，反共的真面目尚未暴露，对延安也没有进行封锁。那一段时间，通往延安的八百里秦川畅通无阻，大批青年从五湖四海结伴而来，沿途歌声、笑声不断。然而到了 1938 年秋天，情况发生变化，蒋介石秘密颁布《限制异党活动办法》，在路上分段设卡，盘查行人。一些不知情的青年被特务抓去，下落不明。当时爱国青年奔赴延安的途径，一是通过党组织或者个人介绍；二是参加延安各学校的招生考试。为吸引知识分子到延安，中共中央通过北方局、长江局等各地党组织和八路军驻各地办事处以及一些进步团体、新闻媒介和社会名流引导疏通，组织知识分子前往延安。由于从四面八方奔赴延安和各抗日根据地的青年很多，他们虽有革命愿望和抗日热情，但毕竟未经过系统的革命理论训练，也缺乏实际斗争经验，思想状况更是复杂多样。因此，怎样在较短的时间内把他们培养成坚强的抗日干部，就成为根据地紧迫而艰巨的任务。基于这种情况，中共中央决定把干部教育作为工作重点，把创建干部学校作为增加抗日力量的一个办法。于是，各抗日根据地相继办起了各类干部学校。仅在延安，就先后创办了抗日军政大学、陕北公学、鲁迅艺术学院、中国女子大学等十几所院校，而且大都面向全国招生，在各地的报刊上刊登招生简章。弓乃如能顺利到达延安，走的就是经人介绍去陕北公学上学这条渠道。而因为后来盘查严格，弓仲韬再想去，又去不成了。

二、沦落西安命多舛

女儿走后，弓仲韬精心照顾妻子，四处寻医问药，但妻子的身体每况愈下，病情越来越重，还发起了高烧。

这天，胡子拉碴、头发凌乱的弓仲韬坐在床边，一只手摸着妻的头，一只手握着她的手。

弓仲韬："不烧了，你感觉怎么样？好点吗？"

妻子点了下头，嘴角露出一丝微笑，声音虚弱地说："好多了，当家的，你扶我起来，我想到外面走走。"

弓仲韬惊喜地说："哎！这就是快好了！"

弓仲韬将妻子从床上扶起，又用手摸了摸脑门：

"也不怎么烧了。走！我们出去转转！"

弓仲韬为妻子披上外套。

妻子说："给我打盆水吧，我洗洗脸，你也收拾收拾，这蓬头垢面的，出去还不得让人当叫花子呀。"

听到"叫花子"这三个字，弓仲韬心里突然有点难过，眼眶就湿了，他急忙转过身去，从水缸中舀点凉水，又从锅中倒点热水，装作无意地抹了下眼角，端着脸盆来到妻子面前。

妻子洗完脸，坐在镜子前。镜子中的中年病妇面容蜡黄憔悴，与当初结婚时的那个如花美眷早已判若两人。此情此景，怎能不令他心痛和心酸！

想当年，有多少人羡慕他呀，说他命好，娶了一个漂亮又贤德的好媳妇。可是今天，原本是大家闺秀的妻子却跟着他落到这般凄惨境地，让他既愧疚又心疼。为了革命事业，为了不辜负李大钊先生的嘱托，他拼尽全力，筚路蓝缕，与李锡九、王子益、张鹤亭等早期党员一起，让革命的火种在冀中平原上燎原，可是他却失去了父母及两儿一女。如今，眼看着与自己患难与共的爱妻被病魔摧残，他的心中似有一把钢刀插入，痛苦而无奈。

看到妻子梳好头扭过身来，弓仲韬忍不住说了句"对不起，跟着我你受苦了！"

妻子把头靠在丈夫肩头，疲倦的脸上竟露出一丝笑意，她动情地说："有你在我身边，再苦的日子我也不觉得苦。倒是我拖累了你，要不是我的病耽搁了行程，你和乃如就一起到延安了。唉！"

弓仲韬闻之更加心疼和感动，瞬间红了眼眶，一把搂住妻子。

晚霞笼罩的古城墙下，弓仲韬搀扶着虚弱的妻子慢慢前行。

妻子说："最近不知怎么的，我总想起当年咱们结婚时的场景，你知道吗？那天我可委屈了，我看得出来，你对这门亲事并不满意。你是新派青年，看不上这父母之命、媒妁之言的老式婚姻。"

听妻子提起往事，弓仲韬笑了，说："是啊，那时，媒人只说是门当户对，后来我才知道，你们李家的家业比我们弓家大得多呢。我记得那年运送马尾罗的车队遇到土匪，弓家面临高额的违约赔款，损失惨重，你不光不要彩礼，还将自己的积蓄和陪送的十车嫁妆都拿出来，解了弓家的燃眉之急；还有前些年我为了开粥棚接济穷人、开办平民夜校、女子小学，带头给长工们加薪，不仅把弓家最好的那20亩水田卖了，还卖了一些你的首饰，差点儿把爹气死，可是你啥也没说，不仅不埋怨我，还事事帮我兜着，甚至经常私下里跟娘家拆借。你知道，有多少人羡慕我呀，说我命好，关键时刻总能遇到贵人，逢凶化吉——可是今天，你却跟着我落到这般田地，我对不起你呀！"

妻子把头靠在丈夫肩头，欣慰地笑了："你胸怀天下，而我，却只有你和孩子。"

暮色残阳中，这对患难夫妻的身影融合在一起，定格成一幅意境苍茫的剪影，如诗如画，似幻似真。

两天后，看到躺在床上的妻子目光迷离，呼吸急促，弓仲韬急忙抓住她的手，焦急地问："你怎么了？你别吓我！"

妻子的眼角淌下一行泪水，虚弱地说："你……回来了？……小浦、小秃，爹回来了……开饭了……"

弓仲韬凑到妻耳边："你说什么？"

妻子的嘴角露出一丝浅笑，气若游丝地说："我看见小浦和小秃了，他们在喊娘……"

弓仲韬紧紧抱住妻子，泪流不止。

几天后，在西安郊外的一片乱坟岗，北风席卷着枯叶，一派凄凉景象。在一座新坟前，弓仲韬默默地伫立着，直到天大黑了，他才失魂落魄地往回走。

但他并没有回到李嫂的小店。他失踪了。

一年后，当他再次出现在街头，已是双目失明、形容枯槁、遍体鳞伤。

■ 追寻的足迹：灞桥折柳思故人

2024 年五一期间，我来到十三朝古都西安。

行走在古老的骡马市、炭市街、书院门，迎面的微风仿佛涤荡着苍茫岁月的回响。寻灞桥烟柳、曲江池馆，在脑海中一遍遍幻想着当年的人物、场景，想象着流落在此、刚刚葬埋了妻子又被敌人害瞎双眼的弓仲韬，该是怎样的痛苦绝望！

灞桥位于今天的西安市东郊，是古代长安城东出的一条重要通道。相传汉朝使者苏武被匈奴扣留，他宁死不屈，在酷寒之地受尽煎熬长达 19 年。当汉朝派使者前来接他回国时，他已经是白发苍苍的老人。在返回汉朝的途中，苏武在灞桥与亲人重逢。为了表达对亲人的思念之情，苏武折下灞桥边的柳枝，赠予家人。从此，灞桥折柳便成了一种表达离别之情和思念之情的象征。

虽然今日灞桥，早已不是古代的石拱桥，而是由钢筋混凝土浇筑而成的八车轨道双面大桥，但柳丝依旧，清风依然，其名其意已足以令人思绪飞扬、穿越千年。

草色烟光残照里，无言谁会凭栏意。那个问题，曾困扰我很久的问题，再次跳了出来：弓仲韬的眼睛，究竟是怎么失明的？

我重新梳理了下走访调研的情况，大致归纳了以下几种说法：

一、《安平县志》（中国社会出版社1996年出版），在"人物传"章节中，对弓仲韬的介绍中有这样一段话：

> 民国二十六年（1937年）七七事变后，弓仲韬与党失去联系，流落到西安、汉中，此间，他因患眼疾而双目失明，民国三十二年（1943年），弓仲韬历尽千辛万苦返回家乡与党接上关系，受到中共安平县委和冀中区党委的悉心照料。

二、在弓濯之、王子益、弓乃如共同撰写的《弓仲韬同志回忆录》中，这样表述：

> 1939年冬，弓仲韬妻子病逝，仲韬同志用席裹尸，葬于西安，这时西安因国共两党摩擦，国民党封锁陕甘宁边区，他无法去陕北，只得流落西安，靠卖衣物维持生活，后听说族侄弓清源在汉中教书，就一路要饭来到汉中。1941年夏，由弓清源介绍到一家工厂食堂当伙夫……他每天给工人讲故事，教认字，宣传资本家剥削工人的道理，在工人中影响很好。久之，引起资本家注意，警告弓仲韬不许和工人们在一起，不许工人们晚间聚会。1942年冬，适逢弓仲韬害红眼病，第二天经理通知他到×医院看病。到医院后医生未经检查，即在眼球上各扎一针，次日双目失明。厂即以无法劳动为名，将其开除。

三、在安平籍著名作家孙犁的文章《种谷的人》中，描写的那位可敬的"瞎眼"老人，其特点、经历，与弓仲韬极其相似。其中有这样一段描写：

> 过了一会儿，树人同志抬头告诉我说：事变前那些年，我在

这一带做秘密工作，这院子就是我那时候的机关，老人是个高小
教员，他倾家荡产来帮助革命。我们在这屋里办过列宁小学，专
招收那些穷人家的孩子来上夜校，那些孩子们后来就成了这一带
革命的根基，现在革命开花结果了，很多人在地方上负重要的责
任……老人后来被捕下狱，受酷刑，双目失明，耳朵受伤，差一
点死在狱里。

在四川人民出版社 2016 年出版、梁凌主编的《我们的父亲母亲》一书
中，有一篇吴立人之子吴淳撰写的文章《中共第一个农村支部的星火与传
承——父亲与中共冀中党组织的重建》，文中有这样一段内容：

中共衡水党史资料第 14 页载："弓仲韬于 1935 年底受地下党吴
立人领导，与女儿弓乃如恢复了安平、饶阳党的组织。"在土地革
命时期，吴立人与弓家建立的深厚革命友谊，被孙犁写成小小说
《种谷的人》，发表在 1948 年的《晋察冀日报》。文中主人公"树
人"的原型即为吴立人同志。据 1925 年入党的老党员弓乃如回忆，
父亲 1936 年 1 月至 8 月曾多次到达安平，秘密开展恢复重建安平
县党支部的工作；根据原河北省政协副主席严镜波（1935 年 4 月任
饶阳县委组织委员）在回忆录《我的一百年》第 86 页写道："吴立
人恢复饶阳县党组织是在 1935 年 4 月底。"根据党史资料和一些老
同志回忆，七七事变前，吴立人在恢复饶阳县党委后，又多次秘
密潜入安平，代表河北地下党组织寻找失联的弓仲韬、弓乃如等
中共党员，恢复了安平台城村党支部和县党组织的工作。

2024 年 6 月 29 日，我电话采访了吴立人之子吴淳先生，就孙犁小说
《种谷的人》中的人物原型进行了请教咨询，确认了他在这篇《中共第一个
农村支部的星火与传承——父亲与中共冀中党组织的重建》一文中的说法，
即那句"在土地革命时期，吴立人与弓家建立的深厚革命友谊，被孙犁写
成小小说《种谷的人》"。电话里，吴淳先生还就如何充分发挥好中共第一

个农村支部这一红色资源、传承好革命先辈的精神谈了自己的想法，站位高远，很有见地。

四、2024 年 7 月 5 日，我电话联系了弓成山的侄孙弓大学。弓大学是台城村农民，弓成山是他二爷。他说："听老人讲，弓仲韬是被敌人抓住后，在监狱里被害瞎双眼，后来是党组织设法把他营救出来的。现在老人们大都不在了，我也 80 岁了，还得过三次脑血栓，具体的时间等都说不清了，现在的年轻人就更不知道这些事了。"

电话里，弓大学还提到了有些不实的传言。他说，他二爷弓成山当年跟着弓仲韬，自入党后，一直干革命工作，也没结过婚，后来他奉命去东北发展党员，就再也没回来。针对早些年某书中有弓成山是叛徒、汉奸的说法，他表示绝无可能，他们一大家子人大都是党员干部，对党忠心耿耿，还有的亲戚干"搭戏台"的苦力活儿，也都是本分人，不可能干那坏事。

五、2024 年夏天，我去哈尔滨采访弓仲韬的外孙、外孙女时，专门问到这个问题，他们也没有明确答案，但弓仲韬外孙田卫平认为，"患眼疾而失明"是很有可能的。想当年，弓仲韬在家破人亡、心力交瘁、去延安又不成的情况下，急火攻心，因眼疾过重又延误治疗，造成双目失明，也是符合常理的。

怎么看待这些年代久远、说法不一且很难查证的信息？我想到了不久前看过的一篇文章《传记文学的广阔天地》，其中有这样一段话令我印象深刻："纪实文学需要去探求潜藏在事物内部的本质真实，并赋予其精神内涵，而并非仅仅是表象的真实。"

我深以为然。别说 100 年前的人物、场景、事件，就是一年前发生的事，我们也未必都能复述出来。如果没有对人物精神内核的发现和提炼，只追求绝对的细节真实是没有意义的。回到故乡的弓仲韬，双目失明，行动不便，他有 100 个理由可以躺平，但他依然主动参与党的活动，甚至亲自营救被捕的地下党员。他当年在冀中平原点燃的革命火种，照亮和指引了无数后来的革命者，他对国家和民族的巨大贡献、对党的赤胆忠心，就是本质的真实。

华灯初上，我来到西安古城墙脚下的一条老巷子里，饥肠辘辘的我走进一家灰砖复古、酒旗飘扬的小吃店，点了一份羊肉泡馍和秦镇凉皮。等待上饭的间隙，我打开手机又看了一遍孙犁那篇《种谷的人》，这篇文章我曾读过多次，那天再读，忽然有了新的感受。以前我为发现文中的瞎眼老人很像弓仲韬而惊喜，并试图核对文中的每一个人物和细节，期待都能在现实中找到对应的原型。比如我还纠结过文中的那个"凤儿"是谁，感觉很像弓润，因为弓润的丈夫李子逊就是在抗战中牺牲的。

那天在西安的老街巷里，我忽然明白了孙犁字里行间的真意。好的作品，不是单纯地复制生活中的素材和人物，而是在真实的基础上，有自己的价值判断、素材取舍，而且还要知道这篇文章想传递给读者的是什么，所以这篇《种谷的人》，在作者看似云淡风轻、娓娓道来的讲述中，完成了颂扬瞎眼老人一家的奉献和牺牲精神，并以此激励更多的人投入到对敌斗争中。

至于文中的"瞎眼"老人，与弓仲韬的重合度是百分之八十还是百分之九十，抑或百分之百，其实并不重要了——联想到正在写的这部书，书名叫《寻找弓仲韬》，但实际上寻找的是以弓仲韬为代表的为民族独立、自由和解放做出巨大贡献和牺牲的优秀党员群体。革命先驱们早年播下的小小火种，早已散作满天星光。一代代共产党人不忘初心，牢记使命，不断续写着新时代的新篇章。找到他们，讴歌他们，是为了致敬前辈，亦为了激励后人。

第八章　弓乃如在延安

"夕阳照耀着山头的塔影，月色映照着河边的流萤，春风吹遍了坦平的原野，群山结成了坚固的围屏。啊！延安！你这庄严雄伟的古城，到处传遍了抗战的歌声。啊！延安！你这庄严雄伟的古城，热血在你胸中奔腾！千万颗青年的心，埋藏着对敌人的仇恨，在山野田间长长的行列，结成了坚固的阵线……" 1938年夏天，在《延安颂》的歌声中，弓乃如开启了人生的新征程。

一、陕北公学的女生班

自与父母在西安分别后，弓乃如满怀激情奔赴革命圣地延安，首先是去位于关中旬邑县的陕北公学看花宫分校上学。

关于陕北公学（简称陕公），毛泽东有一句著名的评价："中国不会亡，因为有陕公"，可见陕北公学在当时的重要地位。

全民族抗战爆发后，为开展全民族抗战，以最快的速度培养抗战人才，1937年7月底，中共中央决定成立陕北公学。陕北公学分校共有四个区队。第一、二、四区队是男生区队，第三区队是女生区队。第三区队先后成立了三十一、三十七、三十八、四十五、五十二等五个女生队，最多达400余人。

当时由西安的八路军办事处介绍来边区的同志有7人，包括弓乃如、戴琛、孔安民、徐摩、屈子真还有一个姓吴的和一个姓肖的。在路上他们走了整整8天，开始是步行，第三天到咸阳时大家都走不动了，雇了辆马车，后不能再坐马车了，又步行一段路程才辗转到达陕北公学。男同志到了二区队，弓乃如和戴琛两位女同志到三区队（即看花宫）。在《弓乃如自传》中，写到了当年一路奔波的艰辛不易，但想到"来边区的目的是为了追求光明、追求我们的党"，就信心倍增，充满干劲，苦也不觉得苦，累也不觉得累。

弓乃如在陕北公学学习期间，进一步接受了革命思想的洗礼，增长了见识，身心都得到锤炼。在她的一份自传材料中，对于那段经历有过这样的描述："1938年8月到12月在陕北公学学习，担任学习班长。情绪很高，精神饱满，学习工作都是积极热情、认真负责；生活上能吃苦、能帮助别人，因此和群众关系很好。"

陕北公学当时的校长是著名革命教育家成仿吾，在他写的《战火中的大学》一书中，专门有一个章节是"陕北公学女生队"。据书中介绍，当时女生队和男生队一样参加建校劳动，挖窑洞、平操场、修厕所，都不甘落后。镢把比她们手腕还要粗，她们需要拼尽全身的力气抢起沉重的镢头。胶质黄土格外难挖，但她们不退缩，不叫苦，一点一点地挖洞不止。劳动的第一课，炼硬了她们的臂膀和意志。

军事训练把女学员由娇柔的小姐训练成英武的女战士。女学员开始时不适应夜行军快速集合的要求，深夜紧急号吹响了，女生队乱成一团，这个穿错了鞋，那个摸不着袜子，还没出发，背包带又散了，笑料百出。一回生，二回熟，训练几次之后，几分钟内，女生队就报告"集合完毕"，得到军事教员的夸奖。夜间站岗女生队也同样参加，开始时听见风吹草动，腿就发软，但是硬着头皮坚持。当校长问到她们怕不怕时，她们挺胸立正说："报告校长，不怕。"

女生队是陕北公学最活跃的一支队伍，哪里有女生队，哪里的歌声就不断。在延安总校时每次集会各校都要赛歌，当时陕北公学学员的歌常常赛过抗大学员的歌，而陕北公学女生队的歌又为陕公之冠。每次集会时总是再三拉女生队唱歌，"十四队来一个！""十四队再来一个！"男学员说，女生队的歌怎么总拉不完，她们的歌真多！女生队很多人是陕北公学歌咏队的主力，她们用歌声来赞颂新生活。

陕北公学分校教务部教务科科长兼第三区队副区队长赵志萱在《忆陕北公学女生队》一文中，深情地回忆道：

> 校长成仿吾、副校长罗迈（李维汉）是陕北公学培养一代新人的两位老园丁。成校长循循善诱、和蔼可亲，我们称他为'校长妈妈'。但是，当他给我们讲解他亲自翻译的《共产党宣言》时，他就完全不像妈妈了，严肃的容貌、坚定的声音，解放全人类的真理铿锵，句句激励着我们要为赤旗世界奋斗献身。罗副校长严格要求，一丝不苟。我们怀着敬畏的心情，听他传达党的六届六中全会精神。他那高大的身躯，伸出有力的臂膀，这时，我们一点畏惧也没有啦，我们举起千百只手，决心和他一起去保卫党中央的正确路线，决心和他一起去推倒压在人民头上的三座大山！雨露滋润，桃李芬芳。在他们的哺育下，陕公女同学绝大多数都成为坚强的共产主义战士。

毛泽东曾为《援助陕公》小册子写了这样的题词："陕北公学是属于中华民族的，因为他为着抗日救亡而设，因为他收纳了全国乃至海外华侨的优秀儿子。"因为这个学校并无任何公私财政基础，教员学生们都只吃小米饭，而且不能经常吃。学校条件之艰苦，并未影响学员们的学习和救国的热情，办学后第一期学员就有1200人。1941年8月，党中央为了精简机构，拟在延安办一所正规大学，使高等教育正规化，于是决定将陕北公学、中国女子大学、泽东青年干部学校合并，成立延安大学。陕北公学是延安时期很有影响的大学，共培养了1.3万余名革命干部，他们为争取民族抗战的胜利和边区各项事业的建设发展，作出了重要的贡献。

1939年春，弓乃如从陕北公学毕业；6月到安吴青训班学生会工作；9月入中央党校学习；11月在该校38班当小组长。1940年1月由中央青委组织工作团到安定瓦窑堡一带实习，参与扩军征粮工作两个多月。到3月奉青委命，调到绥德警戒区工作后，由警区特委分配到清涧女小任教员两个多月，又调回警区，在青委直接领导下新创办的青干分校工作，任教务副科长之职。到 7 月被调回延安中央党校 38 班继续学习。

二、在党校结识革命伴侣

在延安，紧张的学习和工作令弓乃如生活充实，思想政治水平和组织能力都得到进一步提升，在这个革命大家庭里，她认识了来自全国各地的优秀青年，开阔了眼界。

但不知从什么时候起，弓乃如的眼角眉梢多了几缕忧思。这忧思如陈年窑洞内暗暗蔓延的蛛网，经常在夜里悄无声息地爬过她寂寞的心头。刚到陕北时的新奇喜悦、热血豪情经常会被这无法言说的忧思覆盖，让她的内心陷入苦闷孤独。

一个落日熔金的傍晚，弓乃如独自行走在河边，粉红色的晚霞铺展在延河上面，"半江瑟瑟半江红"；岸边的杨柳婀娜多姿，一眼望不到边的绿草地上，点缀着粉色的夕颜、黄色的雏菊……

纵是眼前有诗情画意般的美景，也未能带给她一丝的喜悦和轻松——刚刚接到母亲去世的噩耗，作为父母 6 个子女中唯一活下来的女儿，她不能回去见母亲最后一面、送母亲最后一程，这怎能不令她痛彻心扉！

在岸边，她把一封写给母亲的信放入一个油纸折叠的小船上，然后跪在地上，将小船轻轻放入河中，哽咽着说："娘，您走好……女儿不孝，没能给您养老送终……"

此时此刻，她又想到了牺牲的姐姐、夭折的弟弟以及远在西安无人照料的父亲，忍不住悲从中来，这个从小到大一直都很要强的年轻女子一下子破防了，霎时间两行泪水如断了线的珠子滚落下来。

在她身后不远处，一个身材高挑、面容俊朗的男学员路过，恰好看到了这一幕，他就是弓乃如在党校的同班同学田澍。

弓乃如个子不高，也就 1.55 米，但长得白皙清秀，眼神中透着知识女性的从容优雅，亦有着革命青年的果敢坚定，即使在延安众多优秀女青年中，她的品貌也是引人注目的。只是她专注学习，心无旁骛，对于周围男学员的青睐目光熟视无睹。

直到遇见田澍。共同的革命理想、兴趣爱好，相似的人生经历，让爱情的种子在两个年轻人心中悄悄萌芽。在弓乃如最失落痛苦的那段日子里，是田澍陪在她身边，给予她精神上的安慰和鼓励。绵延不息的延河水，见证了这对革命伴侣坚定的信仰、忠贞的爱情。

田澍原籍是热河省（民国时期的关外东北四省之一，省会承德）平泉县，1918年3月他出生在黑龙江省富锦县县城；1938年6月参加了八路军独立第一支队，同年7月22日，由彭之久介绍加入中国共产党（彭之久曾任太岳军区卫生部部长，于1947年壮烈牺牲，他哥哥是抗战期间我军牺牲的最高将领之一彭雪枫——作者注）。9月，田澍到延安参加西北青年第二次代表大会，被选为支队的青年代表，是晋西南地区代表小组组长，同年12月到陕西吴堡青训班学习；1939年8月到延安中央党校学习，担任支委。

在延安时期的这段经历，是弓乃如革命生涯的一个里程碑，也是她人生道路的一个转折点——在这里，她遇见了志同道合的革命伴侣田澍，翻开了人生崭新的一页。1940年，在11月7日十月社会主义革命纪念日当天，弓乃如与田澍在党校内结婚。他们的婚礼简朴而热闹，校领导和众多师生好友都参加了。

1941年12月10日，弓乃如和田澍的第一个儿子田小平出生于延安李家湾中央医院。新生命的到来给这个小家庭增加了很多快乐，弓乃如也终于从失去母亲的痛苦中走了出来。

1942年9月，弓乃如在绥德青干分校工作，领导评价她"积极热情、能干有朝气，待人诚恳，处事虚心，稳重细心"。

同年，弓乃如生下二儿子。因为她和丈夫田澍都忙于工作，不得已把年幼的二儿子寄养在一个可靠的老乡家里。

1943年2月，弓乃如被调到百合县女子小学当校长，并担任支部书记。

在这年，不幸再次降临。田澍和弓乃如年仅3岁的二儿子路生在老乡家突患急病，因乡下缺医少药，孩子没得到及时救治，不幸夭折。得知消息后，弓乃如心如刀绞、痛悔交加。因悲伤过度，本就瘦弱的她一度晕厥。

自从跟随父亲弓仲韬参加革命以来，弓乃如先后失去了姐姐、弟弟、母亲，现在又失去了一个儿子，纵是再坚强的女人也难以承受如此沉重的打击，但强烈的责任感让她不敢躺下——学校日常事务繁忙，一些重要方案和章程还等着她这个校长主持研讨并最终拍板儿。为此在身体还没有完全康复的情况下，她就把丧子之痛埋在心里，迅速回到了工作岗位。

没想到，一向工作兢兢业业、受到广大师生好评的弓乃如，突然被告知让她离开工作岗位，接受组织审查。

对这段历史，弓乃如的孙女田延风听老人们讲过。她说："1942年我奶奶在'延安整风运动'中受到审查，让反复交代问题，好像是因为她的上线叛变了，她也受到牵连。"

其实弓乃如刚到延安时就接受过审查，本来已经有了定论，不知为什么后来又重复审查。一次次严格审查都没发现任何问题，反倒挖出了她青少年时期就受父亲弓仲韬影响开始为党工作，在读县女子师范时就是学生领袖、积极发展党员、多次组织革命活动等很多事迹，再次印证了她对党的坦荡忠诚。

1944年2—12月，弓乃如被派到广阳第二小学当教导主任。1945年2月调回广阳一小，仍为教导主任。

在弓乃如档案中，对她这个阶段有几句评价："总起来在小学教育工作岗位上，不论发生什么情况，工作都很认真负责，圆满完成了教学任务，取得较好成绩。"

在弓乃如当教员的几年里，虽然学校的条件都很艰苦，但她的心是火热的。石板当桌，木炭为笔，她在斑驳的墙上写下"抗战必胜"4个大字。漏风的教室内，她一字一句地教孩子们念《论持久战》。山风裹着黄土掠过纸面，每个字都仿佛生出根须，深深扎在孩子们的心田。他们像蒲公英的种子，日后散落各地，为保卫国家、建立新中国贡献着力量。

在很多年以来，弓乃如还会收到这些学生们的来信，只是很少有人知道，他们最敬佩的弓老师，把所有的笑容和关爱都给了学生，而她自己却默默承受着那么多锥心刺骨的疼痛！

三、从延安到富锦

1945 年 9 月，弓乃如与丈夫田澍一起调赴东北。从延安到东北，他们走了整整 1 年零 1 个月，1946 年 10 月才到达目的地。

在弓乃如大儿子田小平写的一篇回忆文章中，详细讲述了他们一家人从延安长途跋涉到田澍老家富锦县的经过。

文中说，他们从陕北出发，到张家口，再到承德，过内蒙古草原，到通辽，到哈尔滨、佳木斯，最后才到富锦。期间在承德，弓乃如临产，田小平的弟弟田小庆出生。当时弓乃如本来想给这个儿子起名叫田庆平，有庆祝"双十协定"、期盼和平的意思，很快战争又起，于是又改名叫田小庆。

当时从延安去东北的是一个大队，因队长叫李忠，所以这个大队也叫"李忠大队"，田澍是大队的指导员。一路上田澍走在驴的前面，警卫员刘汗帮牵着驴子，驴身上放着一个褡子，有孕在身、身体虚弱的弓乃如骑在驴上。褡子左边放行李，右边放一个木箱子，箱子里装着田小平。那头驴伴着弓乃如、田澍他们一路走到张家口。刘汗帮是陕北人，原在光华农场，1945 年随他们踏上奔赴东北之路，一路上，对他们关心照顾，亲如一家，后来到富锦后，他们帮刘汗帮找对象，在富锦城里安了家。

在田小平的记忆中，最难忘的是过黄河，当时他只有 5 岁，印象中黄河很宽，水很急，船很小，他很害怕。母亲弓乃如就把他紧紧抱在怀里。驴子也上了船，父亲田澍要照顾队伍里的其他人，顾不上管他们。过黄河好像过了很长时间，才到对岸。

在敌占区不时有敌人巡逻，过封锁线要十分小心——封锁线就是一条人工挖的两米多深的沟。田小平记得快到封锁线时，母亲弓乃如严肃地叮嘱他：不许说话、不许乱动，叫敌人抓住会被杀头，你就见不到妈妈了；有尿也不能说话，只管在裤子里撒，总之不能出一点儿声。好在知道他们过来，有游击队提前把一小段沟壁弄平缓了些，所以他们得以快速平安地通过封锁线。

"那次过封锁线的时间虽然不长，但心情特别紧张，令我记忆深刻，至今不忘。"田小平在回忆文章中说。

走到张家口大境门，看到"大好河山"几个苍劲雄浑的大字，大家都很激动，也终于敢喘口气了。在这里，大队人马停下来，田小平也被从箱子里抱了出来。

那天，田澍的警卫员刘汗帮回来，田小平看他眼睛像刚哭过，就问："刘叔叔你咋了？"刘汗帮说："把驴卖了，你爸爸说到了张家口就有火车了，驴子用不上，只能卖了。"说完，他眼角又湿了。

田小平一听，也掉了眼泪。这头驴跟随他们快半年了，朝夕相处，已经有了感情，现在不知它去了哪里，新主人是否像他们一样善待它。

不过，第一次坐火车的神奇体验，很快让田小平忘记了忧伤，他回忆道："火车很长，里面很大，很黑，除了我们这些人，什么也没有。长大后才知道，这叫闷罐车，当时感到很新奇，这火车走起来可比驴子快多了！"

到了承德，田小平平生第一次照了相，父亲田澍自 1936 年离家，已近 10 年，家中一直不知道他的消息，田澍想早点给家中报个平安，告知父母自己已经结婚生子的消息。所以，他们就找了家照相馆，拍了两张照片，一张是一家三口的合影，父亲把儿子抱在怀里照的，还有一张是田小平一个人坐在凳子上拍的。这封信是托一位先去东北的朋友带回去的，所以在我们到家之前田澍的父母就先见到他们的信和照片了。得知失联多年的儿子即将平安归来，而且还携妻带子，两位老人喜极而泣。

在田小平的记忆中，他们在承德时还发生过一件让他颇受惊吓的事。一天，刘汗帮带着田小平去集市，看到有人正在演"大变活人"，只见那人在地上铺一块布，又在布上放一个箱子，然后让一个女孩钻进箱子，再从外面把箱子盖盖上，还上了锁。接着，那人拿一块布往箱子上一盖，口中大喊一声"飞——"再打开箱子，里边的人竟没了！看到这，田小平吓坏了，他急忙拉着刘叔叔要回家，"我怕我也被放在箱子里，也被变没了，回不了家，见不到爸妈，当时我抱着刘叔叔连哭带喊，吓得够呛，他抱着我一直跑到看不见集市的人群了，我的心还在狂跳。"

1946 年春，弓乃如一家跟随大队继续踏上回东北的路程。大地刚回暖，小草刚发芽，走在内蒙古草原上，很少见到有人走动。一天忽然看见前方有一座大庙，不断有人从庙门附近走过，他们就走过去看热闹。只见庙里的人一律穿着紫色大袍，田小平好奇地问母亲，他们是干啥的？弓乃如回答，他们是喇嘛，专门在庙里念经的。

"因为那段经历，我长大后看马加写的小说《开不败的花朵》，感到非常亲切。他写的就是一支由延安干部组成的大队来东北的经历，也是写的来东北的铁路因内战不能通过，被迫改走内蒙古草原的过程，和我们的经历有很多相似之处。所以我看到《开不败的花朵》就爱不释手，连看了两遍。"

1946 年 5 月末，经过 9 个月的长途跋涉，弓乃如一家终于到了富锦。

据田小平回忆，"我见到了爷爷、奶奶、叔叔、姑姑，好一个热闹和睦的大家庭。爷爷看到他十年未见的儿子，还有儿媳以及我这个大孙子，十分高兴……"

自从走上革命道路，田澍就很少回家了，如今在外奔波多年，历经艰险，终于回到故乡，听着久违的乡音，看到爹娘的笑脸，他内心感到无比欣慰和温暖，但他并没有丝毫的松懈，虽然回到熟悉的家乡，但他肩上的担子并没有减少，前面的工作——开辟和建设新解放区的任务依然艰巨；还有，岳父弓仲韬已失联多年，这是压在妻子弓乃如心上的一块石头，一天不找到弓仲韬，他们夫妻俩的心就一天不会真正安宁。

在承德时拍的那两张照片，弓乃如特意多洗了一套，她想给父亲弓仲韬也寄一份，可是，自 1941 年以后，她就再也没有父亲的消息了，往西安他们曾住过的那家客栈寄信，被告知查无此人，原路退回。她和田澍也一直托人打听，却都石沉大海，没有一点音信。这令她心里惴惴不安，却也无可奈何。此时，弓乃如还不知道，父亲弓仲韬在给她寄最后一封信的两天后，就突遭意外，双目失明，无奈之下，他独自踏上了返回故乡的漫漫征程。

在采访调研过程中，关于田澍和弓乃如这对革命伉俪更多鲜为人知的事迹逐渐浮出水面。

弓乃如和田澍合影

田澍和弓乃如一样，也是入党很早的老党员。

在他的档案中，有一份记录于 1963 年 10 月 18 日的《田澍同志考察了解的材料整理》，里面有这样的评价："对农村工作熟悉，工作认真负责，他经常下乡了解情况，研究问题，生活朴素，下乡能和群众同吃同住，一九六一年到一九六三年在农场大西江分场工作时，他和工人一样吃代食品，农场党委书记感到过意不去，叫生产队给他做点面食，他坚决不吃，婉言谢绝了，在群众中影响很好。"

在《富锦市革命老区发展史》中，亦有弓乃如和田澍的记载，在第六章《东北解放战争时期的富锦战略要地建设（1945 年 8 月—1949 年 9 月）》，有一部分内容是关于"大批军政干部进入富锦开展工作"的，文中说，"从延安等关内来到富锦开辟根据地工作的，还有一批优秀的女干部。所查到的有：张健，任富锦县组织部长、富锦地委军政干校教务长；翟颖，任富锦联中副校长、地方干部训练班主任；陈子清，任富锦联中地方干部班和师范班主任；弓霭如（弓乃如）任富锦县城一区书记……据富锦政协文史资料研究委员会编辑的《富锦文史资料》记载：重大的贡献，除了人民努力外，更与从关内来富锦开辟工作的老干部的领导分不开，这些干部与富锦人民情同手足，血肉相连，他们既能文又能武，工作既泼辣又细致，他们在创造以富锦为合江阵地的出发点，成为合江战略的总后台的革命活动中，不仅作出了丰功伟绩，而且为富锦社会形成了一代新风。"

田澍在担任富锦县县长期间，最大的功绩是完成了一项巨大的水利工程——"致富大壕"，它是富锦境内唯一的一条人工大壕。

大壕挖通后，不到一个月的时间，就把多年的内涝积水排出去了，第二、三、七区开出二荒地 1 万垧、生荒地 7300 垧，一区开出二荒地 3000 垧。

《富锦市革命老区发展史》记载，"1948 年 9 月 9 日，中共合江省委、省政府给富锦县委书记许铁民、县长田澍及全县人民发来贺电，对富锦治水排涝的决心和毅力，表示欣慰和嘉许。1949 年 3 月，同江县划归富锦后，将致富大壕又向东挖掘，沙岗村往东经正和村南、福庆村北，延长到康庄村北入莲花泡使致富大壕增加了 30 千米。这样，致富大壕西起洪家老龙岗，东至康庄村，横贯富锦 84.5 千米。致富大壕，人们还称之为'百里大壕'。'大生产运动'的开展，极大地激发了农民的生产积极性，扩大了耕地面积，粮食增产增收，为支援解放战争奠定了坚实的物质基础，得到了中央东北局的赞扬。"

1949 年 5 月，松江、合江两省合并为松江省以后，田澍担任农业厅副厅长，他经常深入基层调查研究，对国民经济恢复时期的农业发展状况，有比较全面了解，并撰写了调研报告《松江省农业生产的发展》，被收录进《黑龙江党史资料》第 12 辑。文中就提高农业生产力、改进生产技术尤其是改良农具等方面进行了盘点，阐述了自己的观点，文章站位高远、有理有据、文风质朴，全篇没有一句官话套话，至今读来依然闪烁着思想的光芒，依然有很强的指导意义。

在弓乃如和田澍的大儿子田小平写的《忆海拾零》一文中，多次提到父亲、母亲的高风亮节。其中有这么一段内容：

1947 年夏，我爷爷在家中突然病逝，亲戚朋友都认为老人的儿子有出息了，丧事应该好好操办一下，父亲却说什么也不让大操大办，到了出殡那天，我们早早来到爷爷家，只在臂上戴了个黑纱，没有其他摆设。家里来了不少人，有街坊邻居，有他接济过的人，有和他合伙工作过的人，还有铁匠铺的工人，人很多，父亲只让大家送到街口，大家各自向爷爷远去的方向行了个礼，就都回去了。

我参加了爷爷的葬礼，坐着大板儿车，直到嘎儿荡，在那下葬，墓前立了一块不大的墓碑……一次平常的葬礼，让我感受很多。我没想到的是，能有这么多人来送爷爷，可见爷爷的人品，他生前为人善良，广交朋友，仗义执言，疏财重友，深受大家拥戴。而我父母更是出了名的孝顺，但在我爷爷的丧事上，他们积极响应勤俭节约、移风易俗的号召，率先垂范，为广大群众做出了榜样。我也要学习父亲严于律己、克己奉公的精神……

弓乃如（二排中）在富锦县与从延安回来的女干部合影

■ 追寻的足迹：在地愿为连理枝

一天，与中共河北省委党史研究室副主任阎丽谈及此书，她说了这样一句话："弓仲韬的晚年是在他女儿家度过的，他生活得好不好，与一个人的态度和素质分不开，那就是他的女婿。"

确实如此，让一个行动不便的失明老人长期住在自己家里，需要有足够的爱心和耐心。好在田澍和弓乃如都是非常孝顺、非常善良的人，在物资匮乏的年代，他们夫妻俩齐心协力，让有着十几个人的大家庭始终保持着和睦融洽的氛围，这是弓仲韬得以安享晚年的重要原因，而做到这一点，不仅需要尊老爱幼的家风，还需要这个大家庭的男主人有无私奉献的精神、女主人有勤俭持家的智慧。

2024 年 7 月 27 日，我到弓云家采访，她给我讲了一些从他父亲弓惠霆（弓仲韬侄子、弓叔耕儿子）那儿听来的故事。因为弓惠霆两岁时丧母，8 岁前一直在老家安平县跟随弓仲韬生活，所以 1937 年弓仲韬一家去西安的路上，也带着他同行。聊到弓乃如和田澍的故事，弓云说，两人感情特别好，田澍去世后一年，弓乃如就去世了。临终前，她特别叮嘱儿女，她死后把骨灰与丈夫田澍放在一起。可是因为两个人生前的级别不一样，按当时的规定，他们的骨灰分别放置在烈士陵园不同的厅内。其子女为了完成母亲的遗愿，将父母的骨灰从陵园取出，合葬在一处山坡上。

弓乃如的孙女田延风（田小平之女）在与我的微信沟通中多次谈及太姥爷弓仲韬、爷爷田澍和奶奶弓乃如。其中有这样一段：

　　爷爷过世得非常突然，当时我在哈尔滨三中上学，妈妈说爷爷住院了，突发心肌梗死，挺危险的。那天，我爸爸从医院回来后又说，病情有所缓和，我还以为这次能挺过去，可是半夜爷爷就过世了。我爷爷奶奶的感情特别特别好，爷爷是 3 月 26 日去世的，奶奶瞬间变老了，眼神也变得空洞，一年后的 4 月 18 日，奶奶也去世了。奶奶曾经给爷爷写过一段话，我发现后留存下来。

弓乃如写给丈夫的这封信，字里行间充满了革命伉俪间的深情与眷恋，读之令人泪目。原文如下：

　　尊敬的田澍同志，亲爱的老伴：
　　你要走了，我领着子女们向你告别，想和你说点什么，可你不说了，那就听我说吧。
　　咱们的孩子都长大成人了，他们不论政治上、学业上、思想作风都沿着正确方向，这你是知道的，也是我们共同感到安慰的。今后我一定领着他们秉承你大公无私、先人后己、公正廉洁、勤勤恳恳、任劳任怨、艰苦朴素、勤俭节约的品德，沿着社会主义道路前进，你放心地走吧。

你已完成了你的革命历史使命，将革命进行到底了。我还没有走到底，要继续走下去。死而有知的话，请你等着我。

需要请你原谅的，也是我永远弥补不上的事，就是你走，我没有送你，我没有听见你最后叫声乃如。我没有在你床边守你一分钟，尽到老伴的责任。这个最大的终生遗憾只有叫它随我走吧。别无他方呀，好同志，好老伴，永别了！

虽然我只见过弓乃如和田澍的照片，没见过真人，但从档案等资料中，从采访到的他们工作、生活细节中，愈发地相信，他们不仅是久经考验、信仰坚定、廉洁奉公、为党和国家做出过重要贡献的好党员、好干部，而且是集尊老爱幼、助人为乐、谦虚谨慎等传统美德为一身的道德楷模。

弓乃如和田澍身上的优秀品质，都与当初弓仲韬、彭之久（田澍的入党介绍人）对他们的影响和教育密不可分。而弓仲韬、彭之久他们，又是深受李大钊、彭雪枫等革命先驱的影响，他们对党的信仰，虽九死其犹未悔。这就是传承吧，薪火相传。

第九章　弓仲韬归来

双目失明后，他有一百个理由可以"躺平"，可是他没有。

弓仲韬之所以令人敬佩，并非是他在人生的每个阶段都完美无缺，而是在经历了那么多风风雨雨、连环打击后，他依然信仰坚定；即使在最危险、最艰难的岁月里，他始终毫不动摇，一心向党。

一、月是故乡明

1943 年正月十五下午，寒风瑟瑟，在快到安平县的一条小路上，走来一个蓬头垢面、衣衫褴褛的"瞎眼"男人，他拄着拐杖、背着一个破旧的粗布包袱，在坑坑洼洼的土路上艰难前行，突然脚下一滑，整个人狠狠地摔在了地上。

他沮丧地想爬起来，可两条腿仿佛不听使唤，根本动弹不得。

他无助地趴在地上，左边是寂寞的冰河，右边是空旷的原野，路上没有一个人影，只有刺骨的北风呼啸而过，吹在脸上像刀子划过一般生疼。

他挣扎挪动了一会儿，还是没能站起来，随着体力越来越弱，体温越来越低，他的意识也有点模糊了。不知过了多久，忽然耳边隐约传来一阵打鼓的声音，还夹杂着阵阵叫好声。

那一声声鼓点仿佛是回魂的仙丹，把他从鬼门关前拽了过来。

"秋色残凋，金乌萧条——"

当听到这句唱词，他一下子来了精神，那是他熟悉的西河大鼓《灞桥挑袍》唱段。

他最爱听的就是西河大鼓，那长篇大段的鼓书不仅内容丰富、故事精彩，唱腔也特别好听，时而苍劲高亢、时而悠长婉转，哪怕听过很多遍依然回味无穷，用老百姓的话说，不寡淡，有嚼头。

《灞桥挑袍》是西河大套本《三国》中的一段经典唱腔，他尤其喜欢，能有板有眼地从头唱到尾。

寿亭侯挂印封金，辞曹操，出许昌，吩咐一声众军校：来呀！皇嫂的车辇要慢慢地摇。趁着这秋分霜降天气早，金风儿阵阵，透某的征袍……

此刻，那鼓书艺人高亢悠扬的唱腔，令他感到既亲切又振奋，浑身上下仿佛平添了力量，他竟颤颤巍巍地站了起来，破烂不堪的衣衫上沾满泥土，手上、脸上布满血痕。

循着那热闹的声音，他拄着拐杖，慢慢摸索着、小心翼翼地前行。突然迎面刮起一阵狂风，随即漫天的鹅毛大雪飘洒下来。

等他慢慢腾腾走到表演鼓书的戏台前，却发现这里已经空无一人，不仅没了鼓书艺人，连听书的人们也不知去向了。不用说，是刚才骤然而至的狂风暴雪惊扰了这场好戏。

这让他心中顿时有些失落，刚刚蹦出来的一点儿希望也烟消云散了。

"哎！你是谁呀？到俺们这干啥？"

正当他犹豫不决、不知何去何从时，身后传来一个少年的声音。

在冬日荒凉寂寞的旷野走了半天了，终于遇到一个和他说话的人，这是个好兆头。

"哦，我打问下，这是到哪儿了？"他问道。

"安平呀！哎，我说你到底是干啥的？"那少年好奇地问。

"安平？安平！"听完少年的话，他竟莫名激动起来，声音颤抖着、仿佛难以置信地重复着这两个字

"你是要饭的吧？这大雪天街上哪儿有人呀！得，我这还有半块窝头，给你吧！"

那少年从口袋中掏出半块玉米面和榆树皮面混合蒸的杂和面窝头，大方地塞到那盲人手中。

"谢谢、谢谢！你是谁家的孩子？天这么冷，怎么还不回家？"

虽然眼前这个衣衫褴褛的"瞎子"看起来有点恐怖，但说起话来倒也和善，不像是坏人，这孩子就跟他说了实话：

"我没家，爹娘都死了。你呢？也没家吗？"

这句话可能触碰到了这个"瞎眼"男人的痛处，他迟疑了一会儿，喃喃自语道：

"家……有吧，也许，已经没了……"

"你这是饿糊涂了，赶快把窝头吃了吧。我还有事，先走了！哦，对了，再往前走，路东有一处闲置的院子，你去那儿躲躲雪吧，逃荒过路的都在那歇脚。"

率真热情的少年走了。没走十几步，迎面正碰上妇救会主任弓诚。

"柱子，刚才和你说话那人是谁？我怎么没见过？"弓诚警觉地问。

柱子大大咧咧地回答：

"哦，是个要饭的。"

"要饭的？"

弓诚凝视着前面那个步履蹒跚的背影，忽然感觉似曾相识，心里一惊，急忙追了过去。此时，一阵风吹开那人凌乱的长发，露出两个空洞深陷的眼窝，沧桑的脸上布满伤痕。

弓诚轻声试探着问：

"是仲韬哥吗？"

闻听此言，那个乞丐模样的瞎眼人愣住了，声音颤抖着说：

"你是……凤书？"

听到对方叫出自己的小名，弓诚一下子破防了，眼泪夺眶而出！

"仲韬哥，真的是您！您怎么变成这样了？！"

眼前的一幕令旁边的柱子大为吃惊，他难以置信地惊呼道：

"啊？他就是弓仲韬?！"

是的，他不敢相信，眼前这个瞎眼乞丐就是弓仲韬。从小他就听村里人说过这位弓家大少爷卖地办学、救济穷人的故事，他心中的弓仲韬是那么的儒雅、善良、眼神明亮……

在西安告别善良的李家夫妇后，弓仲韬踏上了异常艰难的返乡之旅。几个月后，已经身无分文，他风餐露宿，靠捡拾剩饭剩果为生，辗转两年多，历尽千辛万苦才回到老家安平。

此时遇到亲人，他激动万分。"家里都好吧？你和蕴武、彤轩三姐妹现在做什么呢？"

弓诚说："家里都好，您放心吧！我做妇救会工作，也兼着抗战小学的教员，蕴武在队伍上，彤轩在冀中区党委工作。仲韬哥，您一走好几年，一点儿音信也没有，大家都惦记着您呢！您知道吗？当年您的学生，平民夜校的老正、魏明等，都参加了抗日队伍。您还记得上过台城女子小学的严镜波吗？人家现在是武强县的县委书记……"

弓仲韬认真听着，频频点头。此时，春台担着两桶水走过来，看见弓诚，热情地打着招呼："主任！"随之惊讶地打量着弓仲韬，难以置信地说："这位是?"

弓诚说："是我仲韬哥回来了！"

看到当年英俊儒雅的大少爷变成这般模样，春台大惊。

弓仲韬笑着说："是春台大哥吧？您好啊！"

春台激动地说："弓先生，您怎么……唉！回来就好、回来就好啊！当年多亏了先生帮助，俺们一家才没有分开，也没有饿死。"

"我也想你们啊，深造还好吧？二锅找到了吗？"弓仲韬关切地说。

"找到了，找到了！他们哥儿俩呀，都参军了，在咱队伍上呢！当年多亏了您教深造认字，他现在跟着司令员身边做事呢！您回来就好了，这以后啊，有啥需要我的地方，招呼就行！"

得知弓仲韬回来，弓玉柴等亲属及当年受弓仲韬救助过的乡亲们纷纷赶来看望，有的还拿来衣服被褥，给予他生活上的关心和照料。

弓仲韬终于结束了颠沛流离的生活，再次感受到了家乡人的温暖，心里感到格外踏实和安慰。

次日，在安平县委的会议室内，县委书记张亮正在组织县委委员开会。见到弓诚搀扶着弓仲韬进来，大家全体起立鼓掌，张亮激动地说："老书记，我们终于把您盼回来了！大家鼓掌，欢迎老书记讲话！"

一阵掌声过后，弓仲韬冲大家深鞠一躬，声音沙哑地说：

"谢谢大家！这些年，我在外奔波数载，却一刻不敢忘怀责任，亦常思念故里乡亲。无奈今成残废之人，已难堪大用，就简单说两句心中所想。一，把弓家大院充公吧，我一个孤老头子，有一间小厢房就足够了。二，现在正是八路军扩军的关键时刻，虽然我只有一女，远在延安，但我的侄子外甥还有好几个，我动员他们全部报名参军。我建议所有的党员干部也都首先动员自己的亲属参军，这种行动上的表率远远大于口头上的宣讲。三，虽然组织上对我的身份审查还没有结果，但我希望能尽早为党工作，哪怕到抗战小学教书也行！我就说这么多吧！"

会议室内再次响起热烈的掌声。

那个晚上，月亮又大又圆，分外皎洁明亮。故乡温暖的月光抚慰着这个九死一生、伤痕累累的男人，让他终于放下心睡了一个安稳觉了。那晚，在睡梦中他与女儿乃如团聚了……

返乡后，弓仲韬暂居在老党员弓春生家，过了一段时间，待身体稍微养得好些了，他不愿意再给别人添麻烦，坚持回到自家老宅子旁边的一处小厢房独住。

据台城村的弓玲响回忆，她出生在安平县台城村一个革命家庭，父亲弓春生是1938年经弓凤洲介绍入党的老党员，母亲张金梅是1940年入党的老党员。弓春生在1959年至1961年担任过台城村的村支部书记。因弓仲韬的女儿在外参加革命工作，家中无人照顾，再加上他双目失明，失去活动能力，身体又非常虚弱，需要人照顾，他的一切生活起居，就落在了弓春生一家人身上。他们一家人对弓仲韬精心照顾，使他的身体恢复了健康，虽然他双目失明了，但他的革命意志没有消沉，在村里仍然做着力所能及的工作，比如宣传党的政策、参与抗日动员工作等，还经常去抗日小学为孩子们讲故事。

弓玲响回忆说："每当他去学校做宣传教育，都是我用小拉车拉着他去；他经常去帮助村里的人办事，还是我用小拉车拉他去做；在村里不管他做什么都是我拉着他去做；只要他需要，我随时随地帮他去做；有时他需要去县里办事，我年纪小走不了太远，我二哥弓英海就用小拉车拉着他去办理。"

弓仲韬在临去哈尔滨前，将一些旧家具和生活用品留给了弓玲响家人，并有点伤感地对他们说："我要走了，也没有什么值钱的东西，把这些物件留给你们，做个留念吧。"

弓仲韬的老宅子归公后，由村公所进行修缮，投入使用，曾经拨出三间北房供一户抗属居住。后来弓仲韬的老宅子成了村公所驻地，学校也由旧祠堂搬迁过来。新中国成立后，这里成为台城乡、台城公社的办公大院，医院、供销社、信用社等机构也在此处开张经营。现如今的中共第一个农村支部纪念馆所在地，也是在弓家老宅子的原址上建起来的。

二、机智救亲人

回到家乡的弓仲韬虽然双目失明、行动不便，但他并没有自暴自弃，而是努力做些力所能及的工作。他按时参加村里的党员活动，不定期地去县委汇报思想、主动了解外面的情况，还在抗战小学教学，给村里的孩子们讲故事。

1944 年 2 月的一天深夜，北风呼啸，大雪纷飞，为了找到一份隐藏在夹壁层中的重要文件，弓彤轩乔装改扮返回台城村父母家中。

看到小女儿突然回来，老两口又惊又喜，连忙烧水做饭，收拾被褥，想让她在家住一宿再走。看着父母花白的头发、期待的眼神，弓彤轩稍微犹豫了一下，但还是咬咬牙趁着夜色离开了。因为她知道，她家早已经被汉奸盯上了，有一点风吹草动都可能引来敌人。

果然，她前脚刚走，一队日伪军就扑了过来！

弓玉柴坚持说没见过女儿弓彤轩，就被敌人吊起来毒打。他几次昏死过去，始终就是一句话："不知道，没看见！"

最后敌人看实在问不出什么，就绑走了他的另外两个女儿弓诚和弓蕴武。

弓玉柴心急如焚，此时此刻，他首先想到的一个人就是弓仲韬。遂急忙来到弓仲韬那间小黑屋，讲述了事情经过。

别看弓仲韬双目失明，但他一直关注战事，对我军和敌人的情况都知晓。他先劝弓玉柴别着急，据他所知，现在有些乡亲碍于敌人淫威，不得已才给日本人做事，并没有丧良心、想害同胞，可以从这些人身上想想办法。他们能接触到敌人内部，又能为我所用，现在的问题是找谁？这个人既要有资格跟负责两姐妹案件的日军头目说上话，又得特别可靠，否则中间出啥岔子，后果不堪设想。

经过多方打听，得知伪军中的一个特务长符合这些条件。

第二天，在那个特务长回家的路上，出现了一个算命的"瞎子"。那特务长起初没在意，后来他的一个同乡，其实是我地下党员，故意跟他说："那个'瞎子'算得可准呢！"

过了两天，再经过算命的摊位时，特务长停下脚步，说："你给我算算！"

那算命的先问了他的生辰八字，又摸了摸他的手掌、脸型，然后叹了口气，说："哎呀，您这是大富大贵的命啊——唉，可惜了！"

"什么意思？你说明白点儿！"那特务长说道。

"你出生在孝德之乡，得祖萌庇护，虽自幼家贫，亦受乡邻尊重，本有大好前途，可惜入错了行当，若不迷途知返，只怕会自食其果呀！"

听算命的说完，那特务长非但没生气，反而乐了：

"呵呵，您就别跟我装神弄鬼了，弓先生！"

见对方认出了自己，弓仲韬心里一激灵，但很快就镇定下来。

"我可不是啥先生，一个'瞎子'，靠算命谋碗饭吃而已。"

"我听过你讲的课，还喝过你家的粥！"那特务长低声说道。

听对方这么说，弓仲韬也不装了，他正色道：

"我是看你良心未泯，想让你帮我办件事。"说着，他从兜里掏出一包银圆，放入特务长的大衣兜里——那是他妻子过去为防盗匪等意外，将自己多年攒下的私房钱偷偷藏在老宅墙缝中的，在西安妻子去世前，才将这个秘密告诉弓仲韬。

"弓先生，你这是——"那特务长脸上的笑容消失了，他知道弓仲韬跟他张口，一定不是小事。

弓仲韬就把营救弓家两姐妹的事说了，临走前，他还重重地撂下一句话：

"乡亲们信得过你！"

不久，经这个特务长帮忙斡旋，弓蕴武、弓诚两姐妹果然被放了出来。

其实，当时我党为了应对冀中残酷复杂的对敌形势，实行了一段时间的"白皮红心"政策，就是允许有些人表面上为敌人做事，实际上暗地里为我党做事，是我们的眼线。鉴于这个特务长的一贯表现，并没有谋害乡亲们的实质行为，县委已经把他列为"白皮红心"的重点对象。弓仲韬这次在他身上"试水"成功，也为日后争取他为我党提供更多情报、成为打入敌人内部的一支利剑奠定了基础。

在一份弓蕴武亲笔写的、记录于 1969 年 5 月 12 日的材料中，有这样一段话：

> 我记得在 1944 年的春天，有人说弓蕴辉（即弓彤轩——作者注）从铁路西回来了，汉奸田××带领着日本鬼子来抓弓蕴辉。天不明敌人就包围了我村。天明后敌人就在全村抓人，也到我们家抓人，当时就把父亲抓住了，敌人就问我父亲：弓蕴辉回来了没有，在哪里？我父亲说不知道，没有回来。敌人就把我父亲打个半死，我父亲还是说不知道，没有回来。后来鬼子和汉奸就把我大姐和我一起用车拉到了城里扣押起来。……我父亲到家后，托弓仲韬帮忙找到张 ×× 把我们姐妹俩保出来了。

在弓蕴武档案中，有一页记录于 1948 年 1 月 10 日，由晋鲁豫区党委组织部制的《干部登记表》，上面也有类似表述：

　　四四年二月，被日本抓去，带到安平宪兵司令部。被抓原因，说在家藏着八路军、枪、文件，要弓蕴辉……没有问出口供。三月底，弓仲韬托张××保出。

弓蕴武档案中的《干部登记表》封面

弓蕴武档案中关于弓仲韬解救两个堂妹的记载

三、爱讲故事的"弓瞎子"

2024 年 10 月 4 日，在北京海淀区的一栋小区内，弓蕴武的女儿、已是耄耋之年的姚雅光老人谈起年幼时在台城村姥姥家的往事，依然印象深刻。

"我来到台城村那年是 7 岁，到后的第一天，姥爷（弓玉柴）就带着我来到附近的一个院子，走进一间光线很暗、东西也挺乱的屋子，屋内坐着一个胡子拉碴的瞎眼老头儿，姥爷让我叫他大舅，后来我才知道他就是弓仲韬。"

因为弓仲韬的三个堂妹都在外参加革命工作，无暇照顾孩子，加之东奔西走，随时都会有危险，她们就把孩子放在台城村姥姥家，所以在 1946—1949 年期间，弓玉柴家一直住着弓诚的女儿桂芳、弓蕴武的女儿雅光、弓彤轩的儿子大根儿。

"我们三个总在一起玩，他俩都比我好看，因为我眼睛小，他俩就叫我小眯眯眼，为这个我还生过气呢！大根儿长大后很沉稳，人长得也漂亮，其实他小时候可淘呢。我记得有一次我们玩捉迷藏，我藏好了，他却回家了。等到了晚饭时候，姥姥看我还不回来，就着急了，出去找了半天才找到我，回家把大根儿好一顿说！"

而弓诚女儿王桂芳印象最深的是那句"瞎子讲故事喽"的吆喝声，几乎每天弓仲韬都会在村里的大槐树下给孩子们讲故事，那时大人孩子都叫他"瞎子"，他非但不生气，反而很高兴，因为这证明他还有用武之地，依然被乡亲们所需要。而实际上，这个称呼也确实没有歧视和冒犯的意思——只有彼此信任、彼此了解的人，才能有让如此默契、带点调侃的称谓延续下去。一直到今天，如果你去台城村跟年过八旬的老人聊天，问及弓仲韬，还会有人说："弓瞎子呀，认识！"

四、"正义感甚大"的老党员

我结识王林的女婿杨福增是为了约稿，当时我们正在征集红色家风故事，很快，他就给我发来一篇回忆王林的文章，我又顺便问他《王林日记》中关于弓仲韬的内容，他就将《王林日记》电子版给我发来，这份信任令我很感动。王林是著名红色作家，1947年他担任冀中区文建会主任时，冀中区委组建了土改工作团，王林参与了安平县的土改领导工作，还兼任黄城片区的土改工作队长，在这一时期他和弓仲韬有过一段较为密切的接触。

在1947年6月9日的《王林日记》中，有以下内容：

> 昨夜晚饭后文协小组开会，大家把积存在心中多日的很多意见成见、流言、广播都一气说了出来，倒是很好。流言中这一条真叫我当时听到后沉不住气了，说我那毛大氅是搞土改时弄的胜利果实，说我虚伪，明是弄的老百姓的，而故意说是学生时代自己的。方纪同志即联系到说我脾气不好，也可能是假装的，借以吓人、抖架子。这传言我说明不是孙犁即是李黑说的，方纪说不是孙犁说的，未说不是李黑说的。可见这是李黑的政治攻势。这来源离不了从辽城起根，那大衣是我参加黄城土改后从存放在刘桂欣家取出的，在车上时张根生即疑为黄城的，所以后来他与县长到黄城各人弄了一件。我这件大衣在北平时有黄敬、周小舟等人见过，可证明。我在黄城可说一个小钱的事也没有敢动过……

在1947年9月26日的《王林日记》中，有以下内容：

> 弓仲韬来县，说贫民小组代表多数不好，甚为气愤不平。说很多因私欲不达，村干严守制度不达到他们私欲而恨村干。如荣军很

多不是真正打仗而成荣军的。

弓仲韬正义感甚大……

关于这两篇日记的背景，在 2024 年第三期《党史博采》刊发的胡业昌老师撰写的文章《作家王林日记中的弓仲韬》中，有详细讲述。据文中介绍，6 月 9 日那篇日记中"毛大氅"事情，王林是这样说的：他去安平时，带了一件在北京上学时买的银灰色的毛大氅，平常不舍得穿，存放在贫民刘桂欣家，土改时他取出来穿上了，很板正，很吸人眼球。那时八路军的衣服从南昌起义、到井冈山、到延安，都是这种银灰色。似乎这是革命颜色的代表，人们都很喜欢。王穿上这件毛大氅，许多人很羡慕，县委书记张根生和县长就开玩笑说，你是拿的黄城土改的胜利果实吧，太好看了，我和县长也得要一件。张根生就告诉黄城干部，照王林那个大氅样子，给我和县长一人做一件，做好后我们交钱。这个事许多人不知原委，有的人添油加醋相互传播，越传话就越多了。人越是听不见，就越想知道外面的精彩，眼睛失明的弓仲韬也是这样。弓仲韬知道这件事情后，直接找到县委，当着张根生、方纪、王林的面，愤怒地指责说："你们霸占土改成果，人民和党是不允许的，王林的毛大氅要查清楚，是公家的，一定得退回。张根生书记和县长你们做的那两件，必须把钱交出来。这是党性问题，一点不能含糊。"后来方纪组织人员对王林的毛大氅一事进行了查证，证明是他自己过去买的。张根生和县长也及时把钱交到了黄城土改工作队。这件事情过后人们都夸赞说，弓仲韬是个眼瞎心明、党性原则特别强的人。

据王林讲，张根生、王林、孙犁、梁斌、方纪等当时都是认识弓仲韬的，人们都很尊重弓仲韬。

■ 追寻的足迹：他们的"执拗"令人敬仰

当我看到弓仲韬曾救助过弓诚和弓蕴武的资料时，很震惊，要知道，当时弓仲韬已经双目失明，也没有任何权力地位，他怎么会有这么大的本事，能从敌人手中"捞出"两个堂妹呢？

后来经向一些老人咨询，得到这样的回答：一是弓仲韬虽然眼睛看不见了，但他并没有"躺平"，一直参与党的工作，所以大家有事都爱与他商量，他在当地的威信并没有因为他家破人亡、身体残疾而消失。二是他早些年资助过很多人，给很多人讲过课，在乡亲们中间口碑很好，所以他遇到事，七拐八拐总能找到帮忙的人。三是他善于做思想工作。弓濯之、王子益、弓乃如在《回忆弓仲韬同志》一文中，有这样一段讲述："弓仲韬同志在做军委工作以来（1927年夏，闫怀骋改组联合县委，建立中心县委，县委书记为张鹤亭，军委委员为弓仲韬——作者注），冒着生命危险，深入匪穴，进行策反工作，达两年之久，匪军先后索要补贴费现大洋一千块，由弓仲韬支付。"

所以，他通过做思想工作，让特务长认清形势，迷途知返，最终为我所用，也就不足为奇了。

长期以来，关于弓仲韬失明后的资料很少，这个发现令我又惊又喜。还有件事也令人刮目相看，就是王林日记中提到的，因王林的一件大氅引发的误会，因为县委书记和县长效仿大氅的样子也分别做一件，引起弓仲韬的质疑，他语气严厉，执拗地要查清楚，完全不顾对方身份。这个问题放在今天看，可能有点小题大做，却显示了弓仲韬不为人知的另一面，爱管"闲事"，爱较真，见不得一点"不正之风"。正如《王林日记》中对他的评价："正义感甚大。"

在他看似执拗的行事风格背后，是坚持党性原则、对党忠诚、无私无畏、不怕得罪人的高贵品质。

其实，张根生和王林等革命前辈亦都是这样的人，后来误会解除了，他们也没有迁怒于弓仲韬，还称赞他"讲原则""正义感甚大"。

采访中，王林女婿杨福增给我讲了一件王林晚年的小故事。

当年杨福增和爱人结婚时间不长，就应岳父王林的要求，搬到了王林居所。因为当时王林的其他子女都不在身边，需要他们夫妇照顾他的日常生活。正当他们做搬家准备时，王林把他们夫妻叫过来说，到他这里住，家具就不要搬过来了，因为他这里有家具，再增添也没地方。说着他从上衣口袋中掏出两张有字的纸，郑重交给杨福增，并叮嘱道："这些家具，都是我进城以后，公家配发给我使用的，现在已经用了 20 多年。这是我写的一份清单，你仔细核对一下，待我百年以后，这些东西都要如数交还给公家。"

杨福增将这两张清单仔细地夹在日记本中，好好保存起来。后来王林去世后，他遵照岳父生前嘱托，拿着那两张清单找到天津市文联的负责人，交还这些家具。文联的一位领导仔细看了这两张清单，很受感动，感慨道："王林同志是我们的榜样，他这种大公无私的精神，真是值得我们晚辈学习！"

王林是因病突然去世的，老伴儿在整理他的遗物时，没有找到多少存款，只是从他的文件包里，找到了几张不同时期的"特殊党费"收据。这些钱是王林在"文革"期间被扣发后又补发的工资，还有部分稿费，都被他作为"特殊党费"上交给了党组织。

还有一位"执拗"的革命前辈的故事，令我印象深刻，他就是安平籍早期党员陆治国。白色恐怖时期，他坚持地下革命斗争，与侯玉田一起领导保属特委在安平的活动，使得革命的火种得以保存，为后来孟庆山来冀中组织号称"十万大军"的抗日队伍、吕正操在冀中易帜抗日打下良好的群众基础，做出了重要贡献。

我曾跟随陆治国的曾孙陆旭辉走访过他的亲友、秘书等知情人，了解到关于陆治国很多真实感人的故事。他有两个公认的特点：一是特别正直严谨，不徇私情；二是随和朴素，没有一点儿官架子。

正定县退休老干部陆树群是陆治国的远房侄孙，他曾亲口跟我说过这样一件事。1986 年 5 月，在县委任职的他邀请陆治国一家到正定县荣国府参观，可是到了门口，陆治国看到他们一行人都没买票，说什么也不进，非要给全家人都买了门票再进。参观完后，已近中午，闻讯赶来的县法院院长就在县政府招待所安排了便餐，邀请他们过去，遭到陆治国的严词拒绝。他说，"我是带家人来旅游，怎么能用公款接待？"说完，他直接返程回家了。

陆治国有个女儿叫陆福享，当年省会搬到石家庄，为了照顾父亲，她也想跟着到石家庄，都找好接收单位了，但在准备办理调动手续时，被陆治国知道了。他非但不帮忙，反而一个电话打给相关部门，指示坚决不能办理调动，并严厉批评了女儿。一直到今天，陆福享还在保定。虽然已是耄耋之年，病卧在床，但她对父亲当年的教诲记忆犹新。

　　还有一次，一个在安平老家从事中医行业的孙子找到陆治国，想让他帮忙安排到城里的医院工作，他直接回绝，并说，你还是留在农村更能发挥作用。

　　"他太正直了，真的是大公无私，我们儿孙都没沾上他一点光！不过这也正说明他是一名真正的共产党员！"在采访中，谈及父亲陆治国，陆福享这样感慨。

　　陆治国后来是副省级干部，却始终保留着农民本色。因为衣着过于简朴，还闹过几次笑话。他刚担任河北省检察长时，有一次到省里开一个重要会议，大家都到场了，原本应该坐在主席台上的陆治国却姗姗来迟。原来他被门卫拦在了大门外。那天他穿着一身打着补丁的旧衣服，也没乘坐小轿车，人家说什么也不相信他是检察长。

　　退休后陆治国经常逛早市，与卖菜的农民拉家常。因为他说话随和厚道，穿着简朴，待人又热情，小商贩们跟他都很熟络。有一天，一个卖鸡蛋的小贩跟他说："你也是附近的农民吧？看你人缘挺好的，不如帮我卖鸡蛋吧，每天早上我拉过来，你卖，挣了钱咱俩分！"

　　后来这件事就传开了，直到今天，还有人说起。虽是笑谈，又何尝不是美谈！

第十章　台城女儿多奇志

　　弓仲韬有三个堂妹：弓诚、弓蕴武、弓彤轩。三姐妹均在弓仲韬的影响下走上革命道路，她们有思想、有文化、有胆识，经受住了残酷战争的考验，而且都嫁给了革命英雄。这些革命伉俪出生入死、信仰坚定，为中华民族的独立和解放作出巨大贡献和牺牲，构成中国革命史上浓墨重彩、气壮山河的重要篇章，堪称一个时代的传奇。

从左至右依次为弓诚、弓蕴武、弓彤轩

一、抗日烽火中的三姐妹

1944 年 12 月 3 日，白洋淀上寒风如刀割裂枯黄的芦苇，灰白色的冰面上，艰难行走着一小队人马，领队的是冀中军区司令员杨成武。随行人员中，有一个身材高挑、容貌清秀的女同志，她已经身怀有孕，却明知冰面光滑、举步维艰，依然坚持随军前行，并且谢绝别人的照顾。

她叫弓彤轩，1916 年出生于安平县台城村一个富足、开明家庭，是弓仲韬的堂妹，弓玉柴的三女儿。她从小就追随弓仲韬闹革命，是 1930 年第一批考入安平女子师范学校的学生中最早加入共青团的"大家闺秀"。该校是一所党组织发展较早的学校，弓仲韬的女儿弓乃如亦是这所学校毕业的。

在安平女子师范学校期间，弓彤轩曾带领同学们一起与当时的县国民政府教育部门不屈斗争，迫使当局给毕业的全体同学安排了工作。弓彤轩 1931 年参加革命工作，1937 年 10 月加入中国共产党，在抗日战争期间，历任冀中区妇联筹备委员、新安县妇委会主任兼妇委书记、区委党校总支书记、博野县妇委书记、八分区妇会主任、边区抗联会巡视团长、区委研究室研究委员等。抗日烽火中，她不顾个人安危，想方设法开展工作，在冀中区各县组织建立妇救会，经历了抗击"五一大扫荡"等艰苦战斗的锤炼，出色地完成了各项艰巨任务。

在冀中区党委工作时，弓彤轩认识了抗日名将、冀中八分区司令员常德善，志同道合的两人结为革命伴侣。1942 年 6 月 8 日，在弓彤轩刚刚生下儿子大根儿一个月，常德善在雪村战斗中壮烈牺牲。得知噩耗，弓彤轩悲痛万分。那时她真切体会到了弓仲韬所说的那句"干革命就要舍得了家财，豁得出性命"。这个坚强的台城女儿，没有被痛苦打倒，依然坚持工作。几个月后，面对越来越残酷的战争形势，她不得已将孩子放回老家父母那抚养，自己全身心投入到抗日工作中。后来，经组织介绍，她与同样失去革命伴侣的林铁组成新的家庭。

这次弓彤轩等人过白洋淀，是要到九分区司令部商谈重新组建冀中军区、冀中区党委、冀中行署等重要事宜，任务艰巨。

晚上他们在白洋淀堤上的小刘庄村留宿，突然狂风大作，刚结冰不久的淀面被风吹得咔咔作响，那是冰块碰撞的声音，据说明天那个地方很可能会形成冰窟窿，如果人掉进去就很难爬上来了。当然，这是对外地人而言，对于淀里生、淀里长、熟谙水性的当地人来，尤其是雁翎队队员来说，那冰窟窿不仅不是"祸害"，还是可利用的杀敌"利器"。

可巧那天他们的向导就是雁翎队的一名老队员。次日早上，向导用手指着茫茫大淀，讲起了这里曾经发生过的故事：也是这样一个寒冷的冬天，有个叫水娃的孩子，在一个大雾天里，被迫撑着冰床子送一个汉奸和两个日本兵去敌人据点。途中，水娃隐约望见前面有个冰窟窿，便对准它使劲猛划，快靠近时，他突然从冰床上往下一跳，那3个敌人连同冰床子"扑通"一声就掉进冰窟窿，再也没上来。向导接着又介绍说，白洋淀、大清河是保定至天津的水上交通线，敌人掠夺粮食和物资，大都经过这条水路运往天津。夏日里，雁翎队的队员们驾着捕鱼的鹰排子，人人头顶一片大荷叶，埋伏在荷花淀里，等敌船一驶近，几十副"大抬杠"（大型猎鸭枪的俗称）便突然吼叫起来，霎时火光映红淀水，霰弹暴雨般倾泻到敌船上，打得敌人鬼哭狼嚎，直往水里栽。当敌人汽艇赶来时，雁翎队的队员们早已把"大抬杠"沉入水底，头戴荷叶，背着步枪游向荷塘深处了。

向导讲的故事深深吸引了弓彤轩，让她忘记了疲惫。走着走着，忽然她脚下一滑，狠狠地摔到冰面上！

同志们急忙过来把她扶起。为了不耽误大家的行程，她强忍剧痛，继续跟随队伍前进。因为及时赶到目的地，预定的所有工作都顺利完成，而弓彤轩腹中的胎儿却不幸流产了！

在《杨成武回忆录》中，有一篇《初到白洋淀》的文章，详细讲述了当时的经过：

> 敌人为了挽救失败的命运，也在作垂死挣扎。他们一方面竭尽
全力保住已占领的地盘；一方面经常不断地向我游击区的抗日军民

进行奔袭合击，反复"清剿"。白洋淀上敌我斗争仍然十分激烈，十分残酷。想到这里，我更是难以入眠。

次日，我们直奔九分区司令部。……我感到惊讶的是，脚下的冰并不是白色的，而是淡绿色的，尤其是在冰块下，淡绿色的淀水和嬉游的鱼虾竟隐约可见！一路上，我们战战兢兢，生怕把冰踩破，掉下去。向导像是看出了我们的心思，笑着说："塌是塌不下去的，只是得小心，别滑倒喽！""唉哟！"女同志弓彤轩忽然叫了一声，只见她手抚着肚子，摔倒在冰上，半天没爬起来。弓彤轩已怀孕几个月了，可是她为了抗日，为了打开冀中工作的新局面，什么也不顾，一再要求和我们一起东进冀中。弓彤轩一路上劳累已极，现在又重重地摔了一跤，真叫人担心。等我赶过去，她已经被同志们扶起来了。"小弓，怎么样？"我关切地问。弓彤轩倔强地扬起头，绯红着脸回答："还好，我能走！"……

杨成武在回忆中还提到，弓彤轩与丈夫林铁共同领导了当地的地道战、地雷战等创新战术的推广工作，为巩固晋察冀抗日根据地作出了重要贡献。这些战术创新"为抗战大反攻建立起了坚实的战略基地"。

弓彤轩的大姐弓诚、二姐弓蕴武也都受弓仲韬影响走上革命道路。弓诚原名弓凤书，1909年1月20日生于台城村。1926年到1928年，从安平师范学校毕业的弓诚在弓仲韬办的台城女子小学（列宁小学）教书，弓乃如、严镜波等都是她的学生。弓诚于1927年加入中国共产党。台城女子小学停办后，她先后在黄城村、香官屯村等村当小学教员，一直到1936年。期间她积极参加党组织的各种革命活动，教育引导很多学生走上革命道路，为党培养了一批优秀人才。

全民族抗战爆发后，她先是在安平县参加妇女抗日救国会工作，之后又到饶阳县组织抗日妇女救国会。1938年到冀中妇女抗日救国会担任秘书工作。1940年6月到1941年6月，在安平县一区担任人民代表大会主席。1941年5月到1942年7月，到华北联合大学学习。后又在定县政府担任过民教科科长等职务。她的丈夫是弓仲韬的战友、深泽县党组织的创建者之一王子益。

弓蕴武原名弓文亭，生于 1912 年 9 月。1933 年在安平县师范读书，后加入中国共产党。1937 年 12 月她在安平县妇救会工作，当宣传员，1938 年 7 月在安平县耿官屯村担任妇救会主任，后在谢町村任小学教员。1945 年 4 月，弓蕴武参军入伍，8 月在冀中军区工作。后又先后调到晋冀鲁豫一纵队、冀鲁豫军区政治部等部门工作。在革命工作中，她结识了革命伴侣、曾参加过长征的八路军干部姚凤林。峥嵘岁月里，她跟随丈夫一起行军打仗，经常抱着年幼的孩子在马背上奔波。

抗日烽火中，弓氏三姐妹出生入死，互相鼓励，留下很多可歌可泣的感人故事。弓彤轩为革命事业牺牲了多位亲人；弓诚和弓蕴武面对凶残的敌人，坚贞不屈，没有透露一句党的机密。她们在自己身处险境的情况下，还千方百计想办法掩护和救助战友，体现了一名共产党员坚强的革命意志。在弓诚和弓蕴武档案中，都有关于当年她们被捕入狱后，坚贞不屈、保守秘密的记录，还有弓诚在狱中按照县委敌工部的指示，了解敌人动向，为保护齐亚南等抗日干部作出重要贡献的证明。

在一份齐亚南写于 1978 年 11 月 10 日的证明材料中，有这样一段话："我在安平县第五区任组织委员时（1942 年或 1943 年），在一天晚上，弓凤书被安平的敌人捕去了，后在一天下午四五点钟的时候，弓凤书之父弓玉柴亲自到北侯町村我家中找我，他说，弓凤书在狱中给你带出一份情报，安平敌人准备抓你，你要赶快离开这个村子。接到这个情报，我当即离开村子，后来安平的敌人的确到村里抓过我，特作证明。弓凤书被捕后，当时党的各级组织及抗日物资均未遭到敌人破坏，未受到任何损失，根据当时情况分析，弓凤书被捕并未破坏组织，未出卖过组织。"

在弓乃如写于 1979 年 4 月 6 日的一份证明材料中，有这样一段话："弓凤书同志（弓诚）曾是我的小学老师，那时她在教员中，是政治上表现得比较活跃的一个，参加我党领导的社会宣传活动，如反对封建、破除迷信、宣传放足……"

在早期党员张宿林写于 1979 年 6 月 18 日的一份回忆材料中，这样说："1937 年 10 月份，党派我和刘清言去安平女师培养训练妇女抗日干部，在那里建立发展了党的组织，那时我们依靠安平县委了解情况。当时党员分两种，一部分是地下党员，数量很少，有弓诚；一部分是新发展的党员。我们到女师后，弓诚工作积极，是第一批建立党组织编入小组过（组织）生活的党员。以后便依靠她们了解学生情况，发展新的党员，在群众中宣传党的政策和抗日救国工作。"

在一份弓濯之 1979 年 6 月 15 日写的《关于弓风书同志参加党的证明》中，这样写道："1927 年我任中共安饶深中心县委宣传部部长时，弓风书同志是中共党员，我亲自领导她们，1929 年上半年我离开县委，即不直接和她发生党的联系。1937 年 8 月份，中共安平县委重新建立，我任县委宣传部部长，恢复了弓风书同志党的关系，她即参加党领导的抗日救亡工作。"

在 1979 年 6 月 20 日的一份外调材料《对弓诚同志历史问题的复查意见》中，这样评价："弓诚同志参加革命 40 多年，是我党的一位老同志，在战争年代里，她为党、为人民做了很多工作。1933 年 11 月安平党组织遭到破坏后，弓诚同志为了坚持斗争，坚持抗日，为了尽快和党组织取得联系，在七七事变后，由良乡重返安平，对弓诚同志这种积极行动，安平县委及时恢复了弓诚同志的党籍。1944 年春被捕后，她没暴露党的身份，没出卖组织和同志，并在宪兵队还营救过我党干部齐亚南同志……"

尽管弓诚被捕的那两个月，组织上早就调查清楚，已有定论，但在"文革"中仍被某些别有用心的人翻出来，造谣诋毁，让这位饱经风霜、信仰坚定的老党员遭受了不公正对待，承受了巨大压力和委屈，但她始终相信党，相信群众，丝毫没有动摇共产主义信念。"文革"结束后，弓诚被平反。当得知自己恢复党籍的瞬间，这个在鬼子刺刀面前都不眨眼的坚强战士，竟喜极而泣。

这就是台城女儿，如此坚韧，如此高洁，如此美丽！

二、风雨同舟的革命伴侣

在弓仲韬三个堂妹夫中，林铁的学问最大，职位最高，革命经历也最丰富。

　　林铁原名刘树德，1904 年 11 月 20 日出生在四川省万县。于重庆联合中学读书时，受到中共青年运动领导人萧楚女、恽代英的直接影响，积极投身反帝爱国斗争。1925 年到北京求学，是年 11 月加入中国共产党。1928 年夏赴法国勤工俭学，以学生身份作掩护，在中国留法学生和工人中开展革命活动。1932 年 1 月到苏联莫斯科列宁学院学习，次年入莫斯科东方大学，接受严格军事训练，并系统学习了马列主义武装斗争理论和苏共武装斗争经验。1935 年冬奉调回国，负责中共河北省委军事工作。两年后任省委军事部长，参与领导了冀东抗日大暴动。

　　1938 年 4 月，林铁调晋察冀根据地，先后任中共晋察冀省委组织部副部长兼民运部长，中共北岳区党委常委、组织部长兼民运部长、党校校长等职。在此期间，他为抗日根据地党的建设倾注了大量心血，积极组织群众参军抗战，开展敌后游击战争。在日军的"大扫荡"中，领导对敌斗争，粉碎了日军、伪军的多次合围，为建设和巩固北岳区抗日根据地起了重要作用。

　　1944 年，抗日战争进入反攻阶段。这年秋天，党中央决定恢复冀中区委党、政、军建制，任命林铁为冀中区党委书记、军区政治委员。林铁到达冀中后，充分发动和依靠人民群众，迅速恢复和建立起各种抗日群众组织。在仅仅一年的时间里，冀中区就向主力部队输送兵员 10 万以上，民兵也由 5 万猛增到 20 多万。在对敌斗争中，冀中人民创造的地道战，是战争史上的奇迹。日本侵华军司令冈村宁次曾哀叹："最可怕的是地下还有一个冀中！"冀中民兵积极主动配合主力部队作战，经过 1945 年春、夏两季攻势，歼灭日伪军上万名，解放县城 17 座，使东至津浦线，西达平汉线，南到石德线，北抵北宁线的整个冀中平原全部回到人民手中。

　　1949 年 1 月，河北全境解放。中央决定，撤销冀东、冀中、冀南区党委，组建中共河北省委。7 月 12 日，省委第一次全体委员会议在保定市召开，宣告中共河北省委正式恢复成立，林铁任省委书记兼省军区政治委员。新中国成立后，林铁历任中共河北省委书记兼省军区政委、省政协主席、华北协作区委员会主任委员，河北省委第一书记兼省军区第一政委。1956 年中共八大被选为中央委员。

无论是战争年代还是和平建设时期，无论担任什么职务，林铁始终保持着与人民群众的深厚情感，保持着艰苦朴素的优良作风。

在《缅怀林铁同志》（河北人民出版社 1992 年版）一书中，林铁的老部下张旭深情回忆道：

> 在北岳区的山沟里，在冀中的青纱帐里，在邢台地震的现场和大片的水、旱灾区，到处都留下了林铁的足迹和身影。战争年代，他曾为减轻人民负担开荒种地，和战士一同采野菜充饥；新中国成立前后发生灾情，他捐出衣物，削减津贴，救济灾民；每遇执行政策中出现偏差，发生了侵犯群众利益的错误，他都要亲自过问，认真纠正。他一生廉洁奉公，艰苦朴素，他的衣食起居，与一般干部几乎没有任何差异。1956 年，刘少奇同志到保定（当时的河北省会）视察工作，见到林铁同志和几位省委负责同志，每人住两间旧平房，泥墙砖地，潮湿阴暗。外间办公，一桌四椅，里间住宿，土炕加铺板。少奇同志说：一个省的主要领导人，至今仍如此简朴，实在难能可贵，应予表扬。

在林铁漫长的革命生涯中，革命伴侣弓彤轩不畏艰险，与丈夫风雨同舟、患难与共。"文革"期间，林铁、弓彤轩夫妇遭到迫害，但他们从未屈服，敢于坚持真理。在"文革"最乱的时期，当时中央有人要保护林铁，把他转移到唐山的 24 军驻地监禁起来。各路红卫兵、造反派找不到林铁，就拿弓彤轩出气，开了无数次的大小批斗会。后弓彤轩去外地的机械厂劳动，境遇凄惨。危难时刻，更显姐妹情深，弓蕴武不怕牵连，派女儿姚雅光去探望，并冒着巨大的政治风险将弓彤轩接回北京看病。

在北京，弓彤轩终于见到了丈夫林铁，两人抱头痛哭。此时，这对患难夫妻已经分别了将近 10 年。

"文革"后，林铁任第五届全国人大常委会委员、中央组织部顾问，在中国共产党第十二次全国代表大会上当选为中顾委委员。1989 年 9 月 17 日在北京逝世。

在中共党史出版社 2011 年出版的《林铁传记与年谱》一书中，有这样的评价：

> 林铁同志的一生，是革命的、战斗的一生，是艰苦朴素、公正廉明的一生，是全心全意为人民服务的一生。在林铁同志的一生中，除去两头——青年时代留学法国、苏联，老年时期在中央任职——中间年富力强、思想政治上成熟、领导能力愈干愈强的 30 多年，一直是在河北担任党的重要领导职务，仅任中共河北省委书记、第一书记即长达 17 年之久，是共和国所有省委书记中唯一的一位。他在党中央、毛主席的领导下，为河北的民主革命、社会主义革命和社会主义建设事业，艰苦奋斗、殚精竭虑、勤勤恳恳、兢兢业业，做出了卓越的贡献。河北的干部和人民群众都很敬佩他，怀念他。

弓蕴武的丈夫姚凤林亦是个战功赫赫的英雄人物。在长征途中，他参加了四渡赤水、飞夺泸定桥、攻克娄山关等重大战斗。1937 年 7 月 7 日卢沟桥事变爆发后，姚凤林参加了对日作战的许多著名战役，如山西广阳阻击战、神头岭伏击战、漳南战役等。除此之外，他还参加了百团大战、冀南阻击战和衡水战役等。

在长期的革命斗争中，姚凤林与妻子弓蕴武携手共进，是一对信仰坚定的恩爱夫妻。台城女儿弓蕴武是冀中农村党组织发展的参与者和见证人，也是历经生死考验的革命战士，她还有一个不容忽视的贡献，就是作为姚凤林的伴侣，她跟随丈夫戎马一生，无怨无悔，而且注重对孩子的教育，把家里家外都打理得很好，既是钢铁战士，又是贤妻良母，可以说，丈夫姚凤林的军功章上，有她的一半。

弓诚的革命伴侣是王子益，又名王纯夫，深泽县党组织的创建人之一。深泽与安平地理位置相邻，早在 20 世纪 20 年代，王子益就与弓仲韬相识，他们及弓浦、弓凤洲等早期党员共同为农村党组织的发展殚精竭虑，贡献巨大。

在 1991 年 6 月出版的《石家庄地区党史资料选编（第一集）》中，有一篇王子益的署名文章，文中讲述了深泽县党组织的建立及初期活动情况。

　　1921 年，王子益考入保定育德中学。受当时学校环境影响和进步思想的熏陶，以及《新青年》《向导》等进步刊物的影响，他开始学习和研究马克思主义。1923 年 3 月，王子益经育德中学张廷瑞和宁桂馨两人介绍加入中国共产主义青年团，并于 1925 年上半年转为中国共产党党员。他利用放假机会，携带进步书刊回到家乡，向同学、亲友介绍俄国十月革命和马克思主义、宣传穷苦人团结起来闹翻身的道理，不断启发穷苦农民的思想觉悟。他深入农村成立反封建的群众组织"天足会"，号召妇女抵制缠足。

　　1925 年暑假后，王子益回到家乡，在河疃高小任教，以教员身份为掩护秘密开展党的工作。10 月，王子益、许卜五、侯文质经过秘密商议，在南营民德小学成立中共深泽县小组，隶属于中共保定支部，由王子益任组长，许卜五负责组织工作，侯文质负责宣传工作。1926 年初，中共深泽县小组隶属于新成立的中共保定地委，一直到中共深泽县特别支部成立。

　　王子益、许卜五、侯文质三人在深泽共产党小组成立会议上，认真分析研究深泽县的具体情况，认为深泽县虽然地处平原，但不靠铁路线，交通不便，而且没有大工业，商业也不发达，属于落后的农业经济，阶级矛盾主要是封建地主阶级与广大贫苦农民的矛盾，决定重点在农村和广大贫苦农民中发展党、团组织和党、团员。中共深泽县小组的建立在深泽大地上播下了革命的种子，点燃了深泽的星星之火，从此，深泽县党的组织在斗争中不断成长和发展起来。

　　深泽县北冶庄头村宋志毅（原名宋又彬）在县立师范学校毕业后在马铺村小学任教，他和许卜五是高小时的同班同学，两人一向交情很好。经过王子益、许卜五对宋志毅的考察和培养，于 1925 年冬发展宋志毅加入中国共产党，这是深泽县共产党组织发展的第一个党员。新中国成立后，宋志毅曾担任河北省高级人民法院院长，是"新中国第一大案"刘青山、张子善贪腐案的审判长，此为后话。

　　1926 年夏，按照中共保定地委决定，在安饶联合县委的基础上成立了安饶深中心县委。弓仲韬任县委书记，王子益任宣传委员，下设台城特支、深泽特支等 11 个支部，县委机关设在安平县台城村弓仲韬家中。1927 年 7 月，深泽县特支征得安饶深中心县委同意，报中共顺直临时省委批准，在王子益家中召开会议，宣布中共深泽县委正式成立，王子益任县委书记，许卜五、李清瀚、李永和分别任组织、宣传、农运委员。县委机关设在王子益家中，接受安饶深中心县委领导。深泽县委成立后，组织农民协会，把广大贫苦农民团结在党的周围，同地主、封建势力进行斗争，不断壮大党的队伍。县委组织委员李清瀚曾是保定育德中学学生，1925 年加入中国共产党；因积极参加革命活动，1926 年春被开除学籍，曾到武汉农民运动讲习所学习。李清瀚 1932 年初曾担任深泽县委书记，抗日战争中曾担任冀中军区警卫营教导员，后英勇牺牲。

在《中国共产党安平历史》中，记录着王子益与弓仲韬、弓浦等早期党员一起发展党组织、开展革命活动的内容。

> 1926 年 4 月，……张鹤亭根据保定地委的指示，于同年 6 月，在弓仲韬家召开了安平、饶阳、深泽三县党组织主要负责人会议。参加会议的有安平县的弓仲韬、弓浦，饶阳县的王春辉、张来欣，深泽县的王子益。会议传达了中共四大决议和保定地委的决定，成立了安饶深中心县委。弓仲韬任书记，王春辉任组织委员，王子益任宣传委员，弓浦任妇女委员，张来欣任农运委员，张鹤亭任青年委员。次日，又成立了共青团安饶深三县中心县委。张鹤亭兼任书记，弓濯之任组织委员，王子益兼宣传委员。党团机关仍设在弓仲韬家中。为掩护党的活动，解决县委机关的办公经费和贫困党员的生活问题，弓仲韬卖地筹资，在原列宁小学院内开办了一座毛巾工厂，机子十多台，有党员弓凤洲等十来名工人。

在白色恐怖时期，为了利用合法的身份和机会开展革命活动，王子益通过关系到县教育局任督学，对教育局不合理的规定进行了坚决斗争，多次利用坟地、青纱帐传达党的指示，布置下一阶段任务。

1929 年下半年，深泽县委进行调整，许卜五脱党离开深泽县；侯文质叛变被开除党籍；王子益仍任县委书记。1930 年夏，中共保属特委领导贾振丰来深泽传达上级党组织指示，国民党省政府发出密令，要求深泽县政府立即逮捕贾振丰，密件被担任督学的王子益探知，立即派人送信，使贾振丰安全脱险。

1930 年 11 月，经过精心准备，深泽县委发动全县 20 多个村党支部，在 11 月 17 日深泽庙会第一天，散发写有"蒋介石是新军阀""国民党是刮民党""反对苛捐杂税"等标语的传单 1 万多张，并高呼口号，开展了庙会大宣传。这次活动，揭露了敌人，教育了群众，扩大了党的影响，但也引起了国民党政府的注意，许多共产党员和进步人士遭到通缉、逮捕，为了躲避敌人的搜捕，王子益被迫来到东北，到吉林吉长铁路局附属小学当了一名教员。1932 年后王子益回到深泽，担任县委秘书。

1933 年，因叛徒出卖，包括中共深泽县委在内的很多党组织遭到严重破坏，大量党员遭到通缉、逮捕，深泽县委一度停止工作，王子益被迫回家务农隐藏。1938 年 1 月，王子益参加八路军一二九师；1939 年重新加入中国共产党。

"文革"中王子益与弓诚夫妇受到不公正待遇，但他们始终信仰坚定。平反后，王子益继续以满腔的热情投入到革命工作，离休前任建材部研究院"七二一大学"副校长。

三、魂牵梦萦是故乡

1979 年，弓彤轩到中央组织部办公厅担任顾问，为组织工作拨乱反正、创新发展做了大量工作。弓彤轩擅长书画，真草隶篆、山水花鸟、金石篆刻样样精通，可左右手创作，是著名的红色书画家。

无论走到哪里，无论官居何位，弓彤轩始终不忘自己是台城女儿，更没有忘记家乡的父老乡亲。1963 年华北爆发特大洪水后，她陪同时任河北省委第一书记的丈夫林铁，涉水从深县前磨头回到安平指导家乡的抗洪工作，并推动建成了全省境内唯一一条"小火车"地方铁路，保证了深县、安平、饶阳等县抗洪斗争乃至以后 30 多年的物资运输。

安平籍作家王彦博曾两次赴京拜访弓彤轩，他在撰写的文章说，第一次是 2001 年 9 月 21 日上午，在人民大会堂河北厅，那是安平首次进京举行"中国安平丝网大世界建设项目"新闻发布会，时年 85 岁的弓彤轩身着红色绒衬衣，满头白发，神采奕奕。参加完会议，家乡人知她的书法艺术名播海外，恳请赐留墨宝，只见早有准备的弓彤轩手持"提斗"，用足气韵，刹那间把"再努力"三个榜书大字落笔在四尺宣纸，引来周围的声声喝彩。第二次是 2007 年 4 月 18 日。91 岁高龄的弓彤轩老人依然精神矍铄，她让保姆端上热茶，跟家乡人聊起了天。

最后她动情地说："咱们县的丝网产业，如今可说是名扬四海，可形势越好，越要有危机意识。只有乡亲们的日子一天比一天好，才算是实现了我们参加革命的初衷……"

2014 年，弓彤轩在北京去世。

弓彤轩一生心系家乡，与两个姐姐更是情深义重。当得知家乡筹办台城特支纪念馆时，三姐妹同时来到故乡，纷纷将自己收藏的很多重要文物、书信、老照片等无偿捐献给纪念馆。

如今，走进台城村的纪念馆，会看到弓氏三姐妹的照片和简介，虽是寥寥数语，亦能看出她们的人生波澜壮阔，对家乡的情感刻骨铭心。

■ 追寻的足迹：在北京访弓氏三姐妹后人

2024 年 10 月 4 日，在北京市海淀区玉泉路和复兴路路口附近的一个小区内，我采访了弓蕴武的女儿姚雅光和外孙卢晓。

"弓仲韬和他三个妹妹、妹夫的故事几乎就是一部中国革命史，其中有革命烈士、老红军、早期党员、军分区司令员、政委、根据地书记、省委书记等。我大根儿舅舅（弓彤轩与常德善之子）曾说过，我们家是最红色的家庭。"弓蕴武的外孙卢晓说。

据姚雅光回忆，自己 6 岁时，因为父母工作繁忙，实在没时间照料她，就把她送到了安平县台城村的姥爷弓玉柴家。

在台城村的那几年，姚雅光度过了一段无忧无虑的日子。

记得她刚到台城的第二天，姥爷就带着她来到弓仲韬的住所——一处光线较暗的平房。

"这是老二家的闺女。"姥爷弓玉柴对弓仲韬说，又转向姚雅光："叫舅舅！"姚雅光怯生生地喊了一声"舅舅"。弓仲韬一边答应着，一边用手摸索姚雅光的头、脸和肩膀，很高兴地说："嗯，好，好孩子，都这么大了！"

在那间昏暗的房间内，弓玉柴和弓仲韬俩人聊了会儿天，主要是当时的局势、战况以及孩子们的情况。姚雅光和姥爷要走时，弓仲韬不知从哪摸出一块高粱面发糕，让姚雅光拿上，姚雅光不拿，说，"我妈不让我拿别人东西。"姥爷却说："拿着吧，舅舅给的，不碍事！"

说起当年见到弓仲韬的一幕，姚雅光至今还印象深刻。

姚雅光说，她是在台城村上的小学，与她同时在台城村姥姥家的，还有弓彤轩的儿子大根儿、弓诚的女儿桂芳。一直到小学快毕业了，姚雅光才被接到保定与家人团聚，但当时父母工作太忙，也顾不上她，她就经常住在三姨家，所以跟三姨一家人特别亲，对三姨弓彤轩和三姨父林铁的情况也了解得多些。他们历经过风雨坎坷，始终信仰坚定，即使身居高位后也始终不忘为人民服务，关心家乡建设，没一点儿官架子。虽然自小不在父母身边，但姚雅光得到三姨弓彤轩、三姨父林铁的悉心照料，性格开朗，学习也好。有一次她的脚踩在地上的一把剪刀上，血流如注。被送到医务室包扎后，却并不见好，甚至越来越肿，开始发起高烧，原来是感染引发了败血症。当时省委医务室只有三片磺胺药片，是给省领导应急用的。接到姚雅光昏迷的消息，时任省委书记的林铁指示，救孩子的命要紧，把三片磺胺药都用上吧！

就这样，这三片磺胺救了姚雅光的命。

还有一次她得麻疹，高烧好几天，疹子却迟迟发不出来，甚至昏迷过去，幸亏三姨弓彤轩在身边，及时将其送到急诊室，经医生全力抢救才苏醒过来。

后来姚雅光被父母接到身边，继续得到关爱，尤其是父亲姚凤林，这位有着很深资历的老红军、部队的高级干部，在家里性格温和，对孩子们非常有耐心，对自小远离父母的姚雅光更是关怀备至，用姚雅光的话说，"我爸爸别提有多好了！"

姚雅光与儿子卢晓

当天下午，姚雅光、卢晓母子带我来到弓诚女儿王桂芳家。

王桂芳虽已年近八旬，但看起来较同龄人显得年轻。她对我的突然造访有点意外，说话非常谨慎，也很讲原则。

我问："您知道齐亚南吗？听说您母亲弓诚曾救过他？"

王桂芳说："知道，我妈妈生前救过的人可不止他一个。"

本以为这个缺口打开，她能顺着话茬说下去，可是说完这句她就戛然而止了，不愿再过多提及往事。我表示非常理解。其实在以前的采访中也多次遇到过这种情况，一些革命前辈不愿提及往事，也许是经历的各种斗争过于残酷，让他们不堪回首。

从王桂芳家出来后，看时间还来得及，也有火车，就去唐山采访孔庆同烈士的后人孔凤霞。在冀中八分区司令员常德善牺牲后，接替司令员职务的就是孔庆同，然而，仅仅一个月后，孔庆同司令员也在战斗中壮烈牺牲！

下午6点多，孔凤霞和丈夫已经在出站口等我。虽然彼此是第一次见面，但一见如故，聊得很投缘。我拍了照片、录了视频做留存资料，又连夜赶往火车站，因为第二天要上班，所以必须乘当天晚上最后一班即夜里11点22分的火车赶回石家庄。

深夜的唐山火车站，灯火通明，我坐在候车室里，忽然一阵困意袭来。合了会儿眼，喝了点水，火车正点到达。因为没买到卧铺票，只能坐硬座。绿皮车厢内空气有点浑浊，对面两个中年男子正在大口吃着桶装方便面……坐一晚上火车，还是硬座，挺难熬的。我想，这就是历练吧，也是人生一段难忘的旅程。

在火车上，我也没闲着，打开笔记本电脑，写下了此行的采访笔记，内容如下：

弓玉柴没有儿子，只有三个女儿，在那个年代的北方农村，如果某人的后代中没有男丁，一般会从兄弟等亲属中过继一个男孩儿当儿子。相当长的一段时间，在弓玉柴的后人中有一种说法：弓仲韬就是弓玉柴当年过继的儿子。但这个说法被中共第一个农村支部纪念馆否定了，因为馆内所存的弓家家谱显示，弓仲韬真正过继给的人是他的叔叔弓堪。

在此次采访中，我再次核实了这个问题。在综合以前多方信息、资料的基础上，基本能得出如下判断：即使弓仲韬不是弓玉柴正式过继的儿子，两人也情同父子，他与弓家三姐妹的关系亦十分亲近，堪比亲兄妹。有以下几点为证：

1. 弓玉柴的三个女儿都受弓仲韬的影响，不仅读书学文化，而且很早就接受了革命思想的启蒙教育，日后都走上革命道路，这在20世纪二三十年代，很多农村家庭思想保守闭塞，甚至女孩儿还裹小脚的年代，是比较少见的。

2. 在弓仲韬从西安颠沛流离数年回到老家台城村时，已是家破人亡、遍体鳞伤，在衣食住行上得到弓玉柴等亲属的大力帮助。

3. 据弓蕴武的女儿姚雅光回忆，当年她被送回台城村时，姥爷弓玉柴带她去村里认了很多亲戚，他们拜访的第一个人就是弓仲韬，可见当时弓仲韬虽然已经双目失明，但对于弓玉柴来说，他依然是非常重要的亲人。

4. 在抗日战争期间，日伪军把弓玉柴的大女儿弓诚和二女儿弓蕴武抓走后，弓玉柴心急如焚，他首先想到的就是求助弓仲韬。后来果然是弓仲韬出面，通过自己的关系，想方设法将姐妹俩保了出来。

5. 弓仲韬晚年居住在哈尔滨的女儿家，因与家乡距离遥远，当时交通也不方便，他很难再见到家乡亲友了，但有几个人曾专程去哈尔滨看望过他，其中有他弟弟弓叔耕、老战友弓凤洲，还有弓玉柴的三女儿弓彤轩及丈夫林铁等人。当时林铁已经是中共河北省委书记，但他和妻子始终惦记着弓仲韬这个没有任何职务的双眼失明老人，并把他接到外面的饭店吃饭、畅聊，可见两家感情之深厚。

6. 因弓仲韬多年在外颠沛流离，他的组织关系一直没有接续上，这成了他晚年的一块心病。他的女儿弓乃如曾专程前往当时在天津的河北省委反映情况。据林铁和弓彤轩的孩子们回忆，林铁高度重视这个问题，一方面把弓乃如安排在遵义道16号家中，住在弓彤轩父亲弓玉柴的隔壁，另一方面立刻打电话联系当时的黑龙江省委书记欧阳钦，反映弓仲韬的组织问题，希望能够在哈尔滨安置，享受老红军干部待遇。同时，他还派自己的二儿子林根深利用去东北出差的机会，把这封亲笔信带给欧阳钦书记。最后黑龙江省委采纳了河北省委的建议，给弓仲韬落实政策，恢复组织关系，按照老红军干部的待遇进行安置，使这位革命老人能够在女儿的照顾下安度晚年。能回到组织怀抱，这对于最早创建农村党支部、为革命牺牲一切的弓仲韬来说，无疑是莫大的慰藉。

综上所述，弓仲韬与弓玉柴及他的三个女儿交往密切，感情深厚。

写完这篇寻访笔记，窗外的天空已经蒙蒙亮了，火车也即将到达石家庄站。

第十一章　在冰城的最后岁月

　　哈尔滨的春天来了，清风传递着新鲜花草的芳香，令他想起远方的家乡。滹沱河畔的垂柳已经泛绿了吧？故园里的桃花、李花也都已经绽放了吧？又快到弓深造烈士的祭日了，得给他兄弟二锅写封信，替我给深造烧点纸……

一、人面不知何处去

　　到哈尔滨后，双目失明、行动不便的弓仲韬很少出门。据弓乃如的三儿子田卫平说，当时在家里，他们几个孩子每天有一个重要任务，就是围着姥爷听故事。弓仲韬爱给孩子们讲历史故事，讲得最多的是"三国"和"十三妹"，却很少讲自己的家族往事。有时听到女儿弓乃如提起过去的一些人和事，他会询问几句，或陷入深思。

　　当时弓仲韬在女儿弓乃如家的生活状况、居所环境，在其外孙、弓乃如的大儿子田小平的回忆文章中有详细讲述：

　　　　那一年（1954年）真是好事不断，我接到六中的入学通知书后不久我们搬家，我们家人口多，11口人，老少三代，3个住屋，总共不到25平方米，公用一个厨房，实有困难。我们临时住在马家街之后，终于搬到了新永和街24号，这一次搬家可以用雀枪换炮来形容：一个大院住三家，第一家是俄国侨民；第二家是老吕家；第三家就是我们家，俄式小平房，除了三间住房，还有客厅、厨房、卫生间和一个凉台，吃饭也有地方了，条件大为改善。只可惜我们家人口还是太多，客厅也住人，再一个不太满意的地方就是要烧火墙，用煤取暖，一不小心就会煤气中毒，我母亲就有一次煤气中毒，头晕，恶心，多亏发现得及时才没有发生大问题。大院内有李子树、杏树、樱桃树，还有好几棵丁香树。一到春天，丁香花开满院香，院子很大，我们真是喜欢那个地方……

弓仲韬到哈尔滨定居后的第一个春天来了，院子里的李子花、海棠花陆续开放。那淡雅的香味，弓仲韬太熟悉了，在老家安平县也有这种花香。在街角路边、广袤的原野，雪白的李花、粉色的桃花次第开放，一阵风吹过，缤纷的花瓣在空中飞舞，大地也因这缤纷的落英而灵动起来；若再赶上一场雨——最好是那种"无边丝雨细如愁"的小雨，便更是绝佳的风景了，恰如宋词中所写："杨柳丝丝弄轻柔，烟缕织成愁。海棠未雨，梨花先雪，一半春休。"那浓浓的诗意，淡淡的情愁，弥漫在滹沱河畔，堆上眼角眉梢。

"去年今日此门中，人面桃花相映红，人面不知何处去，桃花依旧笑春风。"大诗人崔护的这首著名诗歌，他5岁时就会背了，崔护的祖籍在唐代属博陵，辖安平、深州等地，所以在安平境内，以博陵为名的店铺颇多，当地人也多以大诗人崔护的同乡自居。在那桃花盛开的地方，那座曾居住过几代人的弓家院落，已经杂草丛生了吧，想当年，那是个多么富贵殷实、团结和睦的大家庭，却因为他这个"逆子"而走向家破人亡的悲怆命运。

此刻，又是"桃花笑春风"的时节，他只能在脑海中想象春天的美景，一如那首宋词的下半阕：

　　　　而今往事难重省，归梦绕秦楼。
　　　　相思只在丁香枝上，豆蔻梢头。

虽然女儿、女婿非常孝顺，又有外孙外孙女承欢膝下，他衣食无忧，非常知足，但思乡之情依然会猝不及防地涌上心头。父母妻儿已经离开自己多年，但他对他们的愧疚始终萦绕心底。特别难过、难以释怀的时候，他会想到李大钊先生，想到先生生前对他的嘱托和教诲，就觉得有了精神支柱。与李大钊先生相比，与牺牲的王东沧、王仁庆、弓深造等革命英烈相比，自己的这点磨难又算什么？从加入中国共产党那天起，他就知道一定会有牺牲，自己能活到新中国成立，就已经比那些牺牲的战友幸运多了。这么想着，他的心胸豁然开朗，人也有了精神。

二、又见弓凤洲

日子就这样在花开花落中悄然而逝。一天，他正在院子里独坐遐想，忽然听见院里传来一个熟悉的声音："仲韬哥！"

弓仲韬闻之大惊，他"腾"地从椅子上站起来，双手抖动着朝前面摸索，来人上前一把握住他的双手，激动地说：

"仲韬哥，是我，我来看你了！你还好吧？"

对方话音未落，弓仲韬已是老泪纵横！他声音颤抖着说：

"凤洲！凤洲啊！"

弓凤洲紧紧握着弓仲韬的双手，哽咽着说：

"哥！我想你啊！早就想来看你，可工作忙实在走不开……"

这两位曾并肩作战、患难与共的好战友、好兄弟，分别多年后再度重逢，激动、兴奋的心情难以言表。当时那感人的场景，弓乃如的三儿子田卫平至今还记忆深刻。

2024 年 7 月 14 日，在哈尔滨田晓虹家中，外孙田卫平说："平时姥爷在家里不怎么讲他自己当年干革命的事，只有那次，弓凤洲来哈尔滨看他，两人有说不完的话，说早期发展党员、开展地下工作的往事，说到老家的人和事，还有牺牲的战友……那次弓凤洲在我家住了两天，几乎一直都在和我姥爷聊天，在我印象中，那是我姥爷说话最多的两天。"

弓凤洲

弓仲韬与弓凤洲之间深厚的革命友谊，在弓凤洲女儿弓宣宇那儿也得到印证。

2024 年 5 月 28 日，我专程奔赴银川拜访弓凤洲的后人。在金凤区的一个小区内，弓凤洲的女儿弓宣宇说："弓仲韬在外受尽苦难双目失明后，身心都受到严重伤害，回到台城村后，他有一段时间情绪低沉，脾气也不太好，但他最听我父亲的。两人感情一直都很好，是一辈子的情谊！"

弓宣宇与儿子、女儿在银川家中（拍摄于 2024 年 5 月 28 日）

弓凤洲 1905 年出生于安平县台城村，是弓仲韬介绍入党的第一个农民党员。白色恐怖时期，因为身份暴露，弓凤洲与几个同村人踏上了闯关东之路，开始了三年的流亡生活。

在吉林省宁安县杨木林子屯，弓凤洲与同村的弓双才、弓更喜给人家当长工，后来合伙买了几十亩地成了自耕农。这期间，弓凤洲怀着满腔的革命热情，想与当地党组织接上关系，可四处打听都未成功。

苦闷之中，他给弓仲韬写过3次信，信中用暗语表达了寻找党组织的愿望，但一直没收到回信。

1930年，弓凤洲回到家乡，终于找到了弓仲韬，接上了组织关系。

抗战期间，弓凤洲曾任安平县抗日联合会宣传部部长，之后任安平县委民运部部长、冀中七分区农会主任、冀中十一分区农会生活改善部部长、冀中十一分区促进社主任、冀中七分区抗联组织部部长等职。在艰苦的斗争环境中，弓凤洲领导组织民众开展游击战，为冀中的抗日工作殚精竭虑。

1941年秋，时任冀中七分区农会主任的弓凤洲奉命去赵县小留村开展抗日工作。小留村是日军据点，村内汉奸势力猖狂，曾为虎作伥杀害抗日干部8人。弓凤洲和战友们装扮成讨饭的乞丐，进村摸清了情况，然后开会严密部署，调集赵县县大队及民兵200多人在夜间突袭，一举抓获了恶贯满盈的汉奸9人，次日公开处决4人。

这次行动震慑了日伪势力，人民群众拍手称快，纷纷称赞："想不到几个要饭的，竟然是神八路哩！"

后来，小留村在弓凤洲的领导下成了抗日模范村。

1943年的一天，弓凤洲以冀中十一分区促进社主任的身份在安平县察楼（此处有促进社的油坊）开展工作时，突遭伪军包围。弓凤洲他们打倒几个伪军后，钻入地道隐蔽。可是狡猾的敌人发现了地道，弓凤洲被捕。

凶残的敌人使用重刑，他被打昏七次，又被拉往崔岭据点，关在木笼中长达21天。其间，伪军队长对其软硬兼施，威逼利诱，用尽各种卑鄙手段，想套出弓凤洲是不是八路军干部。弓凤洲只说自己叫弓庆洲，是外地来买油的，始终没有暴露真实身份。后来经中共安平县委书记张亮等人的大力营救才脱险。

据弓凤洲女儿弓宣宇回忆，当年弓凤洲被解救出来时，已经血肉模糊，完全看不出模样了。

解放战争时期，弓凤洲任冀中十一分区税务局党总支书记兼副局长、冀中八分区献县税务局局长兼工商科长。

新中国成立后，从事多年经济工作的弓凤洲进入河北省轻化工业厅，任支部书记、工会主席。

据弓凤洲外孙女梁临霞回忆，姥爷弓凤洲大公无私、坚持原则，对家人要求严格，从没有利用职务之便谋取一点儿私利。她说："母亲和舅舅上学，毕业分配，以及工作等，姥爷都从不干涉，也不准姥姥过问。母亲中专毕业分配到宁夏石嘴山矿务局，当时那里条件极其艰苦，母亲身体不好，上学时甚至曾经休学一年，平时也是经常生病。但姥爷坚决拒绝了把我母亲留在他身边、留在河北省工业厅的建议，让她服从分配，只把我一直留在身边，中间也把我的两个弟弟接来一段时间以尽可能地减轻母亲的负担。姥爷的专车从来不让家人乘坐。有一次发现司机偷偷私自接送了我舅舅，非常生气，大发雷霆。"

晚年的弓凤洲落叶归根，回到故乡台城村居住，于1972年去世，享年67岁。

三、"他们都是太好的人！"

弓仲韬在哈尔滨的女儿家住了8年。据弓仲韬的外孙女田晓虹回忆说，姥爷弓仲韬来到她家后，得到全家人的悉心照顾。记得姥爷刚来时，那个样子（双目失明）让她和弟弟有点害怕，妈妈弓乃如就给她们讲姥爷故事，说姥爷是为党和国家作过很大贡献，也吃过很多苦，让我们要尊重姥爷。在田晓虹的记忆中，弓仲韬很慈祥，没事的时候，经常给孩子们讲故事。

田晓虹说，"那时物资匮乏，我爸妈自己省吃俭用也要给我姥爷买饼干等好吃的，我们馋了就跑到姥爷屋里，姥爷就拿给我们吃。那时候家里有十几口人，我父母，和我们5个兄弟姐妹，还有爷爷、奶奶，因姑姑、姑父被组织派往国外工作，姑姑家的三个孩子也都是相继在我家长大的，这么一个大家庭，主要靠我妈妈操持，她是个特别贤惠善良的人，因为家里人太多，妈妈总是忙着收拾，经常最后一个吃饭。有一年我姥爷背上长了很多类似疖子一样的疙瘩，我妈妈就每天给他上药，按照医生的要求，帮姥爷挤出疖子里面的脓水。我妈妈和我奶奶之间的婆媳关系也是好得出了名。每天我妈妈给我奶奶梳头，家里的大事小情都让我奶奶做主。"

谈到母亲弓乃如，田晓虹多次说到"她是个太好的人！"

在田晓虹的印象中，母亲性情温和，很少发火。在田晓虹上小学时，有一天路过街上一个修鞋摊，她也是淘气，就顺手抓起几个钉子玩儿，又觉得没趣儿就随手放回盒子里了，那修鞋的老头儿可能没看清，非得说她拿了他的钉子。拽着她不让我走。母亲闻讯赶来，严厉地问她："如果是你拿了，一定要勇于承认！"

那是田晓虹第一次看到母亲如此严肃和生气，委屈得哇哇大哭，边哭边说："我没偷！我怎么会偷几个钉子？"

母亲问清楚后，一边哄女儿，一边耐心解释："这个事不在东西大小，是否值钱，如果你真拿了，那就是品质问题，所以妈妈才担心生气。"

这件小事给田晓虹留下深刻印象，到今天想起来还历历在目。

"不是一家人，不进一家门，我姥爷、我妈妈、我爸爸，他们都是特别正直的人。"

正是因为这是个和谐包容、充满爱的大家庭，弓仲韬得以在女儿家安享晚年。

弓仲韬（中）和外孙子、外孙女

虽然弓仲韬远在哈尔滨，家乡的党组织和父老乡亲并没有遗忘他，依然关怀和惦念着这位历经磨难而初心不改的革命老人。

据了解，当时考虑到弓仲韬双目失明、行动不便，女儿女婿平时上班也忙，安平县委派一名叫胡大俊的农村妇女专程到哈尔滨照料弓仲韬的生活。

田晓虹至今对这个老家来的这个农村妇女印象深刻："胡阿姨刚到我家时，我还小，心说怎么有这么丑的人？黑不说，还长了一脸麻子。但是这个胡阿姨人特别好，勤快能干，和我姥爷还有话说，当时我家里人口多，除了我父母和我的几个兄弟，还有我奶奶，以及我姑姑家的孩子，再多了一个胡阿姨，你想得多热闹。但是，这么多人的一个大家庭，彼此间从没有闹过矛盾，一直都很和谐融洽，我觉得，这主要是我妈人太好了，她既是女儿，又是妻子和母亲，还是儿媳、舅妈，全家大大小小的事，她都操着心，再忙再累，她也没一句怨言，对两边的老人都特别孝顺，所以大家都佩服她，服气她。"

弓仲韬的一生饱经磨难，但他始终没有放弃信仰，他对党的坦荡忠诚、他倾家荡产支持革命的奉献精神，他高尚的人格，影响了包括女儿在内的一大批人，也赢得了几代人的敬佩和尊重。新中国成立后，弓仲韬没有工作，没有职务，只是个普通的失明老人，却依然积极参与组织活动，从未忘记过自己的党员身份。

田澍、弓乃如夫妇和孩子们合影

这次哈尔滨之行，除了对弓仲韬的晚年生活有了更多了解，对于他女儿弓乃如、女婿田澍的事迹也有了新的发现，他们有着与弓仲韬同样的坚定信仰、伟大人格，无论顺境逆境，始终不忘初心，牢记使命，用自己的一生践行着入党时的誓言。这对革命伉俪在战争年代勇敢顽强、出生入死，在社会主义建设时期兢兢业业、克己奉公，在自己的岗位上都作出突出贡献，即使去世多年后，依然被人们提起和称赞。

在田澍档案中，有一份记录于 1963 年 10 月 18 日的材料——《对田澍同志考察了解的材料整理》，上面有这样一段话："田澍，现任省委农村工作部副部长……他的岳父是大革命时期的老同志，现在失明住在他家，他很尊敬，不怕麻烦。省委会批准给其岳父适当的照顾和补助，但他尽可能不给组织添麻烦。在食物比较困难时，农业科学院要给他送二三十斤小米，他知道后让办公室打电话制止了。"

档案中的这段文字虽然简单，但印证了田晓虹关于"父母为人正直、对老人特别孝顺、一家人非常和睦"的说法。

在 2020 年 7 月 3 日"老韩的难忘记忆"微信公众号上，有一篇回忆文章《我的邻居》，文中提到了田澍和弓乃如一家人。

记得小时候，每当大年初一时，第一个来我家拜年的就是田叔叔和弓阿姨了。听母亲说，在松江省农业厅时，我们两家就是邻居。那时，田叔叔是我父亲的领导，他体贴我父亲腿有残疾，行动不方便。所以，每逢年节，总会第一时间到我家，先行问候。我父亲离世后，田叔叔和弓阿姨对我家更是关怀备至，问寒问暖，支撑着我们走出人生的至暗时刻。他们是正直善良的老一辈，他们刚正不阿、扶危济困，至今仍是激励我为人处世的楷模。

田澍叔叔在延安时期就参加了革命。田叔叔是黑龙江省富锦县人。1947 年组织上任命他为富锦县第一任县长，他是富锦人的骄傲。弓（乃如）阿姨的资格更老，她从小跟随父亲弓仲韬革命……

田家长子小平大哥 1941 年在延安出生，他是我所尊敬的大哥之一。听我母亲讲，小平大哥小时候特别懂事，他经常搀扶我父亲，帮助我父亲整理假肢。小平大哥60年代初，就读于哈尔滨军事工程学院海军系。记忆中，小时候在大院门口玩耍时，远远见到小平大哥身着灰色海军军装，背着书包，系着军腰带，那一身威武戎装，特别令人崇敬羡慕。每次他看到我，总用兄长的口吻说："韩三，别总贪玩，要好好学习，你父母不容易啊。"他毕业分到北海舰队，退休前曾任黑龙江省森林警察总队政委，大校军衔。说来也巧，1982年我家与小平大哥家，在颐园街5号又成了邻居。田家唯一的女儿晓虹大姐和我大姐抗美是闺蜜，俩人从小玩到大，过从亲密。印象中田叔叔家的孩子，各个学习都很好。晓虹姐是上海纺织学院毕业，小儿子田小刚北大英语系毕业，曾就任中国驻联合国教科文组织代表团副代表、中国驻英国大使馆公使衔教育参赞。

照片上的郑晓明大姐，是在田叔叔家长大的。她毕业于上海复旦大学，她的同学是海南省的一位老领导，也是我的一位老朋友。这世界如此之大，缘分却都是有迹可循，感觉似曾相识的朋友，一提起来往往都认识。

照片上的那位小朋友叫巴杜，他出生在尼泊尔，其父母都是外交官。巴杜小时候经常和我一起玩，印象中他时常流鼻血，可能是从高原来到内陆地区不太习惯的原因吧。记得那时候晓虹姐的奶奶还健在，田叔叔一家人其乐融融，真是一个和睦的大家庭啊！

1964年3月，虽已进入传统节气的春天，但哈尔滨的天气依然寒冷，还有零星的雪花飘落。

此时，弓仲韬的身体每况愈下，已经病卧在床几个月了。可能预感到自己来日无多，一天，他将女儿弓乃如叫到床前，声音虚弱地说："乃如，爹想请你帮个忙。"说着，他从枕头下掏出一个信封："这是我攒下的1000块钱，你帮我交了党费。"

闻听此言，弓乃如红了眼眶，她知道这是父亲在交代后事，上前紧紧握住父亲枯槁的双手，声音哽咽着说："爹，您放心吧，我一定把这笔钱交给组织！"

弓仲韬抚摸着女儿的头发，说："这些年爹住在你这儿，给你和孩子们添了不少麻烦，到末了儿呀，也没给你们留下什么，你不怨爹吧？"

"爹！其实，您给我们留下的已经太多太多了！"说着，弓乃如泪如雨下。

此时，在不远处的龙江岸边，一株株美丽的冰凌花正穿透冰雪，含苞待放。

几天后，饱经沧桑的革命老人弓仲韬溘然长逝。

附：弓乃如、田澍子女情况

老大田小平，1941年12月出生于陕西省延安市李家湾中央医院；1960年考上哈尔滨军事工程学院；1966年在北海舰队（烟台）岸对舰导弹部队指挥排排长；1971年开始任哈尔滨703所研究室海军军代表；1975年到原国家海洋局天津海洋仪器研究所研究室工作；1981年任黑龙江省军区人防办主任；1985年任七台河市军分区参谋长；1991年任黑龙江省森林警察总队政委；1996年12月退休。

老二田小庆，1946年2月出生于河北承德，正值父母从延安回东北的途中，饱受了途中车马的颠簸，艰辛至极。随后随父母先后在黑龙江省的边陲小城富锦及哈尔滨市度过了小学和中学时光。于1965年考入大连理工大学水利系学习。1970年毕业后在哈尔滨江堤处、哈尔滨无线电五厂、黑龙江省农业开发办后并入黑龙江省财政厅农业开发办工作至退休。2011年6月8日因突发心脏病去世，享年65岁。

老三田卫平，1947年11月出生于哈尔滨；1968年哈尔滨第十三中学高中毕业参军。1978年部队转业至黑龙江省金属材料公司，历任科长、工会主席、纪检书记、副经理等职，2003年退休。

老四田晓虹，1950年4月25日出生；1968年下乡，1974年入上海纺织工学院（现东华大学）化纤自动化专业学习，1977年毕业后分配到黑龙江省轻工业研究所（现为黑龙江省轻工科学研究院），高级工程师；1999年退休。

老五田小刚，1951年11月14日出生；1971年入北京大学西语系学习，毕业后留校任教。1985 年调入教育部外事局、国际合作司，曾任处长、副司长。1995 年任中国联合国教科文组织全国委员会副秘书长、秘书长。2008 年赴我国驻英国大使馆工作，任公使衔教育参赞。2012 年退休。

弓乃如之子田小刚在北京家中阅读《寻找弓仲韬》的征求意见稿

■ 追寻的足迹：夜幕下的哈尔滨，很暖很美

2024 年 7 月 12 日，周五。如果飞机按时起飞，大约晚上 10 点多就到哈尔滨了，可是晚点了整整两个小时，等到达哈尔滨，已经是深夜 12 点半了。

我预定的宾馆在哈尔滨工程大学附近，距离机场有 40 多公里，怕深夜打车不安全，我准备坐机场大巴，查看距离宾馆最近的站点大约还有 1 公里，想到这深更半夜的，我一个人行走在人生地不熟的地方，心里又有些发怵。可是，已经与田晓虹她们约好，周六上午我去拜会采访，如果不能连夜赶到宾馆，耽误几个小时，恐怕会影响次日上午的采访。一直到下飞机了，我还在犹豫，俗话说，不怕一万，就怕万一，毕竟安全还是第一位的……路过服务台时，我又询问早上最早一趟机场大巴的出发时间。这时我旁边一个旅客听见了，搭茬儿说："你就坐机场大巴走吧！你放心，哈尔滨特别安全，是平安城市，就是再晚，马路上也是安全的，你尽管放心！"

听口音，他应该就是哈尔滨本地人。这个陌生人很热情、很自信、很坚定的一番话，虽然说得有点"满"，但对于正忐忑不安的我来说，无异于一颗定心丸，让我瞬间不再胆怯，不再惧怕夜幕下的哈尔滨。

下了机场大巴后，我等了几分钟也没见到出租车，遂推着行李箱顺着导航往前走——这里是平安城市，没什么可怕的！

这时，一辆出租车在我身边停下，司机开窗问："去哪儿？"

我指了指手机上的导航地图，说了宾馆的名字。

司机说："上来吧！"

没想到只两三分钟就到达了目的地。我问多少钱，并拿出手机准备扫码付款。

没想到司机说："这么近，当我顺路捎你一截儿，不要钱。"

看着出租车远去的背影，瞬间我眼中的哈尔滨不仅安全，而且温暖！

不是这几块钱的事，是他语气中透着的那种大度和善良！

到宾馆后，我简单洗漱一下就躺下了，此时已是凌晨两点半了。早上不到8点我已经开始做采访准备了，充电宝、笔记本、录音笔、三脚架等一一清点装包。9点刚过，陈大霞就打来电话。陈大霞是弓乃如三儿子田卫平的爱人，退休前在黑龙江省党刊工作。陈大霞通过微信把田晓虹家的详细住址分享给我，我这才发现，我住的地方在哈尔滨工程大学的北门附近，而田晓虹家所在的大学生活区是在南门附近，校区很大，我穿行绕过去用了近半个小时。

田卫平和田晓虹已经在家中等待了。虽是初次见面，但因为以前已经多次在微信中交流过，所以并不感觉生疏。他们谦逊随和，对我的问题都是尽心回答，对于外祖父弓仲韬的革命经历，田晓虹表示因当时她年纪小，知道的并不多。只知道姥爷屋里总有好吃的，当时家里人很多，除了姥爷，还有奶奶、大姑家的两个孩子都住在她家，加上年幼的她和三个哥哥、一个弟弟，经济条件并不太好，但父亲总是给姥爷买好吃的，对老人特别孝顺。那时姥爷经常给孩子们讲"三国"的故事……

中午我们就近在附近吃了点饭，饭后，我们直接赶到田小平家。

坐在轮椅上的田小平见到我们，很激动，眼角闪着泪花。因为患病，他说话比较困难，停顿半天才蹦出一两个字。在田晓虹家我见过田小平穿军装的照片，他遗传了父亲田澍的英俊帅气，外貌堪比电影明星，关键是学习还特别棒，高中毕业后以优异的成绩考入军校，退休前任黑龙江省公安厅森林警察总队政委。

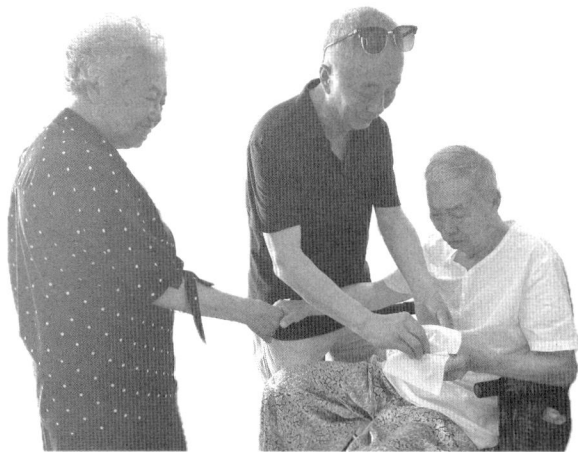

田晓虹（左）、田卫平（中）、田小平（右）（拍摄于 2024 年 7 月 13 日）

田小平出生于延安，对长辈的事情知道的最多，遗憾的是他已无法清晰表达。听说他退休后，曾写过几万字的回忆录，但还没写完就因身体原因不得不停笔了。我遂询问这份回忆录的底稿，得知在他们以前居住的房子，要找的话得抽个时间回去好好翻翻，还不知能不能找得到。

次日上午，按照计划我要到弓仲韬曾经住过的新永和街看看。因为有导航，找到那里并不难。沿着果戈里大街走，在一家医院附近往北拐，走进一条老旧巷子，就是新永和街。沿着这条街走着，我仿佛看到当年弓仲韬住过的俄式平房；看到院内的丁香树、李子树以及树下弓仲韬给孩子们讲故事的身影；看到田澍下班后，一手拎着装满加班材料的提包，一手拎着给岳父买的糕点，快步行走在夕阳笼罩的小路上……

不知不觉间，已经是下午 1 点。我惦记着田小平的回忆录，又打电话询问，确定还没找到底稿后，才离开新永和街，奔中央大街而去——那里有机场大巴的站点。

中央大街始建于1898年，是哈尔滨最著名的商业步行街。路面由古朴的方石铺就，路边是年代久远的欧式建筑群，闻名遐迩的马迭尔宾馆、教育书店、道里秋林商店、华梅西餐厅等汇集于此，还有现代化的精品商厦、琳琅满目的美食、娱乐场所，令人目不暇接。

我上次来哈尔滨还是2019年初，当时是来参加"新气象、新担当、新作为、新东北"全国地方党刊联合采访活动。1月14日到达哈尔滨当晚，我们就被安排来到中央大街参观，感受当地独具风情的美丽夜景。记得那天零下20多摄氏度，天空飘着零星的雪花，大街上灯火通明，就是在这样的严寒夜晚，街上人头攒动，很多游人手中居然举着马迭尔雪糕，路边各种欧式风格的百年饭店、啤酒屋内更是座无虚席。那次为时5天的采访活动，我跟随联合采访组走进太阳岛雪博会和冰雪大世界，参加了"化严寒为艺术，寄冰雪以热情"的文化盛会，参观了大庆铁人王进喜纪念馆、北大荒博物馆、中国人民解放军军事工程学院纪念馆，亲眼见证了黑龙江省打好"冰雪牌"、做好"生态文章"的巨大成果，以及"中国粮食、中国饭碗""大国重器在龙江"等优势产业的新亮点。

回来后我写的通讯报道《火热黑土地，冰雪龙江情》刊发在河北党刊上。不久，我收到黑龙江省党刊寄来的一本新书，由北方文艺出版社出版的《奋斗文丛——全国地方党刊砥砺奋进走龙江》，书中收录了参加此次采访活动的全国各地党刊人撰写的文章共82篇。打开目录，第二篇就是河北党刊的这篇《火热黑土地，冰雪龙江情》。

那时候我还不知道，在这片历史文脉绵长、红色资源深厚的黑土地上，在一代代为之奋斗和牺牲的共产党人中，有我今天要寻找的弓仲韬一家人。

此次重返哈尔滨，任务虽不同，使命却一样。

"这盛世，如您所愿！"在心里，我默默地说。

思绪飞扬中，已是下午3点多，怕耽误返程的飞机，没吃午饭的我在马迭尔饭店的外卖窗口买了几种面包，就匆匆忙忙登上了开往机场的大巴车。

从新永和街到中央大街，我转了半天时间，却仿佛穿越了一个世纪。返回途中，在万米高空俯瞰冰城，所有的繁华盛景都消失在缥缈的云层之外。飞机距离哈尔滨越来越远，我的心却与弓仲韬、弓乃如、田湜等人越来越近，他们的音容笑貌第一次如此清晰地浮现在我眼前。

在哈尔滨走访的这两天，弓乃如和田湜的几个儿女给我留下深刻印象，他们的谦逊温和、友爱团结，以及谈及长辈时的恭敬谨慎，都能看出良好家风的传承，还有渗透在骨子里的知识分子的气度和修养，从他们的言谈举止、眼神目光中，我依稀仿佛看到了弓仲韬、弓乃如和田湜的影子。

田晓虹提起自己的姥爷和父母，多次说到"他们都是太好的人"。借用她的这句话，我想说，"你们也都是太好的人！"

第十二章　冀中儿女功耀千秋

李大钊、弓仲韬播下的革命火种，点燃了冀中平原的一支支火炬。抗日烽火中，这不息的火炬进一步得到接续传承，引领着广大的冀中儿女勇往直前、奋勇杀敌，谱写出感天动地、气壮山河的壮丽诗篇，涌现出威震敌胆的县游击大队长王东沧、政委张根生，及宋永安、王仁庆，张政民、赵斗生、"冀中子弟兵的母亲"李杏阁等众多英模典型。

一、冀中区党政军机关在安平县成立

1937 年 7 月 7 日，侵华日军发动卢沟桥事变，抗日战争全面爆发。面对日本帝国主义的疯狂侵略，河北各级党组织广泛发动群众开展游击战争，协同八路军主力部队创建了全国第一块敌后抗日根据地——晋察冀抗日根据地，并把晋冀鲁豫边区发展成面积最大的抗日根据地，成为中国共产党领导的敌后抗战的主战场。冀中平原抗日根据地是晋察冀边区的重要组成部分，它像一把插入敌人心脏的利剑，具有极为重要的战略意义。因为安平县党组织成立得早，群众基础好，冀中区党政军机关相继在安平县成立。

冀中区第一次行政会议闭幕典礼

　　1937 年 8 月 21 日，李子寿、边志良等建立了安平县各界抗日救国会，组织和团结各界人士开展抗日斗争。9 月，宅后村共产党员安贵普带领张冠中、安春风、张位荣等一批有志青年，去高阳参加由侯玉田协助孟庆山组织开办的抗日干部培训班。解放军出版社 1984 年出版的《聂荣臻回忆录》记载：七七事变后，八路军开赴抗日前线的时候，党派孟庆山同志到河北组织抗日武装，开展游击战争。孟庆山原是红军的一个团长，河北人，参加过宁都起义。他从延安出发途经太原，又接受了北方局的指示，同平汉线省委接上了关系，被委任为保东特委的军事委员。

　　根据省委指示，孟庆山在高阳、安新、任丘、蠡县一带我党群众基础较好的农村地区，开办短期训练班，讲解游击战术，培养武装斗争的骨干力量。培训结束返回时，段占鳌、刘清言、张宿林（女）等一批外地干部也跟着到了安平，协助开展抗日工作。10 月，吴健民受保属省委的派遣，来到安平县恢复建立党组织。不久，在他的指导下，安平县委重建，由安贵普任书记，张孟旭任组织部部长，弓濯之任宣传部部长，段占鳌任军事部部长，孟庆章、可与之任委员。从这天开始，安平县各项工作开始步入正轨，安平县各界群众抗日热情空前高涨。

新的县委成立后，根据《抗日救国十大纲领》，制定了工作方针：一、号召人民有钱出钱，有枪出枪，有人出人，贯彻党的统一战线政策，动员人民群众一致抗日；二、恢复健全党的组织；三、发展抗日武装，把枪杆子掌握在党的手中；四、改造旧政府。于是，大家奔走在城乡之间，出现在田间地头，发动群众，开展抗日。城内好多开明士绅纷纷捐款捐物支持抗日，多的捐钱3000多元，少的也有100多元。在短短时间内，全县就收到15万多元的捐款，这就为开展抗日斗争筹备了一定的经费。

1937年秋，保属省委（保东、保南特委合并组成）的孟庆山、侯玉田来到安平组织抗日武装，安平县委书记安贵普带他们先后到了安平县后赵疃、宅后寺一带村子。由于这里党的力量雄厚，群众基础好，组织武装工作开展得很顺利，很快组织起两支百余人的抗日武装。不久，这两支队伍就编入孟庆山任司令员的河北游击军。在后赵疃村组织抗日武装时，刚刚开始就有20多人报名，后迅速扩编为一个连，号称"赵疃连"，再后来被编为河北游击军特务连。1940年在白沙庄保卫冀中九分区司令部的战斗中，牺牲的指战员中仅后赵疃村的就有20多名，他们的名字至今仍镌刻在后赵疃村二郎庙烈士纪念碑上。

这时，安平来了一支抗日队伍。吕正操的人民自卫军第一团团长赵承金率部进驻安平，与安平县委联手组织抗日活动，派部队到安平县的角邱镇一带协同地方同志开展工作。所到之处，青年争相参军参战，抗日武装、政权、群众团体等相继筹建。人民自卫军是由东北军改编而成的。1937年10月14日，东北军第五十三军第六九一团团长吕正操召集全团官兵在晋县誓师抗日，断绝了同五十三军的一切联系，站到共产党的旗帜下，改称"人民自卫军"，挥师北上抗日，在蠡县与保属省委的孟庆山、侯玉田等人会合。吕正操率队伍打开高阳后，晋察冀军区派孙志远及时到达，开始建立和领导政治部，并对人民自卫军进行改编，然后分赴各地开展游击活动，支持各地开展抗日工作。

在人民自卫军的帮助下，安平县委将邢玉祥为首的维持会改组为县抗日政府，由邢玉祥任县长，李子寿任县政府指导员，开始准备抗日的有关工作。但刚刚一个月的时间，邢玉祥便以身体患病为由提出辞职，然后由曾在旧军队任过师长的开明人士宋永安接任县长。宋永安就任新县长后，取消将原来的保安队改编为人民自卫大队的决定，后改其为人民自卫团，马友民任团长，段占鳌任政治部主任。据《冀中人民抗日斗争资料》第三期中王工学撰写的《河北游击军创建始末》记载：河北游击军第三师是安平人民自卫团发展壮大起来的。师长马友民（事变后王凤斋同志介绍入党），政治部主任安贵普（当时为安平县委书记），下属 3 个团，3000 多人。

1938 年 1 月，保属省委根据上级指示，改为冀中省委。冀中，即河北省中部，西起平汉路，东至津浦路，北至平津路，南达沧石路，所辖 50 余县，是我党我军在抗日战争时期创建的一个平原抗日根据地。它没有山，村庄稠密，人口众多，是华北诸省中一个较富庶的地区。

冀中省委调安平县委组织部部长可与之、宣传部部长弓濯之充实河北游击军，加强对河北游击军的领导工作。之后，重新组建了安平县委，阎子元任书记，翟纪鑫任组织部部长，崔子儒任宣传部部长。1938 年 3 月，冀中省委在安平县城举办了党员训练班，对外称农会训练班，为冀中各县培训了大批干部。

上级党组织鉴于冀中蓬勃发展的形势，急需加强统一领导，形成坚强统一的领导核心，统一军队、统一政权组织和群众组织。1938 年 4 月 21 日，在安平由黄敬主持召开了冀中区党的第一次代表大会，地方区以上、部队团以上党组织都有代表参加。据解放军出版社 1988 年出版的《吕正操回忆录》记载：会议总结了创建冀中根据地以来的各项工作，指出当时存在的问题。并根据上级指示，提出了巩固与扩大冀中根据地的中心任务和解决当前问题的各项重要措施：成立冀中区党委，统一党的领导；成立冀中行政主任公署，统一政权组织；统一整编部队，奉命成立八路军第三纵队、冀中军区和 4 个军分区；取消战地总动员委员会，建立军区一级群众组织；认真执行减租减息，严禁高利贷，切实改善人民生活，建立统筹统支的财政经济制度，等等。

会议共进行了 12 天，5 月初结束，选举产生冀中省委领导机构（不久改为冀中区党委），黄敬任书记。这次代表大会是冀中党第一次公开举行的大会。会后，根据大会决议，冀中政治主任公署5月1日在安平县城成立，吕正操任主任，李耕涛任副主任。5月4日，人民自卫军和河北游击军统编为八路军第三纵队，成立了冀中军区。八路军第三纵队和冀中军区实行"两个牌子，一套人马"，吕正操任纵队司令员兼军区司令员，孟庆山任副司令员，孙志远任政治部主任。至此，冀中抗日根据地初步形成。一时间，安平县城成了冀中地区抗日斗争的大本营。这里群英荟萃，将星云集，抗日救国同仇敌忾，热血儿女豪情万丈，抗日救亡运动蓬勃发展。冀中军区在北关高小开办军事训练班，黄敬、吕正操、孙志远等人常去讲课。1938年六七月间，冀中党政军领导机关移至任丘青塔镇，坐镇大清河岸，准备开辟大清河北的工作。

安平县也于1938年5月建立了4个区。在县委的统一领导下，各区区委贯彻党中央关于大量发展党员的决定，以区为单位举办了党员训练班。9月，阎子元调离，由组织部部长李慕泉代理安平县委书记。据《安平县志》记载：1938年底，230个村的安平县就有205个村建立了党组织，17万人的小县有1972名党员。1945年，全县党员人数达到5537名。因为党的基础好，群众觉悟高，每个村都有两个以上堡垒户，大部分村建立了党支部。在此前后，安平县工人、农民、青年、妇女、教育等各界抗日救国会也纷纷建立。抗日烈火在安平大地熊熊燃烧。抗日烽火中，面对残暴的敌人，冀中广大军民在党的领导下浴血奋战，谱写了一曲曲可歌可泣的铁血壮歌。

《冀中抗日根据地斗争史》（中共党史出版社1997年出版）第21页有这样一段话："保南特委书记吴健民在深县召集有关负责党员开会，决定成立3个县的县委，由安贵普任安平县委书记，焦守健任饶阳县委书记，杨怡然任深县县委书记……"令人感慨的是，这三位县委书记，都在抗战中壮烈牺牲了。

曾在安平战斗过的著名作家魏巍在《安平县志》序中写道："战争年代里，安平人民一手拿镐，一手拿枪，同日寇侵略者及反动势力进行了英勇卓绝的斗争，两千八百名烈士的鲜血抛洒祖国大地……"

抗战期间，仅有17万人口的小县安平，共有8689人参加了八路军或成为地方抗日干部，有 2269 人光荣牺牲，其中共产党员 470 人。牺牲在本县境内 447 人，其中县区干部 59 人。

二、热血铸丰碑

据说当年不仅是在安平县，在整个华北平原，都流传着一位威震四方、令鬼子闻风丧胆的游击队队长的传奇故事。他就是王东沧。王东沧是河北安平前子文村人，历任冀中四区抗日游击队队长、安平县抗日大队队长、七分区独立营副营长等职务。王东沧身经百战，出生入死，率领县游击队员巧取日寇在角邱村的炮楼，在刘兴庄创造了一日三捷的战例，在李村邢庄一带连续伏击敌人，共歼灭日伪军 40 多名，击毙了骄横狂妄的日寇小队长小森、武田。之后，在蔺岗、宋岗战役中，击毙了三县剿共总司令郑国志，攻克了王六市岗楼，火烧了大同新、南寨炮楼，继而又取得了东毛庄、邢庄、侯疃、油子等处的胜利，配合八路军正规部队转战于冀中平原，沉重打击了日伪军。

1944 年 2 月 10 日，王东沧带领县大队的一个小分队夜宿任家庄。因汉奸告密，日军纠集了驻安平等五处的日伪军，以 20 倍的兵力向王东沧小分队疯狂进攻。王东沧部突围未果，便迅速抢占了小张庄高房屋据守，从上午一直激战到天黑，击毙日伪军 80 余人。天黑后，王东沧队长和指导员辛志斌分两路突围，途中王东沧队长壮烈牺牲，年仅 33 岁。1946 年，安平县大子文村西岳王庙附近修建了王东沧的烈士墓和烈士塔。他的战友张根生为他撰写了碑文，他的同学、著名作家孙犁在碑上手书"王东沧烈士之墓"七个大字。

墓碑上，刻着县游击大队政委张根生撰写的碑文："王东沧同志……幼时家贫，居外祖父家读书三年，中辍，去都市谋生，在天津学徒三年，饱受虐待，后流浪上海、河南、山西等地，历尽了旧社会的贫困艰苦。又见日寇以华制华，企图灭亡整个中国，乃愤而投军，立志杀敌报国……抗战后，他亲自指挥大小战斗二百余次……在他的影响带动下，安平县出了大批抗日杀敌的英勇志士，在他为国牺牲精神的昭示下，安平人民永远歌颂着他和中国共产党的英雄故事。东沧同志，你没有死，你永远不死！"

张根生

张根生在 2002 年撰写的《怀念孙犁同志》一文中，这样写道：

　　屈指算来，我与孙犁同志相识已有 60 年的时间了。我与他是老乡，同是河北安平县人。他家住在孙遥城村，离我的村只有十几里地。这个村有一名抗战前加入共产党的孙武老人，很早就在当地传播革命真理。我亲密的战友，著名的抗日英雄、县游击大队长王东沧，就是在他的舅舅孙武家长大并接受革命教育的。他在本村率先组织抗日武装，在残酷的斗争环境中，坚持战斗六七年，不幸英勇牺牲。王东沧与孙犁是小学的同学，他在《风云初记》一文中，描写了一位出色的指挥员，其雏形可能就是王东沧。我记得第一次认识孙犁同志是在 1941 年的 5 月 29 日，当时他在《晋察冀日报》和文联工作，参与《冀中一日》的编辑工作。正好那时我们县游击队和他们都住在南郝村，互相认识之后还聊了半天，虽然我们俩一个是握笔杆子的，一个是抓枪杆子的，但共同抗日救国思想使我们成为了志同道合的朋友。……王林虽不是安平人，但在 8 年抗战中大部分时间在安平活动，因此，我们都熟悉。当时安平县委正在讨论要修建一个烈士陵园，以缅怀为国捐躯的革命先烈们。此事向阎子元等同志汇报后，得到了他们的一致赞成。安平县是一个面积只有 500 平方公里（只等于南方的一个乡大），人口 17 万人的小县，但在华北农村中，她是最早建立党组织的县（1923 年就建立了农村党支部，1924 年又建立了县委），在抗日战争中，全县有 8000 名青年参加了八路军，其中有 2000 多人英勇牺牲了，为了永远记住他们的事迹，学习先烈的伟大爱国精神，修建烈士陵园是非常应该的。孙犁同志虽然大多数时间在外地工作，但他十分热爱家乡，当他了解到家乡人民可歌可泣的抗日英雄事迹之后，主动提出：要把二区区委书记刘英等三位烈士的英勇事迹镌刻在碑文上，让后人永记。王林同志当时也写了一篇纪念安平革命史的碑文，阎子元还向我们详细地讲述了安平县的党史。

2023 年七一前夕，在中共第一个农村支部纪念馆内，一件新增添的文物引起人们的关注——这是一条老式长裙，丝绸的材质，黑色面料上面绣着粉色的荷花和飞鸟，非常精美。

烈士王仁庆留给妻子的绣花裙

这是烈士王仁庆留给妻子的遗物，以前一直被他们的女儿王秀沾珍藏，王秀沾去世后，它作为烈士生平的重要见证被收入纪念馆。

王仁庆是安平县新民村人，由弓凤洲介绍加入中国共产党。1940年，王仁庆担任安平县第五区农民抗日救国会的主任，为了号召年轻人参军，他率先将自己年仅14岁的儿子送到部队。不幸的是，不到一年，儿子就牺牲了。

面对日益严酷的斗争形势，王仁庆自己也做好了随时牺牲的准备。一天，他从箱子里拿出这条绣花裙，对妻子一脸凝重地说："这条裙子，你要保存好，就算日子再难，也不能卖了，这是结婚时我送你的，以后万一……能当个念想。"

不久，在一次区委开会时，遭到日军袭击，4名同志当场牺牲，王仁庆受伤被捕。

被敌人带走的时候，很多乡亲们都看到了，当时王仁庆浑身是血，锁骨上穿过一根铁丝，被拽着艰难前行，那该是怎样的疼痛，可是他却面无惧色。在关押处，王仁庆遭受了严刑拷打，却始终没透露一句党的秘密。之后他又被押送到保定，换一拨人继续审问。王仁庆，这位铁骨铮铮共产党员，受尽酷刑，宁死不屈！

1942年的腊月二十八，王仁庆壮烈牺牲。那年，王秀沾9岁。

1948年3月，经党组织多方寻找，王仁庆的遗骸从保定运回安平县安葬，并召开了隆重的追悼会。据王秀沾生前回忆，她清晰地记得当时追悼会的情景，人特别多，十里八村的乡亲们都来了，大家眼含热泪悼念这位英勇不屈的共产党员。

埋葬了父亲王仁庆后，母亲送王秀沾去东黄城高小读书。时任校长的赵墨池老师见她整日少言寡语，闷闷不乐，还穿一条白裤子，就把她叫到办公室，详细询问了她的家庭情况。当王秀沾讲到父亲牺牲时，泪水夺眶而出，赵校长也哭了。从此，赵校长还有班主任徐杏坤老师格外关心王秀沾，让她感受到了学校大家庭的温暖。

课间的时候，徐杏坤老师经常拉着胡琴，教王秀沾唱歌，因为她上学晚，每一门课的老师都给她补课，后来她逐渐就跟上班里其他同学了。1948 年 5 月 21 日，王秀沾 15 岁时，赵墨池校长介绍她加入了中国共产党。

一直到晚年，王秀沾都清晰地记得入党时的心情，当时高兴得睡不着觉。入党的第二天，是个星期日，她去找三姑（三姑是 1938 年入党的老党员），三姑给了她三本《支部小报》。她们学校当时没有这个小报，她就拿来给赵墨池校长。从此，每周的党员会，都把《支部小报》作为学习内容。入党以后，她又当上学生会主席、中苏友好学会主席、青年团支部书记。学校的各种活动锻炼了这个内向孤僻的孩子，她变得开朗自信起来，并立志长大以后也当一名人民教师，也和她的老师一样，去培养教育学生。

3 年前，我来到安平县城采访王秀沾老人时，是数九寒天的时节，天空飘着零星的雪花。如今写下这段文字的时候，又是个寒冷的冬天，却再也不见王秀沾老人慈祥的面容，听不到她和蔼的声音，只留那件年代久远的绣花裙在纪念馆的橱窗内，默默守护着岁月深处的那一份真挚情感、那一曲铁血悲歌。

张政民是安平县杨各庄人。1945 年 8 月 15 日，日本宣布无条件投降，但冀中区仍有晋县县城被日伪军盘踞，根据冀中区党委和军区的部署，要拔掉敌人盘踞晋县的据点。

安平县大队、区小队、县机关干部及县抗联主任张政民带领的全县千余名武装民兵，在安平县委书记张根生和县长刘庆祥的率领下，首先解放了旧城、束鹿，继而攻打晋县。8 月 20 日，在解放晋县的战斗中，张政民率领的民兵队伍冲在了最前面，占据了晋县东周家庄村的一片坟地。由于晋县的日伪军得到了从辛集、旧城逃窜过来的日伪军的增援，张政民带领的民兵队伍腹背受敌，遭到夹击。张政民不幸负伤被捕，遭受酷刑始终坚贞不屈。在刑场上，张政民大义凛然，高呼"打倒日本帝国主义！""共产党万岁！"后英勇就义，时年 28 岁。

9 月 3 日，晋县县城被我军攻克，自此冀中解放区连成一片。

冀中区党委、安平县委的领导将张政民牺牲的消息告诉妻子刘胜彩时，心情沉重地说："政民同志身受极刑，牺牲时非常惨烈，为减轻对家属的刺激，不给亲人心里留下阴影，区、县领导建议不开棺验尸了。"在区、县、村领导和长辈的劝说下，刘胜彩强咽下泪水，同意领导意见，并建议将张政民牺牲的消息暂时不要告诉年迈的婆母。

刘胜彩还给儿子改名叫"铁军"。一是纪念其父张政民在敌人面前像钢铁一样坚强；二是祈愿孩子身体健康，长大以后像钢铁战士一样勇敢坚定。

新中国成立后，刘胜彩响应党和政府"多种棉花，支援前线"的号召，带领群众种棉花，1951年获得了河北省人民政府授予的"爱国植棉奖章"。她克服年龄大、家务重、工作多等困难，千方百计地学习文化知识，从一个"文盲妇女"成为一个能写发言稿、能上台讲话的"文化女性"。20世纪50年代，安平县曾两次向她颁发了"速成识字模范纪念章"。

刘胜彩密切联系群众，关心群众疾苦，乐于助人，深得群众爱戴。20世纪80年代，她谢绝了老县长为她出证申请抗战期间小区委员特殊待遇的建议，说："有烈属定补，有孩子接济，花项不多，生活过得去，不给领导找麻烦了。"

临终前，刘胜彩写下遗嘱："我去世后不铺张，不浪费，节约下钱交党费。"

宋永安1883年出生于安平县徐家町村，幼时家境贫寒，为生活所迫先后学过木匠、炉匠，当过雇工，最后迫于家庭负担，当了兵。曾在旧军队中担任过排长、连长、营长、团长、师长等职。

七七事变后，宋永安和李锡九一道做争取国民党孙殿英部抗日的工作。因国民党主张"攘外必先安内"，孙部不顾民族利益，不思抗日，专与我党和抗日群众作对，阻挠我党的抗日活动。宋永安遂对国民党部队失去了信心。

在日军侵占冀中时，宋永安看到国民党政府高官个个如丧家之犬仓皇南逃，非常气愤。当国民党县长王凤祥企图要挟军政人员和当地武装南逃时，宋永安受我党委派立即奔赴各区，阻止区警察所保安队跟王凤祥逃跑。吕正操领导的抗日政府，让宋永安接任抗日政府县长。宋永安为共产党的抗日主张和群众的抗日热情所感动，欣然同意，表示愿为抗日救国尽心尽力。由于宋永安在社会上影响力大，号召力强，安定了民心，使混乱的社会秩序逐渐趋于稳定，促进了抗日工作的顺利开展。他任县长期间，积极靠近党组织，密切配合我党工作，在全县范围内迅速开展了轰轰烈烈的抗日救国运动。

1938 年 4 月，宋永安由阎子元、李慕泉介绍加入了中国共产党。同年，宋永安调离县长职务，受党组织委派到武强县做争取义勇军段海洲部抗日的工作，在段部任支队长兼段的参谋。这时，一二九师李聚奎任段部政委，与宋永安共同做段部工作，段部于 5 月改编为一二九师青年纵队。麦子将熟时，部队开赴冀南抗日根据地，驻南宫县。不久，宋永安回到安平，任县军用代办所所长。

1939 年秋后，县委为了更好地打击敌人、保护人民，发动了第二次改造地形运动。宋永安同广大人民一起日夜奋战。在一次破路运动中，宋永安不幸于深县程官屯被捕。日军为利用其威望破坏我党的抗日工作，妄图引诱其投降，并千方百计迫其当伪县长。宋永安正气凛然，毫不为敌人的利诱所惑，誓不为敌做事。无计可施的敌人将宋永安软禁在安平城内，妄图以此来消磨其斗志，但敌人的阴谋不但没有得逞，反而使宋永安有机会和我被捕党员逯开山同志密谋组织伪军暴动。在暴动准备工作即将就绪时，因奸细告密，未能成功，只有逯开山带几人逃出。

1940 年 7 月，为了蛊惑人心，敌人竟采取极其卑劣的手段，以宋永安的名义颁发布告，宣称宋永安当了日寇的公安局局长，借以欺骗群众。伪布告发出后在全县引起一阵混乱，不明真相的群众以为宋永安真当了汉奸，一时间人心惶惶。宋永安得知这一情况后，极为愤慨，为了向全县人民揭穿敌人的阴谋，表白自己抗日救国之忠心，他首先向周围的人讲明，他绝不当汉奸，誓不为日军做事，他亲自购置棺木，在城内大仙堂庙自缢殉节。

宋永安用自己的生命粉碎了敌人精心制造的骗局。

1945 年的春天，广袤的冀中平原乍暖还寒，虽然冰雪已经融化，但四野萧条，冷风依然刺骨。在通往安平县付各庄村的土路上，6 名八路军战士抬着一架木棺缓缓走来，他们每个人的脸上都是一副凝重悲怆的表情，没人说话，只有一阵阵压抑不住的啜泣声。

领队的是冀中四十四区队政治委员康万聚，像这样送别牺牲的战友，他经历了不知多少次了。八路军打鬼子，哪个不是把脑袋别在裤腰上？但是这次，他的脚步格外沉重，心情格外悲伤，还隐隐地有些忐忑不安。

棺木中躺着的，是烈士吴兆林。

抬棺的战士们进村后，直奔吴家的老墓地。付各庄的村长崔顺通和吴兆林的亲友几十人已在此等候，其中吴兆林的妻子刘兰女一手牵着4岁的女儿，一手抱着仅2个月大的儿子。

看到棺椁，刘兰女以及吴兆林的堂哥吴老创、堂弟吴黑旦等人号啕大哭，扑到棺材上就要打开看烈士最后一眼。

这时，政委康万聚奋力推开人群挡在棺材前，大声喊道："部队有令，不让打开棺材，马上葬埋！"

这句话令极度悲伤的众人骚动起来，他们想不通，兆林已经为国家牺牲了性命，怎么临走前都不能让亲人们看一眼？这是当地的习俗，也是亲友们的心愿，不让开棺太不近人情了吧？！

在一片痛哭声和质疑声中，情绪激动的吴黑旦突然举起木杠，双目圆睁，大声喝道："谁不让打开，我就和他拼命！"

吴兆林女儿吴满娟吓得号啕大哭，她扑到棺材上一声声叫着"爹"，一遍遍喊着："你别走啊，你看看我呀！"

听到女儿撕心裂肺的哭喊，刘兰女情绪失控。她抹了把眼泪竟抱着儿子扑到棺材上，一边拍打棺木一边哭喊："我也不活了！不让我看她爹最后一眼，就把我也一起埋了吧！"

令康万聚担心的一幕终于出现了。尽管他反复解释这是部队的命令，但现场一片混乱，家属坚持不打开棺材不让下葬。

村长崔顺通把康万聚拽到一边，悄声说道："首长，我看要不然还是打开棺材吧，就让她们孤儿寡母再看一眼。还有呀，可能你不知道，这个吴兆林家的情况比较特殊，他没有兄弟，家里就他这一根独苗，现在才20多岁，人就没了，你说他家里人能受得了吗？"

"不能开棺，部队有令，尽快埋了吧！"康万聚脸色铁青地说。

霎时间，人群中的哭号声更大了，有多个壮汉开始推搡护卫棺材的战士，甚至有一个人拿着木杠过来要打康万聚，被村长一把拦腰抱住了。

村长一边规劝冲动的乡亲，一边焦急地冲康万聚喊道："算我求求你们了，就打开棺材，让我们再看他一眼吧！兆林他为了打鬼子把命都搭上了，他是我们付各庄村的英雄啊，就让我们再看他一眼，再送他一程吧！"

听到崔村长语气强烈的恳求，看着眼前剑拔弩张的场面，政委康万聚心如刀绞。万般无奈之下，他咬了咬牙，给战士们下达了命令："开棺！"说完，他扭过脸去，早已抑制不住的泪水夺眶而出。

当棺木打开的一瞬，周围的人群死一样寂静，挤在最前面的刘兰女只看了一眼，就晕倒在地。

棺材内哪有吴兆林的尸体，只有一身军装，里面裹的竟是几块土坯！

原来吴兆林是身上捆着手榴弹与敌人同归于尽的，当场血肉炸飞，尸骨无存。为了让烈士魂归故里，战士们含悲忍痛在他牺牲的地方找了几块土坯，以衣冠代替了烈士放入棺木……

吴兆林的大女儿，长到4岁就见过父亲两次。而小儿子吴拴桩在出生后不久，吴兆林就牺牲了。

1945年3月17日，在安国西伏落村的八路军炸药厂遭到400多名日伪军的夜袭，当时冀中七支队的一个班为炸药厂警卫，还有十几个爆炸组的技术工人。发现敌情后，吴兆林让班长带领战士和工人马上转移，他自己留下阻击敌人，但班长和战友都不走，要和他一起战斗。吴兆林焦急地说："我熟悉炸药的情况，能发挥更大的作用，情况危急，你们快走！"

正当班长带着战友们开始撤离时，敌人扑了过来。为了阻击敌人，吴兆林在路口和两个门前设了连环雷，又在自己的腰上捆了20颗手榴弹，待敌人冲进院时，他毫不犹豫地拉响了手榴弹，与几十个日军同归于尽！

烈士吴兆林的儿子吴拴桩12岁那年，爷爷就让他在油子乡的梆子剧团学戏。因为学习刻苦，进步很快，吴拴桩在剧团加入了共青团，两年后又加入共产党。后来村里组织了村俱乐部，他应邀回村排演样板戏。每部戏他都是主角，《红灯记》中他就是李玉和，《智取威虎山》中他就是杨子荣，

《沙家浜》中他就是郭建光……回村后他先后担任过村团支部书记，民兵连副连长、连长，村党支部副书记。因为工作认真，不怕吃苦，得到了群众的广泛赞誉。

如今，年近八旬的吴拴桩依然是村里的文艺骨干，仍然活跃在舞台上，敲大鼓、舞狮子，唱歌演戏，无所不能。

吴拴桩说，他真想为父亲和他的战友们写一部书，排一出戏，让付各庄的子孙后代永远记住他们的英名。

1943 年 12 月 18 日，安平县民政科长何荣耀、中共二区区委书记李福来（化名刘英）、二区青救会主任张建华三名年轻的共产党员，正在二区组织反"清剿"工作。

一天，他们来到南苏村，和村里的党员、干部及群众一起研究坚壁清野事宜，帮助群众总结挖地道及凭借地道同敌人周旋的斗争经验，和大家一起研究藏粮食和各种物资的方法。这三位同志都是在战火中锻炼成长起来的年轻干部，优秀的共产党员。在五一反"扫荡"后，在残酷的对敌斗争中，表现得坚决勇敢，不怕困难，不畏艰险，做出了出色的成绩，在群众中有很高的威信。

这天，三位同志一直忙到深夜，才来到村东南的堡垒户苏玉田家睡下。然而在他们的身后，像幽灵一样飘着一条黑影。这是被敌人收买后，派到他们身边的坐探。翌日拂晓，敌人出动安平、付各庄、辛营等据点的 300 多人，把南苏村团团围住，并用精锐力量，悄悄地围住了苏玉田家。

"哐！哐！哐！"三位同志被粗暴的砸门声惊醒了，一骨碌爬起来，紧握手枪，听着外面的动静。"哐！哐！哐！"粗暴的砸门声越来越紧，越来越凶。李福来又屏息听了一会儿，他浓眉一蹙，机警地说："暗号不对，这是敌人！"李福来的话音刚落，门外就大声说，"我们是县游击大队的，来找李政委（指李福来）来了。"这句话令敌人的马脚全露出来了，门外肯定是敌人无疑。

何荣耀肯定地说："糟了，一定是出了叛徒，快带好文件钻地道！"就在这时，"哗啦"一声，大门被砸开，几个伪军端着上了刺刀的枪涌进了院里，并叫嚣："早知道你们住在这里，快出来投降吧！你们已经被包围了，就别想跑了！"

在这紧急关头，三名共产党员争着把安全让给别的同志，把危险留给自己。何荣耀急促地喊："老李、老张怎么还不快钻地道？"李福来把手一挥，忙说："别说了，我是二区的区委书记，你们快钻地道，我来掩护！"说着，他把手枪一挥，冲出屋外，朝院里的敌人"叭！叭！"就是两枪，几个伪军连滚带爬地退了回去。

李福来敏捷地返回屋内，钻进地道。敌人紧紧尾随跟进屋内，包围了地道口，并大呼小叫地威胁道："你们快出来投降吧，再不出来，就往洞里灌水啦，让你们当淹死鬼！"

情况十分危急，三位同志在地道里简单地商议了一下，把文件烧掉，向地道的另一个出口——苏玉田家东邻陈英俊家南屋的炕洞里钻了出来。房顶上响着咕咚咕咚的脚步声。这所房子也被敌人包围了，全村都被敌人包围了，形势十分严重。这时，何荣耀开口了："同志们，我们都是共产党员，誓死不能向敌人屈服，党考验我们的时刻到了！"几句平常话，掷地有声，铿锵作响，概括了共产党员四个字的全部意义。时间紧迫，刻不容缓，李福来把手枪一挥，说："冲出去！"飞身跃出门外，举枪向房上的敌人猛烈开火。张建华也紧紧跟了出去。这时，房顶上、大门外、墙头上、院子里的敌人从四面八方疯狂地向他二人射击。李福来、张建华二同志在弹雨中都身中数弹。李福来同志拖着重伤的身体，跟跟跄跄地向院外冲锋，还没有冲到大门口，又被几颗罪恶的子弹射中，英勇牺牲了。张建华一冲出屋来，就滚到了敌人的跟前，一梭子扫过去，几个敌人应声倒地，当他要继续往前冲的时候，也不幸中弹牺牲了。何荣耀看到两个战友壮烈殉国，心中十分悲痛，更激起了他对敌人的刻骨仇恨。他清楚地意识到，自己陷入敌人的重围之中，突围出去已不可能，便趁敌人朝两位战友的遗体射击的时候，飞身跃入北屋，变换作战的位置和射击角度，向对面房上、墙上的敌人猛射。猝不及防的敌人从房上、墙上纷纷滚落。

敌人重新组织火力，向何荣耀据守的北屋发起猛烈的攻击。何荣耀沉着镇定，机智勇敢地抗击着敌人。他特别注意节省子弹，力求弹无虚发。几个敌人冲进院内，妄图生擒何荣耀同志。何荣耀沉着瞄准，一枪一个，全都撂倒，敌人再也不敢往院子里冲了。

密集的枪声停止了，院子里一声枪响也没有。南屋的房顶上传过一个很熟悉的声音："何荣耀，你跑不了啦，快把枪交出来吧。"何荣耀听出是"五一大扫荡"后投敌的叛徒马文献的沙哑嗓音，不由得怒火中烧。

马文献扯着破锣嗓子又嚷开了："姓何的，你不要太死心眼了，只要你放下武器，向皇军投降，我保你活命，你也可以和我一样，当个特务队长，要什么有什么。"

何荣耀应声答道："好吧，等我们商量商量。"

马文献探出脑袋问："你都剩一个人了，还跟谁商量？"

"叭！"一颗子弹向马文献的脑袋上射去。

"我跟这枪商量商量！"何荣耀冷笑一声说道。子弹擦着马文献的头皮飞过，马文献吓得"哎呦"一声栽倒在屋顶上。趁叛徒滚落房顶，院落重归沉寂的时刻，何荣耀厉声怒斥叛徒：

"马文献，你这个无耻的叛徒，认贼作父，领着鬼子到处抓人，残害群众，绝没有好下场！"并警告伪军官兵要认清形势，不要执迷不悟，再帮敌人干坏事了，日本鬼子已经是秋后的蚂蚱，蹦不了几天。全体伪军官兵应该早做决断，弃暗投明，立功赎罪才是唯一的出路！如果不及早回心转意，继续死心塌地为敌人卖命，到头来一定要受到人民和历史的审判！

何荣耀英勇无畏、凛然正气的教育，使不少伪军低下头来，自动停止了射击。带队的鬼子小队长小谷野和叛徒马文献，急得团团乱转。小谷野拔出指挥刀，像疯狗一样狂呼乱叫，指挥着伪军再次发起冲锋。几个伪军战战兢兢被逼进院内。

何荣耀在屋内大喝一声："不怕死的过来！"一梭子打出去，伪军们抱着脑袋连滚带爬地退出了院子。叛徒马文献声嘶力竭地狂吠："告诉你，姓何的，皇军说了，再给你三分钟，不出来就放火烧死你！"何荣耀坚定地回答："怕死不革命，革命不怕死，今天你们烧死我一个，明天抗日的熊熊烈火就会烧死你们这伙强盗!"天黑了,敌人怕强攻引诱都不能制服的共产党人乘天黑突围出去,开始放火烧房。敌人一面组织火力向屋里猛射,一面派伪军上房刨开屋顶,把秫秸泼上煤油点着,扔进屋内。不多时,屋里的木器家具燃烧起来,浓烟滚滚,火光冲天,何荣耀一边向敌人射击,一边用水缸里的水灭火,火势越来越猛,缸里的水全泼完了,子弹也打光了,何荣耀从容地拆碎手枪,把零件投入烈火,振臂高呼:"打倒日本帝国主义!打倒汉奸卖国贼!中国共产党万岁!"随后跳入熊熊的烈焰之中!孤胆英雄何荣耀在两位战友牺牲后,一个人同300多敌人血战了整整一个白天,最后也壮烈牺牲。

三位烈士牺牲以后,开明士绅、张建华烈士的父亲说:"我儿子为抗战牺牲,虽死犹生。"紧接着又送自己的另一个儿子参加了八路军。1945年12月,安平县各界群众为永远缅怀三位烈士,为三位烈士竖了纪念碑。著名作家孙犁为三位烈士撰写了碑文。碑文最后一段这样写道:

当我部队收葬三烈士尸体时,所有干部战士,无不如狂如病,血指发有如手足之永诀别,每一言及三烈士殉难事,则远近村庄啼泣相闻,指骂奸伪,誓为复仇,盖之烈士生前与群众战友结合为一,而其临难,不屈为共产党员之光荣称号,奋斗至死感人动人之深所致也,至于万分危急之时能事先将文件焚毁,利用战场生死空隙向敌人进行宣传,最后身体与武器俱碎,使敌人无所收获,尤可垂教后来,颂赞百代,古来碑塔纪念之迹多矣,而燕赵萧萧英烈故事载于典册者亦繁矣,然如此八年间共产党八路军领导我冀中人民,解放国土拒抗敌顽其环境之复杂残酷,其斗争之热情悲壮,风云兴会。我冀中英雄儿女之丰功伟绩,则必先掩前史而辉耀未来者矣!今搜集三烈士事迹大略刻于石上,意在使烈士之光辉永续,后进同志有所追寻,家属有所凭吊,因不止壮观形式亦今后革命事业之一种动力也,可感叹哉,可永念矣!

三、人民永远是靠山

（一）忘不了的"冀中干娘"

在抗日战争最为艰难的时刻，毛泽东在《论持久战》中写下了著名论断："战争的伟力之最深厚的根源，存在于民众之中。"

曾任八路军第三纵队兼冀中军区司令员吕正操在回忆录中提到，1942年冀中地区，冀中敌后人民开展五一反"扫荡"时，为了保护干部，青年妇女往往把干部、八路军战士、游击队员认作自己的丈夫、兄弟、姐妹，老大娘宁愿牺牲自己的儿子来保护干部和八路军战士。

抗战时期，中日双方力量的对比不仅仅是军力和经济实力的对比，更是人力和人心的对比。

> 冀中的人民是伟大的人民，抗大三团得以在冀中生存、发展，胜利地完成任务，全靠英雄的冀中人民的大力支持。冀中的军民用鲜血和生命保卫了冀中抗日根据地，也保卫了我们抗大三团。……"五一大扫荡"期间，抗大三团遭到敌人多次合围冲击，人员被迫分散到冀中各地，不知有多少同志，是在人民群众的保护和帮助下，才得以脱离危险。

这段话出自《冀中熔炉》中一位抗大三团老兵的深情回忆。

在1986年编印的抗大三团团史《冀中熔炉》"序言"中这样写道："冀中区一马平川，但与路西山地唇齿相依，可以山地为依托。而更重要的是冀中有众多的人民。正如毛泽东所说，人民群众是真正的铜墙铁壁。冀中区的800万人民是英雄的人民，有着反抗异族侵略和反抗国内反动统治的光荣传统，而且较早地接受了我党的影响。党在冀中人民中是有着深厚基础的。因此，全民族抗战一打响，冀中地区的抗日斗争就如火如荼地展开，并迅速地创建了一个拥有 40 多个县、对日寇形成重大威胁的敌后抗日根据地。在坚持平原游击战争中，冀中人民发挥了巨大的作用，他们不仅出人、出钱、出枪、供粮食、供衣物、腾住房，保障部队生活，而且帮助侦察敌情，站岗放哨，传递情报，在情况紧张时还冒着生命危险帮助掩护伤员，坚壁物资。就说改造地形吧——1938 年在'破路是抗日'的号召下，千里共一呼，在短短的时间内，破坏了所有的道路，变道路纵横为道沟纵横，使敌人机械化部队难以发挥其作用，却利于我之行军、作战、伏击、迂回、转移、隐蔽。地形的改造，加上冀中稠密的村庄，茂密的树林，都能对部队的行动起到掩护作用。的确，人民群众比山更重要、更可靠！"

抗日游击战争由于是在敌人占领区进行的，可以说是孤悬敌后，又长期处在日军残酷的"扫荡"和封锁之中，游击武装的生存环境十分艰险，作战条件十分险恶。游击战争为什么能够得到发展壮大？除了中国共产党领导的游击战争，实行了一套主动、积极、灵活的战略战术以外，一个根本的原因在于，这种抗日游击战争能够紧紧地依靠广大人民群众，与人民群众实行紧密地结合。正是在动员和组织人民群众参加抗战的基础上，才有了地雷战、地道战、麻雀战、铁道游击战，还有水上游击战等一系列丰富多样、行之有效的游击战争的形式，使日军陷入了人民战争的汪洋大海。

冀中平原无山可依，无险可据，在这里进行反"扫荡"，开展游击战争是非常困难的，但是这里却有比崇山峻岭更坚实的靠山，那便是与共产党八路军亲如一家的人民群众，冀中人民真心实意地拥护抗战，在五一大"扫荡"的极端残酷环境中始终同党一起坚持反"扫荡"，甚至用生命和鲜血保护抗日干部和战士，党群、军民亲如一家。党群、军民生死与共，男女老少都以为抗日出力为荣。

当年弓仲韬受李大钊委派，在家乡安平县办平民夜校，发展党员，建立农村党组织，领导农民开展一系列革命运动，打下良好的群众基础，每个村都有两个以上的堡垒户。据《安平县志》记载：1938 年底，230 个村的安平县就有 205 个村建立了党组织，17 万人的小县有 1972 名党员。1945 年，全县党员人数达到 5537 名。

堡垒户一般都是党员或进步群众的家，八路军住进堡垒户家后，为了掩人耳目，防止被敌人发现，一般要用化名，堡垒户的家长会把全家人聚拢来介绍互相认识，根据年龄排个辈分，是兄弟、姐妹、儿子或侄子，然后教怎样互相称呼，这样，万一敌人突然闯进来搜查，来不及转移，可以紧急应付，由此可见人民群众为了掩护子弟兵的用心之良苦。

在冀中抗战中，地道发挥了重要作用，据台城村的老党员白秀君回忆，当年村里家家都有地道，几乎每家都住过八路军。正如《滹沱河畔的战火——冀中七分区人民抗日斗争史资料选编》中的那段话："在冀中800万人民群众中间，有多少堡垒户，可能谁也难以精确地统计出来。因为全冀中各区、县、村，都或多或少地有各级干部、战士的堡垒户。这些众多的堡垒户，不仅挖有坚固的土木堡垒（地洞、地道），而且有比土木堡垒更坚定更牢固的思想堡垒、气节堡垒。"

著名作家、"小兵张嘎之父"徐光耀在文章中经常提到抗战中的堡垒户，他说，"没有老百姓的掩护，我活不到今天"。

徐光耀（拍摄于 2020 年 4 月 9 日）

徐光耀当年参军时，才十三四岁，他在《昨夜西风凋碧树》一书中，说自己参军是受一个安平籍的小八路王发启的影响。文中这样写道："我从小见过的大兵，都是可怕的，他们进村就抢劫、打人、发横、侮辱妇女。一说大兵来了，老百姓就连忙逃遁隐藏，避之如匪贼。我父亲在天津当过小工，亲眼见过洋人的辖制。他说，中国人在他们眼里，连一条狗都不如的！我在小学曾念过关于九·一八的课文，说是中国的军队有好几十万，恭恭敬敬让出了北大营。我常常想，难道就没有岳飞吗？……突然，开来了八路军，他们迈着整齐的步伐，唱着雄壮的军歌，不打也不骂，进了院子，抓笤帚扫地，拿扁担挑水，见了老头叫大伯，见了年轻妇女就把眼睛掉往一边去，不笑不说话，出来进去尽仰着头唱歌，住了好几天，看不出哪个是官儿来，……八路军一个班住进了我家，而那个被罚唱歌的战士恰在里面，他叫王发启，安平县南郝村人……"

因为目睹了共产党八路军真心对老百姓好，徐光耀才意志坚定地非要参军。结果刚到部队不久，他就病了。

当时，敌人对冀中进行了五路围攻，部队不停地转移，在转移途中，徐光耀患了重感冒，开始发高烧。那天早上，战友们都出操去了，只有他一人躺在土炕上。这时，房东大娘走了进来，用手摸了摸他的额头，发现滚烫，大娘就急了，非让徐光耀上她那屋去，说那屋炕热，窗户也糊得严实。见徐光耀不去，大娘竟哽咽了，说："你这么小的孩子就出来打仗，又生了病，没人照顾怎么行！"说着，大娘拿来两床棉被盖在他身上，抱来柴火给他烧炕，打来热水让他泡脚，还煮了山药粥端到他面前，她们全家人得知后也都过来嘘寒问暖……此情此景，令徐光耀感动得落下泪来。

大娘看他哭了，以为他是病中想家，更加心疼，一边安慰他，一边陪着他落泪。

"那个画面，我一辈子也忘不了。"在2020年春我采访徐光耀老人时，他动情地说。

抗战中的军民鱼水情给徐光耀留下了极为深刻的印象，而他的一生，都在用清白做人的实践和质朴真诚的文字去书写这份大爱深情，他的代表作《小兵张嘎》成为几代人的珍贵记忆。

在徐光耀那本"录自真人之口、写于实有之乡，原汁原味，无一字假托"的战争小品集中，就讲了好几个"冀中干娘"的故事，其中我印象最深的有"赵大娘""王大妈""刘九胜大娘"。

交通员小李子叫鬼子追得满街跑，恰恰遇到赵大娘。赵大娘上去拦住小李子，狠狠给了他两个大耳刮子，高声骂道："不叫你出来非出来，到处给我惹娄子，今儿非打死你不可！"一边高声骂着，一边拧他的耳朵，撕他的嘴，横竖不依不饶。鬼子傻愣愣地，看了一阵，笑哈哈地走了。小李子在打骂声中获救。其实，赵大娘根本不认识小李子。

"五一大扫荡"过后，各村都建立了保甲户口制度，敌人常常以查户口为名，搜捕我方掩藏的军政人员。有一天，通信员小刘被敌人一直追进卖豆腐的王大妈家。王大妈两口人，一个她，一个17岁的儿子，户口上写得清清楚楚。此时，儿子出门卖豆腐去了。敌人逼住通信员，问："这是谁？"王大妈说："是我儿子。"敌人要过户口去查，果然有个17岁的儿子。正在犹疑，卖豆腐的儿子恰恰回来了。敌人马上问"这一个又是谁？"王大妈说："我不认识。"儿子见状，瞬间明白了咋回事，撒腿就往外就跑，敌人见状急追，随着两声枪响，王大妈的儿子被打死在街上！

刘九胜大娘是堡垒户，那天与八路军商量好在她家挖地道。第二天，恰好鬼子"扫荡"过来，往大娘女儿小梅的身上泼满黑油，问她谁家藏着八路军。小梅说"不知道"，怎么威胁也只说这三个字，最终被鬼子点着火，烧死了。事后，目睹女儿惨死的刘九胜大娘，把悲伤埋在心里，反而说八路军说："你们在哪里挖，挖多大洞都可以。鬼子打不走，穷富都不得安生，人财也保不住。"于是按计划在她家挖了秘密洞，后又改成连环洞。但因雨水灌进了气眼，弄得塌了五六间房。干部劝说："打走了鬼子咱们盖新的，您千万别上火……"刘大娘说："看你说的！我明白着呢，有人就有房，什么东西都是人置的。我不心疼，弄好了，你们只管接着挖！"

徐光耀曾说："我是幸存者，是先烈们用生命搭桥铺路，让我活了下来；是人民群众对子弟兵的鱼水深情，保护我一次次脱险。他们是我创作《小兵张嘎》的灵感源泉，我今天所有的荣光都是分享的他们的荣光。我经常会想起他们，想起那些刚刚还生龙活虎、转瞬间就血肉横飞的战友；想起陪着我流泪、像母亲般关怀照顾我的房东大娘；想起在鬼子的刺刀前喊我'老二'的机智勇敢的乡亲……"

在华北军区烈士陵园，有一件意义非凡的瓷碗，碗身上印有"晋察冀边区二届群英大会纪念"字样。

这是深泽县段庄村拥军模范田玉春（田大娘）当年的奖品。

1939年，在河北省深泽县大王庄战斗中，这位田大娘一次接收了12名伤员。她连夜把他们安置到村南的地洞里，当亲人一样精心护理。每天晚上，她怀抱饭罐，深一脚浅一脚地去给藏在村南地洞里的伤员送饭。为了让伤员们早日恢复健康，她便卖掉家里的东西，买来细粮给伤员们吃，自己却挖野菜拌着粗粮充饥。她还给他们洗伤口，换药布，端屎端尿。洞口小，只好把屎盆顶在头上爬出来，经常弄得浑身屎尿。每次临走时，她都叮嘱伤员："孩子们，听娘的话，不论外面有什么事，千万不要声张，不要出来，一定要沉住气！"

1940年，她加入了中国共产党，更是把整个身心都交给了革命。她把自己的房子让出来，作为伤员的接待站、护理所；为了伤员的安全和斗争的需要，她亲自挖地洞，精心护理伤员，掩护革命干部，大家亲切地称她为"田大娘"，真名反倒没有什么人知道了。

县青会主任马烽患急性肺炎在田大娘家养病，大小便不能自理。田大娘把自己仅有的一床炕单撕了给他当褥子，一天至少要换三四次。他因病难以进食，田大娘就一口口喂他吃饭。马烽感动地说："娘，等我好了，我一定好好伺候您！"

抗大三团战士许世奎锁骨被打断，田大娘每天扶着他躺下，再扶他坐起，托着他的头喂饭；县小队队员黎庆林在她家养伤一年之久；为了伤员的安全，她亲自挖了五个地洞，还经常化装成拾柴火、串亲戚、要饭的模样到每个地洞里给伤员送饭。每天都要熬花椒水为伤员擦洗伤口，伤员睡着后，她就到门口站岗放哨。就这样，一批又一批伤员被送来，经过精心护理后，又一个个把他们送往前线。经田大娘保护救助的伤员有200余名。

田大娘家不仅是医疗站，也是分区总联络站。她除了担负医疗工作，还是联络员和妇救会主任。每天夜里，不是带着妇女们出去扰敌，就是接送来来往往的同志们，烧水，做饭，打掩护，还不顾危险，帮着送情报，每次都圆满完成任务。

1944年12月20日，晋察冀边区第二届群英大会在阜平县史家寨村开幕。田玉春大娘光荣地出席了大会，受到上级领导的表扬，被授予"拥军模范"光荣称号，荣获纪念章和纪念碗。1965年，田大娘因病去世。终年72岁。

李杏阁出生于安国流长村一个贫苦农民家庭。17岁时嫁到安平县报子营村。在她生下第三个孩子后，丈夫因病去世，剩下孤儿寡母四人艰辛度日。七七事变后，冀中区党委、冀中军区、冀中行政公署相继在安平成立，并在冀中区实行减租减息政策，冀中军区司令部和冀中行署机关多次住在报子营村，军区首长和行署领导经常到李杏阁家问寒问暖，帮助她家解决生活上的困难，让穷愁潦倒的李杏阁一家生活得到改善。她从心里感激共产党、八路军，积极投身于抗日工作，参加了妇救会，积极参与掩护八路军伤员工作。村党支部帮她在家中挖了两个地洞，让抗日干部、战士和伤员隐蔽、疗养。后三十二区队军医张树楷等三人也住到这里并带了部分医疗器械和药品。这样，她家便成了八路军的一所地下医院。

1942年冬的一个深夜，一阵急促而轻微的敲门声把李杏阁从睡梦中惊醒。她细听外面的叫门声，原来是村长来了。李杏阁想，村长是抗日干部，半夜叫门一定是有重要情况。她急忙开开门，只见一个满身是血的伤员被人用担架抬了进来。李杏阁和其他人一起把伤员抬到炕上，她赶紧用被单遮住窗户上的亮光，以防被敌人发现。然后端起油灯，凑到伤员身旁，从头到脚看到了五处伤口，人已经奄奄一息了。李杏阁双膝跪在伤员身边，小心帮他脱去血衣，又把盖在儿子身上的棉被撤下给伤员盖上，然后用棉花蘸着温水轻轻地擦拭血迹。村长说："这伤员叫刘建国，是五区小队战士，在西侯疃村与敌人战斗负了重伤……"李杏阁听着，眼泪夺眶而出，她说："交给我吧，有我就有他！"

村长走后，李杏阁怕伤员冷，赶忙生起一盆炭火。她坐在伤员身旁，一会儿听听呼吸，一会儿摸摸胸口，一夜无眠。不知不觉天都大亮了，刘建国终于睁开眼睛。李杏阁高兴地说："你可醒过来了，孩子，想吃饭吗？"刘建国张张嘴，说不出话来。李杏阁赶紧端过碗粥，用小勺喂。刘建国刚吃了一口，就艰难地摇头，原来刘建国脑后有镰刀般大的伤口，不但说不了话，还吃不了东西，只要一张嘴就疼得浑身打战，这可咋办呢？李杏阁发愁了，她想着想着，说了一句"俺有办法了"，就走到外面，找来一根苇子，让刘建国当吸管喝着喝粥。

刘建国大小便不能自理，李杏阁就用自己的白铁簸箕，扎成一个圆盘，边上用棉花和布包起来，伤员大便时她就去接。在李杏阁的精心照顾下，刘建国的伤慢慢好了起来。

随着伤员和医生的增加，原来的地洞就不够用了。她又在屋里、猪圈里、菜窖等隐蔽地方挖了新洞供伤员隐蔽和疗养。李杏阁除了每天为伤员烧水做饭、擦洗伤口、换药、洗绷带、洗衣服外，还要为他们端屎端尿，负责警戒，常常忙到深夜才睡。由于伤员多，人手少，一时照顾不到，有的伤员大便拉在裤子上，抹在被子上，她从不嫌脏，每次都像母亲照顾孩子一样，用温水把伤员的身体擦得干干净净，然后把沾满屎的被子及衣服一件一件洗净凉干。

在长期的抗日战争中，李杏阁照顾的伤员轻者住三四十天，重者住400多天。据统计，她亲自掩护和护理的轻重伤员达73名。她还把自己18岁和16岁的两个儿子送到部队，哥儿俩参加了安平县农民保家独立团，跟随部队南征北战，作战英勇，都立过战功。

1944年11月，冀中区党委书记、军区政委林铁和副政委李志民专程来到报子营村，代表军区授予李杏阁"冀中子弟兵的母亲"光荣称号，并亲手为她戴上光荣花，扶她骑上枣红马。

同年12月，李杏阁加入中国共产党。

1944年12月至1945年1月在阜平召开的晋察冀边区第二届群英会上，李杏阁认识了晋察冀边区"子弟兵的母亲"戎冠秀。5年后，她们又在北京重逢，一起参加了全国群英会，一起游览了北京城。李杏阁还是全国劳动模范，曾两次受到毛泽东主席和周恩来总理的接见。

1964年12月19日，63岁的李杏阁因病去世。

作家王林曾在多篇文章中提到他"在老区安平有个干娘"，他说的干娘，指的就是安平县台城村的堡垒户弓寿德。

据弓寿德的孙女张珍回忆，自她记事起奶奶就是家里说一不二的老主事，深得全家人敬重，这与她不平凡的经历有关。奶奶曾多次给她讲过在抗战时期掩护八路军干部王林的故事。

1937年七七事变后，中华大地燃起熊熊战火。当时担任村长的张珍父亲张文法突然带回家一个陌生人，此人就是八路军干部王林。

王林个子不高，方脸，长得白净又精神。张珍母亲杨淑慧见来了客人就忙着倒水、做饭招待客人，温柔、善良的母亲从来不多事，也不问父亲带回的是谁，到这儿来做什么，她只是客气地笑笑打了招呼，就不再说什么。不一会儿，晚饭做好，母亲端上饭菜招呼客人吃饭，王林是个很直爽的人，坐下吃完饭，也没有要走的意思。这时父亲开始向王林介绍家里的每一个成员。接下来，王林就在张家住了下来。

王林是个开朗幽默的人，每次回来总是谈笑风生，逗奶奶开心，哄姐姐们玩儿，那时张珍的大姐张纯也才七八岁，他就教她唱歌。有一次部队来了好多人，晚上在村里表演节目，趁着这个机会他还让张纯上台当了一回小演员，唱的就是王林教给的那首《松花江上》。当唱到高潮时的那句"爹娘啊，什么时候，才能欢聚一堂——"下面哭成一片。从此王林和张珍一家人的关系更近了。

过了段时间，台城姥姥家的表姐弓彤轩突然来张珍家串门，按照常理来说，她过来串亲戚看她老姑弓寿德很正常，但在表姐的举动中，弓寿德心里明白，她和王林是同路人，可当时弓彤轩还是个十几岁的小姑娘，弓寿德替她担心起来，说：

"三儿，你这么小的姑娘，怎么胆子这么大，现在世道这么乱就别过来了啊，我不放心。"

弓彤轩只是笑了笑说：

"老姑，没事儿。"

　　过些日子弓彤轩又过来了，当时她是负责给王林送信的。后来，弓彤轩与王林和张珍父亲谈完事情，连夜走了。

　　弓寿德心里虽然担心着自家人的安全，但也明事理，就将张珍父亲叫到身边说：

　　"文法，人家（王林）离家这么远，到了咱这儿咱可得想尽一切办法把人家保护好啊！"张文法听母亲这样一说，就放开思想谈了自己的想法——"一定要做好后盾，坚决保护好党员和八路军！"

　　接下来张文法招呼全家人开会，给大家都分了工，要先挖地洞，杨淑慧和弓寿德在家。因为弓寿德有文化，负责帮助王林编写材料；杨淑慧则负责来者的衣、食和安全。

　　为了让王林出入方便，杨淑慧专门给他做了粗布衣裳和布鞋，让他看起来像一个当地农民。

　　对于挖洞，大家先制定好方案，确定时间、地点和实施人员。经商议研究，洞的地点就选在了前头院的厕所——在厕所内挖一个长方形的坑，用砖垫好，中间垒一个口子，上面盖一个能活动的木板，再往木板上撒上好多灰以作掩盖。接下来全家总动员，晚上开挖，一边挖一边往外背土。洞终于挖好后，王林提出了一个要求，就是如果有特殊情况，洞口必须由张珍母亲杨淑慧负责盖，不能让过多的人知道，因为她细心能干又不多说话，所以王林很放心，大家也一致通过。

　　一天，听说日本鬼子要进村，杨淑慧急忙把王林叫出来，让他向洞口跑去，将王林隐藏在洞里，她把木板盖好，上面撒上些脏东西和灰，确定看不出破绽后，才迅速离去，在院里装得像没事儿人似的。不一会儿，日本鬼子真进院儿了，大家的心都提到嗓子眼儿了，生怕鬼子四处搜，结果这次鬼子只是在院里转了转就出去了。杨淑慧出来看看外边真的没动静了，才把洞口打开把王林叫出来。为了更安全，全家人又有了挖第二个洞的打算。这次选定的地点是在后院瓦房后的棚子里，这个棚子里有农具、柴火等乱七八糟东西的很多，洞口选在了柴火垛下边，这回这个洞比上次那个要大，是专供八路军同志来碰头开会时用的。挖好第二个洞以后，为了遇有紧急情况能快速隐藏，所有来人都在后院的瓦房那儿吃饭、开会，为他们准备饮食和放哨的任务全由杨淑慧打理。

有一天，外边又来人开会了，杨淑慧把刚学会爬的小儿子放在前院东房下的阴凉里，就去后院为大家忙活、放哨，由于当时院子又大又深，而且前、后院都有门，谁也不知道一旦发生危险，鬼子会先进到哪个院儿，杨淑慧就一直没离开后院，一直到给大家做好午饭，把饭菜端上桌，才想起了前院的孩子，当她跑去看的时候，孩子一动不动趴着，脸贴着地，她赶紧抱起小儿，发现孩子已经没了呼吸！杨淑慧哆嗦着把孩子放回屋里，流着泪跟弓寿德说：

"娘，出事儿了！孩子……孩子死了……"

弓寿德闻听噩耗，眼泪也下来了，她接过孩子看了看，含悲忍痛地说：

"别啼哭了，快给孩子拾掇好，把他'送走'吧！今天家里有人，什么也别说，快去吧！"

泪流满面的母亲回到前院，把孩子包好，悄悄"送走"了。回到家，她把痛苦埋在心里，继续为八路军工作。

当时，王林是火线剧社的社长，经常写文章，有时也会和弓寿德商量，征求她的意见。在杨各庄村南曾发生过一场战斗，八路军被鬼子包围，死了上百人，场面非常惨烈，战斗到最后，一个叫崔国昌的机枪手被鬼子层层包围，他边退边向鬼子扫射，一直退到滹沱河里，抱着机枪投河，壮烈牺牲。王林听说后，不顾危险去附近调查走访，将英雄事迹记录下来，并写成文章，激励和感动了很多人。来弓寿德家的八路军干部除了谈工作，有时也印材料，那时候，弓寿德、张文法、张文法大哥张文祥等负责在北屋印材料，杨淑慧就在院子里的大门洞那儿来回转，给他们站岗放哨，大家经常一整宿都不睡觉。

后来，张珍曾问奶奶弓寿德，上咱家来过多少八路军啊？奶奶说："来的人可不少，起码不下五六十人吧，我印象最深的就是吕正操、黄敬，一点儿官架子没有，跟咱老百姓特亲！"

王林曾在日记中这样写道：

在崔章，太阳已经出了老高，我到邻家吃早饭，忽然街上有人大呼跑呢！我便西跑（住处封锁了），敌伪八九人也从西北迁回过来。放了一枪，我见村人还跳水入河而过，我便也跳水过去了。

到了杨各庄，村西见到小宿，他即喜欢得不得了。他说文法（张文法，时任杨各庄抗日村长，弓寿德的二儿子）那天（14日）在分区吃亏，他们以为有我，还去从尸首里认去了。其实我以为他们不入穴，又听说老百姓死得不少，我还为他们挂心不小呢。他们还给我留着过年的肉。老太太（弓寿德老人）从那天起即伏在床上不起，见我来真是全家喜欢。老太太竟然起来了，说是我来了，给我包饺子，她亲手包。

在这篇日记里，我们不难看出：杨各庄的乡亲们，是如何牵挂着身在险境中的王林安危的，尤其是弓寿德老人，更像是母亲牵挂着自己的亲生儿子，这是多么感人的鱼水深情！

全国人大代表、全国劳动模范、全国工商联委员魏志民是土生土长的安平人，抗战期间，他家就是堡垒户，经常掩护八路军和地下党。他小时候曾听他父亲讲过，当时有个年轻的女干部被送来时，身上多处受伤，伤口很深，有的地方已经化脓长蛆。他父母看到年纪轻轻的女孩子为抗日遭这么大罪，非常心疼，也顾不得脓血的气味难闻，蹲在炕前一点儿一点儿地给她清洗伤口，一条一条地挑出蛆虫，又想办法弄来中草药熬后给她服下。为了给伤员加强营养，促进其伤口好转，他们把家中仅有的粮食都给伤员做了粥饭。后来女干部痊愈离开后，他父母才从其他同志那儿得知她叫安建平，是陕西人，是米脂县最早的妇女活动积极分子。全民族抗战爆发后，她扮作流亡学生，从北平经天津、济南辗转到延安。1939年1月到冀中，任中共冀中区委组织部干部科科长、组织部副部长，后任中共晋察冀北方分局组织部干部股长等职。她坚持敌后游击战争，为冀中地区的干部队伍建设做大量的工作，参加冀中反"扫荡"斗争时身负重伤。魏志民说，父母敢于冒着被鬼子杀头的危险，掩护和救治共产党的干部，这份胆识、这份真情，铭刻在他成长的记忆中。

（二）诞生于安平的《冀中一日》

1941 年间，在安平县诞生了一部反映冀中 800 万抗日军民血与火的斗争生活的历史文献，这就是后来震动全国乃至扬名世界的《冀中一日》。

这年春天，冀中军区政治委员程子华在会见冀中区的几个文化人时开门见山地说："高尔基主编的《世界一日》出版了没有？茅盾主编的《中国一日》看到过没有？咱们也在冀中发动一次'一日'的写作运动，你们看怎么样？"想到在烽火硝烟中运筹帷幄的将军，不仅抓'武'百战百胜，抓'文'也匠心独运，王林等文化人禁不住异常兴奋，连声说："太好了，好极了！"

经过一番酝酿策划，在程子华、吕正操、黄敬等冀中区领导的倡导支持下，写作《冀中一日》的倡议得到了冀中党政军民各机关团体的热烈响应，许多活跃在各个岗位上的文化人们都跃跃欲试。

进入 4 月，冀中抗联所属各群众团体，以及冀中党委宣传部、冀中军区政治部和冀中导报报社的代表们，纷纷聚集在安平县彭家营村的一处农家小院中，共商《冀中一日》编写的有关事宜。经过充分的酝酿，成立了《冀中一日》编委会，王林为主任，王林、陈乔、李英儒等人任主编，时间就选定在 5 月 27 日这个极平常但又能真切反映出冀中抗日军民斗争和生活的日子。

经过了 5 月 27 日这一天的亲身经历和细心观察之后，从冀中区领导干部到一般人员，从司令员到普通战士，从学校的教师到学龄少年，纷纷拿起笔，记录下身边事及所感所思。能动笔的义不容辞，不能动笔的请人代写，许多不识字的老大爷、老大娘，也都乐呵呵地参与了这一写作活动。投稿者约有 10 万人，各地送往《冀中一日》编委会的稿件，都要用麻袋装，用大马车拉。如果恰逢打起仗来，还要用车拉着"游击"一阵子，生怕丢失了一份稿件。

彭家营《冀中一日》编委会里热闹非凡，各个办公桌上都堆满小山似的稿件。为了尽快成书，冀中区各部门抽调了 40 多个宣传文教干部，专门选稿，再交王林等人编辑，历经八九个月的时间，经过编委会安排，第一辑题目为"鬼蜮魍魉"，主要内容为揭露控诉日军暴行；第二辑为"铁的子弟兵"，内容是武装斗争的艰苦卓绝；第三辑的题目"民主、自由、幸福"，主要写抗日根据地的民主建设；第四辑是"战斗的人民"，反映人民群众抗日的英勇斗争，全书约 30 万字。

李英儒女儿李小龙曾在一篇回忆文章中这样写道：

　　1938 年 1 月，父亲参军后，当编辑、做记者，主编过《火星报》，一边打仗，一边笔耕不辍。1941 年，冀中区军民开展了声势浩大的《冀中一日》写作运动，成为敌后抗日根据地文学活动的突出热潮。滹沱河沿岸，曾经是《冀中一日》编辑工作的根据地。

　　《冀中一日》的编选工作，在当时是一个很了不起的举动，仅冀中区就集中了 40 多个宣传、文教干部，用了八九个月的时间，才初选定稿。前三辑由王林、孙犁、陈乔等编辑审定，第四辑由我父亲李英儒负责，并在此卷中写了两篇文章，一篇用的本名，一篇用的笔名。如今，《冀中一日》已经出版 80 多年了，大家依然还在看，还喜欢看，而且还有一批学者在研究，这本身就说明了这部书的历史价值，我为我父亲曾参与其中感到骄傲和自豪。

李英儒夫妇与女儿李小龙

《冀中一日》书中一篇篇短小精悍、朴实无华而又充满真挚情感的文章，充分显示了广大工农兵群众的智慧和创作才华，真实地记录下了冀中根据地抗战生活的整体风貌，生动地再现了那个特殊年代中国人坚毅执着和献身精神，成为敌后坚持抗战的一个缩影。这次写作也是一次大众化文学运动的伟大实践，是共产党领导下的人民群众向新民主主义文化战线进军的一面旗帜，在中国的抗日战争文艺史上占有不可或缺的地位。

（三）老区儿女踊跃参军

抗日战争胜利后，中国人民热切希望和平、民主，建设一个新中国。但是 1946 年 6 月 26 日，国民党重兵围攻以鄂豫边宣化店为中心的中原解放区，挑起全面内战。其后，国民党军向其他解放区展开大规模进攻，全面内战由此爆发。

对于人民革命力量来说，战争初期的形势相当严峻。面对日益紧张的局势，安平县委带领全县干部群众，积极响应党的号召，努力做好扩军支前、参军参战的各项工作。

根据中央局和上级指示，先后成立了安平县支前委员会和武装动员委员会，县区还分别建立了战士收容所，负责动员、训练、转送新兵。

从 1945 年 8 月到 1949 年 3 月，先后六次召开较大规模的全县扩兵工作会议。各区村也召开区扩干会、区村干部联席会、党团员、民兵会、妇女会、群众会、青壮年家属会、挑战竞赛会等一系列扩兵会议。不少区、村还结合抗日斗争史和土改运动，组织贫苦农民召开忆苦思甜会，以提高广大干部群众参军的自觉性、主动性，鼓舞人民群众报名参军的热情。

为了把参军参战运动推向高潮，胜利完成上级布置的扩军任务，县委、县政府和武装动员委员会还组织县级干部分头到各区，会同区村干部深入群众，深入家庭，做思想工作；发动党员干部分包应征对象，耐心做说服教育工作；号召干部和党团员及先进青壮年发挥模范带头作用，积极报名参军；组织开展自愿参军竞赛活动。各级干部和部门团体努力做好拥军优抗工作，同时利用大字标语、黑板报、高房广播、集市宣传、文艺演出、学生上街游行呼口号等形式，深入发动青年参军。

广大翻身农民，从心里感谢共产党，反对美蒋发动内战，愿意跟随共产党，彻底打败国民党反动派。在参军活动中，模范村、模范户比比皆是，争先恐后要求参军者层出不穷。1946 年夏秋扩军补军工作中，大同新村的 5 名村干部率先报名，带动 14 名青壮年一起入伍；郎仁村的全体党支部委员带头报名，带动 10 名党员联名参军；五区区干会上 30 多名青壮年干部纷纷报名参军，有的女干部替儿子、丈夫报名；西满正村一次就有 20 多名青年参军；南两和村一名党员，有两个小孩，其妻又将生第三个小孩，他毅然舍下妻儿，联合本村 8 名党员一同参军；香管村有一位老贫农，第一次扩兵给大儿子报名参了军，第二次扩兵又送 17 岁的二儿子上了战场。在动员新兵入伍的同时，县委、县政府还根据中央和冀中军区的指示几次召开会议动员退役、复员军人归队，并组织干部深入到村，宣传到人。老战士们经过集中训练后，及时回归了部队。

解放战争时期，安平县的参军高潮有六次。

第一次是 1945 年 8 月 15 日中央发布迅速扩大正规军、向各大城市进军的命令后，安平县大队 350 人在彪塚村被编入八旅三十三团，奔赴了新的战场。随后县大队又重新进行了组建，由闫志学任大队长，孙博敏任副政委，各区小队战士编入县大队。

第二次是 1945 年 11 月 24 日至 1946 年 1 月中旬，全县 380 名青年踊跃报名参军开赴前线。

第三次是 1946 年 7—8 月，分两批入伍 1264 名，其中 7 月入伍 316 名，8 月入伍 948 名，这批新兵大部分被分到了分区部队，小部分留在了县大队。

第四次是 1946 年 12 月至 1947 年 1 月，全县 1804 集体参军，组成安平县农民保家独立团。

第五次是 1947 年 6 月，解放军将由战略防御转入全面反攻，晋察冀军区炮兵团扩建为炮兵旅，急需青年知识分子到部队工作。王志贤等 70 多名教师响应党的号召，投笔从戎，在义里村集体入伍参加了炮兵旅。

第六次是 1948 年 4 月，县委根据冀中军区和行署的指示，动员组织参军。广大青年踊跃报名入伍，80 多名复员军人又重新归队。

安平县一批批参军入伍的新战士，怀着对国民党反动派的无比仇恨，带着安平人民的厚望，为保家保田、保卫胜利果实，参加了解放战争，并在张家口、新保安、清风店、石家庄、太原等战场上留下了冲锋陷阵的足迹，为解放全中国作出了重大贡献。

在解放战争中，安平县在顺利完成扩军任务的同时，还组织全县各阶层民众广泛开展了"献款献物，大力支援前线，慰劳前方将士"的运动，并多次派出民兵、民工开赴前线，支援全国解放战争。

1946 年 12 月初，为粉碎蒋介石反动派向解放区大举进攻的阴谋，冀中区党委要求安平县在年底前扩军 500 人，成立一个独立营。为完成党交给的这一光荣任务，安平县委召开全县区、村干部大会，县委书记张根生做了动员报告，分析了当时所面临的严峻形势，并号召党员、干部要带头拿起武器，保卫胜利果实。

县里召开动员会后，台城村党支部立即召开会议，带头送去新兵 13 人，是全县输送新兵最多的一个村。在台城等村的带头下，全县不到 20 天的工夫，就征兵 1804 人，组建了安平县农民保家独立团，闻名全国。台城村老支部书记弓雕琢回忆："谁都知道，当兵就意味着上战场，就意味着随时会牺牲，所以当时村党支部研究决定，村干部和党员们要带头动员亲属参军，我先后动员了自己的二弟和两个侄子参军，二弟和一个侄子都在战场上牺牲了。"

弓雕琢说，当时全县掀起轰轰烈烈的参军热潮。大会现场，县武委会主任田农就第一个报名参军，紧接着 393 名区、村干部也争先报名参军；县长刘庆祥给 14 岁的儿子报了名，40 名村干部也替儿子报了名；四区区长张文宗带领全区 160 名青年参了军；县一区 43 个村青联主任全部报了名；南牛具村 4 名村干部集体入伍，该村李大娘 5 个儿子，已有 3 个在部队，这次又送来一个儿子参军；外出的一区委书记赵政民闻讯后，连夜回家参军；张舍村农会主任赶了 80 里路，把在辛集工作的儿子叫回家参军；新政村青联主任李拴柱是家里的独子，他的孩子还没出满月，在妻子、母亲和奶奶的支持下他也毅然参了军；向官屯村回家养伤的一二〇师某连连长马双贵身负 7 处伤，肺部还留有弹片，在身体尚未痊愈的情况下，他同爱人一起回了部队，在他的带动下，全县有 80 多名复员军人归队……

最后，全县实际报名入伍者高达 1804 人，其中女子 14 人，因为入伍人数的剧增，县委将独立营改为"安平县农民保家独立团"。1946 年 12 月 26 日，县委在县城大操场举行了安平县农民保家独立团成立大会，县委书记张根生号召全团指战员发扬革命老区的优良传统，英勇杀敌，为全县人民争光。

安平县这次参军工作受到冀中区党委、冀中军区的表彰，《冀中导报》也在头版报道了安平县相关事迹，并描述道：保家独立团入伍的战士们胸戴大红花，身披红彩带，全县 2000 多人的欢迎队伍长达数公里。导报还发表了短评文章，号召冀中各县向安平县看齐。安平县农民踊跃参军的事迹，传遍了晋察冀边区。

《冀中导报》刊发报道《安平保家独立营举行建军盛大典礼》

安平县农民保家独立团

安平县农民保家独立团成立后，全县掀起了拥军高潮。南庙头村李建青系复员军人，因伤了胳膊，不能参军，就把自己的复员费和积蓄全部捐出，作为独立团的慰问金；全县的小学生拾柴、拾废铁变卖成钱慰问新战士；妇女们也积极行动起来为战士赶做军鞋、军衣；县城的居民将最好的房子腾出来给战士住，一位老党员把准备给儿子结婚的、糊了花顶棚的婚房让出来做了连部；各地群众纷纷将鸡蛋、红枣、花生，甚至猪肉等送到城里，慰问战士们……赶车的、推车的、挑担的、背包袱的，源源不断的慰问品从四面八方输送到县城，慰问品堆得像小山一样，足够全团吃20天。

安平县农民保家独立团在县城经过20天的整编训练，正式加入主力部队，编入三纵八旅，后改名为六十三军一一八师，自此，安平热血儿女便奔赴各个战场，为了国家、为了人民抛洒热血、奉献青春和生命。

独立团指战员们先后参加了解放战争和抗美援朝。他们南征北战，驰骋疆场，英勇杀敌，有的牺牲在家乡的土地上，有的长眠于外地甚至是异国他乡，许多人荣立战功。

（四）安平县远征担架团

1948年，中国人民解放军攻克华北重镇石家庄后，又于保北歼敌傅作义部嫡系三十二师。华北之敌为避免遭我各个歼灭，将其主力集结于平、津、保地区。此时察南及漫长的平绥铁路线已呈现空虚，为此华北野战军司令部决定发起察南战役，三纵八旅是主要参战部队之一。

为确保部队顺利迂回作战，解除后顾之忧，中共安平县委根据上级指示精神，继 1946 年组织的大规模扩军运动后，又深入发动广大翻身农民积极行动起来，参加支前工作，跟随八旅远征。在党员和各级干部的带动下，全县很快有近千人报名。经过一番准备，县里成立了以崔树欣（地区代表）、王新征（担架团团长）、李志起（担架团政委）、孙大冲等同志负责的担架团；县以下各区设连，根据实际能力有的区设一个连，有的区设两个连不等。农历正月下旬，县委在马店村隆重召开欢送担架团随主力出征大会，刘庆祥县长代表县委讲话。随后，安平县远征担架团开始了长达数千里的征程，在将近 10 个月的时间里，他们发扬不怕疲劳，连续作战的作风，克服艰苦生活条件，战胜恶劣自然环境，跟着主力部队三纵八旅挺进察南，转战冀东，参加过大小几十次战斗，始终保持旺盛的斗志。他们非凡的表现、出色的工作，多次受到各级组织的表彰，成为全冀中军区支前工作的典型。

安平远征担架团第六连共 128 人，这次支前涌现出了大小功臣 51 名，70 天来没有一个掉队和逃亡的。第六连执行任务坚决勇敢，在化稍营战斗中，12 副担架在弹烟迷蒙里冲上前线，通过大渡桥时，桥长里许，3 架飞机轰炸封锁，机枪炮弹在桥的左右纷纷降落，但每个担架队员都是先将伤员放在沟里隐蔽好后，自己才去躲藏，并瞅飞机的空子，一气儿冲过桥的对岸。就这样将我们 53 个伤员，从火线上安全地转移下来。滹沱店战役时，天阴得暗黑，伸手不见掌，刮着大风，下着大雨，沙子雨点儿一起砸得眼睛睁不开，担架员们背着炸药，抬着云梯，和战士们一块儿爬着，虽然天气冷，路不好走，但没耽误抬伤员。从滹沱店到邓家台连抬两站，往返 130 里地，路上情况紧急，他们便用缴获的武器组成大枪班，掩护前进。

当年的《冀中导报》报道了安平县远征担架团的事迹，文中说："他们纪律严明，攻进化稍营、桃花堡时，街上堆满了国民党兵遗留下的衣服、鞋子、被褥，虽然大家的衣服、鞋子都很破了，但没有一个人去拿。"

第六连把在战场上缴获的大枪 5 支、战马 5 匹、子弹 1500 发全部交了出来，无论战时还是平时，该连都给友邻担架队做出了榜样。第六连由区干部贾端良领导。该连之所以能做到这样，主要是因为干部作风深入，以身作则，带动群众。如连干部行军给队员们背东西；部队发给的白面连干部舍不得吃，给病号留着；及时了解民兵思想情况，有事召开功臣英模会议进行讨论。

（五）70 余名教师投笔从戎

1947 年 6 月，全国规模的内战已进行了将近一年，国民党军队对解放区的全面进攻已被我军粉碎，其重点进攻也即将失败，我军就要转入战略进攻阶段。在此情况下，加强我军的炮兵建设成了当务之急。就在这个时候，驻在安平县义里村的晋察冀军区炮兵团扩建为炮兵旅，急需青年知识分子来队工作。因为战士多是翻身农民，识字不多，他们多年来使用简陋的农具在田间劳动，对枪械都感到陌生，对榴弹炮、山炮、战防炮都是见所未见，对操作大炮所需的几何、三角知识就更是闻所未闻了。因此，提高炮兵的文化素质就成了提高部队战斗力的关键。于是，炮兵旅旅长高存信对安平县委书记张根生说："现在大炮有了，人也有了，都是从各部队挑选的优秀战士、干部，政治素质很好，但是文化水平太低，没有数学知识无法测算距离，很难掌握大炮技术。请县委允许帮助我们动员一部分青年教师入伍，当文化教员。"

安平县委深知科学文化知识在战斗中的作用，认真研究了炮兵旅的要求，一致认为：为提高炮兵战斗力，早日粉碎国民党反动派的军事进攻，号召部分教师参军是义不容辞的责任，即使本县教育暂时受些影响，也是值得的。于是决定：号召青年教师发扬"安平县农民保家独立团"的精神，为粉碎国民党反动派的军事进攻，为保家保田，投笔从戎。定于 6 月 6 日庆祝教师节时由各区分头发出这一号召。

当时全县共有教师 300 人左右，他们的父母大都是翻身农民，在"土改"中分了房子和土地，他们由衷地感谢共产党、毛主席，有粉碎国民党军事进攻的强烈愿望，有跟着共产党走的政治觉悟。第七完小校长王志贤，思想进步，工作积极，处处以身作则，教学质量好，是县里的模范教师。在会上，他首先报名。他说："天下兴亡，匹夫有责，我们当教师的应该为青年、为学生做榜样。大敌当前，作为共产党员，我必须带头！作为校长，我更应走在前头！"在他的带动下，全校男教师除一名年龄大的外全部参了军。庄窝头小学教师赵振川是北赵町村人，经过土改，家里分得了土地，翻了身，他打心眼里热爱共产党，热爱人民解放军，他注重对学生进行思想教育，多次带领学生，带着鸡蛋去义里村慰问炮兵伤病员，参观缴获的国民党大炮。在四区的动员大会上，他说："我们常教育学生'翻身不忘共产党，幸福不忘毛主席'，我们为人师表，更应说到做到。现在炮兵旅需要文化教员，我坚决响应县委号召，教会战士数学知识，多打胜仗。从敌人手里夺来的大炮，决不能让敌人再夺回去！"他说服父母，毅然参军。共产党员、县教育科科员刘恩（现名刘金）土改时曾动员自家献出110亩土地，分给贫下中农，在全县传为佳话。这次又坚决要求参军，他说："我虽然不是贫下中农出身，但经过党多年培养教育，经过抗日战争的洗礼，从新旧社会的对比中，看到了自己应该走的道路。作为一名共产党员，为了革命，我不但可以舍弃财产，必要时，也可以献出生命。"大家报以热烈的掌声。

当时正值麦假，一部分教师没有得到开会通知，未能报名参军，得到消息后纷纷赶到县里要求参军。北赵町小学教师刘占鳌6日晚上听到消息，他思绪万千，怎么也睡不着觉：1937年日本发动七七事变后，国民党五十三军在北赵町村南、庄窝头村北，驱使当地老百姓挖了深1丈多、宽3丈多、长数华里的战壕，说是要"与国土共存亡""拼死抗战"，可是还没听到日本人的枪声就逃之夭夭了。是共产党领导人民开展敌后游击战争，经过浴血奋战，同全国各族人民一起，取得了抗日战争的最后胜利。共产党又领导人民实行土地改革，使广大贫苦农民翻了身。可是蒋介石却发动了全国规模的内战，企图摧毁解放区，夺走人民分得的土地。在此情况下，我绝不能犹豫，我要响应县委号召，保卫胜利果实。鸡刚叫头遍他就向25里外的县城奔去，天不亮就赶到县教育科。科长同他开玩笑说："你来晚了，名额已满了。"他央求说："看在乡亲的分上，无论如何补上我一个，谁让你事先不通知我开会呢！"就这样他欢天喜地地同首批33名教师参加了炮兵旅。

6月17日，县委和县政府联合召开欢送大会，县委书记张根生讲话，他勉励大家入伍后英勇杀敌，为提高部队的文化素质尽心尽力，为全县17万父老乡亲增光，并授予参军教师"投笔从戎"锦旗一面，赠送每人草帽一顶。县委领导同大家合影留念。参军的教师和留下的教师相互勉励，气氛十分热烈。有位教师送给王志贤一张照片，背面写了"爱民如玉，杀敌如虎" 8个字，集中体现了大家对参军教师的期望。这批优秀教师在刘继恩的带领下，高举着"投笔从戎"的大旗，来到炮兵旅旅部驻地——义里村，炮兵旅召开了隆重的欢迎大会。义里村及附近群众自发地手执小旗，像赶庙会似的从四面八方涌来，各村的秧歌队、高跷队也赶来助兴。旅长高存信、政委王英高、政治部主任陈靖出席欢迎仪式，陈靖同志代表炮兵旅首长讲了话，他对安平县委选派这样多的优秀教师参军表示衷心感谢，对教师们加入炮兵旅表示热烈欢迎，并勉励大家安心工作，不断进步。刘继恩代表全体参军教师表了决心，他说："为了保卫胜利果实，我们决不辜负县委、县政府和全县17万人民的重托，决不辜负炮兵旅首长对我们的信任，入伍后一定英勇杀敌，多打胜仗，请首长和战友们看我们的实际行动吧！"他的话赢得了阵阵掌声，这掌声表达了家乡父老对人民子弟兵、对教师们的一片深情。

这批教师参军后县委发了通报，表扬了他们的模范行动，号召青年教师以他们为榜样，继续参加炮兵旅。接着又有40多名优秀教师参加了炮兵旅。这样，先后两批教师共70多人参军，占全县教师总数的四分之一。

他们参军后，受到首长和战士们的热烈欢迎，被称为"文化兵"。为了充分发挥他们的特长，他们多数被安排当了文化教员、文书等，对提高部队的文化素质和战斗力起了积极作用。

他们当中有的人当了政工干部，充实了部队的政工队伍，推动了部队的政治思想建设。张军参军前是深受学生爱戴的好教师，参军后怀着"打倒蒋介石，建立新中国"的强烈愿望，想方设法积极做好部队的思想政治工作，多次出色地完成了任务，受到领导和战士们的赞扬。经过多年的战争锻炼，他们大都成了炮兵部队思想政治工作的骨干力量，在离开部队前，多数人是团级干部，甚至还有师级及军级干部。安平县教师集体参军是继

"安平县农民保家独立团"之后，在安平县引起巨大反响的又一重要参军事件，推动了安平县的各项工作，尤其是参军支前工作的开展。教师参军也在学生心里树立了光辉榜样，学生们自动给军属拾柴、扫院子，节约零用钱买鸡蛋慰问伤病员。参军参战、拥军优属蔚然成风。

这些投笔从戎的同志，在解放战争中南征北战，走遍了华北的山山水水，在清风店、石家庄、新保安、张家口、平津、太原等战场上都留下了他们冲锋陷阵的足迹，几乎每个人都立过功、受过奖。新中国成立后，炮兵旅改编为华北军区特种兵部队，在这个新组建的部队中，亦有这些教师的身影。朝鲜战争爆发后，他们又渡过鸭绿江与朝鲜人民军并肩作战。

在《华北炮兵战史资料汇编》第一辑第十八页，有这样一段文字："1947 年 6 月，河北省安平县王志贤等七十余名教师投笔从戎，为提高炮兵的文化素质作出了贡献。"

安平 70 余名教师投笔从戎，是安平县革命斗争史上光辉的一页，一直到今天，都是激励老区人民的精神力量。

■ 追寻的足迹：续写两个小八路的故事

2024 年 11 月 16 日晚，金鸡奖颁奖仪式上，河北著名作家、"小兵张嘎之父"徐光耀获得中国文联终身成就奖（电影），我闻之既高兴又激动。此时在"冀中烽火——八分区"微信群中，有人转发了一篇人民网 4 年前的文章《高天厚土不能忘——专访著名作家徐光耀》，此文是我的原创作品，首发在河北党刊上，当年曾被很多媒体转载，还被收入一本学生课外读物。这时群里有人问这篇文章中提到的当年住在徐光耀家的小八路王发启的情况，吸引了我的注意。安平县南郝村王发启是 27 大队的战士，27 大队是 23 团的前身，为此，群里有人发了一些 23 团的烈士事迹，还有人说，"王发启算幸运的了。从 27 大队到改编为 23 团，大小战斗无数，'五一大扫荡'时，23 团更是从满编时的 2000 多人，仅剩一连多人"。

我曾关注和寻找王发启多年，也总算有了一些进展，没想到在这里会以这种方式再次与他"相遇"。

在革命老区安平县，像王发启这样参军的战士很多，大都没有什么名气，不为外人所知，王发启曾与徐光耀有过一段纯真而深厚的交往，这是促使徐光耀走上革命道路的最初动因，这个安平籍小八路王发启，成为徐光耀一生思念的人。为此我多方打听，终于了解到王发启曾经头部受伤等重要信息。

我关注王发启，除了因为他是徐光耀念念不忘的人，还因为他是弓仲韬的家乡人。这两个小八路的故事，是战争年代军民鱼水情的具体体现，是中国共产党为什么受老百姓拥戴的生动案例。

次日上午，我电话联系了王发启的侄子王国庆。王发启前些年已经去世，他的亲属后人并不知道他生前与徐光耀有过交往。我告知他徐光耀获得中国文联终身成就奖的消息，并把我那篇文章《高天厚土不能忘——专访著名作家徐光耀》发给他，说这篇文章中就有徐老亲口跟我讲述的他当年与王发启结下深厚情谊的感人往事。我还转发给他"冀中烽火——八分区"微信群中关于王发启的内容，以及徐老那句有点伤感的原话，"我找了他一辈子，他却完全不记得我了"。

王国庆闻之深受感动，他说："辛苦了高老师，你背后做了这么多的工作，很钦佩！大伯在世的时候我见过他好多次，感觉比较健谈，为人很真诚。他很少谈战争年代的事，所以不知道战争年代他负伤后的情况，他跟徐光耀的情况我们都不知道。受伤以后是不是影响了记忆？如果是这样，可以理解徐老伤心的心情！"

我没见过王发启，但通过徐光耀的文章，早就对这个名字熟悉了，为此我还专程到安平县南郝村王发启的家乡去寻访。徐光耀和王发启，这两个当年情同手足的小八路，后来一个成为身经百战、享誉全国的著名作家，他一生都在寻找那个引领他走上革命道路、影响他一生的小八路；而那个安平籍小八路，自离开徐光耀家后，久经沙场，多次负伤，立下赫赫战功。新中国成立后，他默默无闻、兢兢业业地工作，低调内敛，从不炫耀，连他认识著名的"小兵张嘎之父"都没跟后人提起过。这不禁令人感慨：唯其淡泊名利、不事张扬，更显其情操高洁、人格伟岸！

■ 追寻的足迹：在河北省图书馆的新发现

2024 年 6 月 9 日，周日。我在河北省图书馆查阅旧报纸时，无意间看到一份 1947 年的《晋察冀日报》，其中有一篇小文，题为《冀中子弟兵母亲李大娘亲赴前线慰劳战士并送两个儿子参军》。内文很短，题目基本都说清了。这个李大娘虽然没有写全名，但应该是安平县报子营村的李杏阁。在抗战时期她就因救助过几十名伤员而受到表彰，名气很大，她的事迹还被编成歌谣广为流传，我记得头一句是："冀中抗日战鼓响，报子营出了个李大娘……"

我本来想找孙犁那篇《种谷的人》，我曾在一份资料中看到，此文最早发表在 1948 年的《晋察冀日报》上，可是那天我翻找了 1948 年的报纸合集，却没有找到。然后又翻看了 1947 年全年的《晋察冀日报》，也没找到。晚上回到家，找出《孙犁文集》，翻到那篇《种谷的人》，在文章结尾处，写着完成日期是 1948 年 7 月 27 日。

我恍然。因为《晋察冀日报》在 1948 年只有上半年，下半年就与晋冀鲁豫的《人民日报》合并成新的《人民日报》了。所以我翻看的只是 1948 年上半年报纸。此文章完成日期是 7 月 27 日，想必发表出来，肯定更要延迟些，不大可能在《晋察冀日报》上发表。

为了弄清楚这个问题，我又继续翻找书籍资料，终于，在翻看《孙犁书信集》时，发现最后面有他的著作年表，遂仔细查找孙犁 1948 年的作品，果然发现了答案，《种谷的人》发表在 1948 年 8 月 12 日的《石家庄日报》上！

虽然这个细节不是特别重要，但弄明白了我还是很有成就感。

我之所以对孙犁这篇《种谷的人》如此上心，是因为里面那个"瞎眼老人"与弓仲韬实在是太像了。

那天查阅资料时，我还关注到几篇文章。一篇是 1946 年 12 月 13 日《冀中导报》刊发的《安平参军归队的运动经验》，作者张根生在文中总结了五点经验：一是抓住主要环节——加强思想教育；二是干部、党员作用大；三是集中力量在一定时期一气呵成；四是与土地改革紧密结合；五是必须认真加强优抗工作。

一篇叫《到保家独立营去》，作者是谷峰、青蕾，刊发在 1946 年 12 月 23 日的《冀中导报》。文章以生动的语言描摹了安平县广大党员干部带头踊跃参军的生动场景。

还有一篇是张文宗写的《成立安平县四区农民保家独立连的经过》，里面写到了当时流传的一首歌曲，歌词是："安平农民大翻身，成立保家独立营。有一个区长叫张文宗，哎嗨，哎嗨呦！区长张文宗，带领农民一百六十人，报名来参军，壮大边区子弟兵，杀呀杀敌人！"

在这篇文章中，提到了李杏阁和戎冠秀，让我确认了她俩确实同时参加过晋察冀边区群英会。原文是这样写的：

> 歌词中提到我的名字，其实我并不比别人高明，在旧社会，我是和穷哥们一样的受苦人，共产党来了，我才翻了身，当了区长，同戎冠秀、李杏阁等一起出席了晋察冀边区群英会……

还有 1992 年 7 月 15 日，为纪念安平县农民保家独立团 46 周年，张根生撰写的题词："广大翻身农民踊跃参加人民解放军，为推翻蒋家王朝、解放全中国立功劳。"

这些信息都很重要，但是都是碎片化的，假如不及时整理记录下来，等用的时候再找，就费劲了。这也是我坚持写寻访日志的一个重要原因。

在寻找弓仲韬的过程中，为了在浩如烟海的历史长河中打捞到有价值的信息，我对与弓仲韬同时代的早期党员及可能有关联的人也进行了调研，查阅了他们的日记、回忆录、文学作品等，如孙犁、王林、李英儒等著名作家，还有严镜波、张鹤亭、焦守健、陆治国、侯玉田、王耀郁等，同时翻阅了大量的《晋察冀日报》和《冀中导报》，确实很有收获，而且在搜集这些资料过程中，又钩沉出很多鲜为人知的感人故事。

焦守健出生于 1912 年 10 月，饶阳县留楚乡屯里村人。1925 年，他以全县第一名的成绩考入县立第一高小，在这里结识了担任教师的共产党员王耀郁。1926 年，焦守健担任了饶阳县第一任共青团（总）支部书记。

1937年七七事变后，中共饶阳县工作委员会正式建立，焦守健于10月担任中共饶阳县第一任县委书记，1941年牺牲。

王耀郁是阜平人，1904年1月13日出生于阜平县广安村农民家庭，曾在育德中学读书，在第二十三班，民国十二年（1923年）6月毕业。经进一步查询资料，发现王耀郁有好几个名字，比较常用的有王斐然、王跃郁等。

王耀郁有个表妹叫赵云霄，是著名烈士。赵云霄在保定女二师上学期间，经济上出现困难时，曾得到表哥王耀郁的帮助。赵云霄丈夫陈觉也是革命烈士，他们夫妻的遗书留存下来，内容极为感人。

王耀郁的一生历经坎坷，但始终信仰坚定。1958年，他被错划为右派，下放到首都图书馆工作，身处逆境仍然编写《全唐书》索引，完成近百万字的书稿。党的十一届三中全会后，他被平反昭雪。1979年，他当选为北京市人大常委会副主任。他不顾年老体衰，亲自办理大案、要案，经常自己起草报告、撰写文章；深入基层检查工作，积极恢复和完善人民代表大会制度。党组织宣布恢复他的党籍后，他一下子补交了20余年的党费。在整党后期党员登记阶段，他以86岁高龄，拖着病弱的躯体，坚持到机关参加党的组织活动，并按照党组织的要求，认真进行个人总结。晚年，他曾多次出钱资助他人，拿出2000多元赞助亚运会，并多次赞助少儿基金会、少儿图书馆等公共福利事业。他在生命垂危时，将自己的全部藏书捐献给首都图书馆。

因为王林与弓仲韬熟识，所以我读王林的文章比较多。那天，在《王林文集》第四卷，读到那篇《农忙时节，村剧团怎么活动》，颇多感慨，深感那个时候的文艺工作者是真心为群众着想，他们从实际出发，不拘泥于条条框框，善于在个案中总结、反思，不断提升工作方法，令人敬佩和感动。

文中说到一个衣衫褴褛的"瞎子"叫张升，每天打着梨花板唱着鼓书要饭。他们之间的对话非常生动有趣。

听说张升能唱《响马传》等四大套书，"我"问他："小段呢？"他说："不会。""我"说："你刚才唱的不是小段吗？"他说，"会个十个二十个的不能说会，会个一百两百的才能说会，你得说一段书，就来个小段，还不能说重的。"这一来叫"我"惊讶民间艺术的丰富。

"我"好奇地问他，现在土地改革了，你怎么还要饭？他说区长找他谈过，说你看不见，给你地你也种不了，不如每年帮助你点粮食。"我"问他帮助的够吃不够，他说不够，还得要点吃的。听了这些话，我低下头，想了很久，是我们的干部，对这个苦人不关心吗？如果是不关心，为什么区长还跟他谈这话呢？"我"想来想去，想到了他歌唱内容上来了，就问他：你会唱新的不？比如打日本、打汉奸、打蒋介石、敲大鼓、闹土地……他摇摇头说不会。这时候"我"醒悟了，村干部对他不大关心，可能是他说的大鼓词，跟今天的土地改革精神违背，如果他要唱些新词，帮助中心工作、为群众斗争"提气"，村干部可能就不会让他串村要饭了，于是"我"根据他的出身，穷人受的痛苦给他解释，说，今天穷人正闹翻身，可你唱的净是公子王侯妨碍穷人翻身闹心的事，村干部怎么能高兴呢？

"我"批评了他，同时也反省了自己。受旧社会的痛苦，还有比这些人更深的吗？他不愿自己翻身、同时又帮助别人翻身吗？不是的，他瞎，看不见字看不见事，他只能跟师傅学什么就唱什么，如果我们帮助他学新词，他满可以做许多工作的。这样的人，有技术，有群众，要论起为工农兵服务来，我们哪一个文艺工作者都不如他们有群众，而且这样的人各村都有……不如利用他这种既有艺术与村人拨工，他歌唱新书，在春冬为村人解闷、在农忙时为村人解乏、在工作中为村人提气，村人也就给他解决一下吃穿问题。

朴素的语言，真挚的情感，深刻的话题，在今天看来依然鲜活生动，令人深思，发人深省，也同时说明，只有深入基层，走到群众中间，才能发现问题，解决问题，这些沾着泥土、挂着露珠的故事，才是创作优秀文艺作品的源头活水。这也是我明知困难重重，也要在行走中寻找弓仲韬的原因。

■ 追寻的足迹：英雄故事中的人民江山

在走访中，我一次次被冀中平原上的英雄故事所打动。王振芳原本是安平县东黄城村的长工，经弓凤洲介绍入党，走上了革命道路。抗战期间他担任一区区委书记，他关心群众，爱护战友，大公无私，吃苦在前，深得大家信任。1942年10月的一个夜晚，在屯村南洼的高粱地里（高粱已扞穗，还剩秸秆），王振芳正在组织召开全体区委会，研究锄奸、挖地道、建立堡垒户等工作，一队日伪军突然包围过来。危急时刻，王振芳沉着指挥，采用声东击西的战术，让区长带领大家悄悄往南撤，而他则边打枪边往北冲，成功地引开了敌人。同志们安全转移了，而王振芳却身中数弹，壮烈牺牲！

经弓凤洲介绍入党的王仁庆曾担任安平县五区区长，在抗战形势最残酷的时候，他将自己年仅14岁的儿子送去参军，一年后他们父子俩先后壮烈牺牲。

还有《冀中导报》曾报道过的《安平县刘县长送子参军》，为了动员年轻人踊跃参军，刘庆祥县长率先给自己年仅14岁的儿子刘志忠报名。

刘庆祥县长送子参军

2024年9月18日，我几经打听，终于联系上刘庆祥县长的孙子刘向朝。电话里我们聊了半个多小时。我问他当年参军的刘志忠后来怎么样了？他说，当年他父亲参军后，跟随部队转战多地，曾参加过清风店战役，还有解放石家庄等重要战斗，出生入死，作战英勇。在抗美援朝战争中，刘志忠头部中弹，手术后留下头疼头晕的后遗症，无法再参战，拿着三级甲等残疾证退役回乡，先后任公社书记、县委副书记等职。电话中，刘向朝还讲了这样一个故事，刘志忠当县委领导的时候，下乡时经常在自行车上挂着粪筐和铲子，路上遇到牛马的粪便就顺手铲到筐里，再堆到集体的庄稼地边。粪筐和粪铲是他的标配。因为积劳成疾，加之有旧伤，刘志忠年仅48岁就去世了。

在孙犁撰写的《蠡县抗战烈士塔碑记》中，有这样一段话：为什么共产党员在战争的时候，冲锋在前，退却在后？为什么共产党员在临死的时候，还能想起自己的责任，掩藏好文件，拆卸并且破坏了武器，用最后的血液去溅敌人？为什么这些县区干部能在三四年的最艰难的环境里，不分昼夜，在风里雨里、冰天雪地和饥寒里支持住自己和抗日的工作？为什么一个老百姓，一个小孩子，他会为战争交出一切，辗转流离在野地里、丛林里，不向敌人低头？而一旦被敌人捕俘，他们会在刺刀下面、烈火上面、冰冻的河里和万丈深的井里，从容就义，而不暴露一个字的秘密？我们说，冀中是我们的！是包含着这些血泪的意义的。8年来，我们见到什么叫民族的苦难和什么叫民族的英雄儿女了。只就县级干部来说，1941年秋天，齐庄一役，牺牲的就有王志远县长、陈志恒政委、丁砚田大队长、王勤公安局长。1942年，在南玉田，敌人掘洞快掘到身边了，县长林清斥责妥协的企图，主张最后牺牲，打完所有的子弹。敌人往洞里投弹把他炸死，用紧锁在他脖颈上的枪钢绳拖出洞外。同年秋后，县委组织部部长被困室内，敌人要他交枪，他把一支枪卸去大栓投在门限以外；敌人来取，用另一支枪击杀之。看见敌人倒在地上，他说："你不要吗？我还拿回来。"这样两次，一个人坚持半天工夫。敌人从房顶纵火，他才从容地把枪拆卸自杀。耿交通科长在牺牲时，则用自己的尸首掩盖武器。……干部前仆后继，壮烈事迹层出不穷，一砖一石地奠定了胜利的基础。他们在这样残酷的环境里坚持，所忍受的艰难、困苦、饥饿、疲累是不能想象的。他们的身体大半衰弱不堪，而他们所完成的工作、创造的奇迹，也是不能想象的。他们是非常时代，创造了非常功绩的人物。当一个县长上任不久就牺牲，另一个接职，不久又牺牲了，第三个再负起这个担子和责任的时候，他的一个亲戚伤心地问他："你不怕吗？"他不怕！他又英勇地牺牲了。我们也不忘记那些人们：那些残废的人们，那些因为自己的儿女战死牺牲而想念成病的人们，那些在反"扫荡"的时候，热死在高粱地里、冻死在结冰的河水里、烧死在屋里、毒死在洞里的大人孩子们。我们立塔碑纪念，是为了死去的人，自然也更是为了活着的人。使烈士的英雄面貌和钢铁的声音，永远存在，教育后人；使那些年老的母亲父亲们在春秋的节日，来到这里，抚摩着儿子的名字，呼唤着他，想念他们的战绩的光荣，求得晚年的安慰；使烈士的儿女们，在到学校去学习的路上、到田地里去工作的路上、到战场上去保卫他们的路上，望见他们父亲的名字刻在了这里，坚定他们的意志，壮大他们的勇气。

读懂了这些英雄故事，就会懂得，为什么在异常艰苦的战争年代，老百姓愿意把最后一尺布，送去做军装；最后一碗米，送去当军粮；最后的老棉袄，盖在担架上；最后的亲骨肉，送他上战场！

一路寻访下来，"江山就是人民，人民就是江山"这12个大字愈发耀眼，熠熠生辉。

第十三章　穿越时空的相遇

他们已经走了很久很远，但总会在某些时刻回到我们身边。

一、以身殉国的亲兄弟

弓仲韬晚年在女儿弓乃如家度过人生的最后几年时光，得到女儿全家人尤其是女婿田澍的悉心照料，让这位饱经磨难的革命老人得以安享晚年。田澍和弓乃如夫妇都是十几岁就参加革命的老党员，新中国成立后都担任过厅级干部，但他们始终保持着谦虚谨慎、低调简朴的作风，对待工作严谨认真、廉洁自律、勇挑重担、吃苦在前，对待老人亦尊敬孝顺。在食物匮乏的年代，田澍经常用自己省下的钱给体弱残疾的岳父买营养品。田晓虹至今还记得，她小时候爸爸经常会在下班的路上买几块饼干，因为姥爷爱吃饼干。那时家里条件不好，但凡有点好吃的，都是先让姥爷吃。

田澍的正直善良、高洁人品，以及为党的事业所作的突出贡献，被记录在档案中，收录进当地的革命史中，也在黑龙江电影制片厂拍摄的纪录片《致富大壑》中展现过。

回溯田澍忠诚坦荡的一生，离不开一个人的引导和教育，那就是他的入党介绍人彭之久。彭之久1938年8月投身革命，历任八路军一一五师独立支队营教导员、第一大队政治委员、旅参谋长、团长、团政治委员、太岳军区卫生部部长、政治委员等职。1947年4月28日，在晋南夏县泉逗湾战斗中壮烈牺牲。

2024 年 8 月，我查找田澍入党介绍人彭之久的生平事迹时，意外看到华北军区烈士陵园于 2019 年 10 月 13 日发布的一则消息，题目为《镇平籍烈士彭之久长眠华北军区烈士陵园，请大家帮忙寻找他的亲人》上写：

> 彭之久，原太岳纵队卫生部部长，河南省南阳市镇平县人。1937 年入伍，中共党员，1947 年牺牲于夏县！

我急忙通过 114 查找南阳市退役军人事务局的电话，联系上一位姓张的同志。在询问彭之久亲人的信息时，我特意强调了一句，彭之久是著名烈士彭雪枫的亲弟弟。电话那边的人，很显然对这对烈士兄弟的情况十分清楚，但我只是一个遥远的陌生人，对方在电话里不能答复我什么，需要这边出具一份查询函。放下电话，我马上与华北军区烈士陵园文物科的戚主任联系，问这则寻亲启事的事，她说确实有这回事，还问我是否有线索。我说有，但需要咱们陵园出具一个函。她说下午跟领导请示，我随即把南阳方面的电话和传真都告知了戚主任。

10 月 18 日上午，经过我和陵园方面的共同努力，终于找到了彭之久烈士的女儿彭泌阳。她曾在北京的一家出版社工作，已退休多年。电话中，我说我正在写的一部红色题材的书，需要补充彭之久烈士的事迹，并告诉她彭之久是弓仲韬女婿田澍的入党介绍人这一最新发现。她表示感谢，并说父亲牺牲时，她太小还不记事，她也是长大后从一些史料、书籍中对父亲有了更多了解。

那天中午，在细雨微风中，我来到华北军区烈士陵园。彭之久烈士的墓地在这里，我是不久前才知道的。在松柏掩映的众多烈士墓中，我一下子就找到了他的墓碑，就在常德善烈士墓的南边，两座墓碑距离很近。

15 岁时，因家庭生活困难，彭之久辍学到县城"庆太和"土杂店当学徒，不仅要干各种杂活，还要伺候师傅一家。从早上天不亮一直忙到天大黑，稍有一点儿差池就会挨打，从小他就饱尝生活的艰辛。

1928 年，镇平县大旱，百姓的日子更加艰难，偏此时又闹起了匪祸。彭之久回到七里庄参加了村里的保家自卫队，扛着土枪打更巡逻。他还学会了打小红拳、耍九节鞭。这年夏天，在北京汇文中学读书并担任中共汇文中学支部书记的哥哥彭雪枫回乡探亲，给弟弟彭之久带来了几本进步书籍，在哥哥的启发引导下，彭之久萌发了革命思想。

是年8月16日，彭之久千里迢迢来到天津投奔经商的伯父彭延庆。在伯父的帮助下，他在中学当上了一名半工半读的旁听生。得知晋绥军医学校训练班在天津招生的消息后，他报考并顺利通过。在晋绥军医学校毕业后，他随军到山西省阳泉，在晋军七十二师当医兵。他一面刻苦钻研医学知识，一面打听红军下落，寻机参加革命。

1934年，蒋介石调动国民党50多万大军"围剿"中央红军，彭之久随奉调的晋军到江西，意欲寻找在苏区的哥哥参加红军，却未能如愿，又转回山西。1937年2月，彭之久在山西省卫生人员训练所学习期间，参加了太原青年会，在此与彭雪枫邂逅，他向哥哥倾诉了自己渴望投身革命的想法。8月，彭之久学习结束，由哥哥介绍到八路军驻晋办事处工作。从此，他走上了为中国人民解放事业而奋斗的革命道路。

彭之久先后在八路军民运部和中共山西省委宣传部工作。1938年春，日军侵入晋南，临汾失守，山西军阀阎锡山率其幕僚逃至陕西省宜川桑柏村，晋南地区沦陷。驻临汾的中共山西省委机关和八路军办事处向吕梁山乡吉地区转移，以机关的二三十名警卫人员和新绛纱厂一部分工人为基础，组建八路军一一五师独立支队第一大队，彭之久先后担任该大队民运干事、政治部主任。在支队领导下，彭之久和大队长杨尚儒率队战斗在晋南三山（吕梁山、中条山、稷王山）、三河（汾河、涑水河、黄河）之间。

1939年12月，晋西发生"十二月事变"。阎锡山出动6个军的兵力，攻打抗日新军，破坏抗日民主政权，杀害了大批共产党员和进步分子，妄图消灭坚持敌后抗日的八路军、新军和抗日团体，形势十分危急。

当时，新军的二一二旅、二一三旅等部队活动在晋南稷王山一带开辟根据地，全歼土匪王老六、李凤芝等部千余人，粉碎了日军、伪军、顽军对根据地的多次进攻。二一三旅以善打攻坚战著称，从1938年10月开始，在8个月时间里，先后毙伤日伪军500余人，拔除荀董大据点，为根据地的发展立了大功，因此被敌人视为眼中钉、肉中刺。在敌人企图消灭这支部队的关键时刻，上级任命彭之久为部队的总参谋长。他和地方党组织、军队党组织共同研究磋商，组织部队突围，保存了革命力量，并派遣副政委迅速到中条山，把有腐化蜕变危险的大队参谋长黄凌波及其所带的一个中队调回稷王山。同去的大队管理员宁龙顺从芮城水峪星夜赶回，说黄凌波找借口准备枪杀副政委。彭之久不顾个人安危，立即赶到水峪，把黄凌波带回稷王山，使副政委安全脱险。接着，他和涂则生迅速把大队整编成三个满员的战斗连队，作为"拥阎讨逆抗日南路军总指挥部"的特务营。同时，根据乡吉地委和汾南工委的指示，与新军内的共产党组织互相配合，争取了二一二旅旅长孙定国走上共同抗日反顽的道路。

1940 年 2 月，新军二一二旅、二一三旅和八路军一一五师独立支队第一大队以及汾南各县抗日武装、政府机关干部和群众团体组成晋南"拥阎抗日讨逆南路军"，孙定国为总指挥，彭之久为参谋长。根据第十八集团军总部和新军领导人薄一波的指示，部队决定突出重围，向晋东南太岳根据地转移。由于队伍庞大，行动缓慢，生活条件差，加上阎锡山委任的旧军官在部队中进行特务活动，内部情况非常复杂，给转移工作增加了困难。彭之久不负党的重托，深入基层，和士兵打成一片，进行爱国主义教育和阶级教育，把广大士兵团结在自己周围；在作战指挥上，他谋划周密，指挥若定，力挽狂澜。在南路军誓师北征的军事会议上，他详尽地部署了北征作战计划，并针对部队存在的思想问题，作了有力动员。

在转移途中，当部队通过闻喜县与绛县之间的隘口山时，前有顽军堵截，后有日伪军追击，部队遭到敌人前后夹击，被压在景明、白水、南村附近的深沟里。危急时刻，彭之久站在队伍前面大声喊道："我是参谋长，听我的指挥！必须打退敌人的夹击，重新占领高地！"说罢，他身先士卒，率领五四四团一部和八路军特务营冲入敌阵，与敌人肉搏，夺回了三个高地，同时稳定住部队，掩护大部队突出重围，到达太岳根据地。

1941 年 3 月，为了加强对部队卫生工作的领导，党组织把彭之久从前线调到太岳军区，任卫生部副部长、部长、政委。

1941 至 1942 年，日伪军采取"九路围攻""分进合击"等战术，对太岳根据地进行频繁"扫荡"，并采取灭绝人性的"烧光、杀光、抢光"的

"三光"政策，妄图一举消灭抗日力量，摧毁抗日根据地。当时，卫生部下属的卫生教导队有50多名学员，还有一个后方医院，下辖五个卫生所，每个卫生所都有一二百名伤病员。在大部队转移到敌后作战的情况下，彭之久多次召开会议研究对策，根据敌人活动规律，采取就地疏散隐蔽的办法，保障伤病员的安全。在反"扫荡"期间，他和卫生教导队队长王瑾玉一起，把伤病员转移到山高林密的沁源县大林区槐堡峪一带，与学员、工作人员在一起分成若干小组，划分区域，分别疏散隐蔽。每天拂晓前起床吃饭，饭后携带干粮离开驻地到指定地点隐蔽起来，不准离开；天黑后，再回到驻地吃饭，诊治伤病员。

1941年冬季反"扫荡"时，彭之久到爱人姚淑芳所在的医务所指导工作，突然遭到敌人的袭击，医务所人员很快分散撤退。他惦念伤员的安全，每天晚上，他都要到伤病员隐蔽的地方，讲述当天反"扫荡"情况，安慰、鼓励大家坚持斗争，并且还会顺路背来一捆柴，供伤病员烧水做饭用，深得大家爱戴。

彭之久平易近人，没有一点官架子。平时，他听诊器不离身，每到一处，总是"宾客满堂"，有的找他看病，有的找他谈思想、拉家常，他都热情接待，常常熬到深夜。爱人看他太劳累，劝他休息。他总是说："病人从大老远的地方找上门，多不容易呀！我们不能冷淡他们。我们是人民的医生，不能跟旧社会那些阔大夫一样摆架子。"凡是找他看病的人，无论是干部、战士还是老百姓，他都一视同仁，来者不拒，耐心诊断，精心治疗。一次，他到第五医疗所检查工作，看见一个重伤员要小便，立即去拿便盆。事后，伤员听说给自己拿便盆的是军区卫生部部长，感动得流下泪来。

1943年夏，岳北地区瘟疫流行，彭之久率领防治大队，冒着酷暑深入各村进行调查防治。由于过度疲劳，他患了肺炎，高烧不退。跟随他的同志向组织上汇报，要安排他住院治疗，他却说："防疫任务正处在紧张阶段，我不能离开这里，住了院心也不安呀！"体温刚刚下降一点儿，他就坚持听汇报、安排工作，结果又并发了神经炎，病情时好时坏，体温时高时低，一直拖了五个月才痊愈。

彭之久生活俭朴，不吸烟，不喝酒，和战士们同甘苦、共患难，从不搞特殊化。当时因战斗频繁，医药紧张，为了解决部队药品供应问题，他派得力干将深入敌后搞采购，在临汾、太原、天津、长治、邢台等地都建立了采购联络点，买到许多贵重和实用的中西药物。还在本地成立制药所，采集草药制成大批片剂、丸、散和注射液。然而，当他自己生了重病时，连几包普通的药都舍不得吃，贵重的药就更不用说了。

彭之久不仅自己刻苦钻研医术，还帮助大家提高医疗技术。他经常强调医政结合，教育医务人员克服单纯技术观点，树立全心全意为伤病员服务的思想。他爱知识、爱学习、爱人才，在笔记中写道："愚昧落后，需要的是知识、智慧、科学。"他对医务人才特别器重和爱护，政治上予以关心、生活上予以照顾。

在抗日战争最艰苦的阶段，部队人力、物力极端困难，彭之久四处奔走，想方设法创建了太岳军区卫生学校和制药所。为了提高医务人员整体素质，他创办了《医政》刊物。他还担任着卫生学校的内科学、传染病学的教学工作，并且把卫生教学与下部队锻炼结合起来，把总结医疗工作经验与理论教育结合起来，加强对医务人员的医德教育，帮助学员提高业务技术。他还和学员一起背柴、扛粮、打窑洞，不怕苦累，为大家树立了榜样。

太岳军区卫生学校连续举办四期培训，培养出一批政治可靠、工作勤奋、业务水平高的军队医务人员，有力地支援了前方战斗，减少了伤病员的痛苦和牺牲。

1947 年 4 月，在解放晋南战役中，为了推广新创伤疗法，彭之久带领医疗手术组紧随作战部队前进。27 日晚，在泉逗湾战斗中，他们与指挥部失去联系。次日晨，忽听远处枪声大作，他担心指挥部被围，要亲自去找部队增援。警卫员提醒他这样做太危险，但他说："咱们牺牲不要紧，要紧的是赶快设法告诉战斗部队！"说罢，立即带着一名警卫员和一名民兵匆匆出发了。

他们走到夏县巩村和张里之间的地段时，突然与敌人一个 19 人的便衣谍报组遭遇。在敌众我寡的情况下，彭之久沉着应战，英勇迎击敌人。在激烈的战斗中，他不幸头部中弹，但仍顽强地坚持战斗。部队听到枪声迅速赶来，全歼了敌人，而彭之久却流尽鲜血，把生命永远定格在 37 岁。

应我之邀，彭泌阳专门写了一篇回忆彭之久的文章，在文中她饱含深情地写道："父亲牺牲时我才两岁，因年龄太小，对他的音容笑貌没有留下丝毫记忆，这对一个孩子来说是多大的缺憾啊！我常常想父亲是怎样的一个人呢？长大后，看到父亲留下来的几张泛黄的照片，才知道父亲的面容端正和善，脸颊上还有深深的酒窝。他看起来没有他哥哥彭雪枫那般英姿飒爽，仿佛也缺乏那种金戈铁马、气吞万里如虎的气势，他的外表是平和亲切的，内心却跳动着与哥哥彭雪枫一样正直、诚挚、火热的心。父亲首先是一名战斗员。在战场上他将生死置之度外，身先士卒，冲锋在前，勇猛顽强。前年，一位叫涂丽丽的女士寻访到我，她的父亲涂泽生将军是当年战场上我父亲的好搭档，涂泽生是团长，我父亲是政委，两人在战斗中结下深厚友情，还留下了一张难得的合影。涂将军去世后，他女儿涂丽丽不知合影中她父亲身边的战友是谁，多方打听后得知是彭之久，于是特意来到华北军区烈士陵园，在我父亲的墓前凭吊，让我十分感动。"

涂泽生与彭之久（右）合影

彭泌阳还讲了一件事，她母亲姚淑芳当时任军区卫生部下属的卫生二所所长兼外科医生，父亲彭之久听说二所经济上有错误倾向，便立即给母亲姚淑芳写信，要她赶快检查报告，严肃地指出，"如果是由于你们个人出发点有打埋伏而集体贪污的事项，要及时向组织请求处分，要彻底纠正此种思想"。后来查明，此事是所里一个管理员账目不清造成的，和我母亲无关。这封信说明了彭之久作为一名党员干部的公正无私、光明磊落。

谈及父母的关系，彭泌阳说："我的父母感情很深，父亲的牺牲让母亲悲痛万分。在后来的日子，母亲全身心投入到工作中，为提升自己的业务，她 40 岁时进入长春第一军医大学学习，共学习了 5 年。在我父亲走后，母亲孤身度过了 50 多年，于 2000 年 9 月 10 日病逝。我在父亲的遗物中发现一个笔记本，密密麻麻抄录了许多成语。可见在战火纷飞的年代，父亲在工作之余还坚持学习。他的兴趣也影响了我，让我与文字工作结了缘，在北京人民文学出版社当代文学编辑部从事编辑工作 20 多年，这期间见到了心中钦慕的名家，还有幸做了他们书籍的责任编辑。编辑工作和自己的兴趣爱好相结合，是我的幸运，我在心底暗暗感谢父亲的赐予。"

彭之久的哥哥彭雪枫也是在 37 岁时牺牲的。

彭雪枫是我军杰出的指挥员、军事家，也是抗日战争中新四军牺牲的最高将领之一，参加过第三、第四、第五次反"围剿"战斗，二万五千里长征，组织过土成岭战役，两次率军攻占娄山关，直取遵义城，横渡金沙江，飞越大渡河，进军天全城，通过大草原……1938 年至 1944 年，彭雪枫率领新四军第 6 支队进行了大小战斗 3760 次，累计歼敌 4.8 万余人，在运皖东北地区，组建了骑兵团，并在洪泽湖地区取得了著名的淮北反"扫荡"作战（又称 33 天反"扫荡"斗争）的胜利，取得敌我伤亡比例 5∶1 的辉煌胜利。

1944 年 8 月 15 日，彭雪枫率四师主力 5 个团在泗洪县半城镇大王庄举行西征誓师大会。同月 23 日，指挥部队首战肖县西南的小朱庄，击毙顽军纵队司令王传授及其官兵 300 余人，俘敌 1300 人，并争取了吴信荣部起义。1944 年 9 月上旬，他率部继续西进，击溃各地顽军，基本上收复了豫苏区 8 个县的地区。至同月 11 日，全歼顽军 1 个支队，俘支队司令李光明等千余人。在这场战役中，彭雪枫亲临前线指挥，不幸被流弹打中，壮烈牺牲。

在杨成武回忆录中的《穿越日军封锁线，东进冀中》一文中，有这样一段话：

我们谈起了前不久，在收复河南夏邑八里庄的战斗中壮烈牺牲的新四军第四师师长彭雪枫同志，两人都浸在深深的哀痛中。是啊，彭雪枫同志领兵驰骋在抗日疆场上，无数次地重创日伪军，敌人对他胆战心惊！我还清楚地记得：红军在哈达铺改编后，我们的一连长——强渡乌江、突破天险腊子口的英雄毛振华，在河连湾攻打敌人的土围子中弹牺牲，担任二纵队司令员的彭雪枫同志特地赶到烈士墓前脱帽致哀。当我向彭司令员报告毛振华连长的牺牲经过时，他的沉痛之情溢于言表。在"红大"，我们一起学习，一起工作，过着紧张而又愉快的生活。在同彭雪枫同志的接触中，我深深感到他和蔼可亲，才华出众，不愧是我党的一位优秀军事家。没想到，现在他竟离开了我们！"烈士未竟的事业，靠我们以加倍的工作和战斗去完成！"

1945年2月7日，中共中央在延安、中共淮北区党委在洪泽湖边大王庄（现江苏省泗洪县），分别为彭雪枫举行隆重的追悼大会。中共中央的挽词是"为民族为群众二十年奋斗出生入死功垂祖国，打日本打汉奸千百万同胞自由平等泽被长淮"。毛泽东、朱德、彭德怀、陈毅的共同挽词是："二十年艰难事业，即将彻底完成，忍看功绩辉煌，英名永在，一世忠贞，是共产党人好榜样；千万里山河破碎，正待从头收拾，孰料血花飞溅，为国牺牲，满腔悲愤，为中华民族悼英雄。"

为了纪念彭雪枫，在安徽省宿州市、蒙城县等地均建了彭雪枫烈士纪念馆，或以雪枫命名的公园或学校。

彭雪枫、彭之久两位革命烈士，就是本书第一章提到的河南省镇平县七里庄那对出身贫寒但酷爱读书的亲兄弟"彭修道"和"彭修教"。

在一个枫叶流丹的秋日，我怀着崇敬的心情再次来到华北军区烈士陵园，默默凭吊长眠在这里的革命英烈。恍惚间，有两个面容俊朗、身着戎装的年轻人从苍松翠柏间向我走来……

他们不认识我，但我想把他们的名字告诉全世界。

二、滔滔江水祭英魂

2024 年 9 月 13 日，我给弓仲韬外孙女田晓虹发了一条微信："田阿姨您好，自别后，您慈祥的微笑经常浮现眼前。中秋将至，提前祝您中秋快乐，幸福安康！韦老师还好吗？上次没见到他是个遗憾，我想电话采访他几句，不知是否方便？"

韦老师是哈尔滨工程大学的退休教授，田晓虹的爱人，也是著名烈士韦一平的儿子。

很快，我接到田晓虹的微信留言："韦扬走了，谢谢你还记得他，他是 8 月 20 日走完了他的一生，他解脱了。"

收到这个噩耗，我震惊又难过。没想到仅仅过了 1 个月，就发生了如此大的变故。

"您节哀，保重身体！我会把韦一平、韦扬及弓仲韬、田澍、弓乃如等您的亲人的故事写出来，让后人及更多的人知道。"我回复道。

"谢谢！"她说。

放下手机，我脑海中再次浮现出上次在哈尔滨见到田晓虹时，她给我讲的关于她和韦扬的故事，以及韦一平烈士牺牲的经过。

她说，韦扬人很好，性格也好，从小学到大学，他都是住校，是 1961 年的老大学生，在哈尔滨工程大学（当时叫军事工程学院），学的专业是导弹弹体结构，毕业后在大学也是教这个专业。田晓虹与韦扬是经人介绍认识的，父母都很支持她的选择，结婚时田晓虹 29 岁，而韦扬已经 36 岁了。从相识那天，田晓虹知道他是著名英烈韦一平的儿子，内心就平添一份敬重。在后来的交往中，韦扬的聪慧、善良、勤勉、敬业，尤其是对军事科研方面的专注和热爱，更加深了她对他的欣赏和喜爱。韦扬对这个同样出身于革命家庭、率真而热情的田晓虹亦是一见倾心，尤其是得知其外祖父弓仲韬是经李大钊介绍入党的老党员、为了革命事业饱经磨难、九死一生的悲壮人生后，更坚定了他融入这个革命家庭的决心。当时弓仲韬已经去世，弓乃如和田澍对这个唯一的女婿非常好，令远离家乡、自小失去父爱的韦扬感受到久违的亲情。

父亲韦一平牺牲时，韦扬刚满两周岁，对父亲毫无印象。后来韦扬大点了，从父亲战友的口中，得知了父亲牺牲的经过，再后来他认字了，自己也能从报纸杂志和军事书籍中看到父亲的名字，他为有这样一位光荣的父亲而骄傲，亦为过早失去这么好的父亲而痛心。努力学习，报效祖国，做一名像父亲那样的英雄成为他的人生目标。

韦一平牺牲后，经常会有部队上的领导、战友来家中看望他们母子，这种情况从韦扬记事起，一直延续到他成年后。

时光如流水，一晃几十年。回望那段惊心动魄的历史，感动犹在，英魂永存。

1923 年秋，韦一平带着"大丈夫志在四方，务必外出当事，以偿夙愿"的铮铮誓言，和好友韦明秀一起离开家乡，来到广东省三水县，积极投身在这里的工农革命运动。1924 年 5 月，韦一平在三水县加入中国共产党，成为河池境内第一个共产党员。1925 年，他加入国民革命军，后调到叶挺独立团，参加了北伐战争。1927 年 12 月，他参加了广州起义和海陆丰起义，曾在海陆丰根据地担任区委书记。1929 年被派回广西从事秘密革命工作，同年 12 月参加百色起义。

1931 年，韦一平随中国工农红军第七军转战到湘赣苏区，曾任中共永新县委军事部部长、湘赣军区动员部部长。战斗中，他身先士卒，先后 4 次负伤。在第三次反"围剿"中，左脚跟被子弹击穿致残。

1934 年 10 月红军主力开始长征后，韦一平任中共萍（乡）宜（春）安（福）中心县委书记，在湘赣边区坚持了极其艰苦的三年游击战争。在他的领导下，萍宜安地区的游击战争蓬勃开展，根据地基本连成一片，成为湘赣临时省委、军政委员会领导机关的主要活动基地。湘赣省苏维埃政府主席谭余保曾称赞韦一平是"无产阶级的硬骨头"。

全民族抗战爆发后，韦一平先后任新四军驻吉安通讯处副主任、主任，兼吉安中心县委组织部部长、宣传部部长，参与联络和组织湘赣游击队改编工作，大力开展抗日救亡运动。1939 年，韦一平赴江苏，任中共苏北特委书记，领导苏北军民开展抗日斗争。后任中共苏北区委会组织部部长兼泰兴中心县委书记、苏中第3地委书记兼苏中军区第3军分区政治委员、第1地委书记兼第1军分区政治委员，苏中军区教导第1旅政治委员，苏浙军区第4纵队政治委员兼中共浙西地委书记。他先后参加了郭村、黄桥、天目山等战役战斗，为巩固和发展苏北抗日根据地和开辟浙西抗日根据地作出了重要贡献。

1945年10月，根据中共中央指示，位于长江以南的新四军分批向江北转移。同月15日晚，韦一平在完成掩护兄弟部队渡江任务后，率部800余人乘"中安"轮最后一批北撤，轮船行至泰兴天星桥西南江面时，由于风大浪急，加之超载过重，船底漏水，倾沉在即。警卫员找来救生器材，要韦一平立即离船。但他想到的是如何使数百名指战员脱险，将个人安危置之度外，全力组织部队泅渡上岸。不料轮船突然倾覆，韦一平和700多名指战员光荣殉职。

也许是那段历史过于惨烈，能查询到的权威资料很少，细节更少。为了深入了解韦一平烈士的生平事迹，我多方打问、查询，2024年夏，我从网上买到一本旧书，是1986年第2期的《人物》杂志，里面有韦一平的战友惠浴宇写的一篇回忆文章，名为《大江英魂——记韦一平同志》，文中通过作者的亲身经历讲述了韦一平的性格特点、生平事迹以及两人之间的交往细节，尤其是韦一平牺牲前后发生的故事，读来令人泪目。

韦一平与妻子合影

　　1945 年秋，奉党中央命令，我苏浙军区新四军部队开始向江北转移。惠浴宇带着一个连队、一部电台，在无锡至丹阳的京沪路畔来回跑了大半个月，负责监视敌伪军动向。我军次第安全北渡，惠浴宇的任务遂告结束。10 月 15 日，惠浴宇正在武进县的街上闲逛，等着当日随叶飞同志过江，猛听到有人喊："老惠！"原来是韦一平。俩人双手紧紧相握，亲热得一时说不出话来。惠浴宇调到江南工作时，韦一平调回主力部队，先任苏中教导一旅政委，后接任四纵队政委，不久亦率部挺进浙西。他们虽同去江南，但因忙于作战与开辟新区，偶然见面，也没有促膝长谈的机会。

　　"对于他的军事指挥能力，我是毫不怀疑的，他本来就是一位文武通才。我所担心的是，他在红军时期负过两次重伤，一次打穿了胸，一次打穿了脚后跟。在浙西的崇山峻岭里运动作战，攀登多于骑马，对手又多是凶悍的顽军精锐，他的身体能适应吗？每逢阴天下雨，我就想到他，他的脚怕是又肿了，痛得直咬牙了。江南偏偏又常是淫雨霏霏，连月不开，满山泥泞……"在文中，惠浴宇的这段话表达了他对韦一平身体的担心，也显示了两个人深厚的革命情谊。

　　"他以伤残之身，举横扫千军之戈，胜利地开辟了浙西，终于又胜利地凯旋了，我的担心转成了敬佩。这次相见，他还是老样子，慢吞吞地走路，慢吞吞地说话，连笑，也是慢吞吞地笑。我拖他进了一家小酒店，倾囊所有，买鸡打酒。酒逢知己千杯少，我俩见面有说不完的话。老韦说，你既然暂时没有什么事情了，跟我同船走吧，我们可以彻夜长谈。原来他带着四纵队直属机关和十支队一部，等着我们乘的'中安'轮过江后再回头来接他们。我当然愿意和老韦一起走，便叫警卫员去把我的行李卷了过来。不一会儿，叶飞同志派人来找我，叫我一定要和他一起过江，且命警卫员把我的行李搬回去。我连说不干不干。叶司令再三找人催我回去，我的拗脾气上来了，就是不肯答应，几乎闹僵了，最后还是老韦劝我说，你还是跟叶司令走吧，我们到了江北再慢慢叙谈……临别前，他握着我的手使劲摇，再三说：'到江北再见！到江北再见，再见！'不知为什么，彼此都有点伤感。"

　　从 1937 年底算起，韦一平先后曾调任新四军吉安通讯处（后改办事处）主任、南昌办事处主任（实际上是在江西省委工作）、苏北委书记、苏北区党委组织部长兼泰兴中心县委书记、苏中三地委书记兼军分区政委、苏中一地委书记兼军分区政委，后又调回地委，直至又调到主力部队。七年中调动了8次，难怪他的警卫员发牢骚说："屁股还没坐热呢，又要走！"每次调令一到，无论是上是下，是军是政，是前线还是后方，他总是乐呵呵地立即上任，一边还喜滋滋地用他五音不全的嗓子唱着广西小调："生有娱乐开心之处，死后无需葬身之地……"

韦一平高度的组织纪律性不仅表现在服从调动上。对上级的指示命令，无论有多大困难，他总是千方百计地结合本地区的实际情况贯彻执行。

他个人的生活是很清贫寡淡的。有时条件稍好一点，别的首长会添置几件衣服，也给夫人买点衣物鞋袜什么的；他既不买，也不准警卫员去领，从头到脚，都是补丁摞补丁的，他连一件大衣都没有。东桥战役时，战场夜寒，老韦只得把警卫员留下一个，向他借件大衣穿了上火线观察。他吃得也极俭省，如果有一盘炒辣椒掺点肉末，就算他最大的享受了。

他不喜欢人家称他"书记""政委"，叫他"老韦"他最高兴。对警卫员，他如同对待自己的亲弟弟一般，关心他们的生活，教他们学文化。住在老乡家里，他又是挑水又是扫地，和老百姓兴致勃勃地议论农时耕种、婚丧娶嫁。过年过节了，老乡们祭灶爷，他也很尊重地站在一边。聊天时吃了老乡们的芋头、花生米，他知道付钱人家一定不肯收的，便到机关灶上打一些饭菜来与老乡们同吃。每每移营一地，乡亲们争着把老韦往家里拉，不管再忙，他也总是谦和地一一点头允诺。他用不着特地去做"群众工作"，他和群众本来就是一家。群众相信"老韦"说的话。他自然而然地用党的光明温暖着群众的心，燃烧起他们心中蕴藏着的抗日火种。

"我和叶司令乘'中安'轮过江时，一边还在心里盘算着，到了江北，如果能再和韦一平共事，那真是再好不过了。次日凌晨3时许，江边的老百姓跑来报信，说'中安'轮在北岸的天星港附近出了事故，沉没了。我拼命往江边跑，恨不得一脚跨到江边去。武器辎重不说，那船上七八百人都是精兵强将，是最最宝贵的财富啊！我是不大相信老韦会淹死的，他生于水乡，熟悉水性，更何况他和我约定了在江北再见，他这个人向来说话是算数的！我默默地在江岸伫立着，引颈翘望，真希望老韦会从江面上忽然从从容容地站起来，像往常那样笑眯眯地对我说，哈哈，我在这里！可是秋风萧瑟，江面上渺无人迹，一片苍凉。我们什么也看不见。回到驻地，叶飞同志痛哭流涕，我也忍不住放声大哭。想起昨日，还在一起把酒谈笑，想起前个月我们在宜兴张渚相遇，来不及多说话，他拉住我的手只说了一句话：'何日再相见？老韦！老韦！我们何日再相见？！'"

后来，韦一平的警卫员哭着告诉惠浴宇当时的经过：船舱进水后，警卫员催促韦一平赶紧下水，说："拼死拼活也要把首长拖上岸去！"老韦知道自己脚受过伤，水凉浪大，一下水脚就会抽筋，两人一起下水，徒然把警卫员的命送掉。他一再对警卫员说："你走你的，不要顾我了！"警卫员哪里肯舍掉首长？拽了块木板来，说："你快上木板，我带你走！"看到木板并不大，恐难以支撑两人，老韦这个一贯的慢性子，忽然焦躁起来，一掌把警卫员连人带木板推下水去……

今天，长江之水依然浩浩汤汤、奔流不息，而当年那个出生于广西天河、自幼给地主家放羊的少年韦家惠，早已随着他的另一个名字——韦一平化为一座丰碑、一座灯塔，激励和影响着一代代后人。

三、多想找到你

2024年春天，在河北肃宁县发生的一件事，令韩桂珍和林海涛母子心中再起波澜。

在肃宁县窝北村村西有一座82年前的烈士墓，平日由当地村民自发照看维护。2024年4月9日起，肃宁县退役军人事务局计划将此墓迁至肃宁烈士陵园，以便加强零散烈士设施管理，形成长效保护机制。4月10日，在进行烈士遗骸发掘工作时，发现了一张夹在镜子中的年轻女子照片，镜子被烈士握在手中，放于胸前。据此推断，在这名烈士牺牲前的弥留之际，把最牵挂的人的照片握在手里，捧在胸前。沧州市公安局随后采集了该名烈士遗骸的DNA，并公布数据和照片，为烈士寻亲。这则消息引发媒体和社会的广泛关注，一度冲上热搜。

韩桂珍和林海涛是著名烈士常德善的儿媳和孙子，1942年就是在肃宁县的雪村，身为冀中八分区司令员的常德善壮烈牺牲，凶残的日军砍下他的头颅，悬挂于城楼之上。几十年过去了，常德善烈士唯一的儿子大根儿也于几年前去世了，韩桂珍和林海涛等家人以为烈士遗骨难寻踪迹，却发生了肃宁烈士墓搬迁中的这件事，又勾起了他们的回忆，再次点燃了他们心中寻找烈士遗骸的希望之火。

常德善于1910年出生在山东峄县一个贫困农民家庭，两岁的时候，父母不幸去世，他成了孤儿，是他的一位同族姐姐收养了他，把他抚养长大。常德善从6岁起就给地主家放羊。12岁时因不堪地主虐待，悄悄逃往他乡谋生计。在逃生的路上，他遇上西北军招兵。为了混口饭吃，他便投奔到冯玉祥的部队当了兵，并很快当了班长。

1929年夏天，常德善所在的部队在鄂西北的瓦庙集一带驻防。恰好贺龙、关向应领导的红军也在这一带活动。经人介绍，常德善结识了贺龙。不甘心在西北军中混日子的常德善带着他1个班的士兵、1挺机枪投靠了贺龙率领的红军。当时，常德善只有17岁。贺龙见这个小青年很是机灵，当下决定把他留在自己身边做警卫。

常德善为人踏实而不失机警，聪明且勤奋，很快就得到贺龙的赏识，晋升为排长、连长、警卫大队长等职。1934年升任第六师十六团团长，跟随贺龙、关向应转战在"湘鄂西""湘鄂川黔"等根据地。在战斗中，他总是冲在最前面，撤退的时候却总是留在最后面。在战斗中机动灵活，深得士兵爱戴，逐渐成长为一名优秀的红军将领。

在1934年10月红军长征初期，常德善经常率领部队阻击敌人，掩护红军主力部队前进。在抢渡金沙江时，他率红十七团与敌人昼夜奋战，以少胜多，重创敌人，为掩护主力胜利渡江立下了不朽战功。在爬雪山、过草地时，常德善勇挑重担，带领一个连队跟在全军后面做收容工作。1936年，红二方面军长征胜利到达陕北后，常德善调到军政大学学习。1939年1月初，常德善跟随贺龙从延安出发前往冀中，任冀中军区第三军分区司令员。1940年6月，晋察冀军区所辖各军区统一编序，冀中军区第三军分区改为第八军分区，常德善任第八军分区司令员。

1940 年 8 月，针对日军"囚笼政策"，八路军总部决定发动一次对日军华北交通干线的全面破袭战役，陆续参战的部队达到 105 个团，史称百团大战。百团大战使日军华北交通干线全面瘫痪，牵制和消耗了日军大量兵力，对鼓舞全国人民抗战胜利的信心及争取时局好转均具有重要意义。河北为百团大战的主要战场之一。战役中，河北各根据地军民在"不留一条铁路、不留一根枕木、不留一座桥梁"的口号下，积极踊跃地参加破袭战。1940 年，在百团大战的第二阶段作战中，八路军攻克了日伪军据点多处，平毁了部分封锁沟、封锁墙，打击了敌伪的政权组织，进一步扩大了抗日根据地。为了配合晋察冀军区部队发起的涞（源）灵（丘）战役，冀中军区于 10 月 1 日至 20 日期间，出动主力部队的 3 个团，发起了任（丘）河（间）大（城）肃（宁）战役。这次战役的总指挥八分区司令员常德善，亲自率领八分区第三十团为右翼队，首先出动该团的 3 个营向子牙河东大城、青县地区进击，担负钳制任务，同时派出 1 个营活动于敌军战线的右翼津浦路沿线，直接破击青县至沧州段的津浦铁路，以吸引敌人的注意力。

九分区的十八团及三十三团一部共 4 个营为左翼部队，由九分区二十四团副团长魏文建指挥，在中央队将敌吸引至任河中心区域后，向平大路西任丘、肃宁地区进击，对敌军左翼的交通线和据点开展大破袭。而以八分区二十三团的 2 个营为中央队，由八分区政委王远音指挥，伺机揳入敌军的基本区域，向河间、献县的公路突击，在任丘、河间之间寻找战机，相机歼灭敌一部。

该计划的核心，是首先以两翼部队的出击钳制住日军，吸引敌人于任河大肃中心区以外，然后以中央队突入中心区，打开局面。如果用中国功夫的打法来形容，那就是先来一个右直拳，再来一个左勾拳，等对手招架不住的时候，再当机立断一个窝心脚直取中腹。

在冀中军区的统一部署下，常德善指挥军队开展了大规模的交通阻击战，战功显赫。"百团大战"给华北日军以沉重打击，八路军的战斗实力使日军极为震惊。

1942 年 5 月，日军集中 5 万多兵力对冀中抗日根据地发动大"扫荡"，史称"五一大扫荡"。在"扫荡"中，日军实行"铁壁合围""拉网扫荡""梳篦清剿"等战术，企图一举歼灭冀中八路军。面对敌人的疯狂"扫荡"和重重包围，常德善毫不畏惧，仍然指挥部队避实就虚，根据地形巧妙地与敌人周旋，并伺机向敌人后方挺进，偷袭敌人的多个据点，有效牵制了敌人对中心区的"扫荡"。

6月初，为保存实力，八分区主力连夜急行军转移。同月9日拂晓，常德善率部转移到了肃宁县雪村一带。这时，敌人从河间、献县、肃宁、饶阳等地纠集了七八千人，乘几十辆汽车，很快形成包围圈。

此起彼伏的枪声中，常德善命令大家立刻突围。

敌人的包围越来越紧，火力也越来越猛烈，常德善腿上和身上多处负伤。他命令警卫员："赶紧销毁文件！"又命令机要人员和电台人员："脱下军装，换上便衣，利用麦田，迅速分散突围！"说完转身抓起一挺机枪，向冲上来的敌人猛烈射击，掩护大家撤退。这时，常德善左手负伤，他用肩膀顶住机枪继续射击，同时命令警卫员胡德兰："不要管我，我掩护你冲出去，到白洋淀找地委书记金城同志报告。"胡德兰在常德善的掩护下，含着眼泪冲了出去。敌人的骑兵和车队包围过来，一阵激烈的枪声后，常德善倒在了血泊之中。

雪村战斗结束后，周围村庄的乡亲们掩埋烈士遗体时，发现其身上中了27颗子弹，大家都失声痛哭。

常德善的妻子是弓仲韬堂妹弓彤轩，也是一位入党很早的八路军战士。她在99岁时留下一段珍贵的影像记录，回忆了常德善牺牲的经过。她说："被敌人包围后，政委王远音不走，一看敌人都围上来了，自尽了，不让敌人捉活的。常德善带了很多子弹，他被打折了一条胳膊后，另一条胳膊坚持打枪，腿被打折后，跪着还打，最后是脑袋被打中……"

常德善牺牲时，年仅30岁。

多年后，每当回忆起自己的爱将常德善，贺龙都感叹不已，他曾说："在'湘鄂西'的时候，在三次战斗中，常德善把我背扶下来，他身挂重彩，身上带着三颗子弹，打起仗来非常骁勇，真可说，没有常德善就没有我贺龙！"对于常德善的牺牲，贺龙极为心痛。1962年，当得知常德善家乡要为他建立纪念碑时，贺龙亲自提笔书写碑文：

> 常德善同志：原晋察冀军区冀中八分区司令员，山东省峄县人。1929年夏参加工农红军，历任排长、连长、警卫队长、营长、团长、师参谋长等职。于1942年粉碎日寇大"扫荡"战斗中，英勇牺牲于河北肃宁，享年三十岁。常德善同志……在参加湘鄂边、湘鄂西、湘鄂川黔等苏区的斗争中，以及在长征和抗日战争中，由于他意志坚定，勇敢顽强，因而功勋卓著，业绩永存。

2024年8月2日，在北京市委老干部局附近的一栋旧楼房内，我拜访了常德善烈士的儿媳韩桂珍。她家屋内光线并不太好，看起来起码有二三十年的房龄，客厅内的墙皮有点脱落，书柜上面放着常德善烈士的大幅黑白照片，照片上的烈士年轻俊朗、目光炯炯有神。

韩桂珍家相册中的常德善烈士

"单位多次说要给我粉刷、维修，我都不让，这啥也不影响，能凑合就凑合吧，要是维修的话，不光屋里的东西得搬动，我也得搬到别处住些天。人老了，不愿意折腾了，这样就挺好。"韩桂珍老人的通透、豁达令人敬佩。

问及近期肃宁烈士墓挖出年轻女子照片的事，她说，当时听到这个消息，她和家人的第一反应就是要去挖掘现场，看是否能发现常德善遗骸的一些线索。儿子林海涛遂马上赶到肃宁，却最终抱憾而归。

"时间太久远了，当时牺牲的地方也早变了样，没有留下一点线索，找到的希望太渺茫了！"韩桂珍不无遗憾地说。

临走前，我与韩桂珍老人合影留念，并表达了想帮忙寻找常德善烈士遗骸的想法。她表示感谢，并说："虽然找到的可能性不大，但我们会一直找下去。"

韩桂珍老人说这句话时，语气平和，面容沉静，却在我心中掀起万丈波澜。

韩桂珍在家中（拍摄于 2024 年 8 月 2 日）

想当年，当常德善还是山东峄县邢楼镇的那个可怜的放牛娃常保胜时，一定也有过英雄的梦想吧，只不过那时的他应该不会想到自己会有如此光荣而悲壮的人生，也一定不会想到，一直到今天，还有这么多人牵挂他、寻找他、书写他、颂扬他！

四、冀中骁将美名扬

研究抗战史的人可能都知道，大名鼎鼎的于权伸、常德善曾任冀中军分区司令员。但很少有人知道，这两位战功卓著的优秀将领，都是安平的女婿。

前面说过，常德善的妻子叫弓彤轩，是弓仲韬的堂妹。于权伸的妻子叫张子辉，是弓仲韬的远房外甥女。

于权伸

2024年9月21日，我到保定拜访了于权伸和张子辉的儿子于平绥。于平绥说，"我父亲平生有三大爱好：枪、军刀和战马，这跟他的经历有关。"

于权伸是吕正操将军手下的三大"虎"将之一。在血雨腥风的抗日战争时期，他在冀中军区吕正操司令员领导下机动灵活，敢打敢拼，始终坚守在敌后抗战最前线，为夺取抗日战争的伟大胜利立下赫赫战功。他先后任东北军排长、连长，冀中军区人民自卫军大队长、团长，冀中军区第二军分区（后改名第七军分区）司令员，冀中军区军政干部学校校长，华北军区二〇九师师长，绥远省军区参谋长，河北省军区副司令员。1955年被授予少将军衔。获一级独立勋章和一级解放勋章。

于权伸于1925年8月入东北军第七师补充团任缮写员。1926年4月到东北军四方面军团司令部任上士。同年8月考入东北陆军第五期教导队。1927年1月考入东北军第一期讲武堂分校。1928年8月毕业，他被分配到一二七师六团任准尉见习生，后任准尉排长。1933年任连长。1936年7月到陕西省西安市王曲镇受训，听到一些共产党领导的红军的情况。归队后，由沙克介绍，参加了吕正操组织的抗日先锋队。1937年6月，在石家庄，由杨经国介绍加入中国共产党。

1937年9月24日保定沦陷后，国民党军队一路南逃。为了阻滞日本法西斯的南侵铁蹄，1937年10月，吕正操在河北晋县小樵镇易帜，将所率部队国民党第五十三军一三〇师六九一团改编为人民自卫军，在中国共产党领导下誓师抗日。易帜后，吕正操将六九一团分为三个总队，他手下的三员干将赵承金、于权伸、沙克分别担任了一、二、三总队的队长。

1937年11月，部队在高阳县进行了扩编，成立了3个步兵团、1个特种兵团，于权伸任二团团长。于权伸奉命驻守在高蠡边界发动群众，开展游击战争。当时，团部和二营驻高阳县的南于八，三营驻北于八，两村相距不足千米。这一带，曾是高蠡暴动的中心区域，群众基础很好。在南于八西南三里的地方，就是河北游击军司令孟庆山的家乡万安村。

南于八战斗发生在1938年1月。当时于权伸率部打下高阳县城后，奉命驻守在高阳与蠡县交界的南于八村。1月14日夜，于权伸率两个营，夜袭了日军通往保定的石桥据点，部队突入镇内和鬼子展开了巷战，一直打到拂晓，消灭部分日伪武装后主动撤出了战斗。15日，驻守保定的板垣师团出动山口步兵第42联队第3中队尾随跟踪，准备反偷袭我军，并于夜间迂回至南于八村南，妄图趁我军疲劳休息之际进行报复。

南于八村四周都是通往附近村子的道沟，沟旁还有坟地、水坑。日军趁夜色占据了有利地形，并悄悄摸进村头。职业军人出身的于权伸睡觉很轻，听到外面动静，大喊"敌人来了！"随后他立即进行战斗部署，指挥一个连从正面进行反击，命两个连从东西两翼夹击日军，很快就把立足未稳的敌人驱赶到村外。日军恼羞成怒，开始反扑，两次冲进村子，都被据守在房顶和街头的我军指战员打了回去。

经过一天的反复冲杀争夺，日军始终没能在村子里站住脚。于权伸对机枪连长谢洪恩说，"把你的机枪统统架到村南边的房顶上，一字排开，把敌人压制在村南开阔地，不能让他们动弹！"很快，我军的机枪一阵齐射，但敌军的野战炮也向村里猛轰，瞬间一些民房被炸塌，我方部队也出现了伤亡。这时于权伸命令用迫击炮进行还击，还亲自操枪打掉了日军的几个重机枪火力点。

南于八战斗打响后，驻守在北于八的三营、驻守蠡县古灵山的自卫军独立营也都赶过来增援，把鬼子压制在南于八村西南的坟地和一个冰冻的水坑里动弹不得。周围村庄的老百姓纷纷举着锄头、大刀、长矛、棍棒蜂拥而至。"杀呀！打鬼子呀！"冲锋号声、枪炮声、喊杀声合在一起，震天动地。

南于八战斗是军民联合打击日军的重要范例。这场战斗，日军中队长汉川丹治被击毙，7名日军被活捉，除个别日军逃跑外，其余都被我军歼灭，还缴获了野战炮、机枪、掷弹筒等众多武器弹药。南于八战斗是于权伸在抗战初期亲自组织指挥的第一次重要战斗，也是冀中人民自卫军对日作战的第一个歼灭战。此次战斗打破了日军不可战胜的神话，大长了中国人民的志气，煞灭了日本法西斯的威风。

于平绥说："我父亲收藏的一把军刀就是当时缴获汉川丹治的佩刀。他很喜欢这把军刀，经常拿出来擦拭、把玩，有时就那么静静地看着，仿佛又回忆起那场战斗和牺牲的战友。"

1942年"五一大扫荡"前夕，冀中的斗争形势日趋紧张，随身携带这把军刀很不方便，于权伸就把它藏在安平县一位可靠的堡垒户家里。"五一大扫荡"后期，于权伸头部受伤，转到路西养伤。一年后，他回到冀中，派警卫员去寻找军刀的下落，没想到在那么残酷的形势下，那把军刀竟然完好无损地保存下来了。那位堡垒户冒着生命危险把军刀用油布包好藏在炕洞里，又垒上了一堵夹壁墙。大"扫荡"时这里的房子被烧了、墙山倒了，正砸在炕上，敌人不知道炕洞的秘密，也就没有特意去挖。

就这样，这把日本军刀作为抗日战争的一个历史见证被完好地保存下来。

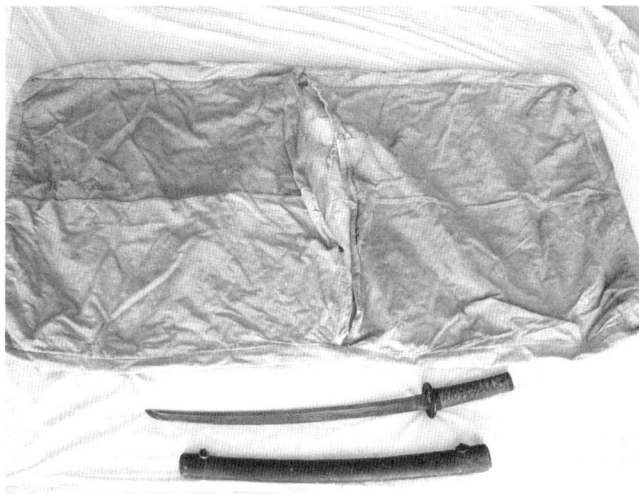

于权伸部队缴获的日军马褡子和军刀

1941 年，于权伸参加"百团大战"伏击战，战斗在平汉、石德、沧德等地，挖铁路扒铁轨，炸毁桥梁，组织保护麦收。同年冬，日本侵略军实行"蚕食"政策，在极其艰苦的情况下，于权伸任司令员的第二军分区两个团在一个月的时间里共作战 27 次，击毙日伪军 392 名，伤日伪军 287 名，俘虏日伪军和汉奸 196 人，炸毁机车 1 辆、车厢 8 节，炸坏坦克 1 辆，破坏公路 80 多里，缴获轻机枪 1 挺、长短枪 47 支、战马 14 匹、骡 120 匹、大车 75 辆。

1942 年，在反"五一大扫荡"中，于权伸率部作战 178 次，击毙日伪军 2000 余人，伤日伪军 1600 余人，粉碎了敌人的围歼计划。1944 年，于权伸率部展开缩小敌占区的全面进攻，先后攻克、逼退敌据点碉堡 90 余座。1945 年夏，于权伸率部先后收复安平、深泽、安国、无极县城。

那天，于平绥除了讲父亲打仗的故事，还讲了一件发生在和平时期的事。1960 年到 1963 年，河北的老百姓生活特别困难，甚至有的人家都吃不饱饭。当时的省委书记林铁就把河北省军区领导召集起来开会，让大家想办法，千方百计也要为老百姓解决粮食问题，至于你们跟哪里熟、去哪里借，自己选。时任军区副司令员的于权伸选的是新疆生产建设兵团，为灾民要来了一车皮的粮食种子。为党分忧、为民谋利，坦荡无私，时刻牢记全心全意为人民服务的宗旨，在于权伸这位革命前辈的身上体现得淋漓尽致。

于平绥讲述了他父亲当年受伤的惊险一幕：头部中弹，弹片穿过眼角留在体内，血流不止，因为受伤位置比较特殊，一直到去世，这块弹片也没取出来。

他还讲到了杨各庄之战，"太惨烈了，牺牲了那么多干部战士，每次提起来我父亲总是满含泪水，觉得对不起这些牺牲的战友和他们的亲人"。

据于平绥介绍，杨各庄战斗发生在1944年初，冀中最困难的时期已经过去了，部队发展壮大了，解放区基本连成一片，鬼子和伪军龟缩在县城几个独立的据点里轻易不敢出来。当时冀中形势可以说是一片大好，又赶上马上要过年了，部队上上下下都有点放松。

"我父亲一生小心谨慎，他坚持部队必须尽快转移。这是他在长期作战中形成的一种警觉。冀中地区非常残酷，部队在一个地方驻扎一般不会超过3天。这种情况是山区部队所没有的，在山区部队住上个把月没问题，鬼子来了，十里八里发现了跑都来得及。可冀中大平原不行，鬼子出动汽车、马队，速度非常快，所以在冀中抗战的那八年，我父亲几乎没有睡过一个安稳觉。当时我父亲坚持转移，但分区的其他领导都觉得鬼子也要过年，再住几天不会出问题的，为此还争论起来。本来如果我父亲坚持转移的话，别人也得服从，因为他是司令员，作战决定最终他说了算。但我父亲心软了，一念之差，多待了一天。结果部队被包围，遭受极大损失。部队突围后总结教训，大家都痛哭流涕，觉得当初听司令员的话当天转移就好了。我父亲也是后悔得不行，他主动承担责任向冀中军区写了检查。一直到新中国成立后及至晚年，每当提到杨各庄战斗他都悲痛不已。他亲口对我们说这是他一生打过的唯一一次败仗。在冀中抗战的八年时间，他指挥大小战斗不计其数，是公认的冀中骁将、常胜将军，唯独这次杨各庄之战，成了他心中永远的痛！"

戎马一生的于权伸多次与死神擦肩而过，在参加抗美援朝战争期间，有一次遭遇敌机突袭，他与二十三军参谋长饶惠谭隐蔽在同一个地道里，饶惠谭不幸被炸弹击中，壮烈牺牲。

我们还说到了战争年代的军民鱼水情。于权伸当年与报子营村的李杏阁、刘胜彩等都非常熟悉，亲如一家，于权伸夫妇曾住在刘胜彩家中养伤。新中国成立后，居住在天津、已经是河北省军区副司令员的于权伸，偶然得知刘胜彩在天津开会，当即邀请她来家中做客，后来又多次联系，彼此之间的深厚情谊，一直延续到生命的终点。听了于平绥和张铁军的讲述，我更加明白了"冀中干娘"这个词的深刻内涵，这是经过血与火洗礼而淬炼出的比亲人更亲的伟大情感。

于平绥还讲到了母亲张子辉、舅舅张根生、姥姥弓桂珍……

张子辉出身于安平县北张庄村一个乡村知识分子家庭，父亲张星斗曾是老同盟会员、早期共产党员。母亲弓桂珍是台城村人，张子辉从小就住在台城村的姥姥家，曾上过弓仲韬办的女子小学，很早就接受了进步思想的教育，为以后走上革命道路打下基础。日军侵入安平后，张子辉积极投身抗战工作，1938年加入中国共产党，在区妇救会当主任，为发动、组织全区妇女起来参加抗战而奔走呼号。

张子辉有个弟弟叫张根生，抗战期间曾担任过安平县游击大队政委、安平县委书记。新中国成立后曾任广东省委书记、吉林省委书记、国务院农村发展研究中心副主任、第七届全国人大财经委员会副主任委员等职。

张根生在《母亲教儿打东洋》一文中，回忆了母亲弓桂珍支持子女参加抗战的感人故事。文中说，虽然母亲没有文化，大字不识，只是普通农村妇女，但她亲眼看到日本侵略者在家乡的野蛮暴行，激起了她强烈的民族仇恨。她积极响应抗日民主政府的号召，虽然自己生活很艰苦，但她仍然为抗日政府筹措粮食、军鞋、被服等物资。她支持儿女参加抗战，说："你们都去打鬼子吧，不用惦记我！"

采访中，于平绥说，新中国成立后，姥姥弓桂珍曾和他们一家人住在一起。姥姥非常勤劳简朴，他们兄妹五人的衣服和鞋子大多是姥姥做，他还曾见过姥姥纺线，印象中好像她一天到晚都在忙。按说那时我家的条件已经不错了，还有司机、公务员，可姥姥一天也闲不住。于平绥印象最深的一件事就是姥姥那次夜里吐血，吐了半个痰盂，当时父母都不在家，他才六七岁，吓坏了，就知道哭，哭了好一会儿，才想起给父亲打电话。姥姥却阻止他说："不能占线，耽误打仗就误事了。"因为当时他太小了，也不知道在打什么仗。直到天亮了，公务员来打扫卫生，才赶紧把姥姥送到医院。

"在战争年代我姥姥家是堡垒户，那时经常有区县地方干部和部队伤员来家里住宿疗伤。姥姥不管多晚都起来做饭，白天在门外望风，晚上一宿一宿不睡，一有动静就招呼大家赶紧下地道。有时也送个信传递个消息，干一些力所能及的革命工作。她和善慈祥，我爸妈都非常尊敬她，我们小时候经常围在姥姥身边，姥姥一口安平话觉得特别亲切。过年的时候，姥姥会给我们每人一毛钱，让我们买自己喜欢的东西。我们家的传统是衣服鞋子大的穿不了，就给小的穿。我上面有两个姐姐，她们的旧衣服不是格子的就是花的，我不喜欢，还偷偷地哭过。我的弟弟妹妹也是总是穿我的旧衣服。艰苦朴素是我们家的家风。我们家从来不许浪费粮食，碗里不能有剩饭，掉到桌子上的米粒都必须捡起来吃掉，剩菜剩饭母亲也舍不得倒掉，都是大家一起打扫干净。上次春节聚会时，我妹妹还说起小时候穿我的带补丁裤子去卫生室，所长阿姨说，哎哟，大将军的孩子穿得这么破烂。谁知道这时所长阿姨的女儿进来了，穿的一双大脚趾露洞的鞋子。旁边的护士阿姨说：别说啦，看看你闺女的鞋还不是一样吗？那个年代家家都是那样。部队子弟学校依然保持着父母艰苦奋斗的优良作风。父母对我们这些孩子从来就很严格。父亲的小车从不让我们坐，说我们没资格。我弟弟妹妹周六放学回家，都是坐电摩车。周日回学校，父母发给我们每人一毛钱的来回车费。有几次回来的五分钱车费丢了，没办法只好沿有轨电车的线路走回家。父母经常教导我们不能搞特殊，要和普通人家的孩子一样。我母亲有时也给我们讲战争年代的事情。讲抗战时期有一次钻地道，鬼子用烟熏，那次差点没被熏死；还讲父亲头部负伤的情况；讲父亲的警卫员牺牲了好几个；讲父亲宁可渴死也不吃老百姓掉到地上的桃子；讲父亲在朝鲜战场差点被美国飞机机枪扫死；讲父亲不忘冀中那些堡垒户，派母亲给堡垒户送救济；等等。这些都对我们家的孩子产生潜移默化的影响。我们一家人都是军人，都是共产党员。"

在保定，于权伸之子于平绥（右一）在给作者（中）讲解老照片，
左为刘胜彩之子张铁军（拍摄于 2024 年 9 月 21 日）

1973 年 11 月 24 日，于权伸病逝于原北京军区总医院，终年 69 岁。这位被誉为"冀中骁将"的著名将领，就是当年吉林省东辽县香泉村那个借着月光看书的聪慧少年"于泉伸"，从"追光少年"到"抗日名将"，他无数次穿过枪林弹雨，历经生死考验，立下不朽功勋。在他的军功章背后，也有爱人张子辉这个"台城女儿"及刘胜彩等"冀中干娘"的辛苦付出。

五、一封信，几代情

2024 年 8 月初，我从哈尔滨采访弓乃如的儿女们回来后不久，又在一个周末来到北京西城区广内大街的一个小区，拜访了严镜波的女儿陈银芝。

当听到弓乃如的名字，看到我和弓乃如后人的合影，陈银芝很激动。她说："弓乃如这个名字我太熟悉了，我妈妈在世时经常提起，当年她们一起上的女子小学，学校就开在弓仲韬家里，她们关系可好了！"

　　我也很高兴，关于弓仲韬和他唯一活下来的女儿弓乃如，能找到的资料和信息太少了，与他们有过交集、能够讲一些故事的老人更少，所以每一条新线索的发现，都令我惊喜、激动。那天晚上，我本想连夜赶回石家庄，但和陈银芝聊得很投机，不知不觉就聊到了深夜。她不放心我赶夜路，非让我住在她家，因为机会难得，我也想多了解一些严镜波等老前辈的故事，就没坚持走。

　　那晚在陈银芝家，她给我讲了很多她母亲严镜波和她大舅严瑞升的故事。

严镜波女儿陈银芝（拍摄于 2024 年 8 月 2 日）

　　这些早期革命者，曾经为国家为民族作出过重要贡献，但他们的名字却鲜为人知，时间越久远，老人的记忆越模糊，再不挖掘整理，可能真的就隐入尘烟，消失不见了。

　　这是我和陈银芝和陈星母女第一次见面，她们对我的信任，令我感动而难忘。

　　严镜波 12 岁时就在安平县台城村女子小学加入了社会主义青年团。当时这所私立学校是为了掩护党的县委机关而开办的。陈银芝说："我妈妈曾跟我讲过，当时她们被告知，未满 18 岁的团员，满 18 岁后自然转为党员。从此，共产党员的信仰和宁可被杀头也不能出卖组织的信念牢牢扎根在她心里。当时革命正处于低潮，党团员同样面临杀头坐牢的危险。但她小小年纪毫不畏惧，一心向党。九一八事变后，在天津师范学院上学的她积极参加了去南京要求蒋介石抗日的学生请愿活动。在饶阳党组织遭到破坏期间，她这个团员积极寻找党的组织，宣传党的纲领路线。"

抗战期间严镜波是冀中平原上第一位女县委书记，曾在战场上与敌人真刀真枪地拼杀。1939年2月，侵华日军第二次占领了武强县城。3月，严镜波被调到武强县任县委组织部长，一年后任县委书记，当时她才25岁，就领导当地干部群众开展了一系列轰轰烈烈的对敌斗争。1942年在冀中平原遭受日军"五一大扫荡"的艰难岁月，她带领武强县委坚持抗日武装斗争。冒着随时被鬼子包围的风险，她连夜召集县委会议，号召干部们挺身而出，抗击敌人。

"要让群众看到我们共产党员的身影，要让群众知道党的组织还在！"夜幕中她年轻的声音提振了士气。她平时手握两把手枪，一把"盒子"，一把"撸子"，那把"撸子"里留着一颗随时准备与敌人同归于尽的保险子弹。反"扫荡"中，她英勇顽强，不怕牺牲，带领干部群众多次冲出鬼子的包围圈，率领抗日队伍打岗楼、除汉奸，开展各种武装斗争。

据陈银芝介绍，她和女儿陈星都遗传了母亲的大脚，都穿41号鞋。打游击时，严镜波凭着一双大脚板夜行几十里与鬼子周旋。为此日军张贴告示，重金悬赏，要抓"大个、大脚、大脸的女共党"。那时，严镜波的两个双胞胎儿子刚满两岁，寄养在堡垒户家中，其中一个儿子病饿而死，她强忍悲痛没有回去看一眼。

新中国成立后，严镜波担任过河北省妇联主席、河北省农业厅副厅长、中共保定地委副书记、河北省第五届政协副主席等职务。她当年的战友和部下有的已经身居高位，那年她老伴儿去世时，老战友们来告别，她当众宣布："我的孩子多，今后有哪个去求你们办事，一律不要管！"

"妈妈、我、我女儿都是共产党员，三代人传承着同样的红色基因，勇敢、顽强、不怕吃苦。抗战期间激烈残酷的战斗画面深深刻在妈妈的记忆里，也一直影响着我们。"陈银芝说。

在严镜波97岁时动过一次大手术，当她从全麻中醒过来，看见床边的护士，急切地问："我的队伍还有多少人？"护士故意逗她："都牺牲了！"她脸上露出伤感的表情，说："我的战斗力不强啊！"她转头看到女儿陈银芝，又感叹："抗战胜利那天，咱们多高兴啊！"陈银芝说："那天我没在。"她疑惑地问："那你去哪儿了？"陈银芝说："我是抗美援朝胜利那年才出生的。"她这才如梦方醒笑出声来。

严镜波病重时，医院安排她搬进北京协和医院新建的高干病房。在病房门口，她却迟疑了，说："这么好的房间不是我家，也不是原来的病房……"在医生的解释劝说下，她才住进去，但反复叮嘱女儿陈银芝一定记着给她交饭费，还悄悄把自己的工资袋塞在枕头底下，准备自己支付费用。

她病危时，领导们去看望她，她只请求组织弄清饶阳早期建立党组织时，由团员转党员的一些规定，因为这是当年一起入团的老同志们再三的托付。

严镜波坚定的信念、无私的品质、坚韧不拔的精神，始终影响着孩子们的成长。1965年陈银芝上初中时，就递交了入党申请书。1977年大学毕业后她加入了中国共产党，成为一名纪检干部。

"在我妈妈去世后的告别仪式上，领导问我生活上有什么困难，我摇摇头，什么也没提。带着生活不能自理的残疾儿子在医院陪护老人3年多，哪能没有困难？有困难自己克服！我想这也是妈妈对我的希望。她的精神和风骨，在我和女儿身上得到传承。"

2003年，陈银芝女儿陈星上高一时正赶上"非典"。那时"非典"病房的医务人员在昌平隔离轮休，陈银芝冒着被病毒感染的风险，带队去昌平，完成区委交给的接待医护人员的任务，把年迈的母亲和残疾儿子交由女儿照顾。整个"非典"期间她没回过家，后她被评为北京市抗击"非典"先进个人。女儿陈星目睹了共产党员们在危难时刻挺身而出的表现，很受触动，当即写了入党申请书。陈星还是北京市级三好学生，2010年她在大学期间加入了中国共产党，被评为优秀学生干部。

在严镜波病重期间，为了方便照顾姥姥，陈星放弃考研，选择在街道下属的小单位就业，和母亲陈银芝一起在医院陪护老人3年多。在此期间，北京市评选第一批万名孝星，经社区推荐，陈银芝当选。当通知她去人民大会堂领奖时，她让女儿代她去了。她说，照顾母亲是我应该做的，而陈星作为隔辈的年轻人能如此孝顺和付出，值得鼓励。

一直到姥姥严镜波去世后，陈星才有时间规划自己的职业前景，并取得双硕士学位，还考上了公务员。后来她多次被评为单位的优秀共产党员、优秀公务员。

那天，因采访结束后天色已晚，我应陈银芝和陈星母女之邀，就住在了她们家里，有机会深聊了很多话题，也就此了解到革命前辈严镜波及后人的很多感人故事。

临睡前，我看到陈银芝郑重地将几页信纸装入一个信封，这是她写给组织部门的信，内容是关于她母亲严镜波当年入团、入党时间的情况说明，还有近年来发现的严镜波大哥严瑞升早在留法勤工俭学期间就参与党的活动的材料。

她说这封信，其实在母亲严镜波生前就曾写过，但因种种原因，没有发出去。在沉淀了这么多年，几经核实、补充内容后，陈银芝才终于决定将这封信发出去。

这令我很惊讶：严镜波已经去世十年之久了，现在再就她的入团、入党的时间问题向组织汇报说明，又有什么意义呢？

"有意义。"陈银芝认真地说，"这是完成我妈妈的心愿，自从她当年在弓仲韬家上小学时入了团，被告知'成为组织的人'，后又转为党员，她早就把自己的一生都交给了党。最早妈妈跟我说这个事的时候，她已经离休 20 年了，入党日期早几年或晚几年，对她的职务、待遇都没有任何影响，她想如实向组织汇报，不是为了个人私利，而是为了实事求是，也是为了其他几个同年代的人，她们也面临同样的问题。"

"那之前既然没发出这封信，为什么今天您又想起来要发呢？"我疑惑地问。

"当年我妈妈很慎重，主要是以大局为重，怕因为这点事给组织添麻烦，加之那时候手头的资料也不是很全，所以就没发出这封信。后来她病危时，还是念念不忘这个事，并交代我，继续搜集早期资料，到时候替她跟组织如实反映。她这一辈子，时刻都不忘自己是组织的人，入党时间这件事，对她来说是很重要的事。"

此时，已是午夜时分，窗外夜色深沉，窗内灯火明亮，灯光下的陈银芝还在忙碌着，毫无睡意。看着她将信封内的信笺再次抽出来仔细核对的身影，我的心中充满敬意和感动，为她的严谨、认真、执着甚至执拗。

陈银芝说，她之所以这么做，是为了完成母亲的遗愿，亦是为了自己作为一名共产党员的责任。

那天在陈银芝家，我度过了一个难忘的不眠之夜。

两个月后的一天，我收到陈银芝的微信，上写："陈星昨天出院了，下周拆线。大夫说以后就是等着化疗了。我也不懂，听大夫的吧。"

此时，我才知道，她的女儿陈星，那个多才多艺、率真干练的姑娘，已经确诊患了癌症。上次我见她们母女的时候，知道陈星刚出院，以为她已经痊愈，没想到这么快就转移复发，这对于一个母亲来说，无异于晴天霹雳。想象着陈银芝在如此心境下，还不忘向组织阐明母亲严镜波当年入党的问题，更加令人唏嘘感慨、肃然起敬！

感谢陈银芝，是她的执着记录和讲述，让我们知道，当年那个叫"瑞仙"的女孩儿，在弓仲韬家成为"组织的人"，进而成长为抗战时期英勇顽强的女县委书记。严镜波一家人的故事，把共产党人的初心使命诠释得如此真挚、如此感人！

■ 追寻的足迹：在烈士陵园，邂逅秋天的白玉兰

2024年10月18日中午，阴有小雨，为了寻找弓仲韬女婿田澍的入党介绍人彭之久烈士，我来到位于石家庄市中山西路上的华北军区烈士陵园。陵园占地21万平方米，是我国兴建早、规模大、建筑规格高的著名烈士陵园之一，是1948年秋经朱德总司令提议，为纪念牺牲在华北大地上的革命烈士而修建的。

雨后的华北军区烈士陵园（拍摄于 2024 年 10 月 18 日）

这里安葬着316位革命烈士。有冀中回民支队司令员马本斋；有在朝鲜战场牺牲的最高将领67军军长李湘；有被聂荣臻元帅赞为"最勇敢最积极的好同志"周建屏；有冀中军区八分区司令员常德善、政委王远音；有子弟兵的母亲戎冠秀；还有白求恩、柯棣华等伟大的国际主义战士。在民政部公布的第一批300名著名抗日英烈和英雄群体名录中有18人、第二批600名著名抗日英烈和英雄群体名录中有30人安葬于此。

墓区分东西两区，四周翠柏围墙，苍松肃立，绿草如茵。烈士墓均采取前冢后碑的形式，墓身为全封闭拱形，青石覆盖。墓碑为花岗岩石，镶嵌草白玉碑心。

彭之久烈士的墓碑在东区，就在常德善烈士墓的南边，两座墓距离很近。被雨水湿润的墓碑闪着光泽，缥缈的雨雾中，墓园四周的翠柏更绿，墓碑底座上的红星更红……

我在常德善、彭之久、孔庆同等烈士的墓前躬身致敬，脑海中浮现出他们生前照片的样貌，以及奋勇杀敌、壮烈牺牲的英勇画面。他们多年轻啊，正是人生最好的年华！几年前的清明节前夕，我在这里凭吊英烈，遇到一个八九岁的小男孩。他看我在常德善的墓前久久伫立，就问我："你是他的后人吗？"我说："不是。"他好奇地问："那你为什么在这待这么久？"看着孩子纯真的眼眸，我说："孩子，你听说过抛头颅、洒热血这个词吗？这位常德善司令员就是这样的英雄！"

接下来，我给他讲了常德善的故事，听完，他在常德善墓碑前庄重地举起右手，敬了一个少先队队礼。

一名少先队员在常德善烈士墓前敬礼（拍摄于 2021 年 4 月）

雨后的烈士陵园，空气清新，墓区内只有我一个人。经过常德善的墓碑时，我又想起了那个小男孩。虽然他不知道我的名字，但我相信我讲的故事，他会记在心里。

从墓区南口走出来，不远处就是铜像广场，在铜像广场北侧的甬道旁，我无意间一抬头，看到一棵高大茂密的玉兰树上，竟然盛开着一朵白玉兰花！秋天的白玉兰，这是多么独特难寻的风景！

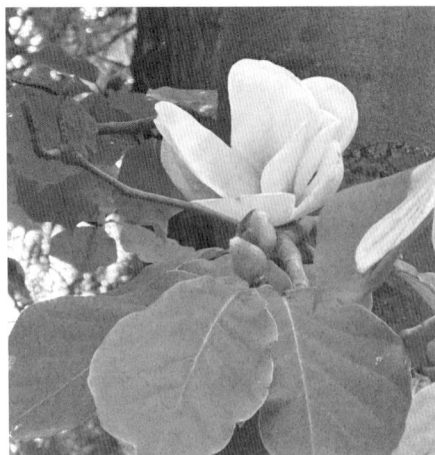

华北军区烈士陵园内的白玉兰（拍摄于 2024 年 10 月 18 日）

怕自己孤陋寡闻，我马上从网上搜索，确定了无论是白玉兰、紫玉兰还是朱砂玉兰，大都是在早春三月开，天气暖的地方还会更早些，总之不可能在10月下旬开。

此时是中午12点半，陵园内鲜有行人，这朵在秋天盛开的白玉兰，是专门在等我吗？此情此景，令我想起王阳明的那句耐人寻味的话："你未看此花时，此花与汝同归于寂；你来看此花时，则此花颜色一时明白起来。"

如果我今天不来陵园，这朵秋天的白玉兰是否还会开放？如果开放了而无人欣赏，她会不会落寞神伤？

我当即把这朵白玉兰的照片发给陵园文物科的戚欣科长，她也很惊讶，说每到春天陵园内的玉兰花都会开，有白的、有紫的，但这个季节的玉兰花她还真没见过。

这份意外的发现再次引发我关于寻找的思考：越是走得远、看得细、挖得深，越有可能发现鲜为人知的独特风景。

近年来，我多次到华北军区烈士陵园寻访和祭拜烈士，除了常德善、王远音、孔庆同等著名烈士，我还发现了一些知名度不高的烈士，如康万聚等，他们的事迹亦非常感人。

第一次看到康万聚这个名字，是在搜集安平籍烈士吴兆林的事迹时，当年吴兆林牺牲时，是身绑炸弹与敌人同归于尽的，没有留下尸骨，战友们含悲忍痛将烈士牺牲地的一块土坯及一身军装放入棺中，带队抬棺送回烈士家乡的就是政委康万聚。

两年前的一个清明节，我到华北军区烈士陵园祭奠英烈时，无意间在众多墓碑中看到"康万聚"这个名字，碑文上写着："原晋察冀军区冀中军区四十四团政治委员，河北省武强县人，一九三七年入伍，一九三八年加入中国共产党，历任教导员、团政治主任等职，一九四四年牺牲于赵县，年仅二十九岁。"

看到这个名字的瞬间，我有一种"旧相识"的感觉，随即心中又被黯然悲怆的情绪所笼罩：原来，当年送别吴兆林烈士的政委，后来也牺牲了！

康万聚烈士墓

吴兆林、康万聚等英烈虽然鲜为人知，但终究还是留下了名字，还有太多太多为革命洒尽鲜血、壮烈牺牲，却不知魂归何处的无名英雄！

那天，我独自在烈士陵园内徘徊，雨后的侧柏、刺槐、法桐、银杏等树木格外茂盛、精神，路边散落的几株修剪成球形的灌木植物，绿油油的叶子上，窜出来很多红艳艳的"花朵"，近看才知道那不是花，而是红色的叶片。

因为智能手机的便利，可以随便扫一株植物而得知其名字，我突发奇想，想知道树下这些凌乱的小草、野花学名叫什么。遂蹲在地上用手机开始扫描起来，于是，手机上次第呈现出乌蔹莓、庭菖蒲、诸葛菜、长鬓蓼、香附子、白车轴草等植物名称，这是多么奇妙的名字呀！如此优雅、美好、充满诗情画意，而在路人眼中，它们只是一株株并不起眼的野花、野草。

再不起眼，它们也有名字、有秉性、有根！它们和周围的参天大树一起，默默守护着这片红色热土、陪伴着烈士英魂。它们多像那些也曾为新中国成立作出贡献和牺牲的无名英雄，亦像那些为挖掘和宣传红色文化而无私奉献的人，如著名作家宁雨、蒲素平，烈士后人于忠、孔凤霞、张铁军，抗战文化爱好者魏江涛及安平县的李建抓、王彦芹、曹晓慧、袁献敏等人，数不胜数。

宁雨的故乡就在常德善烈士的牺牲地肃宁县，她的姥爷也是革命烈士。为了传承红色精神，她做了大量工作，不仅自己撰写文章宣传，而且组织了多次红色主题采访活动。在 2025 年 3 月她撰写的散文《"复原"的工作》中，从雪村战斗的无名烈士墓，到现代科技复原烈士像，她饱含深情地讲述自己多年关注红色文化的心路历程，感悟文艺工作者做的亦是"复原"的工作——"到历史空白处，去复原肌理、复原细节，去寻找根脉，去唤醒那些尘封的微光。"

2024 年夏，当我找寻数月，却始终找不到一份重要档案时，抱着一线希望，很唐突地向平时少有来往的河北诗人蒲素平打听。他认真对待，很快告诉我一个联系电话，可是我打了一整天也没打通。无奈我又硬着头皮打扰蒲老师。他再次帮我询问，终于要到一个内部电话。在他的热心帮助下，几经周折，我终于找到了那份重要档案。

于忠是于时雨烈士的孙子，为了铭记先烈，挖掘和宣传红色历史，传承红色精神，他专门建了个群，叫"冀中烽火——八分区"，里面有很多冀中将士的后人、革命英烈后人及党史研究人员、抗战史爱好者等。在写这部书的过程中，一些与弓仲韬有交集的早期党员如王子益、焦守健、王裴然、王耀郁等，我都从这个群里咨询过线索，一位叫魏江涛的抗战史爱好者，他收藏了很多资料，每次都不厌其烦地解答我的问题，并拍下相关史料照片发给我。面对这位从未谋面的陌生人的帮助，我很感激，他却说："我就是生怕这些资料埋没了，有人找，我都会给。"

孔凤霞是孔庆同烈士的孙女，我曾专门到唐山拜访她，了解到很多孔庆同烈士的故事，她的热情、优雅给我留下深刻印象。多年来她一直挖掘革命前辈的英雄事迹，还专门带家中的孙辈到烈士陵园祭拜，为的是让红色基因代代相传。

这些来自四面八方、原本素不相识的人们，都是红色历史的守护者、传承者，他们在"冀中烽火"的群中相聚，不为功名和利禄，只谈故事和精神。能在"寻找弓仲韬"的途中邂逅他们，宛若遇见秋天的白玉兰，他们提供的线索、讨论的话题，一次次带给我启发和惊喜。

■ 追寻的足迹：星火依旧照前路

有一件发生在红军长征中的真实故事，习近平总书记曾专门讲过：过雪山途中，有个同志穿着单薄的旧衣服被冻死，指挥员让把军需处长叫来，想问问他为什么不给这个被冻死的同志发棉衣，队伍里的同志含泪告诉他，被冻死的这个同志就是军需处长。

讲完这个故事，习近平总书记说："管被装的宁可自己冻死也没有自己先穿暖和一点，这是多么崇高的思想境界！觉悟看似无形，关键时就会显现出强大力量。我们党就是靠着千千万万具有高度政治觉悟的先进分子无私奉献，才赢得了一场场艰苦卓绝的斗争。"

每每读到这段话，我就不禁想到李大钊、弓仲韬等革命先驱，想到这次寻访之旅中发现的很多感人故事。

弓仲韬出身于大富之家，相比于同时代的年轻人，他有太多的天然优势，可是他却放弃安稳舒适的富贵生活，追随李大钊先生走上充满艰险的革命之路。从锦衣玉食的大少爷到家破人亡的瞎乞丐，弓仲韬坎坷悲壮的人生经历令人唏嘘感慨，更令人肃然起敬。

他是冀中农村最早的播火者之一，但从不以革命功臣自居。为什么他失踪多年、双目失明后在群众中依然有威信？为什么他穷愁潦倒、家破人亡后依然受尊重？因为他信仰坚定、坦荡忠诚、"正义感甚大"，是个真正的共产党员！回溯他的一生，正是受李大钊伟大精神的影响，他倾尽家财支持革命，并在人生的每一个重要关口，都做出了无愧于党和人民的选择，纵使家破人亡也无怨无悔。一直到生命的终点，他惦记的依然是党的事业，叮嘱女儿把自己仅有的1000元积蓄都交了党费。

在2025年的春天，我再一次走进安平县台城村。明媚的阳光下，"仲韬路"三个大字格外醒目。当年那个怀揣梦想的青年就是从这里告别家乡，外出求学，又是经这里返回家乡，把革命的火种播撒在滹沱河畔。如今，他的名字化作丰碑，激励着一代代后人；他的精神成为航标，引领着今天的人们创造新的荣光。

星火台城红色景区

安平国际丝网会展中心

在弓仲韬的家乡安平县，丝网产销量和出口量均占全国80%以上。安平先后获得"中国丝网之乡""中国丝网产销基地"等多项荣誉。县生猪养殖业迅速发展，生猪品质全国领先，形成了"一龙十强百村万户"的龙型经济新格局，被评为"全国生猪调出大县""国家生猪活体储备基地"。近年来，安平县委、县政府出台配套政策，强力支持企业创新，引领丝网产业转型升级，安平先后获得"国家外贸转型升级专业型示范基地""中国丝网之都""中国丝网织造名城"等荣誉称号。台城村的文旅产业业态齐全，成为以纪念馆为核心，以"红色文化＋乡村旅游"为主题，集党性教育、红色教育、爱国主义教育、红色旅游、研学体验等多功能为一体的红色旅游胜地……

走在这条路上，这条"播火者"弓仲韬走过的路，这条见证过峥嵘岁月、苦难辉煌的路，这条通往更加幸福美好明天的路，我心潮起伏，感慨万千，同时更坚定了继续讲好中国故事、红色故事的信心。让李大钊、弓仲韬等革命先辈的伟大精神广为人知、代代相传，是我们永远的责任和使命。

附录一　百年纪念　精神永存

　　100 多年前，在中国共产党主要创始人之一李大钊指导下，弓仲韬建立了台城特别支部，开启了中共在农村建党的漫漫征途，在中共建党史上具有里程碑意义。那么，弓仲韬是如何从岁月深处浮出水面的？他和他所创建的台城特支究竟有着怎样的历史贡献？

一、中共组织史资料的征集、整理

　　弓仲韬这个名字开始出现在党史书籍、主流媒体上，与台城特支被发现是中共最早的农村支部密切相关。如果不是当年那次遍及全国各省、市、县的中共组织史资料征集、整理工作，把全国每一个县乡、每一个早期的农村党支部都调研、排查一遍，就无从确认最早的农村党支部在哪里。

　　关于编纂中共组织史资料的动因和背景，在 2000 年出版的《中国共产党组织史资料》一书的序言中，是这样讲述的："中国共产党在 20 世纪可歌可泣、有声有色的活动，构成了中国历史乃至世界历史最引人注目的篇章之一。不论当今和后世，要了解 20 世纪的中国和世界，就不能不研究中国共产党的历史。因此，系统地提供准确可信的有关史料，就是一件极其重要而迫切之事。这方面，有关部门已经做了不少有意义的工作，如中共中央原党史资料征集委员会及各级党委党史工作部门，多年来征集整理并出版了许多党史资料，特别是中央文献研究室、中央党史研究室、中央档案馆，以及中央和地方有关部门编辑出版的大量文件选集、法规汇编、档案资料汇编以及个人文集等，都是极为珍贵的资料。党的组织机构沿革和人事更迭情况，是党史的一个重要组成部分，过去有过一些局部的或专题的散篇叙述，但缺乏全面的系统资料。1984年12月，全国第三次党史资料征集工作会议召开，正式提出编纂中国共产党组织史资料的任务，中央组织部、中央档案馆等作出《关于〈中国共产党组织史资料〉征集整理和编纂方案》，开始在全国范围内进行此项工作，以填补这方面的空白。"

1986年3月，中共组织史资料第一次全国编纂工作座谈会召开。会议提出了"广征、核准、精编"（1990年3月又增加"严审"）的指导方针和"统一规划，中央、省、地、县四级负责"的编纂原则。确定本次编纂党的组织史资料包括三部分：有关文件、决议和党章等文献资料；中央及中央派出机关的组织机构沿革及其领导成员，干部、党员统计数字；地方组织机构沿革及其领导成员，党员分布状况。会后，省、地、县三级普遍建立由党委有关负责人任组长的各级编纂领导小组和工作班子，人民解放军也在原总政治部领导下组建编纂机构。据粗略统计，全国先后从事过组织史资料编纂工作的专职人员有2万多人，兼职人员有8万多人。

1988年，中共中央党史资料征集委员会、中共中央党史研究室撤销，此项工作改由中共中央组织部牵头统管。省、地、县三级除自行编纂出版本地区资料（自编本）外，还为上一级和中央卷提供有关资料（上报本）。

编纂中国共产党组织史资料是一项浩繁的系统工程。自建党以来，经历长期的战争环境、不断的政治运动和社会变革，党的组织在曲折中不断发展壮大。现存的历史档案资料或残缺不全，或割裂分散，或难以核实，甚至存在矛盾和争议。回顾党的组织机构沿革变化，从中央到地方，从根据地到国民党统治区、沦陷区，从"秘密党"到公开党再到执政党，时移境迁，事易人非，欲追本寻源，首尾呼应，编纂完整、准确的资料，其难度及所需投入的人力、精力，均非始料所及。如新民主主义革命时期的中央直属地方组织即达数百个，其分合变迁，极为复杂。此项工作无先例可援，无前规可循。编纂人员开创探索，边做边学，不断研究，发现问题，解决问题，逐步完善，提高质量。

到 1999 年，中央、省、地、县四级编纂的 3067 部组织史资料大多已经出版。这套大型资料丛书的形成，首先是广泛征集相关史料的结果。征集到尽可能完整的资料，是做好编纂工作的基础。许多省、自治区、直辖市普遍建立了地、县、乡、村四级征集网络，开展中国共产党组织史资料"普征、普查、普访"活动，从历史资料、文献档案、干部履历表、当事人回忆及群众中搜集大量的资料，尤其从老同志处"抢救"了大批珍贵的活资料。据统计，共查阅历史文献和干部档案 736 万多卷，走访老同志 170 万人次，发出调查信函 119 万封，开座谈会近 4 万次，征集的资料约百亿字。全国各级编辑组织普遍建立了资料依据、文献索引等方面的档案卡片，做了大量艰巨细致的资料搜集与整理工作。

正是在这次大规模的组织史资料征集、整理和编纂过程中，1923 年 8 月创建的台城特支因时间最早，引起当地有关领导、组织部门及党史研究人员的关注。

为确定中共台城特支的创建时间和历史地位，在河北省委、衡水市委和安平县委的领导及指示下，各级组织部门及党史研究部门抽调专门人员成立调研小组，通过电话、信函和走访等方式，组织了 3 次大范围的调研，奔赴全国农村支部建立较早的安徽、湖南等 7 个省市，还先后到与安平县有关联的北京、哈尔滨、银川、长春、大连、石家庄、天津、衡水等 49 个地市调研，查阅了李大钊、李锡九、弓仲韬、弓凤洲、弓乃如、李子寿、陆治国等早期党员以及和台城特支有关联人员的书籍、历史文献资料、干部档案和个人自传共 379 卷。

通过比对发现，其他地区没有比台城特支更早建立农村党支部的档案记载；他们同时查阅了《中共安平县党史大事记（1923—1945）》等有关党史文献资料，还专程到北京，请教中共中央党史研究室的专家，得到了时任中共中央党史研究室第一研究部主任黄修荣等权威专家的大力支持。

2001 年 6 月，安平县委办公室信息中心工作人员整理撰写了《建议将安平县"台城特支"确定为全国第一个农村党支部》的报告，上报衡水市委信息中心。市委信息中心立即呈阅给时任市委书记刘德忠等领导同志，时任市委书记刘德忠、副书记郭华等领导同志做出批示，并由市委办公室和党史研究室按程序进一步呈报省委和中央有关部门，引起各级领导的关注和重视。

2001年9月，中共中央组织部原部长、时任全国党建研究会会长张全景专程来到安平县调研指导工作，时任中共中央党史研究室第一研究部主任、研究员黄修荣，时任衡水市委副书记郭华等人陪同调研。张全景询问了台城特别支部建立时间、纪念馆布展设计理念思路等问题，在随后召开的党史座谈会上，充分肯定了安平县的这项工作，认为很有意义、很有价值，要认真研究、深入挖掘、广泛宣传，充分利用好全国最早的农村党支部这一独特党史资源。

2002年9月，张全景到南方调研时，某省的一位省委副书记呈报上一本《党建知识之最》的书稿，请中央组织部领导审阅，并请张全景作序。张全景翻看后，对书中关于第一个农村党支部在南方某县的说法提出质疑，说："从时间上来看，从各地的情况来看，河北省安平县的台城特别支部成立是最早的。"

他一边说，一边在宾馆的便笺上写下这段文字。那位副书记觉得这很重要，就收藏起来，后经多方辗转，这张字条传到了安平县委组织部，如今放置在中共第一个农村支部纪念馆的展柜里。

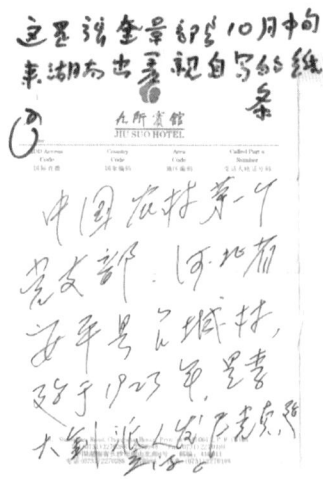

张全景在宾馆便笺上写的字迹

二、弓仲韬创建台城特支的历史贡献

2023 年 6 月 27 日，"伟大建党精神与中共第一个农村支部历史贡献——纪念中共台城特支成立 100 周年"座谈会在河北省安平县召开。座谈会上，讨论热烈，成果丰硕。

中央党史和文献研究院原院务委员，原中共中央文献研究室副主任，研究员陈晋发言——

陈晋说，他和台城的缘分始于 2008 年。当年，他任中央文献研究室副主任，受邀担任全国第十届党员教育电视片观摩评比活动的主任评委，对全国 300 多部党员电教片进行评选，脱颖而出的就是河北省选送的《台城星火》电教片。该片介绍了台城特支作为中共第一个农村支部的情况，给他留下深刻印象。当时陈晋就说："这部片子拍得好。这部片子对我们从事文献研究的同志是一种触动，真没想到，组织部门的电教人能对党史进行这么深入的挖掘了解，资料这么翔实，这种研究探索的精神值得我们做文献研究、党史研究的同志好好学习。"最终，《台城星火》这部片子，在当年荣获全国第十届党员教育电视片评比活动的特别奖。

从那时起，陈晋就一直比较关注中共第一个农村支部的研究情况，从中了解到河北省委、衡水市委、安平县委长期以来对挖掘和宣传台城特支所作的不懈努力，非常感动。

陈晋还提到，中央党史研究室和后来合并形成的中央党史和文献研究院给予了有力支持。比如 2017 年，中央党史研究室专门组织专家对中央组织部原部长、全国党建研究会原会长张全景同志撰写的《冀中星火——记中国共产党第一个农村支部》一文进行审读，并出具审读意见，然后在《百年潮》2017 年第 7 期刊发，这篇文章的发表还是很重要的。

在中共台城特支建立 100 周年之际，河北省委党史研究室撰写了文章《伟大建党精神的生动诠释：中共台城特别支部的成立与发展》，刊发在

《百年潮》2023 年第 6 期上。在某种程度上这也代表了党史和文献学术研究领域的一个基本态度。

陈晋在发言中说，100 年前，在中国共产党主要创始人之一李大钊指导下，弓仲韬建立了台城特支，开启了中共在农村建党的漫漫征途，在中共建党史上具有里程碑意义。怎么去理解中共台城特支的建立，它的意义在哪儿？陈晋谈了三点：

第一个意义，中共台城特支等早期中共农村支部的建立，实际上实现了中国共产党党组织建设的马克思主义中国化在实践上的一个标识。为什么首先是这个意义？中国共产党成立时只有 50 多名党员，当时是在什么样的思想武装下来建党的，依靠的其实就是《共产党宣言》。《共产党宣言》是写给西欧的工人看的，不是写给农民看的。那么当时建党的出发点，实际上就是搞工人运动，就是在工人当中发展党员。

中国共产党是工人阶级的政党，无产阶级的政党，所以说我们党初创时的定位首先是工人。我们党真正的觉醒、转变是在什么时候？是 1923 年 2 月京汉铁路工人大罢工失败以后。二七惨案以前，我们党投入了很大精力，几乎所有的中央领导人，还有包括我们的早期党员，都把主要精力放在工人运动，没有放到农村去。京汉铁路工人大罢工失败以后，我们党突然意识到，光靠工人不行。当时中国产业工人 200 多万，全国有 4.5 亿人口，就像毛泽东所说的漫山遍野都是农民，共产党不到农民里去干，有前途吗？没有。所以说在这种情况下，1923 年 8 月中共台城特支的创立意义非凡，主要表明我们党的工作大舞台有个起点似的变迁。起点似的变迁就是以中共台城特支为代表的早期中共农村支部。

第二个意义，就是它比较典型地体现了中国共产党的伟大建党精神。伟大建党精神，它既是我们早期建党的精神，又是后来中国共产党人精神谱系的源头，所以它是跨越时空的。通过观看展览，我们深刻体会到伟大建党精神的四部分内容，就是坚持真理、坚守理想，践行初心、担当使命，不怕牺牲、英勇斗争，对党忠诚、不负人民。这四部分内容基本上在我们刚才看的展览馆的展览中都体现出来了。特别让人感慨的是弓仲韬带领 23 位亲属投身革命，而且作为播火者、播种者，弓仲韬创建了中共第一个农村支部——台城特支之后，又创建了河北省第一个县委。他后来在找党、和党重新联系的途中双目失明，在这种情况下，1950 年，他还在家乡办了一个"弓、杨合作社"。一直到 1964 年临终前，他把结余的 1000 元钱缴纳了党费。所以说伟大建党精神比较集中体现在那些早期支部成员当中。

第三个意义，中共台城特支比较典型地体现了中国共产党领导事业的发展规律。安平台城特支已经过去 100 年了，我们一定要从规律的角度进行总结。李大钊是中国共产党领导革命的播种者、播火者，弓仲韬就是安平大地上的播种者、播火者，从支部到县委，开展了一系列反封建的农民斗争。抗战时期，这里自然而然就衍生为冀中抗日根据地的中心，从这里走出一批又一批革命志士。解放战争时期，这里又走出了一批又一批北上南下干部，涌现出保家卫国的独立团、担架团等，这都是走在前列的。这是在新民主主义革命时期的一个特点。社会主义革命和建设时期，台城村成立了全县首批集体生产合作社，紧接着王玉坤等三户贫农办社，被毛泽东同志关注到，称赞其为"五亿农民的方向"。这个方向就是社会主义方向，就是农村组织起来的方向。在改革开放和社会主义建设新时期，安平县委带领群众勤劳致富，发展特色农业生产，"天下网都"应运而生。中国特色社会主义进入新时代，在全面建设社会主义新农村的问题上，安平县在经济上又进一步迈上了一个新台阶。所以说在四个时期，安平、台城都有亮点，都体现了中国共产党领导的事业是怎么发展、与时俱进这么一个规律性的东西。这是值得我们大家去认真总结的。

总体来说，我们说让历史告诉未来，历史凭什么告诉未来？就凭它的规律、就凭它的经验、就凭它的精神，让精神感染人、让规律启发人、让经验教育人。

全国党建研究会原副秘书长、研究员李平安发言——

李平安回忆了当年张全景对台城特支的高度关注，说到动情处，甚至几度哽咽。

他说："张全景同志本应出席这个会议，但不幸的是，他老人家已于去年 11 月病逝。当年我和张部长的秘书关长宇同志曾跟随张部长进行有关调研，按照河北省委党史研究室的要求，我们把张部长进行调研的有关情况回忆成文，已经提交会议，请同志们参考、批评。在这里，遵照会议要求，我对有关问题做一简单汇报，这就是，本来张部长已经大力支持河北、衡水、安平的同志们对台城特支进行过认真研究和宣传，并且硕果累累，取得了很好的成效，为什么若干年后的 2015 年，张部长又决定再亲自动手，对台城特支再进行挖掘、再进一步宣传呢？据我了解，之所以如此，是因为张部长认为：一是台城特支的价值和意义非同凡响，应当进一步总结、进一步宣传。二是党的十八大以来，以习近平同志为核心的党中央大力加强党的自身建设，反复告诫全党特别是党的领导干部要坚定共产党人的理想信念，不忘初心、牢记使命，全心全意为人民服务，台城特支的先辈们正是当今学习的好典范；进一步宣传这个典型，有很强的现实意义。"

那么，台城特支有哪些特点，有哪些特别重要的价值和意义呢？据李平安介绍，张全景在多次谈话中，特别是 2017 年 3 月底，《冀中星火——记中国共产党第一个农村支部》一文的"征求意见稿"定下来后的一次谈话中，专门谈到这个问题。主要谈了以下几点：

第一，台城特支作为我们党在农村的基层党组织，建立最早，正是建党百年时习近平总书记所总结的我们党伟大建党精神的破天荒的一个伟大成果。台城特支的奋斗历程，也充分体现了伟大建党精神，为我们党的这个精神之源的孕育和发展作出了特殊的、卓越的贡献。

第二，台城特支是真正的以农民党员为主体、在农村发动农民进行反封建斗争的农村党支部。

第三，台城特支从建立至今，历经 90 多年的斗争风雨和生死考验，一直坚持了下来，从未中断。这很不容易。

第四，台城特支贡献大。这个党支部带领全村人民，经历了新民主主义革命时期，直到社会主义革命和建设时期、改革开放和社会主义现代化建设新时期、中国特色社会主义新时代，都能按照党的要求走在前列，作出较多、较大贡献。仅在抗日战争时期，这个村就有 117 人参加八路军，占全村人口的 5%；在历次革命斗争中，全村为国牺牲的烈士就有 52 名，这还不包括弓仲韬同志一家的牺牲者。

第五，台城特支像一颗火种，发挥了燎原作用。首先，在这个支部基础上，在本县发展出"中共安平县委"，进而向周边发展，先后把东邻的饶阳县和西邻的深泽县也发展进来，先后建立"中共安平、饶阳联合县委""中共安平、饶阳、深泽中心县委"，这"中心县委"还一度把旁边的深县也纳入了。同时，这些"县委"还与在外地读书、工作的当地人中的革命者进行联系，把革命斗争的火焰越烧越旺。到1927年底，仅安平县已有7个党支部、5个团支部，党员、团员多达100余人！当年这在全国是很了不起的！

第六，这个支部建党思想端正。它是由革命先驱李大钊亲手创立并领导的，它秉承的是李大钊先驱的建党思想，也是真正的马克思列宁主义的建党思想。毛主席当年作为李大钊的学生，曾亲聆其教，秉承的也是李大钊的建党思想、马克思列宁主义的建党思想。

第七，这个典型不是孤立的，而是与全党、全国革命、建设和改革开放的大局紧密联系在一起的。比如，在大革命时期，这里的"中心县委"就遵照李大钊的指示，派人到广州和武汉的农民运动讲习所，听毛泽东同志讲课，把毛泽东同志关于开展农民运动的思想带回冀中、指导斗争；在抗日战争时期，这里又成为冀中抗战的中心地带，付出巨大牺牲，作出卓越贡献。在新中国成立初期，安平县南王庄村三户贫农团结互助、共渡难关，成立互助组、合作社，被毛泽东同志誉为"五亿农民的方向"；改革开放以来，安平又取得快速发展，在搞好农业这个基础的同时，其传统手艺丝网业得到质的提高、飞速发展，在全国首屈一指，而且享誉世界。

第八，这里的斗争历经艰辛，这里的典型格外感人！在每个历史阶段都涌现出许多英雄、模范，他们的成长，从思想上乃至组织上追根溯源，几乎都能找到台城特支这个红色的原点。有些感人的史实如同传奇故事，与台城特支有着血肉联系，可谓自然天成，而非刻意编撰、牵强附会。

第九，台城特支的创立和发展、壮大，证明了一个真理：在中国，工人阶级领导下的农民阶级，的确是革命的主力军，也是建设的主力军；工农联盟是我们人民民主专政的国家政权的坚实基础。做好中国的事情，任何时候都不能忘记农民！再就是，台城特支的创立和发展壮大，也如同一滴水能反射太阳的光辉，生动而又雄辩地证明：没有共产党就没有新中国，只有社会主义才能救中国和发展中国。要为人民谋幸福、为民族谋复兴，在中国，必须坚持共产党的领导，必须坚持社会主义道路，丝毫不能动摇，这也正是台城特支的最大价值、最大贡献所在。

另外，张全景同志认为，《冀中星火——记中国共产党第一个农村支部》一文的作者，虽然只署了他一个人的名字，但其中凝结着革命先辈和方方面面同志们的心血汗水，是集体完成的一项大工程。他认为，首先应当感谢指导和创建台城特支的李大钊、弓仲韬等革命先辈，是先辈们为我们树立了这座丰碑，给我们后人以方向和遵循。我们今天无论怎样写，也难以完全表现其伟大意义和崇高精神。

《百年潮》2017 年 7 月刊封面

2017 年 7 月 2 日，《冀中星火——记中国共产党第一个农村支部》一文，在中央党史和文献研究院主管的刊物《百年潮》上全文首发。此后，此文在国内重要报刊相继刊发，使台城特支得到更为深入和广泛的宣传。张全景还认为，党的组织部门的同志应当熟悉党的组织史，应当向搞党史研究的同志学习，熟悉党的历史，明白我们从何而来、往哪里去，真正了解和继承党的优良传统和作风。

中央党史和文献研究院科研规划部原副主任、一级巡视员王相坤发言——

王相坤认为，台城特支在党的创建史上的独特贡献，值得我们认真总结和传承发扬。多年来，台城特支作为中共第一个农村支部的历史地位，没有广为人知，这既有对敌斗争严峻残酷、通讯联络闭塞，客观上不允许对属于高度机密的台城特支的情况进行总结宣传的缘故；从深层次上看，它展示了那一代共产党人无私无畏、不计个人名利的高风亮节。他们提着脑袋干革命，从未考虑个人名利。作为后来人及时把这一具有重大意义的伟大事件进行总结宣传，是我们的责任和义务。

河北省政协原副主席、衡水市委原副书记郭华发言——

郭华一直高度关注台城特支和弓仲韬的事迹挖掘。在"纪念中共台城特支成立100周年"座谈会上，郭华以朴实生动的语言、饱含真情的讲述，再现了当年他参与论证中共第一个农村支部就是台城特支的过程，并披露了很多鲜为人知的细节以及自己的心路历程。

谈到当时是在什么背景下提出台城特支是全国最早的农村党支部时，他说："就工作原因来说，当时我是衡水市委副书记，分管宣传工作，衡水是名副其实的革命老区，所谓冀中革命根据地，到1942年'五一大扫荡'之后，真正剩下的就是深武饶安交界地带。这个地方真正是冀中根据地的核心区域。但是冀中根据地是从沧石路一直到北京，那么这四个县能代表冀中根据地吗？沧石路以南衡水的7个县是属于另外一个边区——晋冀鲁豫边区的冀南根据地，是从沧石路到黄河，也代表不了冀南根据地。所以说衡水是革命老区，是什么革命老区，需要跟人家做许多解释工作，一直想找一个点，一说出来，人家就承认我是革命老区，就像江西有井冈山一样。"

"当时冀中有一首民歌非常流行，就是'同志同志你到哪里去，我去安平，你到安平干什么，我找吕司令，找吕司令干什么，要身军装要炮筒，上前线去打鬼子兵'。我也想找一个支点，我只要说出来，我就是革命老区，这是一个原因。

"从个人原因来说呢，我确实是个党史爱好者，酷爱党史，从青少年时期开始，一直到今天，所能找到的党史著作，我大部分都读过，这对我产生了深刻影响。还有《百年潮》杂志，1997年创刊，到我2018年退休，我一期都不少，期期都看，正是由于对党史知识的积累，所以我看到安平台城党支部创建于1923年8月的时候，马上意识到，这有可能是全国最早的，因为在我的记忆中没有看到过比这更早的。我马上向两个刘书记作了汇报，一个是当时的市委书记刘德忠，一个是当时的安平县委书记刘苏芳。我说咱们的台城党支部有可能是全国第一个，我想在这方面做点工作。得到了他们两个的大力支持。

"我当时发现有两个点不能排除。一个是海陆丰，一个是浙江萧山衙县，这两次农民运动肯定早于1923年8月，我们所有的党史著作里面，包括最新的《中国共产党简史》，讲到党对农村影响的时候，还是讲这两个地方，但当时这两个地方是不是建立了党组织，书里并没有提。所以我给刘德忠书记汇报以后，我说我先去广东，再去浙江。到了广东，经过一位老同志安排，拜访了广东省委党史研究室李白云副主任和叶文艺处长，我就提出来彭湃同志是什么时候入党的，叶处长说你来得太巧了，中央组织部刚刚批复彭湃同志的入党时间是1923年冬或者1924年初。我心里一块石头落地了。就是1923年冬，也晚于1923年8月。我说你们海陆丰的党组织是什么时候建立的？叶处长说是1925年黄埔一师东征的时候，受周恩来同志派遣，彭湃同志又回海陆丰创建了海陆丰的党组织。当天晚上我就和刘德忠书记通了电话，大家很高兴，但是他告诉我，有一个事你不能去浙江了，你马上赶到北京吧。那么我就委托北京一个新闻单位的同志，这个人是衡水人，我说你去一趟浙江，把能找到的所有的不管公开的还是内部的有关浙江的党史资料都给我找来。最后他给我抱来一摞，查了查还真查出来一个证据。浙江省委党史研究室采访杨之华同志——瞿秋白夫人。杨之华同志说："我不知道，我只能告诉你，衙前农民暴动的时候还没有建立党组织。"这两个都排除了，回来向市委做了汇报，我们也觉得心里有点把握了。

　　"接下来，我到中共中央党史研究室做了汇报。当时的党史研究室第一研究室主任黄修荣说，党史研究室还真没有研究过农村第一个党支部这个课题，你们回去继续做工作，我们也帮你们做些工作，然后我们再碰。这时候安平县的县委党史研究室也参与进来了，他们做了大量工作，在这个基础上，我们正式起草了报告，筹建中共第一个农村支部纪念馆。

　　"在最早宣传第一个农村党支部这件事上，时任衡水市委书记的刘德忠同志功不可没。他为此感到很骄傲，而且认为，作为市委书记，把第一个农村党支部宣传出去是他的使命。所以他逢人必讲，很快就讲得至少河北省的省级领导都知道这件事了，第一个来考察安平台城党支部遗址的是时任河北省省长钮茂生同志。然后张全景同志到衡水来，其实他本没有参观第一个农村党支部的安排，当时他也不知道第一个农村党支部，也是德忠同志向他介绍推荐，他非常感兴趣，就来看了，而且一看就对第一个农村党支部一往情深。对于宣传第一个农村党支部，一直到他老人家生命最后还在为这个事做工作。大约 2002 年 10 月份，黄修荣同志代表中共中央党史研究室到安平，当时就通知要见我，是省委党史研究室主任陪同来的。黄修荣同志说到现在为止，还确实没有发现比你们更早的，我们商量这个事该怎么处理呢，最后研究的结果是你们写文章吧，可以以市委的名义，也可以以县委的名义，以你个人的名义也可以。写了以后你们交给我，我推荐给中央党史研究室发表。发表以后，如果有人提出不同意见。我们就讨论，没有不同意见更好。但是黄修荣同志走了以后，马上就开始了换届考察，德忠书记调走了，两个月以后我也去沧州工作了，安平县委书记也换人了，接下来就是历任安平县委的同志们和安平县其他一些老同志都参与进来，做了许多工作。

　　"最后我再讲一点我接触党史的体会。两句话，'讲好党史故事，用好党史教材'，党史对我们党来说，太珍贵了，无可替代的珍贵。翻开党史看看，不用讲任何道理，你就能知道我们党的初心是什么。2015 年河北省委理论学习中心组学习，我做了一个发言，发言的题目是《学习党史国史，弘扬光荣传统，以良好的精神状态投身京津冀协同发展》。当时我们省委党史研究室的同志特意把我这个发言要过去，刊登在省委党史研究室内部刊物《党史资政参阅》上，后来我偶然发现中共中央党史研究室的官网上也转了我这个发言。我在这个发言里讲到一个什么问题，就是弓仲韬，弓仲韬的事迹大家都知道了，每个人了解了弓仲韬的事迹以后，或多或少心里都有那么一点遗憾，就是弓仲韬同志如果在新中国成立以后，能够担任一个相应的领导级别职务，大家觉得这样就更圆满了。可是直到他去世，他也只是一个享受老红军待遇的一般人员。我们虽然觉得很遗憾，但是这件事也从另外一个角度提供了让我们观察老一代共产党人精神世界的机会。恰恰因为他作出了这么大贡献，可以说是历史性的贡献，最后以一个普通人的身份离开这个世界，这教育意义太深刻了。

"还有一个和中共第一个农村支部有关系的共产党员叫严镜波，是省政协的一位老副主席。1924年后安平县委机关对外的牌子是学校。找了一批和党组织有联系的青少年来上学。严镜波是饶阳人，来县委机关上学，来的第一天，机关的负责人给他们开会，说从今天开始凡是年满18岁的都是共产党员了，不满18岁的都是共青团员了，18岁后转党，记住你们是有组织的人了。那一年严镜波12岁，从此她一生都牢记'我是组织的人'。抗日战争时期严镜波同志是武强县委书记，冀中抗日根据地知名的女县委书记，会打枪能带兵。抗日战争胜利以后，领导找她谈话，组织上决定，让她去当县长。新中国成立以后是保定市委副书记。1958年河北省会从保定搬天津，就让她去天津。她非常高兴，不仅因为天津比保定这个城市大，而且她青年时期曾经在天津求学。但后来领导找她正式谈话，让其继续留在保定，后来担任河北省妇联主席，正厅级，领导谈话说：'考虑你基层工作比较熟，到农业厅当副厅长吧。'93岁的时候她在北京做了一次手术，临去手术室的时候她摆了摆手说不能去，医生和家属问她为什么，她说组织上还没有来人。这个人活了99岁，一辈子都把组织放在她最崇高的那个位置上，真是让人感动。我们有时候也觉得我们的组织观念够强了，但是要对比这老一代的共产党人，我们真是惭愧得很。但是现在有人说，看了老一代共产党人的事迹，或者参观了一些革命遗址，确实很感动，但感动就感动那么一阵子，扭头就忘了，我想确实有这个情况，我们经常让他感动一阵子不行吗？一年感动那么几次，日积月累，潜移默化，不是也可以净化灵魂、提高思想觉悟、强化组织观念吗？那么靠什么能让我们党员干部经常接受一次灵魂的洗礼，就靠我们党史就行。党史就是最好的教材。所以我们一定要把党史利用好，讲好党史故事。"

［本文中会议发言内容摘自《党史博采》2023（下）06，有删节］

附录二　伟大建党精神的生动诠释：
中共台城特别支部的成立与发展

1923 年 8 月，弓仲韬、弓凤洲、弓成山三人在冀中平原腹地的普通小村庄台城成立了中共安平县台城特别支部。中央组织部原部长张全景撰文《冀中星火——记中国共产党第一个农村支部》，介绍了这个支部的成立和发展、地位和贡献。这个支部是在中国共产党的主要创始人之一李大钊指导下建立的，带有"农村""农民""反封建斗争"的鲜明特性，是中共早期农村建党的典范。台城特支及相继成立的中共早期农村支部，犹如一颗颗种子，在广袤的中国农村大地播撒、生根、发芽，直至遍地生花，硕果累累。

……

台城特支及安平县委的建党实践，是伟大建党精神的生动体现，为谱写中国新民主主义革命的历史画卷贡献了力量。台城特支的成立，开启了中共在农村建党的漫漫征途，在中共农村党建史上具有里程碑的意义。其所彰显的伟大建党精神，在 100 年后的今天依然熠熠生辉。

坚守理想、坚定信仰的优秀品质。十月革命一声炮响，给中国送来了马克思列宁主义。马克思主义的强大感召力，吸引了一批又一批身怀理想的知识青年。

弓仲韬是在李大钊的影响下接受马克思主义并加入中国共产党的，从此开启了他宣传马克思主义、领导早期农村党建之路，并为实现该理想坚守一生，历尽磨难而不悔。还在北京教书期间，他就经常到北京天桥一带工人、市民中宣传马克思主义，动员人们向黑暗的社会宣战。他接受李大钊的指示，放弃城市生活，回到落后的农村创建党组织。他以马克思主义革命思想和中国共产党的使命启发农民群众思想觉悟，发展党员，并在较短时间，使党的组织有了大的发展。在台城特支创建和发展过程中，尽管经历了艰难曲折甚至生死考验，弓仲韬从未怀疑过马克思主义，也从未放弃过为之奋斗的共产主义理想。永不熄灭的理想信念之火，成为战胜一切艰难险的巨大精神力量。台城特支成立后，在领导长工增资斗争中，弓仲韬先从自家开刀，说服家人对自家长工增资，进而进行宣传鼓动，使增资斗争局面顺利打开。弓仲韬常说，作为共产党人，就要舍得出家财，豁得出性命。在革命斗争中，他变卖田地解决办学和办公经费，又变卖家产开办工厂解决贫困党员的生活。到1934年时，他的家产几乎所剩无几。可以说，弓仲韬为了党和人民的革命事业倾其所有。没有坚定的理想信念，是不会有这种斗争勇气的。

践行初心、担当使命的崇高风范。中国共产党诞生于中华民族内忧外患之际，以为人民谋幸福、为民族谋复兴作为初心使命。党的二大宣言中指出："中国三万万的农民，乃是革命运动中的最大要素。"在农村创建党的组织成为党发动农民斗争的必然要求。

弓仲韬入党回乡，即投入践行初心使命的实践中，把建立党的组织、领导农民斗争作为首要任务，由此开启了在冀中农村党领导农民争取权益、翻身解放的反封建斗争的伟大历程。台城特支成立初期，党组织领导了长工增资、短工罢市斗争、抗税抗捐运动、割穗斗争，并取得了胜利。为了提高贫苦农民的文化水平，弓仲韬卖掉自家的20多亩田产筹备经费，开办平民夜校，教农民识字，不仅不收学费，所有的学习用具和书本等也全部免费。还编写了通俗易懂的《平民千字文》吸引更多农民自愿参加学习。

随着台城特支、安平县委的成立及党组织的扩展，冀中地区的农民斗争得到了快速发展，并为后来的反帝反封建革命斗争的开展打下了坚实的基础。正是笃信马克思主义政党所肩负的初心使命，才使弓仲韬等人如此义无反顾投身艰苦卓绝的民族复兴和人民解放的伟大事业中。

不怕牺牲、无私无畏的高尚情操。台城特支诞生于军阀混战、民生凋敝的社会环境。在反动势力的阻挠和威胁下，许多活动不能公开，需要秘密进行。党组织开展工作，面临着各种各样的困难，异常艰难，但都没能阻挡台城特支的成立和发展。

在弓仲韬影响下，其亲属积极投身革命的就有 23 人，其中不少人为党作出贡献甚至牺牲。长女弓浦 1925 年入党后，先后任台城女支书记，安饶深中心县委妇女委员，1926 年在北京参加"三一八"游行时身负重伤，后身亡。次女弓乃如，1925 年入团，不久转为党员，曾先后任台城团支部书记、女师党支部书记，亦为党的骨干成员。堂妹弓惠诚 1925 年由弓仲韬介绍入党，然后到深泽县帮助其丈夫王子益成立了深泽县第一个党组织。二堂妹弓蕴武、三堂妹弓彤轩后来都参加了革命。

1928 年，国民党统治北方后，深泽、安平、饶阳各县党组织相继遭受破坏，党的工作由公开转为秘密。弓仲韬不惧牺牲，更加坚定了为党的事业而奋斗的信念。他筹资 500 元购置数台织机，在家里建起毛巾厂，以此为党的活动作掩护。1935 年开始，弓仲韬和女儿弓乃如在保属特委领导下，舍生忘死，为恢复和发展安平、饶阳等县的组织和工作四处奔波。在动荡的岁月里，他们不怕牺牲、勇敢斗争，为党和人民献出了一切。

对党忠诚、严守纪律的政治品格。对党忠诚是中国共产党人最鲜明的政治品格。从台城特支创办人弓仲韬一生经历可见，无论遇到什么样的挫折，他都保持一颗红心向党。1927 年大革命失败后，弓仲韬屡次遭到反动当局的通缉，经常居无定所。但他从来没有放弃为党工作。1937 年，与党失掉联系的弓仲韬拉着卧病的妻子，带着女儿弓乃如毅然离开家乡，去西北寻找党组织。1939 年冬，他经历了妻子病逝的苦痛，用草席裹尸埋葬妻子后执意奔赴陕北，因无法通过国民党封锁区而流落到汉中，在一家工厂当伙夫谋生。在如此境遇下，他依然每天晚上用讲故事、教认字的形式，在工人中宣传革命道理，鼓舞他们的抗日热情，后被资本家害瞎双眼。他虽双目失明，但对党的忠诚、对人民的热爱始终不变。1943 年，历尽千辛万苦返回家乡的弓仲韬，终于与安平县委接上了关系。晚年的弓仲韬还常常为"不能再为党工作了"而伤感流涕，即使到了弥留之际，他仍然不忘交党费，嘱咐孩子"一定要把我节省下的 1000 元钱交给党，作为我最后的一次党费"。

弓仲韬等中共党员，在实践中创建了党在农村的基层组织，生动诠释了伟大的建党精神。100多年来，随着岁月长河的流逝，伟大建党精神已经融入中国共产党人的血脉，为实现中华民族伟大复兴的中国梦而不懈奋斗。

（本文节选自《百年潮》2023年6期，作者：中共河北省委党史研究室）